HOLLY PETERSON

Née en 1964 aux États-Unis, Holly Peterson a été pendant plusieurs années productrice à ABC News, et récompensée de plusieurs Emmy Awards. Elle a publié des articles dans le *New York Times*, *Harper's Bazaar*, *Talk* et *Newsweek*, auquel elle collabore toujours.

Le nounou est son premier roman, paru aux éditions Jean-Claude Lattès en 2008, qu'elle a lancé en mettant en ligne une vidéo parodique.

Elle vit actuellement à New York avec sa famille où elle travaille à son prochain roman.

LE NOUNOU

HOLLY PETERSON

LE NOUNOU

Traduit de l'anglais
par Denyse Beaulieu

JC LATTÈS

Titre de l'édition originale
THE MANNY
publiée par The Dial Press,
un département de Random House, Inc., New York

Le papier de cet ouvrage est composé de fibres naturelles, reyclables et fabriquées à partir de bois provenant de forêts plantées et cultivées durablement pour la fabrication de ce papier.

Première édition mars 2008.

ISBN : 978-2-266-18102-0

Pour Rick
Ma source de vie

Ce livre est une œuvre de fiction. Les personnages, les noms, les incidents, les dialogues et l'intrigue sont les produits de l'imagination de l'auteur ou sont utilisés de manière fictive. Toute ressemblance avec des personnes, sociétés ou événements réels est une pure coïncidence.

1

On décolle !

Si vous voulez voir les riches faire les riches, rendez-vous à l'école pour garçons de St. Henry à 15 heures, n'importe quel jour de semaine. Rien n'affole plus les riches que la proximité de plus riche qu'eux-mêmes. Et c'est quand ils passent déposer ou prendre leur progéniture à l'école privée qu'ils se déchaînent vraiment. C'est l'occasion rêvée de marquer leur territoire, d'exhiber leurs joujoux et de faire connaître aux autres parents leur rang parmi le 0,001 % qui domine 0,0001 % cent de l'élite mondiale.

Une marée noire de 4 × 4, de monospaces et de voitures avec chauffeurs serpentait le long du pâté de maisons. Pour arriver à l'heure au match de mon fils, j'avais encore séché une réunion au bureau, mais rien au monde ne m'aurait empêchée d'y assister. Une foule se pressait dans la rue bordée de ginkgos et d'hôtels particuliers en pierre de taille. Je m'armai de courage et me lançai dans la mêlée de parents : les papas en costume trois pièces aboyant dans leurs téléphones portables et les mamans avec leurs lunettes noires glamour et leurs avant-bras galbés, flanquées de petits chéris endimanchés. Ces enfants exhibés en robes à smocks, trimballés de cours de français en leçons de violoncelle, vantés comme des bêtes de prix aux comices agricoles, jouaient un rôle clé dans l'éternelle partie de bras de fer qui opposait leurs parents.

Garé devant l'école, vitres teintées arrière à moitié ouvertes, un géant de l'industrie cosmétique lisait ce qu'on disait sur lui dans la rubrique mondaine. Pendant qu'il terminait son article, sa fillette de quatre ans regardait *Barbie Fairytopia* sur un petit écran DVD intégré au plafond du véhicule. La nounou, dans son uniforme amidonné, attendait patiemment les ordres sur la banquette avant.

Quelques mètres plus bas, un talon aiguille de huit centimètres en lézard vert s'extirpait d'une grosse Mercedes S600 argentée. Le chauffeur me fit un appel de phares. J'aperçus ensuite une jupe en tweed marron retroussée sur une cuisse fuselée, suivie d'une trentenaire secouant sa chevelure couleur miel tandis que le chauffeur s'élançait, ventre à terre, pour lui présenter son bras.

— Jamie ! Jamie ! s'écria Ingrid Harris en agitant une main aux ongles manucurés.

Des dizaines de gros bracelets dorés cliquetèrent en glissant sur son bras. Je tentai de protéger mes yeux de leur éclat aveuglant.

— Ingrid. Je t'adore, mais non. Il faut que j'aille au match de Dylan !

— J'ai essayé de te joindre !

Je plongeai dans la foule, sachant qu'elle allait me poursuivre.

— Jamie ! Je t'en prie ! Attends !

Ingrid me rattrapa, laissant son chauffeur se débrouiller avec ses deux fils qui hurlaient sur leurs sièges. Elle poussa un énorme soupir, comme si le simple fait d'avoir parcouru cinq mètres sur la chaussée l'avait exténuée.

— Hou !

N'oubliez pas que ces gens-là restreignent leur contact avec le pavé au strict minimum.

— Heureusement que tu étais à la maison hier soir !

— Aucun problème.

— Henry t'est tellement reconnaissant, dit Ingrid.

Le chauffeur, un grand costaud, posa ses deux fils cadets sur le trottoir en décrivant un arc gracieux, comme s'il rangeait des œufs dans un panier.

— Merci pour les somnifères. Henry partait à la chasse avec des clients pour cinq jours, il s'envolait pour l'Argentine à 22 heures et il flippait complètement !

— Jamie.

Cette voix-là, en revanche, je l'adorais. C'était celle de mon amie Kathryn Fitzgerald. Elle arrivait de Tribeca, vêtue d'un jean et de baskets françaises. Pas plus que moi, elle ne faisait partie de ces gens qui ont grandi dans l'Upper East Side et n'ont jamais posé la main sur une poignée de porte de leur vie.

— Grouille-toi. On fonce.

Tandis que nous gravissions l'escalier en marbre, un 4 × 4 Cadillac Escalade blanc se rangea le long du trottoir. On pouvait deviner à trente mètres qu'il transportait les enfants d'un grand P-DG. Il se gara et un chauffeur aristocratique coiffé d'un chapeau melon le contourna pour ouvrir la portière. Les quatre petits McAllister déboulèrent de leur monospace avec quatre nounous philippines, chacune tenant un enfant par la main.

Les quatre nounous portaient un pantalon blanc, des chaussures blanches à semelle en caoutchouc et des blouses d'infirmière « Dora l'Exploratrice » imprimées d'un motif de pansements adhésifs. La petite troupe compacte comptait tellement d'enfants et de nounous qu'on aurait dit un mille-pattes escaladant les marches de marbre.

À 15 h 05, l'école ouvrit ses portes et les parents se bousculèrent, poliment mais fermement, pour entrer. Quatre étages à gravir pour atteindre le gymnase, d'où me parvenait l'écho de jeunes voix mâles et le crissement des baskets. L'équipe de CM1 de St. Henry était déjà en train de s'échauffer dans ses uniformes bleu roi et blanc. Je scrutai rapidement le terrain pour retrouver mon Dylan sans l'apercevoir. Je scrutai la foule. À ma droite, les papas et les mamans des camarades de Dylan se massaient au pied des gradins ; éparpillés parmi eux, les frères et sœurs des membres de l'équipe, avec leurs nounous, représentaient tous les pays des Nations unies. Toujours pas de Dylan. Je le repérai enfin blotti sur un banc près de la porte du vestiaire. Il portait encore son pantalon kaki et sa chemise blanche, col ouvert. Son blazer bleu marine était posé à côté de lui sur le banc. Quand il m'aperçut, il eut un regard en coin, puis détourna les yeux. Mon mari Phillip affichait exactement la même expression quand il était furieux ou qu'il avait le sentiment qu'on abusait de lui.

— Dylan ! Je suis là !

— T'es en retard, maman.

— Mon chéri, je ne suis pas en retard.

— Eh bien, y a des mères qui sont arrivées avant toi.

— Tu sais quoi ? Il y a la queue dehors, et je ne peux pas resquiller. Il y a encore plein de mères qui arrivent derrière moi.

— Ouais.

Il détourna les yeux.

— Mon cœur, où est ton uniforme ?

— Dans mon sac à dos.

La tension de mon fils était palpable. Je m'assis à côté de lui.

— Il est temps de le passer.

— Je veux pas mettre mon uniforme.

Le coach Robertson s'approcha.

— Vous voulez savoir ? (Il leva les bras en l'air, exaspéré.) Je lui ai dit qu'il raterait le match, mais je ne peux pas chaque fois l'obliger à mettre son uniforme. Si vous voulez mon avis, il se conduit de façon ridicule…

— Vous voulez savoir ce que j'en pense, moi ? Je pense qu'il ne se conduit pas du tout de façon ridicule, d'accord ?

Ce type n'avait jamais su s'y prendre avec Dylan. Je l'attirai un peu plus loin.

— Nous avons déjà discuté des angoisses de Dylan avant un match. Il a neuf ans ! C'est sa première année dans l'équipe.

Apparemment, mes paroles n'avaient pas ébranlé le coach. Il s'éloigna. J'enlaçai Dylan.

— Mon cœur, je ne raffole pas du coach Robertson, mais il a raison. Il est temps de passer ton uniforme.

— Il m'aime pas.

— Il aime bien tous les garçons, et s'il te traite un peu durement, c'est simplement parce qu'il veut que tu joues.

— Eh bien, je jouerai pas.

— Même pas pour moi ?

Dylan me regarda et secoua la tête. Il avait de grands yeux bruns, des traits affirmés et d'épais cheveux bruns pleins d'épis. La bouche de Dylan souriait toujours plus que ses yeux.

— Dylan ! Dépêche-toi !

Douglas Wood, un gosse odieux avec des taches de rousseur, les cheveux en brosse et un derrière rondouillard, s'approcha en se dandinant.

— Qu'est-ce qui t'arrive, Dylan ?

— Rien.

— Alors pourquoi t'as pas mis ton uniforme ?

— Parce que ma mère voulait me parler. C'est sa faute.

Le coach Robertson, furieux contre Douglas parce qu'il avait quitté l'échauffement et contre mon fils parce qu'il refusait de jouer, s'avança vers nous en agitant les coudes.

— Allez, mon gars. Assez traîné. On y va.

Il saisit le sac à dos de Dylan et poussa mon fils vers le vestiaire. Dylan leva les yeux au ciel et suivit d'un pas lourd, en laissant traîner son uniforme par terre. Je me dirigeai vers les gradins, le cœur serré.

Kathryn, qui m'avait gardé un siège, agita la main du cinquième rang. Elle avait des jumeaux de l'âge de Dylan et une petite fille en maternelle. Ses jumeaux, Louis et Nicky, se disputaient le ballon et le coach Robertson se pencha vers eux en soufflant dans son sifflet pour les séparer. Je vis Kathryn se lever pour mieux suivre leur dispute, sa longue queue-de-cheval blonde ruisselant sur son blouson en daim patiné. Après m'être faufilée devant vingt personnes, je me glissai à côté d'elle. Elle se rassit et me pressa le genou en souriant.

— On est arrivées juste à temps.

— C'est le moins qu'on puisse dire.

Je posai ma tête fatiguée dans mes paumes.

Quelques instants plus tard, l'équipe de l'école pour garçons de Wilmington jaillit des portes du gymnase comme une armée d'invasion. J'observai mon fils traîner les pieds derrière les autres joueurs. Ses coéquipiers en nage couraient dans tous les sens, avec toute l'énergie des dernières années fugaces de leur enfance, avant que l'adolescence ne les rende gauches et empruntés. Ils lançaient rarement le ballon à Dylan, d'autant qu'il ne croisait jamais leur regard et trottinait toujours à la périphérie de l'équipe, à l'abri des bousculades. Sa silhouette dégingandée et ses genoux noueux rendaient ses mouvements maladroits. On aurait dit une girafe.

— Dylan ne joue pas bien.

Kathryn se tourna vers moi.

— Aucun d'entre eux ne joue bien. Regarde-les : ils peuvent à peine faire passer le ballon dans le panier. Ils ne sont pas encore assez forts.

— Ouais, si tu veux. Il est déprimé.

— Il n'est pas toujours déprimé, juste de temps en temps, répondit Kathryn.

Barbara Fisher se retourna. Elle portait un jean ajusté, un chemisier blanc amidonné dont le col relevé semblait défier les lois de la gravité, et un pull fuchsia à grosses côtes qui avait dû coûter une fortune ; elle était trop bronzée, et aussi mince qu'une statue de Giacometti.

— Tiens, on dirait que Superwoman s'est déplacée pour le match.

Je me hérissai.

— Je sais que ça compte beaucoup pour lui.

Je regardai les garçons par-dessus sa tête.

Barbara se déplaça de douze centimètres pour me bloquer la vue et enfoncer le clou.

— On en discutait justement l'autre jour, lors du gala de bienfaisance de l'école. Ça doit être dur pour toi, de ne jamais pouvoir t'impliquer dans les activités de Dylan.

Qu'est-ce qu'elle pouvait être énervante.

— J'aime bosser. Mais si tu préfères ne pas travailler, je peux te comprendre. C'est sans doute plus agréable, comme mode de vie.

— Tu ne le fais pas pour l'argent. C'est évident. Phillip est l'un des plus grands avocats du moment. (Elle chuchotait – du moins, elle en avait l'impression – mais tout le monde pouvait l'entendre.) Vu ce qu'il gagne, ta contribution financière doit être négligeable, non ?

Je me tournai vers Kathryn en levant les yeux au ciel.

— En fait, je gagne un assez bon salaire, Barbara. Mais, non, je ne travaille pas vraiment pour l'argent. J'aime mon boulot, c'est tout. Disons que j'ai l'esprit de compétition, mais, pour l'instant, j'aimerais me concentrer sur le jeu de Dylan parce que lui aussi, il peut avoir l'esprit de compétition, et je suis certaine qu'il aimerait que je le regarde jouer.

— Vas-y.

Kathryn me pinça le bras, trop fort, parce qu'elle détestait Barbara encore plus que moi. La douleur me fit sursauter et je lui assenai une claque sur l'épaule.

Elle me glissa à l'oreille :

— Étonnant que Barbara n'ait pas réussi à placer un mot sur leur nouvel avion. Au cas où tu ne serais pas encore au courant, le Falcon 2000 d'Aaron a finalement été livré ce week-end.

— Je suis sûre que j'en entendrai parler très bientôt, répondis-je, les yeux fixés sur le terrain.

Dylan tentait maintenant de bloquer un tir, mais le joueur le contourna pour foncer vers le panier et marquer un point. Le sifflet retentit. La période d'échauffement était terminée. Tous les gamins se regroupèrent. Chaque équipe de son côté.

— Tu sais ce qui est le plus insupportable ? me chuchota Kathryn.

— Bien des choses.

— Ils sont incapables de dire simplement : « Nous partons en week-end à 15 heures », ce qui pourrait signifier qu'ils partent en week-end à 15 heures en voiture, par bateau ou par un vol commercial. (Elle se pencha un peu plus vers moi.) Non, ils veulent que tu saches un truc, c'est qu'ils ont un avion privé. Alors ils se mettent à parler comme leurs pilotes. « Ah, on part en week-end, *on décolle* à 15 heures. » (Elle secoua la tête en souriant.) Comme si on en avait quelque chose à foutre.

Lorsque j'étais entrée par mon mariage dans ce milieu de l'Upper East Side alors que j'étais issue des classes moyennes de l'Amérique profonde, ces familles patriciennes m'intimidaient, naturellement. Mes parents, qui se chaussaient chez Méphisto et portaient des bananes à la taille, me rappelaient d'ailleurs souvent que je devais conserver du recul par rapport aux habitants de mon nouveau quartier et que chez nous, à Minneapolis, il était beaucoup plus facile d'être heureux. Bien que j'aie tenté de m'adapter par égard pour mon mari, je ne m'habituerai jamais à ces gens qui lancent le nom de leur pilote comme s'il s'agissait de leur femme de ménage. « J'avais envie de faire un saut au Cap pour dîner, j'ai demandé à Richard d'être prêt à 15 heures. »

Dylan était sur le banc avec une dizaine de camarades quand le coach Robertson lança le ballon en l'air pour la première équipe. Heureusement, Dylan semblait s'intéresser au jeu. Il parlait à son voisin et pointait du doigt vers le terrain. Je me décrispai un peu.

Deux minutes plus tard, une tasse pour bébé me rebondit sur l'épaule avant d'atterrir sur les cuisses de Kathryn. Nous nous retournâmes toutes deux. « Pardon », dit une nounou philippine. Le mille-pattes McAllister tentait de se frayer un chemin dans une rangée au-dessus de la nôtre. Deux des plus jeunes enfants braillaient comme des ânes. C'était le genre de truc qui mettait Kathryn hors d'elle. Ses propres enfants n'étaient pas des modèles de sagesse, mais elle ne digérait pas le manque de respect des sales mômes de Park Avenue à l'égard de leurs nounous.

Elle les dévisagea et se tourna vers moi.

— Ces pauvres femmes. Qu'est-ce qu'elles doivent se farcir. Tu sais quoi ? J'ai envie d'aller leur demander si chaque jour de la semaine correspond à un personnage de dessin animé, pour leurs uniformes. Je veux voir ce qu'elles me répondent.

— Arrête, Kathryn. Je t'en prie. Qu'est-ce que ça peut bien nous faire ?

— Hé, ho ? Comme si toi, l'obsédée des listes, ça ne t'intéressait pas ? (Kathryn sourit.) La prochaine fois que tu es invitée à un goûter d'anniversaire chez Sherrie, faufile-toi dans la cuisine. Sur le bureau qui est à côté du téléphone, il y a un manuel relié, codé par couleurs, qu'elle a fait taper par la secrétaire de Roger. Avec des instructions pour tout – dans les moindres détails.

— Quoi, par exemple ?

— Je croyais que ça ne t'intéressait pas ?

— OK, d'accord, un petit peu.

— Des horaires pour le personnel : premier roulement de 6 heures à 14 heures, deuxième de 9 heures à 17 heures et troisième, de 16 heures à minuit. Des horaires pour les promeneurs et les toiletteurs des animaux de compagnie. Des directives sur la façon dont les vêtements des enfants doivent être pliés ou suspendus. La façon d'assortir leurs moufles et leurs écharpes à leurs tenues d'automne, d'hiver, de ski. Où accrocher les déguisements de princesse dans le dressing en cèdre une fois qu'ils ont été repassés – car ils doivent être repassés. Quelle porcelaine utiliser pour le petit déjeuner, le déjeuner, le dîner, selon la saison : motifs coquillages pour l'été, feuilles mortes pour Thanksgiving, couronnes pour les vacances de Noël. J'en oublie la moitié, insista Kathryn. C'est impayable.

— Tu sais ce qui est encore plus consternant ? ajoutai-je. C'est que j'aimerais bien me glisser sous la couette avec une tasse de thé bien chaud, et lire mot à mot ce manuel de cinglée avant de dormir.

Trente minutes plus tard, le match battait son plein. Tout d'un coup, Wilmington marqua un panier. La foule bondit en rugissant. En me hissant sur le banc pour mieux voir, je faillis m'effondrer sur cette vipère de Barbara Fisher. Puis Wilmington reprit à nouveau le ballon à St. Henry. Mon Dylan, qui pour une fois semblait en phase avec l'équipe, tentait frénétiquement de bloquer le ballon que ses adversaires se renvoyaient. Les secondes filaient, on était presque à la mi-temps. Wilmington menait d'un point. L'un de leurs joueurs tenta de marquer un nouveau panier mais le ballon rebondit sur l'arceau. Ils attrapèrent le ballon pour faire une nouvelle tentative. Cette fois, le ballon rebondit à cent soixante kilomètres heure sur le coin du panneau, puis en plein sur Dylan. Par miracle, il l'attrapa, complètement stupéfait. L'air pétrifié, il évalua la distance qui le séparait du panier de l'équipe adverse, de l'autre côté du terrain – tous ces kilomètres à parcourir avant de marquer un point… Puis une ouverture se fit entre les rangs des défenseurs adverses et Dylan s'élança. La foule l'encouragea. Je jetai un coup d'œil à l'horloge… 0 : 07 – 0 : 06 – 0 : 05 – 0 : 04. Nous comptâmes tout haut les secondes avant que la sonnerie ne retentisse. Dylan était directement sous le panier. Je vous en prie, mon Dieu : s'il marquait un panier, ça lui changerait la vie.

Il me regarda. Il regarda ses coéquipiers qui se précipitaient vers lui. Il regarda à nouveau le panier. « Lance, Dylan, lance !!! », hurlaient-ils.

— Allez, mon bébé. Allez, mon bébé. Lance, tu peux y arriver.

J'enfonçai les ongles dans le bras de Kathryn. Dylan prit le ballon, l'enlaça dans ses bras comme un bébé et s'effondra par terre en sanglotant. La sonnerie de la mi-temps retentit. Pas un bruit sur le terrain. Tous les regards étaient braqués sur mon petit garçon déboussolé.

2

Nausée du matin

— Alors, il a dit quoi ce matin ?

Penché au-dessus du lavabo, mon mari Phillip, tout nu, essuyait un peu de mousse à raser de son oreille avec une lourde serviette éponge blanche.

— Il dit que ça va, mais je sais que c'est faux. Ça a vraiment été horrible.

Tout habillée devant mon propre lavabo, à un mètre du sien, je tentais de faire rentrer la brosse du mascara dans son tube.

— On va travailler tous les deux à l'aider à s'en remettre, ma chérie, répondit-il calmement.

Il trouvait que je prenais l'affaire trop au tragique, je le savais bien.

— Il ne veut pas en parler, pourtant, il me parle toujours. Toujours. Surtout le soir, avant de dormir.

Je clignai des yeux pour scruter mes pattes-d'oie.

— Je sais à quoi tu penses en ce moment, mais tu as l'air très mince et très jeune pour tes trente-six ans. Deuxièmement, on ne peut pas reprocher à Dylan de ne pas avoir envie de revivre ça. Laisse-lui quelques jours. Ne t'en fais pas, il va s'en sortir.

— C'était important pour lui, Phillip. Je te l'ai dit hier soir.

— C'est dur, le CM1. Il va s'en remettre, je te le promets, je vais l'aider à aller de l'avant.

— Tu es très gentil d'essayer de me rassurer. Mais tu ne comprends pas.

— Mais si ! Le gosse subissait une pression énorme, reprit Phillip, et il a flippé. Laisse tomber, tu risques d'envenimer les choses.

Il me tapota les fesses et se dirigea vers son dressing. Arrivé à la porte, il se retourna et m'adressa un clin d'œil, avec une expression d'assurance tranquille.

— Assez parlé de Dylan. J'ai une surprise pour toi !

Je savais. Les chemises. Je tentai de toutes mes forces de changer d'humeur.

Phillip disparut à nouveau dans la chambre en criant :

— Tu vas tomber dans les pommes quand tu verras ce qui est enfin arrivé !

Les chemises étaient blotties dans une grande boîte en feutre marine posée sur le lit. Phillip attendait leur livraison avec plus d'impatience qu'un enfant la veille de Noël. Lorsque je revins dans la chambre, il retirait de sa boîte la première chemise sur mesure à deux cent cinquante dollars et détachait délicatement la pastille adhésive qui retenait le papier de soie. Un papier de soie épais, haut de gamme, velouté d'un côté, lisse et luisant de l'autre. Le papier émit un bruissement sec quand il le déchira pour révéler une chemise à fines rayures blanches et jaunes. Très aristocrate anglais, très « tous les avocats de notre connaissance ».

Ce matin-là, je n'étais pas d'humeur à m'intéresser aux chemises. Je me dirigeai vers la cuisine.

— Jamie ! Reviens. Tu n'as même pas…

— Une minute, s'il te plaît !

Je revins en touillant mon café, le journal sous le bras.

— Les enfants sont en train de se lever. Tu as deux minutes pour me faire ton petit défilé de mode.

— Je ne suis pas encore prêt.

Je me calai dans le fauteuil du coin et parcourus les gros titres.

— Regarde-moi ça !

Phillip, ravi de lui-même, glissa la chemise jaune sur sa charpente d'un mètre quatre-vingt-neuf. Quelques boucles blondes humides recouvraient l'arrière du col. Il peigna ses cheveux ondulés puis les lissa de la paume. Il gloussa tout en chantonnant un petit air guilleret, et boutonna la chemise.

— Très joli, Phillip. Belle étoffe. Tu as bien choisi.

Je me replongeai dans mon journal. Du coin de l'œil, je le vis se diriger vers son dressing en acajou d'un pas léger, puis fouiller dans un bol en argent qu'il avait remporté lors d'une régate, quand il était au lycée. Il sélectionna trois paires de boutons de manchette et les plaça sur la commode – petit rituel qui datait de l'époque où Phillip s'était mis à gagner assez d'argent pour s'offrir plus d'une paire de beaux boutons de manchette. Il choisit ses préférés, des Tiffany en forme d'haltères avec des billes de lapis-lazuli bleu marine.

— OK, mon chéri. (Je jetai mon journal et me dirigeai vers la porte.) On a fini, là ? Ça t'embête que je…

Un gros nuage noir apparut soudain à l'horizon.

— Merde !

Manifestement, sa nouvelle chemise lui posait un très gros problème. Phillip tentait de forcer les boutons de manchette à travers les boutonnières trop petites, ce qui le mettait légèrement en colère.

Il retira la chemise jaune et fronça les sourcils.

Notre petite Gracie de cinq ans entra en se frottant les yeux. Elle lui agrippa la cuisse.

— Ma puce. Pas maintenant. Papa t'aime beaucoup, mais pas maintenant.

Il la poussa vers moi. Je la pris dans mes bras.

Phillip se dirigea vers le lit, d'un pas nettement plus lourd, et sortit une autre chemise, rayée lavande et blanc, cette fois. Il fit une pause et inspira assez profondément, un peu comme un taureau avant de charger dans les arènes de Madrid. Il brandit la chemise amidonnée à bout de bras et pencha la tête sur l'épaule, comme si cela allait l'aider à rester d'humeur positive. Debout dans son boxer en Oxford bleu, son tee-shirt blanc et ses chaussettes anthracite, il passa sa chemise toute neuve et tenta à nouveau d'introduire ses boutons de manchette dans les trous. Une fois de plus, ils résistèrent. Gussie, notre Wheaton Terrier, entra en bondissant, s'assit sur son train arrière et pencha la tête sur l'épaule, comme Phillip venait de le faire.

— Pas maintenant, Gussie. Dehors !

Le chien pencha sa tête de l'autre côté mais son corps, rigide et ferme, ne bougea pas d'un poil.

Je m'appuyai au cadre de la porte de la chambre en mordant ma lèvre inférieure, Gracie dans les bras.

Les avocats issus de trois générations diplômées de la fac de droit d'Harvard ne sont pas psychologiquement équipés pour affronter les petites déceptions de la vie quotidienne. Surtout ceux qui, comme Phillip, sont nés sur Park Avenue. Ils ont été élevés par des nounous, nourris par des cuisiniers et des portiers leur ont toujours ouvert la porte en silence. Ces types peuvent perdre ou gagner les millions de leurs clients en un clin d'œil sans se départir de leur sang-froid, mais gare à leur chauffeur s'il n'est pas là où il est censé se trouver après un dîner. Lorsqu'un pépin chiffonne mon mari, sa réaction n'est jamais, quel que soit le scénario, proportionnelle au problème. En règle générale, ce sont les événements les plus insignifiants qui déchaînent les explosions les plus sismiques.

Comme ce matin. C'était aussi l'une de ces occasions où les règles paternelles très strictes concernant les gros mots ne s'appliquent pas.

— Putain de merde de M. Ho ! Ce nabot de Hong Kong me prend une fortune pour dix chemises de merde, avec deux essayages, et ce connard n'est même pas capable de coudre une saleté de boutonnière ? Pour deux cent cinquante dollars, je n'ai même pas droit à une putain de boutonnière à la bonne taille ?

Il fonça, rageur, vers son dressing.

Je glissai Gracie sous les couvertures de notre lit. Elle pinçait les lèvres en écarquillant les yeux. Même à cinq ans, elle se rendait compte que papa se comportait en gros bébé gâté. Elle savait aussi que si elle disait quoi que ce soit, papa ne réagirait pas favorablement. Michael, notre fils de deux ans, entra en se dandinant et leva les bras vers le lit pour indiquer qu'il voulait que je l'aide à monter. Je le déposai près de Gracie et l'embrassai sur la tête.

J'attendis tout en tentant de remonter le zip au dos de mon top, sachant que…

— Jamieeeeeeeeeeeeeeeeeeeeeeee !

Quand Phillip m'a demandée en mariage, il m'a dit qu'il voulait une femme qui ait une carrière, une femme dont les centres d'intérêt se situent d'abord et avant tout à l'extérieur du foyer. Il a déclaré qu'il était un homme moderne, de ceux qui n'avaient pas besoin que leur femme s'occupe de leurs besoins quotidiens. Dix ans plus tard, permettez-moi de ne pas être de cet avis. Je glissai la cassette *Pinky Dinky Doo* dans le lecteur pour les enfants et me dirigeai tranquillement vers la voix qui provenait maintenant du bureau, tout en me demandant combien de femmes à travers l'Amérique, à cet instant précis, se tapaient les crises de nerfs matinales de leurs maris à propos de trucs idiots.

— Combien de fois dois-je répéter à Carolina de ne PAS toucher à ce qui se trouve sur mon bureau ? Pourrais-tu lui rappeler s'il te plaît qu'elle va être virée si elle retire une fois de plus les ciseaux de mon bureau ?

— Mon chou, essaie de te rappeler qu'il s'agit d'un problème de boutons de manchette. Je suis certaine qu'elle ne les a pas pris, tu as dû les mettre…

— Désolé, ma chérie. (Il m'embrassa le front et me pressa la main.) Mais je les pose toujours dans ce porte-crayons en cuir, ici même, pour savoir où les trouver lorsque j'en ai besoin. Saletés de Chinetoques. Putain de M. Ho de merde.

— Phillip, du calme, ne traite pas les Chinois de saletés. Je sais que tu n'en penses pas un mot. Arrête, je t'en prie. C'est extrêmement grossier. Je t'offrirai une autre chemise.

— Je ne veux pas d'autre chemise, Jamie. Je veux trouver de petits ciseaux, de préférence des ciseaux à ongles, pour agrandir ces boutonnières.

— Phillip, tu vas abîmer ta chemise si tu fais ça.

Je retirai une chemise propre tout à fait impeccable de son armoire. En la voyant, il ferma les yeux et inspira plusieurs fois profondément par le nez.

— J'en ai marre, plus que marre de mes vieilles chemises.

Il ouvrit brutalement tous les tiroirs de son bureau et les fouilla un à un jusqu'à ce qu'il trouve une paire de petits ciseaux à ongles en argent. Pendant les quatre minutes qui suivirent, je contemplai mon mari – associé de l'un des plus prestigieux cabinets d'avocats de New York – massacrer un coton égyptien haut de gamme.

Le bouton de manchette traversa la boutonnière et tomba par terre.

— Maintenant le trou est trop grand. Bordel de merde.

Dylan choisit ce moment inopportun pour paraître. Il n'avait aucune idée de ce qui se passait, et ça lui était égal.

— Papa, j'ai entendu. T'as dit un gros mot, alors tu me dois un dollar. Maman peut pas m'aider avec mon devoir de maths. Elle peut même pas faire les pourcentages.

Il mit son livre de maths de CM1 sous le nez de son père.

— Il faut que tu m'aides.

Dylan était habillé pour l'école, avec un blazer bleu, une cravate rayée, un pantalon kaki et des mocassins à semelle de caoutchouc. Bien qu'il ait tenté de lisser ses épis avec de l'eau, ils se dressaient toujours en bataille derrière sa tête. Je tendis les bras pour serrer mon fils contre moi mais il me repoussa en haussant les épaules.

— Pas maintenant, Dylan. J'ai un gros problème.

Phillip étudiait les boutonnières échancrées en les triturant avec les ciseaux à ongles.

— Phillip, je te l'ai déjà dit, tu vas esquinter ta nouvelle…

— Laisse… moi… faire… ce… que… je… dois… faire… pour… arriver… à… temps… à… ma… réunion… avec… mon… client… pour… que… je… puisse… gagner… ma… vie.

— Maman a dit qu'elle avait oublié comment on multiplie les fractions.

— Dylan, ce n'est pas le moment de me demander de t'aider à faire des devoirs. Tu aurais dû me le demander hier.

Phillip tentait de parler doucement, mais sa voix était aiguë, tendue. Puis la mémoire lui revint. Il s'assit derrière son bureau pour se mettre à la hauteur de son fils.

— Dylan. Je sais que tu as vécu un très, très mauvais moment hier avec ton équipe de basket, et que…

— C'est pas vrai.

Phillip tourna les yeux vers moi pour me consulter. Il n'était pas rentré assez tôt la veille pour en parler avec Dylan.

— Ça ne s'est pas, euh, mal passé, le match ?

— Non.

— OK, Dylan. On oublie le match et on parle de maths.

— Si tu veux savoir, je veux plus jamais parler de ce match. Parce que c'est pas important. Mes devoirs sont importants et ils sont trop difficiles.

Dylan croisa les bras, l'air blessé, et fixa le parquet.

— Je comprends.

Phillip tenta de le raisonner.

— C'est pour ça que je veux parler des maths, moi aussi, reprit-il. Comment se fait-il que tu n'aies pas fini tes devoirs hier soir ? Est-ce parce que tu étais contrarié, à cause du match ?

— Je t'ai déjà dit ! J'étais pas contrarié ! Le match, c'est pas important ! On parle de pourquoi tu peux pas m'aider à faire mes maths. Le papa d'Alexander fait toujours ses devoirs de maths pour lui, et en plus il passe le prendre à l'école sur son vélo.

— Le papa d'Alexander est violoniste et Alexander vit dans un taudis.

— Phillip, je t'en prie ! Un petit mot entre adultes. Suis-moi.

Je le pris par la main, l'entraînai dans son dressing et refermai la porte.

Il m'adressa un clin d'œil. Je croisai les bras. Il pressa les mains comme deux ventouses géantes sur mes fesses et m'attira vers lui. Puis il m'embrassa partout dans le cou.

— Tu sens tellement bon. Tu sens le propre. J'adore ton shampooing, murmura-t-il.

Je ne me laissai pas faire.

— Tu devrais t'entendre, ce matin.

— Je suis désolé. C'est à cause de cette réunion avec mon client. Je suis nerveux. Et maintenant, tu m'excites.

Je lui tapai sur la main.

— Tu ne peux pas traiter les Chinois de saletés devant les enfants. Tout d'abord, je trouve ça insultant et si jamais ils t'entendaient…

— Tu as raison.

— Et si Alexander habite un petit appartement, ce n'est pas une raison suffisante pour critiquer son père, qui est un violoniste de réputation mondiale. Quel genre de message tu transmets, là ?

— Pas le bon.

— Alors, à quoi tu penses ? Tu me rends folle.

Il tenta de baisser le zip de mon top.

— C'est toi qui me rends fou.

Il me chatouilla dans le dos.

Gracie frappa à la porte.

— Maman !

— Arrête, dis-je en riant malgré moi. Je n'en peux plus. J'ai déjà trois enfants. Je n'en veux pas un quatrième. Ce n'est qu'une boutonnière, d'accord ? Tu peux essayer de te ressaisir ?

— Je t'aime. Je suis désolé. Tu as raison. Mais ces chemises m'ont coûté beaucoup d'argent et pour ce prix…

— S'il te plaît.

— Très bien. On remet le compteur à zéro.

Il m'ouvrit la porte, s'effaça galamment pour me laisser sortir et transporta Gracie à la cuisine sous le bras comme un fagot de brindilles.

Dylan regardait par la fenêtre, toujours furieux. Phillip s'assit à son bureau et se concentra à nouveau sur son fils.

— Dylan. Je sais que c'est difficile, les devoirs. Si tu pouvais seulement m'avertir un peu à l'avance et ne pas me demander quand je suis pressé d'arriver au bureau…

— T'étais pas là hier, sinon je t'aurais demandé de m'aider.

— Je suis désolé.

Phillip prit les mains de Dylan dans les siennes et chercha son regard. Mais Dylan se dégagea.

— Tu es un grand garçon, maintenant, et tu es assez vieux pour faire tes propres devoirs sans l'aide de ta mère ou de ton père. Si tu as besoin d'un tuteur, on peut en parler, mais il est près de 7 h 30, la voiture m'attend et tu dois arriver à l'heure à l'école.

Dylan se jeta sur le canapé, pitoyable et frustré.

— Hé, zuuuuuuuuut.

Il resta étendu sur le dos, bras et jambes écartés, un coude sur les yeux. Il était trop grand pour pleurer facilement, mais je savais qu'il en avait envie. Je savais aussi que si j'allais le serrer contre moi, son fragile sang-froid s'effriterait, qu'il craquerait. Je restai à distance.

— Les mamans sont jamais capables de faire les devoirs de maths, et tous les papas dans ma classe les font pour tous les enfants. C'est pas juste que tu m'aides pas.

— Dylan, dit-il tendrement, assis sur le bord du canapé. C'est juste que papa a du mal à comprendre, parfois. Je t'aime énormément, je suis très fier de toi et je trouverai du temps ce soir pour t'aider. (Il lui tapota le nez.) D'accord ?

— Ouais.

Dylan retint un sourire.

Gracie apparut à la porte du bureau de Phillip avec une petite paire de ciseaux de Barbie en plastique rose et les lui offrit en silence.

Phillip la regarda. Puis il me regarda. Puis il éclata de rire.

— Merci, ma chérie.

Il attira Gracie vers lui et lui ébouriffa les cheveux. Puis il prit Dylan dans ses bras et le serra très fort. Précisément quand j'étais persuadée que Phillip était un vrai monstre, il faisait un truc qui me laissait penser que je pouvais toujours être amoureuse de lui. Dans mes moments d'honnêteté totale, je disais à mon amie Kathryn que j'allais peut-être quitter Phillip, un jour. Nous nous éloignions l'un de l'autre, il était insupportable et puis, tout d'un coup, il se conduisait de façon responsable et paternelle et je me disais que, finalement, ça allait peut-être aller.

— Dylan, on va s'en sortir ensemble. En famille.

Puis il se tourna vers moi.

— Passe-moi la vieille chemise. Je suis en retard. Appelle M. Ho pour moi et dis-lui qu'il a vingt-quatre heures pour réparer les dix chemises. Si je dois m'occuper de lui, je vais lui envoyer une escouade de tueurs.

Nous descendîmes ensemble dans l'ascenseur, sac à dos, téléphones portables et vestes volant dans tous les sens : mon mari, Dylan, Gracie et le petit Michael, Carolina la gouvernante avec notre Wheaton Terrier Gussie, et notre nounou, Yvette. Phillip s'était remis de sa crise de nerfs au sujet des boutonnières, ce qui ne signifiait pas pour autant qu'il ait l'intention de nous parler. En costume d'avocat et chaussures noires cirées, il se préparait à son rendez-vous avec un client, sans sembler s'apercevoir du chaos environnant. Fourrant l'oreillette de son portable dans son oreille, il composa le numéro de sa boîte vocale d'un pouce, tout en pressant une épaisse liasse de journaux repliés contre sa hanche.

Je soulevai Gracie d'une main tout en me glissant une

pince dans les cheveux de l'autre. Yvette, très fière de ses bambins bien soignés, habillait tous les jours mes deux petits comme pour aller à la messe du dimanche en Jamaïque. Mais comme elle était chez nous depuis la naissance de Dylan, je ne m'en mêlais plus. Gracie portait une robe en Vichy rouge et blanc avec des babies assorties, et un énorme nœud blanc de la taille d'un 767 sur le côté de la tête.

— Maman, c'est toi qui passes me prendre ou Yvette ? geignit Gracie. Tu passes jamais me prendre.

— Pas aujourd'hui parce que, tu sais, mardi je travaille, mon trésor. Il faut que je reste au bureau toute la journée. Mais n'oublie pas que j'essaie toujours de passer te prendre lundi et vendredi.

« Essayer », c'était le mot-clé ; bien que je n'aie qu'un poste à temps partiel à la chaîne, mes horaires étaient irréguliers et passaient même au plein temps en cas d'actualité brûlante. Mes enfants vivaient difficilement ces incohérences. Les traits délicats de Gracie commencèrent à se tordre. Je lissai ses cheveux de la paume et lui posai un baiser sur le front. « Je t'aime », lui soufflai-je.

Le sac à dos de Dylan était plus grand que lui. Il le fouilla pour retrouver son Tamagotchi, accroché à une chaîne de porte-clés, et se mit à le trifouiller comme un savant fou. Exactement comme papa avec son Blackberry.

— Je ne peux pas assister à la téléconférence de 15 heures. (Même lorsque nous sommes dans l'ascenseur, Phillip tient à répondre à ses messages dès l'instant où il les reçoit.) Appelle ma secrétaire, Hank, elle débrouillera ça. Bon, maintenant je vais te faire un rapport sur le litige de Tysis Logics…

— Phillip, je t'en prie, ça ne peut pas attendre ? C'est d'un grossier…

Phillip ferma les yeux, me tapota la tête, puis posa un doigt sur mes lèvres. J'eus envie de le mordre.

— … ça va être un sacré coup de dés, pour trois raisons. D'abord, le partage des actions ; on n'a même pas assez d'actions autorisées pour…

Michael s'agrippa à mon top depuis sa poussette et enfonça les ongles dans l'ourlet, faisant craquer quelques points.

Carolina s'arc-bouta sur la laisse de Gussie lorsque les portes de l'ascenseur s'ouvrirent au quatrième étage. Phillip lui décocha un regard noir ; apparemment, il ne s'était toujours pas remis de la disparition de ses ciseaux à ongles.

La porte de l'ascenseur s'ouvrit sur un monsieur de soixante-dix-huit ans à cheveux blancs, en costume beige et nœud papillon rayé. M. Greeley, le papy vieux jeu de l'appartement 4B, venait de prendre sa retraite mais revêtait encore son costume tous les matins pour aller boire son café et acheter ses journaux. Il prit son courage à deux mains pour entrer dans l'ascenseur bondé. Aussitôt, Gussie se mit à gratter et à lui renifler fiévreusement le haut des cuisses, comme s'il venait d'y découvrir un terrier de lapin. Carolina tira sur la laisse ; le chien se retrouva sur les deux pattes arrière, les pattes avant sur la porte de l'ascenseur. Phillip aboyait toujours ses plans de combat dans son portable. Je saluai M. Greeley de la tête en esquissant un sourire d'excuse, le regard contrit. Lui, pendant ce temps, scrutait fixement les chiffres décroissants de l'ascenseur, comme si nous n'existions pas. Depuis deux ans que nous vivions dans cet immeuble, il ne m'avait jamais souri en retour – juste un discret hochement de tête.

La porte s'ouvrit à nouveau et nous nous déversâmes dans le hall d'entrée. Agrippé à son attaché-case Dunhill plein à craquer, Phillip nous salua de la main et fonça en rajustant son oreillette. Dans son esprit enfiévré, la réunion était déjà commencée depuis cinq minutes. « Je vous aime ! » s'écria-t-il sans se retourner. Le portier, Eddie, lui offrit de l'aider à porter quelque chose, mais Phillip, sans faire attention, se jeta dans sa voiture. Tandis que sa Lexus s'éloignait, je vis le *Wall Street Journal* se déployer d'un coup sec devant lui.

Notre cortège automobile n'avait rien à envier à celui d'un chef d'État. Sitôt la voiture de Phillip démarrée, mon chauffeur, Luis, se rangea devant la marquise dans notre monstrueuse Suburban bleu marine. Luis est un adorable Équatorien de quarante ans qui travaille dans notre garage et parle environ quatre mots d'anglais. Tout ce que je sais de lui, c'est qu'il a une femme et deux enfants dans le Queens. Pour quarante dollars par jour – en liquide – il m'aide à accompagner à l'école Dylan à 8 heures et Gracie à 8 h 30. Trois jours par semaine, il m'attend aussi lorsque je rentre à la maison pour me changer et jouer avec Michael, puis il me dépose à 10 heures à la chaîne de télévision où je travaille. Il ne m'a pas échappé que pour deux cents dollars par semaine, à Minneapolis, ma mère pouvait nous nourrir, payer les factures et mettre un peu d'argent de côté.

Le portier m'aida à installer Gracie dans le siège enfant pendant que Dylan grimpait maladroitement par-dessus elle, effleurant le visage de sa sœur de son sac à dos. « Dylan ! Arrête ! » hurla-t-elle. J'embrassai Michael dans sa poussette : il tendit les bras vers moi en tentant désespérément de se libérer des courroies qui le retenaient à son siège. Aussitôt, Yvette lui mit une petite poupée Elmo sous le nez et il sourit.

Dans le rétroviseur, je vis la camionnette de la garderie canine de Gussie prendre notre place. Sur le côté de la camionnette, on lisait : « Le toutou dorloté ». L'une des portières s'ouvrit pour Gussie comme par magie, et

Carolina réussit à lui planter un gros bisou sur le front avant qu'il disparaisse à l'intérieur, accueilli à grands coups de langue par ses copains.

Je fermai les yeux tandis que nous parcourions vingt pâtés de maisons sur Park Avenue jusqu'à l'école de Dylan, heureuse de ne croiser le regard de personne. Attentif à éviter les taxis et les camionnettes de livraison qui slalomaient autour de nous, Luis ne disait jamais un mot, se contentant de chaleureux sourires latins.

Gracie était encore assez petite pour que le mouvement de la voiture l'endorme. Elle planta son pouce dans sa bouche, les paupières frémissantes comme des ailes de papillon, résistant au sommeil. Dylan s'empara d'un jeu électronique sur la banquette arrière. Ses pouces coururent sur les touches de sa Gameboy. Il savait que je le laisserais jouer s'il ne mettait pas le son.

— Gracie, arrête ! M'maaaaaaaaaan !

Aïe, ma tête.

— Qu'est-ce qui se passe ?

— Gracie m'a donné exprès un coup de pied et maintenant je suis retourné au niveau trois !

— Même pas vrai, hurla Gracie, tout d'un coup bien réveillée.

— Dylan, s'il te plaît, suppliai-je.

— Pourquoi t'es de son côté ? protesta-t-il.

— Je ne suis pas de son côté, mais elle n'a que cinq ans. Tu pourrais laisser tomber. On a déjà discuté de tout ça.

— Mais c'est pas bien, ce qu'elle a fait, M'maaaaaaaaan. Elle m'a fait perdre.

Il jeta sa Gameboy par terre et se tourna vers la fenêtre, les yeux remplis de larmes. Finalement, ce n'était peut-être pas une bonne idée d'avoir arrêté de l'emmener chez le Dr Bernstein. Il détestait aller chez le psychiatre :

d'après lui, ils ne faisaient que jouer au Monopoly et construire des maquettes d'avions. J'avais le sentiment que l'obliger à y aller, c'était le stigmatiser : il n'avait aucun problème diagnostiqué, pas même l'universel trouble de déficit de l'attention. Je ne voulais pas transformer en maladie une situation qui semblait essentiellement relever de la tristesse et de la perte d'estime de soi, très probablement dus à l'absence du père et peut-être, aussi, à celle d'une maman surmenée et pas toujours attentive – je l'avoue à mon grand regret.

Je me tournai vers mon fils et la Gameboy qui gisait à ses pieds. Le Dr Bernstein avait souligné à quel point il était important d'exprimer de l'empathie envers Dylan, de reconnaître ses émotions.

— Je suis désolée, Dylan. Ça doit vraiment être frustrant. Surtout quand on est sur le point de gagner.

Il ne répondit rien.

3

Retournée comme une crêpe

— Grouille-toi, il faut qu'on parle.

Ma collègue coréenne, Abby Chong, m'avait repérée dans la salle de rédaction bourdonnante où nos collègues bouclaient un bulletin en direct sur l'atterrissage d'une navette spatiale. Je passai devant une rangée de boxes tout en saluant les jeunes assistantes qui y travaillaient. La plupart d'entre elles semblaient ne pas avoir dormi depuis plusieurs jours. Je manœuvrai entre les moniteurs alignés à l'extérieur des boxes, surmontés de piles de DVD perchés en équilibre précaire, dans la cacophonie familière des sonneries de téléphones, des doigts tapant sur les claviers, des dizaines de téléviseurs et de radios allumés. Abby m'agrippa par le coude pour m'entraîner vers la porte de mon bureau. Je parvins à ramasser trois journaux empilés.

— Tu as failli me faire renverser mon café !

— Désolée, dit Abby. Je suis fatiguée. Je suis crevée. Mais toi, tu as des problèmes plus graves.

— Vraiment graves ? Aussi graves que tes problèmes avec le pape ?

— Non. Le Présentateur Fou a laissé tomber. Maintenant, Goodman veut une interview avec Madonna.

— Comment est-il passé d'une exclu avec le pape à Madonna ?

— Le truc de la croix. Sa fausse crucifixion durant un concert, il y a un moment. Goodman dînait en ville hier soir, et sa voisine de table l'a persuadé que Madonna plairait aux 18-49 ans. Il a décidé qu'elle était plus pointue que le pape, mais seulement après nous avoir fait bosser sur le sujet jusqu'à 4 heures du mat'. Il voulait du frais. Tout devait être frais. Il nous a demandé de trouver des références au pape dans la Bible, pour pouvoir les citer dans son courrier au Vatican. Je lui ai répondu qu'il n'y en avait aucune, et pour cause. Il m'a dit : « Impossible ! C'est le pape, pour l'amour du ciel ! Trouves-en ! »

— En tout cas, ce n'est pas moi qui vais bosser sur Madonna. Je ne produis pas d'interview people, c'est précisé dans mon contrat.

— Vu la merde dans laquelle tu te trouves, ton contrat risque de ne pas être renouvelé.

Je me dis qu'elle exagérait. Abby restait toujours calme lorsque nous étions en direct mais, autrement, c'était une boule de nerfs – comme maintenant. Ses cheveux noirs, retenus par une pince banane au sommet du crâne, lui faisaient une tête de sorcière et elle portait un tailleur violet qui ne lui allait pas du tout. Elle me poussa dans mon bureau et referma la porte derrière elle.

— Assieds-toi, dit-elle en faisant les cent pas.

— Ça t'embête que je retire mon manteau ?

— Vas-y. Mais grouille-toi.

— Tu me donnes deux minutes, tu veux bien ?

J'accrochai mon manteau derrière la porte, m'assis et sortis mon petit pain aux canneberges et mon café de leur sachet.

— OK, Abby. Qu'est-ce qui te met dans cet état ?

Elle se pencha au-dessus de mon bureau, bras tendus. Sans hésiter, sans enrober, elle m'apprit la fatale nouvelle.

— Theresa Boudreaux a accordé l'interview à Kathy Seebright. Ils l'ont enregistrée lundi dans un lieu tenu secret. Elle passe jeudi sur *News Hour*. Drudge[1] a déjà craché le morceau sur son site.

Elle s'assit et son genou gauche se mit à tressauter de façon incontrôlable.

Je me laissai tomber la tête sur le bureau.

— Tu es baisée. Il n'y a pas d'autre mot. Je suis désolée. Goodman n'est pas encore arrivé, mais, apparemment, notre chef intrépide lui a téléphoné il y a un quart d'heure pour lui annoncer la nouvelle. Donc, les deux grands manitous sont déjà au courant.

Je me forçai à lever les yeux.

— Goodman a-t-il tenté de me joindre ?

— Je ne sais pas. J'ai essayé de t'appeler sur ton portable mais je suis tombée sur ta boîte vocale.

J'extirpai mon portable de mon sac en le tirant par le fil de l'oreillette. La sonnerie était éteinte depuis hier soir et j'avais oublié de la remettre. Six messages. Je branchai le téléphone dans le chargeur. Une vague de nausée m'envahit. La poignée de vitamines que j'avais avalées l'estomac vide ne passait pas. J'arrachai un bout de mon petit pain, en extirpai quelques baies et les alignai tout en réfléchissant à ce que j'allais faire.

— Donne-moi une seconde pour trouver une façon de me tirer de ce désastre.

— J'attends.

Elle se renversa sur sa chaise, les bras croisés sur la poitrine. Abby était une très jolie femme qui, malgré ses

1. Depuis 1994, d'abord via une *newsletter* électronique, puis sur son site *The Drudge Report*, Matt Drudge fait circuler des informations souvent sensationnalistes sur le milieu politique américain, doublant souvent les médias traditionnels. (Toutes les notes de cet ouvrage sont de la traductrice.)

quarante-deux ans, faisait très jeune avec ses cheveux lisses et son teint d'Asiatique. C'était la documentaliste de l'émission, et pendant les directs elle était toujours postée hors champ à un mètre cinquante de notre présentateur, Joe Goodman. Des milliers de fiches bourrées d'infos et de chiffres que notre pompeux journaliste était susceptible d'exiger à tout instant s'étalaient devant elle, sur la console : quel genre de char d'assaut était le plus souvent utilisé dans la guerre en Irak ? Combien de victimes à bord du vol 103 de la Pan Am ?

J'énumérai quelques options.

— Je pourrais tout simplement présenter mes excuses à Goodman dès maintenant, avant qu'il ne débarque. L'action préventive, ça marche à tous les coups. (Inspiration profonde.) Je pourrais écouter tous mes messages pour voir si l'avocat de Boudreaux a pris la peine de me prévenir que sa cliente allait parler à une autre chaîne. Il m'a promis l'entretien vendredi. Pas étonnant qu'il ne m'ait pas rappelée ce week-end.

Je repoussai des piles de DVD pour me faire de la place sur mon bureau. Elles s'effondrèrent par terre comme un glissement de terrain.

— Je croyais que l'affaire était dans le sac, dit Abby, secourable. J'en étais vraiment convaincue, surtout après ton offensive de charme la semaine dernière. Goodman arrive dans quinze minutes. Écoute tes messages d'abord pour savoir de quel côté le vent souffle, encore que…

— Encore que quoi ?

Encore que je vienne de me faire souffler le scoop de l'année par une blonde pimpante : Kathy Seebright, la petite fiancée de l'Amérique. Nous qui étions du métier, nous savions qu'elle était plutôt du genre à arracher les testicules d'un homme d'un coup de dents pour les lui recracher au visage.

— Pourquoi ai-je dit à Goodman que l'affaire était dans le sac ? J'aurais dû savoir que rien n'est fait tant que la caméra ne tourne pas.

Même Abby ignorait que j'avais quitté le bureau plus tôt vendredi dernier pour déposer ma fille à son cours de ballet. Ils s'étaient probablement imaginé que j'étais en train de peaufiner les détails de l'interview.

Parfois, les femmes sexy jouent les étourdies parce que cela leur permet d'obtenir précisément ce qu'elles veulent. Theresa Boudreaux était de ce genre-là : serveuse de crêperie, bien roulée et diabolique. Malheureusement pour un homme politique prestigieux, elle avait eu la présence d'esprit d'acheter un appareil à neuf dollars destiné à enregistrer les conversations téléphoniques. Elle l'avait ensuite utilisé pour enregistrer ses conversations cochonnes avec Huey Hartley, membre du Congrès américain, un politicien puissant, moralisateur et marié depuis trente ans, originaire de l'État profondément républicain du Mississippi. Quand les présentateurs de journal télévisé perdent une interview comme celle-là, ils deviennent effrayants. C'est pourquoi les producteurs les surnomment « les monstres de l'antenne », qu'ils perdent une interview ou non, d'ailleurs. Ils font peur même quand ils essaient d'être gentils. Mais personne ne serait gentil avec moi aujourd'hui.

J'allais être virée, je le sentais. À ma décharge, j'étais vraiment persuadée que l'affaire était dans le sac. Je saisis mon portable.

Le quatrième message provenait effectivement de l'avocat de Theresa Boudreaux, qui m'avait appelée la veille, à 10 heures. Juste après l'enregistrement de Seebright. Quelle ordure. Il ne m'avait mise au courant qu'une fois le fait accompli.

— Jamie. Ici Leon Rosenberg. Encore merci pour les fleurs de vendredi. Ma femme les a trouvées magnifiques. Euh, il faut qu'on discute, il y a un changement de programme. Theresa Boudreaux a de petits soucis. Rappelez-moi chez moi ce soir. Vous avez mon numéro.

Folle de rage, je composai le numéro de téléphone du cabinet de Leon. Ce fut son assistante, l'exaspérante Sunny, qui me répondit. Elle ne savait jamais où il était ni comment le joindre, mais elle me mettait toujours en attente pour « voir ». J'attendis deux bonnes minutes.

— Je suis navrée, madame Whitfield. J'ignore où il se trouve en ce moment, donc je ne peux pas vous le passer. Voulez-vous laisser un message ?

— Oui. Pourriez-vous noter mot pour mot : « Je sais, pour Seebright. Merci, et allez vous faire foutre. De la part de Jamie Whitfield. »

— Je ne crois pas que ce soit un message approprié.

— M. Rosenberg n'en sera pas étonné. Il le trouvera très approprié à la situation. Transmettez-le.

Je raccrochai.

— Ça, ça va le faire réagir.

Charles Worthington hocha la tête en signe d'approbation en entrant dans mon bureau. Il s'installa sur mon canapé et prit un journal. Charles était, lui aussi, l'un des producteurs de l'émission où il était chargé de toutes les enquêtes. Cet Afro-Américain de trente-cinq ans, petit, mince et toujours impeccablement vêtu, était issu de l'élite créole de la Louisiane. Charles parlait d'une voix apaisante, teintée d'un léger accent du Sud. Nous étions collègues depuis dix ans ; nous avions fait tout notre parcours professionnel ensemble. Je le surnommais mon mari de bureau, bien qu'il fût gay.

Le téléphone sonna trente secondes plus tard.

— Oui, Léon.

— Jamie, vraiment, pourquoi tant de grossièreté ? Ce n'est que ma secrétaire, et maintenant elle est complètement chamboulée. Et très gênée.

— GROSSIÈRETÉ ? Vous parlez de grossièreté ? Et pourquoi pas de mensonge ? D'escroquerie ? De manque de professionnalisme ?

Charles bondit du canapé, poings brandis, pour m'encourager.

— Vous m'avez affirmé que l'affaire était dans le sac. Combien de lettres ai-je écrites à votre petite traînée de cliente ? Combien de fois ai-je amené le grand présentateur Joe Goodman bouffer ses crêpes ? Et pourquoi a-t-elle choisi une femme présentatrice, au fait ? Ça ne colle pas.

Les mangeuses d'hommes comme Theresa optent toujours pour les présentateurs masculins, incapables de se concentrer sur la question suivante parce qu'ils sont en train de replacer discrètement ce qui gonfle leur pantalon.

— Jamie, essayez de vous calmer. Ce n'est que de la télé. À la dernière minute, Theresa a décidé que Kathy lui poserait des questions moins difficiles. Elle a eu peur de votre bonhomme. Il a la réputation de sauter à la gorge de ses invités.

— Je suis persuadée que c'est elle qui a tout décidé, Léon. Vous n'êtes pas du tout intervenu.

Je me tournai vers Abby et Charles en levant les yeux au ciel.

— Écoutez, dit Leon. Je vous promets de me racheter. J'ai quelques documents sous scellés du procès d'O.J. Simpson qui pourraient faire un tabac sur votre petite chaîne et je suis sûr que…

Je lui raccrochai au nez.

— C'était quoi, son excuse ? demanda Charles.

— La même que chaque fois que Seebright nous souffle une interview : « Elle a l'air tellement plus gentille que Joe Goodman… »

Comment avais-je laissé cette interview me glisser entre les doigts alors qu'elle semblait bétonnée ? Pourquoi n'avais-je pas mis en place des verrous supplémentaires ? Et pourquoi voulions-nous faire cette interview, au fond ? Uniquement parce que Hartley était un politicien controversé, pro-famille, père de quatre enfants ? Ses propos égrillards méritaient-ils une telle couverture médiatique ? Absolument.

Hartley n'appartenait pas à la faction des chrétiens conservateurs les plus fondamentalistes, mais avec ses discours férocement anti-homosexuels et pro-famille, ce politicien du Sud était réputé pour son franc-parler. Avec ses quarante kilos en trop sur une charpente d'un mètre quatre-vingt-quinze, il dominait son public lorsqu'il contournait le pupitre pour s'adresser à lui, le poing dressé et les bajoues tremblantes. Sa moustache et son bouc gris soulignaient sa bouche immense et sa lèvre inférieure proéminente. Il avait des yeux d'un bleu cristallin et une plaque chauve sur son crâne en sueur qui reflétait les spots. Il avait contribué à la victoire des républicains en 2004 en soutenant la campagne qui visait à inclure le référendum sur le mariage homosexuel sur les bulletins électoraux de vingt-quatre États. Cette stratégie de la Maison-Blanche avait mobilisé les ouailles des grandes congrégations par autocars entiers, et avait été l'un des facteurs principaux du triomphe du parti républicain. En prévision des élections de 2008, il avait pris en marche le train du mouvement anti-gay et militait pour que les lois antédiluviennes faisant de la sodomie un acte criminel soient incluses sur les bulletins de vote de la trentaine d'États qui ne les comptaient pas encore dans leur arsenal juridique.

Je tentai d'accepter l'ampleur de mon plantage avant de pénétrer dans le bureau de notre directeur de la production, Erik James. Ainsi, j'éviterais toute dispute. Il n'était jamais indiqué de se disputer avec Erik lorsqu'il était en colère. Il terminait un coup de fil lorsque son assistante me fit passer dans son bureau. Je fixai les dizaines de statuettes des Emmy Awards alignées sur l'étagère. Erik travaillait chez NBS depuis près de vingt ans ; il avait débuté comme directeur de la production du magazine d'information dominical avant de lancer *Newsnight with Joe Goodman*, qui avait fait exploser l'Audimat et qui raflait régulièrement tous les prix.

Il raccrocha le combiné et me dévisagea. Puis il se lança dans sa diatribe.

— Tu la ramènes beaucoup.

— Ça n'était pas mon intention.

— Et quand il s'agit d'assurer, plus rien.

Il repoussa son fauteuil, contourna son bureau et passa à l'attaque. Erik, qui fait un mètre soixante-huit, est affublé d'une bedaine de femme enceinte qui aurait dépassé son terme de deux semaines. Bien qu'il se tînt à distance, son ventre me touchait presque.

— Tu. Es. Nulle !

— Faux !

— Vrai !

Il agita les mains en l'air comme King Kong. L'une de ses bretelles péta et il se tortilla furieusement pour la rattraper. Maintenant, il était franchement hors de lui.

— Erik, Leon Rosenberg m'avait assuré…

— Je me fous de ce qu'il t'avait assuré ! Combien de fois t'es-tu rendue chez lui ? Tu foutais quoi ? Tu faisais du shopping ?

C'était un coup bas. Certes, j'étais la seule productrice de *Newsnight* à avoir un mari riche, mais je travaillais d'arrache-pied depuis plus de dix ans pour ce type et j'avais décroché plus de scoops qu'aucun autre producteur de l'équipe.

— Tu es vraiment injuste. Tu sais que j'ai bossé à mort pour obtenir cette interview.

Ses narines frémirent.

— Aux dernières nouvelles, tu ne m'as pas décroché la moindre interview. Au cas où tu ne le saurais pas.

— Je, je…

Il m'adressa un sourire méprisant. Puis il enfonça la main dans un énorme bocal sur son bureau et engloutit une poignée de Dragibus.

— Fous-moi le camp, marmonna-t-il.

Un postillon vert pomme atterrit sur mon chemisier, à côté de la tache de café.

L'orage avait éclaté. Dès demain, nous attaquerions l'affaire Theresa Boudreaux sous un nouvel angle, en équipe. Ce n'était pas la première fois que je traversais ce genre de crise. Ma défaite me déprimait, certes, mais je refusais de me laisser démoraliser. Il fallait à tout prix sortir un nouveau scoop pour faire avancer l'affaire. Tous les tabloïds du pays avaient affiché la photo de Theresa à la une. Les talk-shows radio de droite s'en étaient mêlés, réaffirmant leur soutien sans faille à Hartley tout en fustigeant les journalistes assoiffés de sang de l'élite médiatique de gauche.

En fin de compte, l'interview fit l'effet d'un pétard mouillé. Theresa ne révéla rien à Kathy Seebright, se contentant de confirmer qu'elle connaissait Hartley et qu'ils étaient « proches ». Donc, mes patrons et moi, nous nous étions embrouillés pour pas grand-chose. Mais les crises de nerfs inutiles sont le prix à payer lorsqu'on bosse pour les infos télé.

De retour dans mon bureau, je passai soigneusement mon rouge à lèvres tout en tentant de reprendre le contrôle de ma journée. Je m'immobilisai un instant, poudrier en main, pour contempler le fleuve Hudson de ma fenêtre. Les motifs d'anxiété se multipliaient : un plantage professionnel de premier ordre, un mari insupportable, Dylan et ses problèmes. Ma montre indiquait 11 heures – Dylan avait un cours d'éducation physique avant le déjeuner : ça lui avait peut-être remonté le moral, de se dépenser. Il m'avait demandé d'annuler ses rendez-vous de la semaine avec ses copains. Manifestement, après l'humiliation du match, il n'avait qu'une envie : se planquer dans sa chambre après l'école et se perdre dans une transe de jeux électroniques. Mais je lui avais dit que je n'annulerais rien, persuadée que cela lui ferait du bien de voir ses copains. Je ne savais pas trop comment l'aider, à part faire comme d'habitude et m'assurer qu'il ne se renfermait pas sur lui-même. Quand je suis très déprimée, je croque des Kit Kats. Tandis que j'arrachais l'emballage à coups de dents, mon portable sonna.

— Chérie, c'est moi.

J'entendais des klaxons et des crissements de freins en bruit de fond.

— Oui ?

— Je voulais m'excuser.

— D'accord. Je t'écoute.

— Je suis navré, pour ce matin. Je suis désolé d'avoir été aussi capricieux.

Une sirène passa en hurlant.

— Capricieux ?

— Pardon. J'ai été impossible.

— En effet, dis-je en mordant dans le chocolat.

— Je sais. C'est pour ça que je t'appelle. Je t'aime.

— Très bien.

Je pourrais peut-être lui pardonner.

— Et tu vas m'aimer plus que jamais.

— Ah bon ? Et pourquoi donc ?

— Eh bien, tu sais qu'en décrochant le contrat avec Hadlow Holdings, j'ai eu de très bons échos en haut lieu.

— Ils te doivent beaucoup.

— Ils m'offrent un truc énorme.

— D'accord. Quoi, au juste ?

— Tu devrais plutôt me demander ce qu'ils offrent à ma femme ?

— Phillip, je n'en ai aucune idée. Ce n'est pas de l'argent, alors quoi ? Comment peuvent-ils te récompenser ?

— Ils m'ont justement posé la question.

— Et… ?

— Que dirais-tu d'une intervention *pro bono* pour le Sanctuaire des Jeunes ?

Il s'agit d'une association caritative de soutien pour les enfants placés en foyers d'accueil. Je siège au comité de direction depuis plus de dix ans. L'association était fauchée, au bord de la banqueroute ; elle était pratiquement incapable de venir en aide aux cas les plus désespérés. Mes yeux se remplirent de larmes.

— Tu n'as pas demandé ça ?

— Si.

— Combien d'heures ?

— Beaucoup.

— C'est-à-dire ?

— Qu'ils vont s'occuper de l'association au même titre que d'un client normal.

— Je n'arrive pas à le croire. Ça va tout changer.

— Je sais. C'est pour ça que je l'ai fait.

— Je ne sais pas quoi te dire.

— Alors ne dis rien.

— Merci, Phillip. C'est absolument formidable. Tu ne m'as jamais dit que tu avais l'intention de demander ça.

— Tu leur donnes beaucoup d'argent et de temps, mais je voulais que tu leur offres quelque chose d'encore plus important. Je sais combien cette association te tient à cœur.

— J'y tiens énormément.

— Je sais.

— Je t'aime, moi aussi.

— Bon, alors on passe au dossier suivant : il faut que tu me rendes un service avant que je prenne l'avion pour Cleveland.

— Tu es où, au fait ? demandai-je. J'arrive à peine à t'entendre dans ce vacarme de klaxons. Tu es sur Times Square ?

— Je suis coincé dans un embouteillage. Tu passes prendre les enfants ?

— Seulement Gracie. La tête qu'elle a faite ce matin quand je lui ai dit que je ne passais pas la prendre à l'école m'a brisé le cœur. Je vais me rendre à l'école, mais Yvette me rejoint pour la ramener à la maison. Puis je rentre dare-dare au bureau.

— Parfait. Il faut que tu passes à la maison avant de prendre Gracie.

— Je n'aurai pas le temps.

— C'est crucial, dit Phillip, d'une voix de directeur de pensionnat anglais. Il faut que tu ailles à la maison. Tu vas dans mon bureau. Tu ouvres l'ordinateur. Tu trouves le code de mon nouveau coffre-fort. L'écran te demandera automatiquement le mot de passe.

— Phillip, ça ne peut pas attendre ?

— Je t'en prie, fais ce que je te demande, pour l'amour du ciel !

— Non, je ne vais pas faire ce que tu me demandes. J'ai une journée de merde et j'ai du boulot. Je t'assure que le moment est mal choisi pour que je m'absente longtemps du bureau. Je ne peux pas te dire à quel point ce travail *pro bono* me touche. Tu le sais. Mais je ne peux rien faire pour toi en ce moment.

— Ma chérie, ce n'est pas une faveur que je te demande. Il faut que tu le fasses pour moi, maintenant.

Je pars pour trois jours et, avant de décoller, il faut que je sache que c'est fait.

— C'est vraiment important à ce point ?

— Oui, ma beauté, dit-il d'une voix douce, en jouant de son charme. Vraiment. Je t'aime. S'il te plaît. Je t'en serai éternellement reconnaissant.

Je décidai que je passerais en coup de vent à la maison après avoir pris Gracie à l'école. Peut-être qu'on ne s'apercevrait même pas que j'étais sortie.

— Dis-moi vite. Quel est le mot de passe ?

Silence.

— Phillip, je veux bien faire ça pour toi, mais moi aussi, je suis bousculée. Quel est le mot de passe de ton ordinateur ? Tu n'aurais pas pu y songer ce matin ?

— J'ai été distrait ce matin. Par Dylan, évidemment.

Tout en tapotant mon calepin de mon stylo, je soupirai.

— Tu allais me donner le mot de passe…

— Euh…

— Phillip ! C'est quoi, le mot de passe ?

— Le mot de passe, c'est « Foufoune ».

— Quoi ? Tu plaisantes ?

Silence.

— Phillip, ton mot de passe c'est « Foufoune » ? C'est lamentable. C'est le même, pour ton ordinateur au bureau ? Dans un cabinet d'avocats aussi vieux jeu ? Qu'est-ce qui se passe si le responsable informatique doit accéder à ton compte ?

— Qu'est-ce que j'en ai à foutre, du responsable informatique ?

— Phillip, j'ai du mal à croire que tu veuilles me faire taper « Foufoune » sur le clavier.

— Oui. Je suis désolé. C'est un mot de passe privé. Il n'y a que moi qui le connaisse et toi, dorénavant, hélas pour moi. Je suis un dépravé, que veux-tu ? Bon, alors tu vas dans mon bureau, tu tapes F-O-U-F-O-U-N-E dans mon ordinateur. Tu trouves le code du nouveau coffre-fort ; il est planqué dans un document intitulé « Activités des enfants ». C'est 48-62 plus un autre chiffre…

— Ensuite ?

— Sur mon bureau, dans la bannette du courrier entrant, sous des paperasses de la banque, ou bien dans une pile de dossiers à droite, tu trouveras une chemise intitulée « Ridgefield ». Il faut que tu la ranges dans le coffre-fort.

— Pourquoi ?

— Carolina.

— Quoi, Carolina ?

— D'abord les ciseaux à ongles. Puis elle pose une pile de journaux à jeter sur mon bureau en époussetant, et par accident elle prend des dossiers importants qui étaient en dessous et elle les jette aux ordures. Je perds tout. Je ne peux pas courir le risque de perdre ce dossier-là.

— Phillip, je t'en prie. C'est un truc de dingues. Je vais l'appeler pour lui dire de ne rien toucher sur ton bureau.

— Tous les jours, je lui demande de ne pas toucher mes ciseaux à ongles ou mon stylo Mont-Blanc préféré, et tous les jours, je ne retrouve rien. Elle n'écoute pas.

— Tu sais que les maris, ça représente plus de boulot que les gosses ?

J'étais étalée sur mon bureau comme une peau de banane.

— Je n'aurais jamais osé te demander de faire une chose pareille, mais de nos jours, on ne sait jamais.

— On ne sait jamais quoi ?

— On ne sait jamais rien ! Nous sommes à l'ère de l'information ! On vole des trucs dans les poubelles, dans les boîtes aux lettres, dans les ordinateurs.

Phillip avait maintenant sa voix calme d'avocat, du style « Je sais tout ce qu'il y a à savoir sur cette planète ».

— Je descends de trois générations d'avocats, et je suis entraîné à prendre des décisions prudentes. Il s'agit d'une sage précaution, et je suis en route pour l'aéroport de Newark. Impossible de passer par l'East Side. Avant de partir, je veux savoir que cette affaire est réglée.

— Et si je le fais ce soir en rentrant à la maison ?

Il perdit patience.

— Pour la dernière fois, je t'en supplie, arrête de me poser des questions. Ce serait tellement plus simple pour moi aujourd'hui si, pour une fois, rien qu'une fois, tu pouvais simplement faire ce qu'on te demande.

Je renâclai, puis filai directement à la maison, où je ne fis pas exactement ce qu'on m'avait demandé.

4

Tout le monde sait ça

À l'heure du déjeuner, il pleuvait des cordes sur New York.

— Oui ?

Le maître d'hôtel français insinua son énorme nez dans l'entrebâillement de deux lourdes portes laquées chocolat.

— Je, euh, je viens déjeuner ?

— Avec ?

— Je prends la pluie, là. Susannah, elle…

— Qui ?

— Susannah Briarcliff, vous savez sûrement…

La porte s'ouvrit et Jean-François Perrier affecta de ne pas me voir. Avec un sourire niais, je lui désignai mon amie Susannah, là-bas, en fixant ses yeux bleus d'un regard suppliant. Il agita la main pour indiquer à un garçon de m'accompagner jusqu'à la table. La règle du « zéro contact » s'appliquait à mon cas. Francesca, la fille du vestiaire, me jaugea d'un coup d'œil et conclut que je n'étais pas vraiment « des leurs ». Elle décida donc de continuer à siroter son Coca Light au bar plutôt que de s'embêter à prendre mon imper. Dégoûtée, je secouai mon parapluie.

La Pierre Noire n'affiche pas son enseigne et son numéro de téléphone est sur liste rouge. C'est la cantine de luxe de l'une des tribus les plus curieuses du monde : une race d'êtres richissimes habitant un périmètre spécifique situé entre la 70e et la 79e Rue du nord au sud, et entre Park Avenue et la 5e Avenue d'est en ouest.

Malheur au pauvre habitant du West Side de passage dans le quartier, qui s'imagine qu'il s'agit d'un restaurant ouvert au public, fonctionnant selon les règles habituelles. Il comprendra très vite qu'il n'est pas le bienvenu, bien que plusieurs tables soient libres. Depuis la vitrine, on aperçoit les banquettes de velours couleur tangerine qui entourent les petites tables de café en acajou. De séduisants serveurs français, la trentaine, vêtus de jeans et de chemises amidonnées en Oxford jaune, se faufilent entre les tables.

Contrairement à Susannah Briarcliff, mes meilleures amies n'appartiennent pas à la tribu des « dames qui déjeunent ». La plupart ont de vrais boulots, mais Susannah est l'une des rares habitantes du Périmètre à mériter le détour. On oublie trop facilement que, sous la fortune fabuleuse et les chromosomes remarquables de Susannah, se cache une fille marrante. Sa photo s'affiche dans les rubriques mondaines de *Harper's Bazaar, Vogue* et dans la section « Styles » du *New York Times*. Susannah a deux enfants, trois chiens, sept employés de maison et l'un des appartements les plus vastes de la ville. Tout cela, parce qu'elle appartient à l'une des plus prestigieuses dynasties de l'immobilier américain. Elle fait un mètre soixante-dix-huit, elle a une silhouette mince et athlétique et un carré blond dégradé à la Meg Ryan. Son mari est l'un des rédacteurs en chef du *New York Times*, ce qui la distingue de la plupart des dames de la haute société new-yorkaise, mariées à des banquiers qui n'exercent leurs fonctions qu'à titre symbolique. Bien qu'elle ne compte pas parmi mes amis les plus intimes – Kathryn, Abby et Charles – nous sommes très proches.

Je me glissai à ses côtés sur la banquette de velours.

— Jamie. Tu es très en beauté. Vraiment.

— Je ne crois pas que ma tenue soit digne de l'endroit…

— Ne dis pas de bêtises.

Douze des quinze tables étaient occupées par de jeunes et richissimes New-Yorkaises en pull à col bordé de fourrure, accompagnées de leurs consultants gay, pour la plupart des charlatans qui prennent trois cent cinquante dollars l'heure pour choisir le gobelet fuchsia parfaitement adapté au thème « casbah » d'un dîner pour douze personnes, ou l'escarpin à motif léopard idéalement assorti à un tailleur noir tout simple. Quand l'une de ces femmes achète un vêtement immédiatement identifiable à une saison précise, elle se doit de le brûler avant la saison suivante. Pour elles, dès qu'un chemisier ou une blouse paraissent dans *Vogue*, ils sont aussitôt démodés. J'examinai mon pantalon kaki, mon chemisier blanc et mon pull tout simple en soie noire. Quand je parlais à ma mère des femmes qui m'entouraient – et quand je lui disais que, parfois, j'avais l'impression de ne pas être à la hauteur –, elle me reprochait de m'être laissé embobiner par ces bêtises. « Tu n'arriveras jamais à suivre ta voie si tu passes ta vie à envier les gens qui t'entourent. Ne t'attarde pas à ce que tu perçois, à tort, comme étant un défaut. »

Ingrid Harris déboula, flanquée de sa nounou et de sa petite fille de quatre ans, Vanessa. Jean-François se précipita sur ses gros mocassins français pour l'embrasser. « Ma chérie ! » Bisou-bisou.

Il claqua des doigts et Francesca, empressée, débarrassa Ingrid de son châle camel. Puis elle défit les attaches de l'imperméable de pompier de Vanessa, dévoilant un tutu rose. Rompue à cette chorégraphie, la nounou, derrière elles, tendit son propre manteau.

Ingrid était renversante de beauté, avec ses grands yeux de biche très écartés et ses longs cheveux taillés en dégradé, retenus par d'énormes lunettes de soleil à la Jackie Onassis en guise de serre-tête. Mieux que quiconque, Ingrid savait que le véritable chic était une question d'attitude. Sur son jean élimé, elle avait jeté une veste Chanel vert absinthe à quatre mille dollars, qu'elle semblait avoir ramassée sur le parquet de son dressing. Ce qui compte, ce n'est pas ce qu'on porte, mais la façon dont on le porte ; pas question de frétiller d'excitation, juste parce qu'on est vêtue d'une veste hors de prix. Autrement, on n'est pas « des leurs ».

— Jamie, quel plaisir de te voir, dit Ingrid. Bonjour, Susannah.

Susannah esquissa un sourire, sans prononcer un mot ni relever les yeux. Elle trempait un bout de pain dans de l'huile d'olive aromatisée au romarin et jouait avec la paille plongée dans son San Pellegrino.

Un silence embarrassant s'ensuivit. Je le rompis.

— Ingrid, je n'arrive pas à croire que tu as accouché il y a tout juste un mois. Ta silhouette – tu es superbe !

Ingrid secoua sa crinière caramel.

— Je leur ai expliqué ce qu'il fallait faire pour que tout revienne à la normale rapidement et j'ai eu raison, quoi qu'ils aient trouvé à y redire.

Susannah gloussa.

— Ce n'est pas normal, ce que tu as fait. Désolée, mais la plupart des médecins n'auraient pas donné leur accord.

Ingrid, pas du tout intimidée, posa les mains sur les hanches.

— Ce n'est peut-être pas normal pour toi, avec tes deux enfants parfaits, nés par les voies naturelles. Mais moi, contrairement à toi, je ne descends pas des puritains. Chez moi, si on peut éviter la douleur, on l'évite.

— Ce qui ne signifie pas pour autant que…

— Ce qui signifie que pour rien au monde je n'aurais poussé. Je l'ai dit à mon médecin dès l'instant où il m'a annoncé que j'étais enceinte. J'ai dit : « Docteur Shecter, c'est merveilleux, mais autant que vous le sachiez tout de suite : je ne pousse pas. »

Je crus que Susannah allait l'étrangler.

Ingrid reprit :

— J'ai horreur de transpirer. Je lui ai récité ma devise : « Si je ne peux pas le faire en talons aiguilles, ça ne m'intéresse pas. » Je lui ai dit qu'il n'en était pas question. Que je voulais une césarienne.

— Qu'a-t-il répondu ? demanda Susannah.

— Il m'a répondu : « Ma petite dame, sachez que votre corps va pousser, que vous le vouliez ou non. » Et j'ai dit : « Non, mon petit bonhomme, vous n'avez rien compris. C'est moi qui vais vous dire : je ne pousse pas. »

— Alors, tu as fait quoi ?

— Je suis allée voir un autre médecin, qui a compris que je ne bluffais pas et qui a donné son accord sur la césarienne, en me disant qu'on la pratiquerait à la trente-neuvième semaine.

Susannah leva les yeux au ciel.

— Le problème, c'est que ce médecin-là n'a pas voulu me promettre l'anesthésie générale.

Ingrid tapota du talon et croisa les bras d'un air outré.

— Alors je lui ai répondu qu'à l'hôpital East Side Presbyterian, on allait faire une exception pour moi !

— Il a donné son accord ? demanda Susannah, incrédule. Sans raison médicale ?

— Il était contre, mais j'ai poussé Henry à offrir au chef du service obstétrique une carte de membre à l'Atlantic Golf Club. Il n'a pas eu le choix.

Susannah toussa dans sa serviette de table, comme si

elle allait vomir. Malgré ses caprices insensés, j'admirais Ingrid de toujours obtenir ce qu'elle voulait, sans jamais craindre de l'exiger.

— Voilà pourquoi je suis venue te voir, Jamie, reprit Ingrid. Tu as reçu mon mail, au sujet de la vente aux enchères ?

— Oui.

— Cette année, elle n'aura pas lieu dans cette galerie immonde du West Village. Je leur ai dit que si c'était le cas, je refuserais de présider. J'ai dit au comité organisateur : « Hé, ho ! Vous avez vu la liste d'invités ? Les gens riches détestent sortir de l'Upper East Side ! » Pas question de jouer les branchés fauchés. D'accord ? Parce qu'on ne l'est pas. Alors la vente aura lieu chez *Doubles*. Tout près de chez toi.

— Je ne suis pas certaine de pouvoir y assister.

— Même si tu ne viens pas, on veut que ton présentateur accepte qu'on mette aux enchères une visite sur le plateau de *Newsnight with Joe Goodman*. Vous êtes copains, non ? Tu travailles pour lui depuis une éternité.

— Enfin, c'est mon patron – mais je ne sais pas si je peux me permettre de…

— S'il te plaît, Jamie. Qu'est-ce qui est le plus important pour toi, un petit moment difficile à passer avec ton patron ou un remède à la maladie d'Alzheimer ? Je peux compter sur toi ?

— Enfin, il faut que je voie avec sa…

— Et si je lui envoyais un petit mot gentil sur mon papier à en-tête, en lui disant que toi et moi, on est les meilleures amies du monde et qu'il serait très aimable de…

— Ingrid, je ne crois pas qu'il le prendrait très bien. Il vaut mieux que je lui pose la question directement.

— D'accord, très bien. C'était ma première idée. Tu lui poses la question.

Elle m'avait piégée et elle le savait. Je ne pus m'empêcher de sourire.

— Au fait..., souffla-t-elle en haussant ses sourcils fraîchement épilés à la cire, le regard fixé sur mes pieds.

Je baissai les yeux vers mes sandales noires, pensant que j'avais marché dans un truc malodorant.

— Ces chaussures, dit-elle d'un air préoccupé. Elles font trop soirée. C'est l'heure du déjeuner, enfin !

Tandis qu'on nous servait nos plats, paillards de poulet et endives braisées pour Susannah et salade tricolore aux crevettes grillées pour moi, j'abordai le sujet qui me préoccupait le plus.

— Je m'inquiète pour Dylan. Il a craqué lors de son match de basket-ball.

— On m'a dit.

— Vraiment ?

— Ouais. Il s'est mis en position fœtale au lieu de lancer le ballon dans le panier ?

— Tu crois que tous les mômes en parlent ?

— Oui.

— C'est vrai ? Mon Dieu.

J'enfouis le visage dans ma serviette de table.

— Il paraît que c'était à un moment tendu du match.

— Il s'est effondré en larmes dans mes bras, tellement il avait honte.

Elle me frotta l'épaule.

— L'angoisse de la performance, rien de plus.

— Je crois que les horaires de Phillip affectent sérieusement son estime de soi. Il ne veut pas que je l'aide pour ses devoirs, il veut que ce soit Phillip. Il était totalement bouleversé samedi dernier quand Phillip ne l'a pas emmené à un match de base-ball pour l'anniversaire de l'un de ses camarades. Il pleurait comme un gosse de quatre ans, en lançant ses jouets partout dans sa chambre, il a même jeté toutes ses cartes de base-ball par terre. Et puis il y a eu ce truc au match de basket-ball.

— Il voit toujours son psy ?

— On a arrêté. Il m'a supplié de ne pas l'obliger à y aller. Ce type ne semblait pas l'aider. Il lui donnait l'impression qu'il n'était pas normal. Tu sais, il est tout à fait normal, il n'y a rien qui cloche chez Dylan. Il n'est pas déprimé. Il est toujours mon merveilleux petit garçon, qui adore ses Lego, il lit très bien et il a de bonnes notes à l'école.

— Que dit ce cher Phillip de tout ça ?

Susannah adorait mon mari : ils avaient tant de points communs, étant tous deux issus du même univers irréel, minuscule et consanguin…

Je haussai les épaules.

— C'est-à-dire ?

— Il s'inquiète pour Dylan. Évidemment. Mais il est juste un peu… tu sais, on n'a pas beaucoup le temps de se parler ces jours-ci.

Susannah brandit un doigt accusateur.

— Tu te souviens de ce que je t'ai conseillé ?

Je hochai la tête. Elle se pencha vers moi.

— Et tu le fais ?

Je levai les mains en l'air, comme pour laisser entendre que non, peut-être pas. Elle tapota la table de ses ongles.

— Je te l'ai répété mille fois. Il faut toujours faire une pipe à son mari. Toujours.

Bien que j'adore Susannah, j'ai parfois du mal à me sentir proche d'elle, tellement j'ai l'impression de lui être inférieure. À commencer par le fait qu'elle fasse une pipe à son mari tous les matins, quoi qu'il arrive.

Cette fois, elle me tapa sur la main.

— N'oublie jamais ce que je t'ai dit.

— Tu sais quoi ? Je n'ai pas toujours envie de sucer mon mari.

— Moi non plus ! Mais ça prend, quoi, dix minutes et c'est fait. Après, il est tellement content qu'il sautille dans la chambre. Ça peut sauver n'importe quel couple, je te jure. Si je pouvais, j'irais le crier sur le plateau d'Oprah. Ça empêcherait des tas de divorces. Ce serait une émission géniale, non ? « Faites une pipe à votre mari tous les jours. »

— Alors tu le fais à quelle fréquence, sincèrement ? Sans exagérer ?

Elle leva les yeux et hésita un instant.

— Quatre fois par semaine.

— C'est beaucoup.

— Et c'est toujours moi qui fais les premiers pas : voilà le secret de la réussite. Il faut que tu aies l'air d'adorer ça. Ça aussi, c'est le secret.

— D'adorer ? En faisant quoi ?

— Il faut avoir l'air hyper-excitée, ils adorent.

— Eh bien, même si je le voulais, même si j'étais excitée dès la première heure un jour de semaine, ce qui n'est pas le cas, Phillip n'est jamais là.

— Il voyage plus qu'avant ?

— Il est absent trois nuits par semaine, ces temps-ci. Quand il est à New York, il dîne souvent avec des clients.

Susannah lâcha sa harangue en faveur des fellations matinales et soupira.

— C'est dur, pour un enfant de neuf ans. Un père toujours absent, ça n'est pas prévu au contrat.

C'était bien vrai.

— Quand je me suis installée dans le quartier, j'ai rencontré toutes ces mamans de l'East Side qui ont un staff énorme à plein temps. Je ne dis pas ça pour toi, Susannah, c'est juste que je n'avais jamais vu ça. Une nounou pour chaque enfant, des bonnes pour le ménage, des chefs pour la cuisine, des chauffeurs, des managers pour gérer la maisonnée…

Susannah hocha la tête. Elle avait tout ça, en mieux.

— J'ai même entendu dire que certaines d'entre elles engageaient des mecs pour chahuter avec les garçons tandis que leurs papas banquiers récoltaient le fric. Ça, ça m'a frappée : le fait d'engager un mec pour jouer au père avec un gamin. Je me suis juré que je ne serais jamais l'une de ces femmes qui emploient un père de substitution.

Susannah sourit.

— Et alors ?

— Je me suis rendu compte que j'en étais arrivée, moi qui mène une vie tellement fortunée que c'en est obscène, au point d'envisager d'engager un mec pour Dylan. Tu sais, un étudiant qui passerait le prendre au collège, qui jouerait au foot avec lui dans le parc, qui lui parlerait de bagnoles, je ne sais pas… Suis-je devenue l'une de ces horribles bonnes femmes qui ne peuvent même pas s'occuper de leur propre fils ? C'est dingue.

Cette conversation m'angoissait. Je harponnai une énorme crevette pour me la fourrer dans la bouche.

— Ce n'est pas un « mec » qu'il te faut, idiote, dit Susannah.

— Mais si. C'est précisément ce qu'il me faut. J'abandonne. Je suis comme toi, hélas.

— Ce n'est pas un mec, m'interrompit-elle, c'est un nounou. Au masculin. Tout le monde sait ça.

Tout le monde, sauf moi.

— Un nounou ? Ça existe ? Tu rigoles ?

— Laisse tomber le psy. Je te jure, prends un nounou ! Ce sera une présence masculine pour ton fils, pendant que son papa fait la danse du ventre à ses clients de Pittsburgh.

— Alors mon petit citadin pourrait aller dans le parc pour attraper des insectes, et faire tous les trucs que font les gamins en banlieue avec leur nounou ?

— Et comment ! Le nounou de Jessica Baker trimballe ses trois fils à l'ESPN Zone de Times Square tout le mardi. Ça te dirait, toi, d'aller à l'ESPN Zone sur Times Square ? Non. Ta gouvernante et ta nounou refuseraient d'y mettre les pieds, ou alors, elles s'assiéraient dans un coin pour bouder. Tu sais qui d'autre engage des nounous mâles tous les étés ?

— Qui ?

— Les Kennedy. Tous les Kennedy ont eu des nounous mâles à Hyannis. Des nounous marins. Des nounous footballeurs. Seulement, ils les appelaient autrement. Ils les appelaient des gouverneurs.

J'éclatai de rire. Susannah poursuivit :

— Oui, un nounou, c'est exactement ce qu'il te faut. Ne vire pas la nounou ou la gouvernante, parce que je peux t'assurer qu'il ne fera ni la cuisine ni les carreaux. Mais mets-toi à sa recherche dès cet après-midi. Et ton pauvre petit Dylan boudeur sera fou de joie. Fais comme s'il s'agissait du cousin un peu plus âgé dont on a tous rêvé, mais doté d'une patience qu'on ne peut s'offrir qu'avec de l'argent.

5

Y a-t-il un nounou dans la salle ?

La réceptionniste m'appela de l'accueil.

— Nathaniel Clarkson est arrivé pour vous.

— Merci, Deborah. Faites-le entrer, je passe le prendre, lui répondis-je, pleine d'espoir.

Je fonçai hors de mon bureau et faillis renverser Charles dans le couloir.

— Hé ! Il n'est que 11 heures du matin, dit-il. Le direct, c'est ce soir. Décompresse, mon chou.

— Désolée. J'ai un visiteur. Je ne veux pas qu'il se perde en chemin. Je t'appelle.

— Tu as une réunion avec qui ?

— Pas une réunion. Un entretien d'embauche.

Puis je lui soufflai à l'oreille, abritant ma bouche de mes mains : « Un nounou. »

— Tu crois que c'est très professionnel, de faire ça au bureau ? me lança-t-il par-dessus son épaule en s'éloignant.

Je me fichais que ce soit professionnel ou pas. De toute façon, qui s'en apercevrait ? Ici, tout le monde courait dans tous les sens. J'avais décidé que mes entretiens se dérouleraient dans la sécurité du bureau parce que les deux premiers types que j'avais interviewés avaient de bons CV mais me semblaient un peu louches : l'un avait des cheveux gras et un jogging tiré trop haut sur l'entrejambe, et l'autre n'avait pas souri une seule fois.

Par l'intermédiaire d'une agence de placement de personnel de maison, et après de minutieuses vérifications au cours de la semaine précédente, j'avais déjà rencontré six jeunes gens qu'intéressait un travail à mi-temps l'après-midi avec Dylan : des acteurs et des serveurs au chômage, des musiciens qui recherchaient des revenus complémentaires, des profs de gym qui voulaient faire des heures supplémentaires. Aucun ne convenait. Ils étaient soit trop bavards, soit trop taciturnes, et aucun n'avait l'expérience nécessaire pour s'occuper d'un enfant comme Dylan. Je recherchais quelqu'un qui ne se ferait pas entortiller par Dylan et qui ne le laisserait pas se replier sur lui-même.

En théorie, Nathaniel semblait être un candidat parfait, au CV impressionnant : il avait décroché son bac dans une école publique du nord de la ville avec une très bonne moyenne. Il n'était pas encore inscrit en fac, mais à l'âge de vingt ans il avait déjà consacré beaucoup de temps au soutien scolaire dans une petite école d'Harlem. J'avais parlé au directeur : le jeune homme semblait apprécié et travailleur.

Un gosse noir vêtu d'un sweat-shirt à capuche taille XXL qui couvrait ses mains et une partie de son visage m'attendait à l'accueil. Sous la capuche, il était coiffé d'un do-rag, genre de bonnet en forme de chaussette noué au sommet du crâne.

— Vous devez être…

Il tendit la main.

— Nathaniel.

— Suivez-moi, dis-je, du ton le plus amical possible.

Nous nous dirigeâmes vers mon bureau. Sous sa capuche, je distinguais à peine ses yeux. J'ouvris mon dossier

« Nounou » tout en tentant de garder l'esprit ouvert : peut-être Nathaniel était-il l'antidote idéal au malaise de Dylan ; peut-être avait-il besoin d'un nounou cool pour le sortir de sa vie douillette des beaux quartiers ; peut-être que, moi aussi, j'avais besoin d'un nounou cool pour m'aider à décompresser. D'après ses lettres de recommandation, ce type avait des talents cachés, il avait le don d'aider les gamins à s'épanouir. Et puis, qu'est-ce que je connaissais aux nounous mâles ? Je n'en avais jamais recruté auparavant. Je consultai une fois de plus son CV.

— Alors vous entraînez une équipe à Harlem ?

Sans relever la tête, il répondit : « Ouais. »

— Juste le basket-ball, ou vous pratiquez d'autres sports ?

— Les deux.

— Les deux ? Vous voulez dire, le basket-ball et autre chose ?

— Ouais.

— Pardon, mais les deux quoi ? Le basket-ball et un autre sport, ou plusieurs autres sports ?

— Juste le basket-ball, parfois un peu de base-ball.

Il n'avait toujours pas relevé la tête.

Charles passa devant ma porte, scruta Nathaniel et me dévisagea comme si j'avais perdu la tête. Puis il entra, rien que pour m'embêter et me mettre sous pression.

— Ah, bonjour. Je ne savais pas que tu travaillais sur un reportage.

Il se cala dans mon canapé. Je soupirai en le foudroyant du regard.

— Charles, Nathaniel. Nathaniel, Charles est un collègue, il n'en a que pour une seconde.

Je me tournai vers Charles.

— Maintenant, Charles, je dois te demander de sortir, car il s'agit d'un entretien confidentiel.

Je lui adressai un faux sourire qui signifiait « va te faire foutre ». Il me le rendit et partit.

Vingt minutes plus tard, après que j'eus raccompagné Nathaniel à l'accueil, Charles reparut. Quand il ne travaillait pas sur un reportage, il aimait bien traîner dans mon bureau et me taquiner. Je fis comme s'il n'était pas là et continuai de taper sur mon clavier, l'œil fixé sur l'écran de l'ordinateur. Il s'assit en face de moi et posa les coudes sur mon bureau, pour m'obliger à le regarder.

— Tu es dingue, Jamie.

— Quoi ? aboyai-je.

— Tu crois vraiment que Phillip va te laisser engager un gosse qui a l'air d'un dealer ?

— Charles ! Qu'est-ce que tu peux être raciste ! C'est un brave gamin, il bosse dur, et son mentor…

— Arrête de déconner, dit-il en croisant les bras derrière la tête. Tu ne peux pas engager un petit dur de Harlem pour faire le nounou.

— Comment peux-tu tenir de pareils propos ?

— Hé. C'est un frère. Ça me plairait, qu'il ait ce boulot. Mais je te répète que tu es dingue. Ça ne pourra jamais marcher, dans ton appart de luxe, avec ton mari coincé et toute la…

— Nathaniel est un garçon très bien, intelligent, non pas qu'il ait beaucoup parlé, mais ça se voit. Ce serait bien pour Dylan. Cela lui remettrait les pieds sur terre, répondis-je sans grande conviction.

— C'est toi qui tombes dans le panneau des stéréotypes, Jamie. Engager un pauvre Black pour apprendre à ton fils à ne plus se conduire en enfant gâté ? Comme si seul un môme noir en était capable, c'est ça ?

J'enfouis la tête entre mes mains. Charles avait peut-être raison – Nathaniel ne s'exprimait que par monosyllabes et n'avait pratiquement jamais croisé mon regard. Manifestement, je commençais à désespérer. La plupart des entraîneurs que j'avais contactés directement, et que j'aurais vraiment aimé engager, avaient des jobs à plein temps et étaient pris tous les après-midi par leurs équipes. Nathaniel était le seul disponible.

Je levai les yeux vers Charles.

— Mais j'ai besoin d'un homme.

— Ça, c'est certain.

Charles n'était pas très fan de Phillip.

— Charles, je parle sérieusement. J'ai besoin d'un homme plus âgé à la maison, qui ait le sens des responsabilités, au moins l'après-midi, pour emmener Dylan au parc. Pas d'une grosse dame jamaïcaine comme Yvette qui ne sait pas shooter dans un ballon de foot. (Je couvris mon visage de mes mains.) L'école a appelé ce matin. Une fois de plus.

— Mal au ventre ?

— Ouais. Cinq minutes avant le cours d'éducation physique. Il va voir l'infirmière scolaire, pas juste pour le basket-ball, mais aussi pour le foot. Au moins, avant ce match de basket, il faisait de la gym.

— Oblige-le à y aller ! Je n'ai pas d'enfant, mais je vous vois tous dorloter vos gamins et je te jure que ça ne leur rend pas service. Ma mère, elle nous bottait le cul. Et nous n'étions pas pauvres, alors ne me dis pas que c'était pour nous pousser à sortir du ghetto. Elle n'aurait jamais supporté ce genre de conneries.

— Je fais de mon mieux.

— Alors il est où, le problème ? Pourquoi est-ce qu'il est toujours fourré chez l'infirmière ? Pourquoi a-t-il le droit de faire ça ?

— Charles, tout semble beaucoup plus simple quand on n'a pas d'enfant. On ne peut pas obliger un gamin à…

— Hé, merde, bien sûr que si !

— Mais il refuse de quitter l'infirmerie ! Le psy de l'école a été appelé, avec l'assistant du prof de gym, qui ne pouvait pas rester parce qu'il était en plein milieu de son cours. Mais Dylan se renferme, il se contente de les regarder en disant : « Hé, j'ai dit que je ne me sentais pas assez bien pour jouer. » Ensuite, ce sont les profs qui lui parlent, après les cours. Ils m'appellent. Phillip et moi, on va discuter avec eux, évidemment. Phillip, toujours soucieux de serrer les rangs face aux autorités scolaires, annule ses rendez-vous pour assister à ces réunions, mais il n'a pas le temps d'assister aux matches de basket. Que puis-je faire de plus ?

— Il faut que tu sois plus dure. C'est là que tu te plantes. Tu devrais être plus dure avec lui. Comme ça, il n'aurait pas le choix, et il apprendrait à gérer.

— Je suis dure, mais n'oublie pas qu'il est parfois déprimé. Il a besoin de se sentir aimé, de se sentir assez en sécurité avec moi pour pleurer dans mes bras. Il le fait, mais si je joue les sergents, il ne viendra plus à moi. Phillip n'arrive pas à l'atteindre ; il essaie de le secouer, mais ça ne passe pas. Et bien qu'il me dise de ne pas m'en faire, je sais qu'il est secrètement déçu que son fils soit aussi compliqué.

— Et pour l'équipe de basket, ça se passe comment ?

— On l'oblige à y aller parce que je suis stricte là-dessus, comme tu me le conseilles, mais le coach dit qu'il ne lance pas, qu'il se contente de dribbler et de courir un petit peu. Plus ou moins. Pas vraiment. Mais maintenant, il fait le même truc aux cours de gym. Écoute, je connais mon fils. Je sais ce dont il a besoin. Je veux trouver un type formidable qui vienne tous les après-midi lui botter le cul, comme ta mère le faisait avec toi, mais à Central Park.

Charles m'agrippa le poignet.

— Tu vas trouver le mec qu'il te faut. Mais pas parmi ceux que tu as rencontrés jusqu'ici. Tu le sais parfaitement.

Une semaine plus tard, par une belle journée d'été indien, alors que je n'avais toujours pas progressé dans mes recherches, je traversai le parc pour retourner au bureau après un déjeuner professionnel dans l'East Side. Je discutais au téléphone avec Abby, qui était mortifiée par la dernière requête de Goodman.

— Je vais le tuer ! hurlait-elle dans mon oreillette. Littéralement. J'en rêvais encore ce matin dans le métro.

— Hé, Abby. Il veut quoi, cette fois ?

— Ariel LaBomba, ça te dit quelque chose ? La « miss météo » latina sexy de *Good Morning New York* ?

— Oui, je crois. Peut-être. Je ne sais pas.

— Je te jure qu'elle n'a rien d'impressionnant. Mais elle fait des petits sujets « aventure voyage » que Goodman voudrait passer en fin de magazine, et il pense qu'elle est prête à passer du local au national.

— Bon, ça n'a rien d'inhabituel. Je suis sûre qu'elle est ravissante.

— Non, c'est pire que ça. Écoute-moi bien : il a rendez-vous avec elle cet après-midi et il tient absolument à ce que je descende l'accueillir à l'extérieur de l'immeuble.

— Pas à l'accueil ? Et son assistante ne peut pas faire ça ?

— Non, il a plus confiance en moi. Puis il veut que je fasse le tour du pâté de maisons avec elle pour la faire entrer par une autre porte…

Je gloussai.

— Je vois où tu veux en venir.

— Exactement ! Il veut que nous passions devant la pub d'Abribus qui le montre, micro à la main, en direct des décombres du World Trade Center.

— Abby, un instant…

— Je déteste cette pub. Mais lui, il trouve que ça lui confère une aura héroïque.

Juste à ce moment-là, je tombai sur une scène tout droit sortie d'*Alice au pays des merveilles* sur la grande pelouse : environ trente gosses étalaient une immense étoffe à damier sur le gazon. Ils portaient d'étranges costumes : une tête de cheval, des rois et des reines, des soldats… S'agissait-il d'une espèce de spectacle ? Le metteur en scène – un garçon au physique agréable, en pantalon kaki, tee-shirt à l'effigie de Cassius Clay et casquette de base-ball – indiquait à chacun son emplacement. Peut-être s'agissait-il d'une répétition pour un festival en plein air. À New York, au cœur de Central Park, où gravitent tous les excentriques, je n'en étais pas autrement étonnée.

Puis je compris : il s'agissait d'un jeu d'échecs grandeur nature. Il me tardait de m'en approcher.

— … Jamie, tu le crois, cette histoire de Windex ? fit la voix perçante d'Abby dans mon oreillette.

— Quelle histoire de Windex ?

— Tu m'écoutes ? Il a filé cinq dollars à une stagiaire, tu sais, la pouffiasse toute en jambes, pour aller acheter du Windex et nettoyer la pub d'Abribus.

Je n'arrivais pas à détacher les yeux des gamins.

— Allô ? hurla Abby. Tu m'écoutes ? Passer du Windex sur un Abribus ? Allez, qu'est-ce que tu attends pour exploser ? Tu ne m'écoutes pas !

— Si, Abby, je t'écoute. Mais je vais devoir te rappeler.

J'observai le metteur en scène.

— Vous devez faire sortir les pions en premier, disait-il.

De part et d'autre de l'échiquier, deux gamins avancèrent de deux pas.

— Non, non, non ! s'écria-t-il, les mains en porte-voix. Vous ne pouvez pas faire bouger deux enfants en même temps ! Charlie ne vous l'a pas appris ?

Il avait entre vingt-six et trente-deux ans. De haute taille, solidement charpenté, il se tenait très droit, l'air calme et sûr de lui. Des cheveux bruns un peu longs calés derrière les oreilles encadraient un visage carré, à l'expression ouverte. Ses yeux bleus étaient vifs et chaleureux. Il n'était pas beau, au sens classique du terme, mais il était certainement séduisant.

— Charlie ne vous a pas enseigné les stratégies de base ? Et il se prend pour un prof ? D'abord, on avance les pions qui sont devant la reine, pas ceux qui sont au bout.

Les gamins, tout en riant et en plaisantant, réintégrèrent leurs positions et les soldats devant chaque reine avancèrent chacun de deux pas.

Deux adolescentes se rapprochèrent de lui en gloussant. L'une d'entre elles se tapotait la poitrine tout en battant des cils discrètement en direction du metteur en scène. L'autre se pencha pour chuchoter quelque chose à sa copine, avant de la pousser vers lui. Il émanait une lumière de ce garçon, et elles voulaient la capter.

— Qui bouge maintenant, les enfants ?

Un tout petit garçon casqué jusqu'aux épaules d'une énorme tête de cheval en papier mâché leva la main.

— Moi, moi !

— Pourquoi ?

— Je ne sais pas.

L'autre cheval leva la main.

— Toi ! Avec le chapeau rouge. Alex, c'est ça ?

— Je sais ! Parce que tu veux vite faire sortir tes cavaliers pour contrôler le centre et attaquer l'autre équipe.

— Ouiiiiiii ! s'écria le metteur en scène.

Il fouilla dans sa poche et en tira une petite barre chocolatée, qu'il lança au gamin.

— Et ce sont seulement les cavaliers qui doivent sortir dès que possible ? reprit-il.

Quatre gamins hurlèrent « Non ! ».

— Alors, qui d'autre ?

— Les fous ! cria un gosse excité. On dégage les cavaliers et les fous pour que les tours protègent le roi !

Le metteur en scène prit une poignée de bonbons dans un sac et les lança en l'air vers le gamin. Les mômes se bousculèrent pour les attraper.

Manifestement, ce type connaît bien les échecs. Le coup des bonbons, je n'en raffole pas, mais il sait les encadrer sans jouer les petits chefs, et peut-être que…

Je m'avançai vers lui pour attendre qu'il fasse une pause, avant d'attirer son attention. Enfin, il cessa de donner des ordres pour laisser aux gamins le temps de décider tout seuls de leur prochain coup.

— Puis-je vous poser une question ?

— Bien sûr.

Il se retourna pour m'adresser un petit sourire, mais son attention revint aussitôt au jeu.

— Que faites-vous ?

— C'est un jeu d'échecs. À échelle humaine.

— Oui, j'avais compris…

— Excusez-moi. Tu fabriques quoi, au juste, mon bonhomme ?

Il s'élança vers un gamin, l'agrippa par les épaules et le plaça dans la case adjacente.

— Pas de bonbons pour toi !

Il arracha la sucette de la bouche du petit et la lança par-dessus son épaule. Les autres enfants s'esclaffèrent.

— Donc…, repris-je quand il revint, vous travaillez dans une école ?

Il fit comme s'il ne m'avait pas entendue.

— Jason, c'est ça, non ? Qu'est-ce que tu fiches là-bas ?

— Ces enfants, ils sont… ?

— Tu déplaces ton fou par là et c'est la fin de la partie, mon pote. Tu es dingue ! Réfléchis.

Bon, d'accord. Il avait autre chose à faire. J'attendis deux minutes avant de faire une nouvelle tentative.

— Donc… Pardon de vous embêter, mais je suis curieuse. C'est une activité scolaire ?

Cette fois, il me regarda bien en face.

— Ça vous intéresse vraiment ?

— Oui.

— Ce n'est pas une activité scolaire. C'est un groupe d'une colonie de vacances pour des enfants qui ont des besoins spéciaux ou qui vivent en situations précaires.

— Des situations sérieuses ?

— Certaines sont épouvantables, oui.

— Pourquoi les échecs ?

— Parce que c'est difficile. Parce que ça leur donne l'impression qu'ils sont intelligents. Vous y connaissez quelque chose, aux échecs et aux enfants ?

— J'ai un fils de neuf ans.

— Il joue aux échecs ?

— Oui, à l'école, mais il n'a pas accroché.

— Peut-être que vous devriez faire en sorte qu'il accroche.

Il sourit. Un sourire à mille kilowatts.

Bingo. J'avais trouvé l'homme qu'il me fallait.

— Vous êtes enseignant, aussi ? dis-je, surexcitée. Vous avez un boulot à plein temps dans ce domaine ?

— Non, je ne suis pas enseignant.

Merde. Je l'avais pris pour un professionnel. Peut-être n'était-ce pas l'homme de la situation, en fin de compte.

— Je fais une pause, pendant que je réfléchis à mes projets d'avenir.

Il agita la main vers les enfants.

— Dis donc ! Toi, avec le sourire rigolo ! (Il lança un morceau de chewing-gum vers la tête d'une gamine.) Tu es responsable des blancs et Walter s'occupe des noirs. Vous pouvez discuter de leurs décisions mais ce sont eux qui ont le dernier mot !

Lorsqu'il constata que je ne partais pas, il s'arrêta, s'appuya contre la grille du parc et me regarda dans les yeux.

— Je remplace un copain. C'est mon coloc' qui est enseignant dans une école publique, et conseiller d'orientation durant l'été. Il est beaucoup plus expert que moi avec les enfants…

Il ramassa une pile d'étoffes par terre et sourit.

— Excusez-moi, je dois y aller…

Quand même. II s'y prenait vraiment bien avec eux.

L'un des gosses était sorti de l'échiquier et tournait le dos au jeu, la tête rentrée dans les épaules. Le metteur en scène tenta de draper l'étoffe autour de ses épaules, mais il se dégagea. Il lui fourra des bonbons sous le pull, mais le gamin ne rit pas. Il jeta l'étoffe par terre et entraîna le gosse un peu plus loin, pour lui parler en tête à tête.

Je ne pus m'empêcher de remarquer à quel point son pantalon kaki élimé moulait un cul incroyablement musclé. Je posai mon cabas plein de journaux et attendis.

Monsieur le metteur en scène releva la casquette de base-ball du gamin d'une pichenette. « Darren, allez… » Il prit le garçon par les épaules et tenta de le ramener vers l'échiquier. Darren se contenta de secouer lentement la tête, puis ramena la visière de sa casquette sur ses yeux. Monsieur le metteur en scène le décoiffa du revers de la main. Darren ne trouva pas ça drôle. Il se recoiffa en tirant très fort sur la visière. Quelque chose n'allait pas.

Monsieur le metteur en scène s'accroupit pour regarder le gamin dans les yeux sous sa visière, puis tira très fort sur sa sucette, comme si cela l'aidait à se concentrer.

— Parle-moi, mon gars.

Darren secoua la tête.

— Russell ! Prends le relais.

Russell, un gosse un peu plus âgé, acquiesça en agitant la main.

Monsieur le metteur en scène posa un bras sur les épaules de Darren et l'autre sur le bras du garçon, et l'entraîna jusqu'à un banc de parc à quelques mètres de là. Darren, qui semblait avoir environ onze ans, s'essuya la joue du revers de la main. J'étais fascinée. Au bout de quelques minutes, le jeune homme, qui gesticulait dans tous les sens, sembla vaincre les résistances de l'enfant. Darren se mit à rire, le jeune homme le décoiffa à nouveau d'une chiquenaude et cette fois, ils s'esclaffèrent tous les deux, puis Darren partit en courant pour retrouver sa place sur l'échiquier.

Très bien, me dis-je, il n'a pas l'air d'un psychopathe. Il n'a pas l'odeur d'un psychopathe. Visiblement, les gosses l'aiment bien. Faisons une nouvelle tentative.

— Excusez-moi…

Son expression était franche et polie. Manifestement, il n'était pas new-yorkais de naissance.

— Encore vous ? sourit-il.

— Oui, encore moi. J'ai une question à vous poser.

— Vous voulez participer au jeu ? fit-il en haussant un sourcil.

— Non… enfin, oui. Mon fils, peut-être.

— Je crains que le groupe ne soit déjà très soudé. Ils ont passé tout l'été ensemble…

— Non, non, pas ça. Je me demandais simplement si… Vous avez un job à temps plein ?

— Oui, je suis le directeur des finances de Citicorp. Et eux, c'est le service de banque d'investissement.

J'éclatai de rire.

— Sérieusement. C'est votre boulot, ça ?

— Non.

— Vous avez du boulot ?

— J'ai l'air d'avoir du boulot ?

— Vous voulez du boulot ?

— Vous recrutez ?

— Peut-être. Vous savez ce que c'est, un nounou ?

— Un quoi ?

— Mon Dieu. Je vous demande pardon. Je recommence. Je m'appelle Jamie Whitfield, dis-je en tirant une carte de visite de mon sac pour la lui tendre. Je travaille pour NBS News. J'ai trois enfants. Et j'habite tout près d'ici. Vous travaillez souvent avec les enfants, en quelque qualité que ce soit ?

Il observait toujours le groupe de gamins du coin de l'œil.

— Pas vraiment.

— Vous ne travaillez pas avec les enfants ? Jamais ?

— Enfin, je peux remplacer quelqu'un. Ils ne courent aucun danger ici, à part l'overdose de sucre.

C'était exactement le genre de mec qui ne se laisserait pas tourner en bourrique par Dylan, et qui pourrait même retourner la situation. Il avait peut-être des heures libres. Manifestement, si un enseignant lui avait demandé de s'occuper d'un groupe comme celui-ci…

— Vous vous appelez comment ? Et si je puis me permettre de vous poser une autre question…

— Peter Bailey.

Je ne savais pas par où commencer, alors je lâchai :

— Je cherche quelqu'un pour un poste très intéressant et très bien payé. L'après-midi et en soirée.

— D'accord, un poste très intéressant et très bien payé, ça pourrait m'intéresser. Quel genre de poste ?

J'inspirai.

— C'est compliqué.

J'avais besoin de quelques secondes pour élaborer une stratégie marketing.

— D'accord.

— J'ai un fils de neuf ans. Disons qu'il n'a pas le moral. Il est même un peu déprimé.

— Dépression clinique ?

J'avais capté son intérêt.

— Enfin, non, ça n'a pas été diagnostiqué, mais il a des attaques de panique. Il ne peut plus faire de sport à cause de ça.

— En quoi pourrais-je lui être utile ?

— Je ne sais pas. Les échecs, peut-être…

— Je sais jouer aux échecs. Mais je ne suis pas prof d'échecs. Encore que, si c'est bien payé, je pourrais le devenir.

Il sourit.

— Je ne cherche pas précisément un prof d'échecs, mais oui, pourquoi pas, ça pourrait faire partie du travail.

— Je vois.

Mon portable bourdonna dans mon sac. En l'éteignant, je vis que Goodman cherchait à me joindre. Il était peut-être en rupture de Windex.

— Écoutez, vous devez vous occuper des enfants et moi, je suis attendue. Vous avez ma carte. Si ça ne vous ennuie pas, vous pourriez m'appeler demain matin ? Je vous en dirai plus.

— Bien sûr. Je vous appelle. J'ai été ravi de faire votre connaissance.

Je m'éloignai, puis m'arrêtai et revins sur mes pas.

— Je peux vous poser juste une question ?

Il hocha la tête.

— Comment un adulte peut-il réussir à conduire trente-deux gosses coiffés d'énormes bidules en papier mâché jusqu'au milieu de Central Park ?

— Hé, je n'ai rien fait, moi. Ce sont eux qui m'ont aidé.

Puis il se tourna vers les enfants.

Je n'arrêtai pas de sourire jusqu'au bureau.

6

Parlons affaires

— Bon…

Je ne trouvais absolument rien à dire.

Peter Bailey me dévisagea, attendant la suite. Il était assis face à mon bureau, vêtu d'un pantalon kaki et d'une chemise blanche. Son immobilité m'intimidait étrangement. Je n'arrivais pas à comprendre la raison d'un tel malaise, alors que c'était moi qui lui faisais passer un entretien d'embauche.

— Bon. Merci de m'avoir rappelée, dis-je.

— Merci de m'avoir demandé de vous rappeler.

— Très bien.

— Oui ?

— Vous avez eu du mal à trouver ?

— Cet immeuble est situé à l'une des principales intersections de Manhattan. Il n'est pas très difficile de trouver l'angle de la 57e Rue et de l'Avenue of the Americas, vous savez.

— En effet. Oui. Je…

— C'est chouette, de passer dans les coulisses d'une salle de rédaction.

Il contempla les centaines de cassettes alignées sur mes étagères, soigneusement étiquetées, classées par thème et par émission. Deux affiches aux couleurs vives, l'une annonçant une enquête sur les dessous de la CIA et l'autre, un reportage sur une rencontre déterminante dans une ville de la bande de Gaza, couvraient entièrement les murs de part et d'autre de mon bureau.

— Oui, c'est un peu le bordel, derrière le plateau.

— Mais pas ici.

Sur mon bureau, quatre journaux étaient soigneusement empilés et mes fournitures de bureau, rangées dans leurs bannettes en maille métallique noire : marqueurs et Post-It de toutes les couleurs, petits tiroirs pour différentes tailles de trombones, blocs-notes et calepins parfaitement alignés.

— Vous travaillez depuis longtemps pour Joe Goodman ?

— Dix ans. Depuis mes débuts ici. J'avais vingt-six ans.

— Il est comment ?

— Très intelligent, très belle plume. Disons qu'il est assez exigeant.

Je n'avais aucune envie d'expliquer à mon candidat nounou que Goodman était grincheux, hargneux et souvent ingrat.

— Ouais, en tout cas on dirait qu'il est assez imbu de lui-même.

Peter désigna les immenses portraits de Goodman ornant les couloirs donnant sur mon bureau. L'un montrait le Présentateur Fou devant un véhicule de transport de troupes armé, revêtu d'un gilet pare-balles en Kevlar et d'un casque bleu de l'ONU ; sur le deuxième, il était à bord d'un tank avec Boris Eltsine ; dans un troisième, sur fond de caméras et de spots, il interviewait Lauren Bacall, qui renversait la tête en arrière et riait comme s'il lui avait posé la question la plus spirituelle du monde.

— Vous regardez l'émission ?

— Pas vraiment.

La plupart des gens auraient au moins prétendu le contraire.

— Vous passez pas mal de temps derrière votre ordinateur, je suppose. D'après votre CV, vous êtes en train de développer un logiciel en ligne ? Ça ne vous prend pas tout votre temps ?

— Les horaires sont flexibles. Le logiciel – que j'ai baptisé l'Aide-Devoirs – devrait transformer, du moins je l'espère, la façon dont les élèves des écoles publiques communiquent avec leurs enseignants. Il les aidera à collaborer lorsqu'ils font leurs devoirs.

Ce type me plaisait bien. J'ignorais si ce logiciel n'était qu'un plan sur la comète ou s'il s'agissait d'un projet viable, mais, sous ses allures bohèmes, il semblait déterminé et sûr de lui.

— Cela paraît intéressant.

— Qui sait ? On me dit que ce pourrait être très lucratif, si les écoles l'adoptent.

— En tout cas, ce sera un boulot à plein temps. Si ça marche, j'ai peur que vous…

— La création de logiciel n'est pas un boulot. C'est une idée. Je crois qu'en effet, ça pourrait devenir un très gros truc, mais, à vrai dire, je n'en suis pas encore là.

Mon téléphone sonna.

— Je suis désolée. Une seconde… Jamie Whitfield.

Je n'aurais jamais dû décrocher le combiné.

— Dieu merci, tu es là.

— Qui est-ce ?

— C'est moi, Christina.

Christina Patten. L'une des pires écervelées du siècle, et maman à l'école maternelle de Gracie.

— Christina, je suis en plein…

— Désolée, Jamie. Je n'ai qu'une question à te poser. C'est vraiment, vraiment important. Enfin, pas d'une importance vitale, mais il est absolument essentiel de ne pas se tromper.

Calant le combiné contre mon épaule, je tendis maladroitement la main vers mon réfrigérateur pour en tirer deux petites bouteilles d'Évian. J'en tendis une à Peter. J'avais raté ce qu'avait dit Christina mais cela n'empêcherait sans doute pas la Terre de tourner.

— … enfin, tu es productrice, non ? Alors tu dois savoir. Je suis certaine que tu es une organisatrice formidable. C'est pour ça que je t'appelle.

— Christina, je regrette d'avoir à te bousculer, mais ce n'est pas le moment idéal…

— Voilà. Pour la journée des grands-parents, tu crois que je devrais commander de grandes assiettes en carton, ou plutôt des assiettes à dessert ?

Non. Elle plaisantait sûrement.

— À ton avis, est-ce que les grands-parents vont prendre de la salade de fruits avec des mini-muffins ? Ou est-ce qu'ils vont prendre, en plus, un petit pain ? Si tu crois qu'ils vont prendre un petit pain en plus, il nous faudra de grandes assiettes. Mais, sinon, je ne veux pas que leurs assiettes aient l'air à moitié vide, même si elles sont pleines de mini-muffins et de salade de fruits.

— Christina, ce n'est tout de même pas une invasion de Vikings ? Je sais que tu cherches vraiment à faire le bon choix, mais pourquoi ne fais-tu pas confiance à ton intuition et…

— Une grande assiette avec juste un mini-muffin et de la salade de fruits, ce serait trop sinistre. Voilà ce que me dit mon intuition.

— Je suis d'accord. Ce serait sinistre, Christina. Mais je crois qu'ils prendront un petit pain en plus du mini-muffin. Commande de grandes assiettes. Le voilà, mon conseil d'experte.

— Tu en es sûre ? Parce que…

— J'en suis certaine. Et maintenant, je dois vraiment raccrocher !

Clic.

Je regardai Peter.

— Désolée. Des conneries de mère de famille.

Pas le truc le plus malin à dire quand on cherche à recruter un type surqualifié pour régler ses propres problèmes familiaux.

L'horloge numérique de mon bureau passa à la minute suivante. Il était tellement immobile dans sa chaise…

Il se pencha vers moi en faisant grincer le cuir de sa chaise.

— Qu'avez-vous en tête, au juste ?

J'étais restée exprès dans le vague. J'avais appris de Goodman qu'il vaut mieux utiliser le téléphone pour persuader son interlocuteur d'accorder un rendez-vous en tête à tête, mais n'abattre ses cartes que lorsqu'on le voit en personne. Je n'avais aucune envie de perdre ce type après un entretien téléphonique bâclé.

Très bien, Jamie. Reprends-toi. J'inspirai profondément.

— Voici la situation. J'ai un fils, enfin j'ai trois enfants, comme je vous l'ai déjà dit. Dylan a neuf ans, Gracie, cinq et le bébé, Michael, a deux ans. Dylan, c'est celui dont je vous ai parlé.

— Je m'en souviens.

— Il n'est pas trop dans son assiette ces temps-ci. Son père n'est jamais là et je travaille trois jours par semaine. Parfois, certains projets m'occupent le reste de la semaine. Et il m'arrive d'effectuer des déplacements. Mon fils a besoin d'une figure masculine pour lui remonter le moral. Ça, j'en suis certaine. Les petits garçons adulent les grands garçons qui s'occupent d'eux.

— Je sais.

— Il sait un peu jouer aux échecs et dessiner, mais le sport ne l'intéresse plus et…

— Et vous voudriez que je joue aux échecs avec lui ? Vous m'avez parlé d'une rémunération assez importante au téléphone. C'est beaucoup, rien que pour jouer aux échecs.

— En réalité, il s'agirait plutôt de venir l'après-midi, après l'école, à 15 heures, pour travailler avec lui.

— Travailler avec lui, dans quel sens ?

— Il a neuf ans. Pas vraiment travailler.

— D'accord, alors faire les devoirs.

— Oui. Sûrement. Mais c'est bien plus que ça. Il a besoin de quelqu'un qui joue avec lui.

Dans ma tête, je me disais : *Juste pour qu'il aille mieux, je vous en prie, pour qu'il recommence à s'aimer lui-même.* Soudain, je sentis mes yeux picoter et ramassai rapidement son CV pour dissimuler mon visage.

— Vous avez une maîtrise d'informatique et vous avez été moniteur de ski. Vous avez travaillé pour une maison d'édition de manuels scolaires. C'est une affaire de famille ?

Son CV m'apprit qu'il avait vingt-neuf ans, trente ans en décembre. Il avait grandi dans la banlieue de Denver et avait étudié quatre ans à Boulder avant de travailler pour la maison d'édition de manuels scolaires de son père. Il avait obtenu sa maîtrise en informatique en prenant des cours du soir.

Lorsque je lui demandai de m'expliquer plus en détail son projet d'Aide-Devoirs, je commençai à saisir à quel point son idée était innovante. Il était tellement passionné que je n'arrivais pas à saisir la moitié de ce qu'il me disait, mais je n'en laissai rien paraître. Il s'était installé à New York parce qu'il avait commencé à tester l'Aide-Devoirs dans le réseau d'écoles publiques new-yorkais. Et, comme c'est souvent le cas pour les start-up, après l'enthousiasme initial, il avait découvert d'importantes lacunes dans son programme. Il allait encore passer plusieurs mois difficiles et il devait rembourser son prêt étudiant.

Je comprenais mieux maintenant pourquoi ce garçon n'avait pas un parcours professionnel plus traditionnel – c'était un entrepreneur, un preneur de risques. Et que signifiait sa longue chevelure ondulée ? Était-ce un fêlé de ski qui avait trop traîné sur les pistes après la fac ? Ou simplement quelqu'un qui n'avait aucune envie de tout sacrifier à sa carrière ? Je n'arrivais pas à le situer, bien qu'accrochée à chacune de ses paroles. Tandis qu'il parlait, je contemplais ses pommettes saillantes et ses grands yeux bleus. Il semblait être du genre à maîtriser n'importe quelle situation, bien qu'il n'ait rien d'un battant. Il donnait l'impression d'être responsable et digne de confiance, même s'il s'était un peu planté sur son plan de carrière.

Puis je lui racontai tout ce qui me venait à l'esprit à propos de Dylan, de son effondrement durant le match de basket, de la façon dont il s'était éloigné de ses camarades, de mes craintes que tout aille de mal en pis.

— Et son père, si je puis me permettre ? Ils sont proches ?

— Oui, bien sûr.

— Son père joue-t-il aux échecs avec lui ? Que font-ils ensemble ?

Phillip ne s'était pas assis par terre pour jouer avec Dylan depuis son troisième anniversaire.

— Le week-end, on déjeune ensemble, et parfois mon mari l'emmène au cinéma. Phillip tient à ce qu'il aime la lecture, alors ils s'allongent ensemble sur le canapé pour lire des bouquins sur l'aéronautique, des trucs dans ce genre-là. Vous comprenez, Phillip est avocat, il est en déplacement presque toute la semaine. Il voit les enfants au petit déjeuner et parfois avant le coucher, une ou deux fois par semaine.

— Le week-end, ils vont au parc ?

Phillip détestait les terrains de jeu. Et il n'était pas du genre à se balader dans le parc pour jouir des charmes de la nature.

— Euh, oui, bien sûr, ils sont allés au parc ensemble. Mais pas très souvent.

— Donc vous vivez à un pâté de maisons de Central Park, vous avez un fils de neuf ans, et vous n'y allez pas régulièrement ? (Il sourit.) Je ne veux pas vous critiquer, mais je ne comprends pas…

— Non, Dylan va tout le temps au parc avec ses copains – enfin, il y allait.

— D'accord, mais pas avec…

— Non. Pas avec son père. Jamais.

Je me demandai s'il avait déjà rencontré un avocat du Périmètre. Je tentai d'imaginer la bande-son qui devait passer dans sa tête en ce moment – sur les enfants gâtés et les parents qui, comme Phillip et moi, gâchaient leur enfance.

— Où habitez-vous, Peter, sans indiscrétion ?

— Je partage un appart avec deux autres mecs dans Brooklyn, à Red Hook, plus précisément. Vous connaissez ?

— Je, je connais Brooklyn, oui.

Il sourit.

— Je n'arrive pas à vous imaginer à Red Hook.

Je ne pus m'empêcher de répondre à son sourire. Son insolence me charmait. Pour la première fois de l'entretien, je me détendis.

— En fait, j'ai plein d'amis à Brooklyn.

Il ne parut pas convaincu. Le quartier ouvrier/bohème de Red Hook et celui, chic et yuppie, de Brooklyn Heights – où je connais en effet (vaguement) quelques personnes – appartiennent à des univers différents du mien.

— Et que font vos colocataires dans la vie ?

— L'un a écrit un roman qui a reçu d'excellentes critiques, mais il travaillait comme barman parce que même les bons livres ne rapportent rien. Il a trouvé un poste chez un agent littéraire, Ink Well Management. L'autre enseigne dans le secteur public. Celui que je remplaçais l'autre jour. Il est consultant pour mon logiciel.

— Donc, l'un et l'autre ont des itinéraires professionnels bien tracés.

— Si vous voulez. Mais vous me proposez un salaire plus élevé que le leur.

— Donc, le salaire compte plus que l'itinéraire professionnel ?

— J'ai un itinéraire bien tracé. Écoutez, vous essayez de me convaincre de ne pas prendre ce boulot, ou quoi ?

Je passai ma casquette de reporter dur à cuire.

— Très bien, parlons affaires. (Je pris une gorgée d'eau.) Vous habitez le quartier branché de l'année à Brooklyn – même moi, je le sais. Vous êtes bien de votre personne, intelligent, cultivé, et bien sûr je n'essaie pas de vous dissuader. Mais je dois savoir quel effet cela vous ferait de prendre un poste comme celui-ci alors que vos amis sont dans l'enseignement ou l'édition. Est-ce que ce serait…

— Est-ce que ce serait quoi ?

— Vous avez près de trente ans. Ça ne vous embêterait pas de prendre un poste comme celui-ci ? (Je croisai les doigts sous le bureau.) Dans une maison, avec des enfants ?

Je détestais poser le problème en ces termes, lui rappeler qu'avec sa maîtrise en informatique, il était en train de postuler à un job de nounou sur Park Avenue. Mais je ne voulais pas non plus qu'il nous laisse tomber au bout d'une semaine, lorsqu'il comprendrait ce à quoi il s'était engagé.

— Non pas qu'il s'agisse d'un travail humiliant ; pour certains, travailler avec des enfants est une véritable vocation… mais avez-vous déjà entendu parler des nounous mâles ?

— Non, mais ce n'est pas difficile à comprendre, comme concept, dit-il en riant. Si je me souviens bien, Britney Spears en a un.

— Enfin, le sien, c'est plutôt un garde du corps. Je trouve que le terme « nounou mâle » est un peu…

— Quoi ?

Je pensais avilissant, mais je n'en dis rien.

Il se pencha vers moi.

— Je trouve l'expression très drôle.

— Alors ça ne vous ennuie pas ?

— Tout d'abord, je ne me vois pas en cadre portant un costume.

— Mais vous avez déjà travaillé en entreprise.

— Je n'y ai jamais été heureux.

— Par exemple, à l'Alliance pour l'éducation de Denver ? Vous n'avez pas de lettre de recommandation de leur part.

— J'y ai passé quatorze mois pour mener une étude. Vous n'obtiendrez pas de lettre de recommandation.

— Ça vous ennuie de me dire pourquoi ?

— J'en serai ravi. Ils font un boulot formidable, mais leur fondateur est un type passif-agressif qui adore pourrir la vie de ses collègues et, pour parler franchement, je le lui ai dit.

— Vous lui avez dit qu'il était passif-agressif ?

Et qu'allait-il penser de moi ? Une maman de Park Avenue qui tentait de tout réussir et qui se plantait lamentablement ?

— Pas en ces termes-là. Enfin, j'ai peut-être utilisé le terme, mais j'ai parlé de façon très claire et très respectueuse. Écoutez, il fallait que quelqu'un le lui dise. Mon patron était un connard fini. Un jour, au cours d'une réunion, il était en train de démolir une collègue, une femme qui faisait un boulot magnifique, et ça a été plus fort que moi. De toute façon, je n'ai fait que dire tout haut ce que tout le monde pensait.

— Ce qui est impressionnant, d'une certaine façon.

— Je ne vous ai pas raconté cette histoire pour vous impressionner. Juste pour vous faire comprendre que je ne supporte pas toutes les conneries qu'on doit se farcir quand on travaille en entreprise. C'est pour ça que j'aime les enfants. Parce que les enfants disent ce qu'ils pensent. Tout de suite. Quand on les écoute, on se rend compte qu'ils sont dotés d'un sens de la justice inné qui me parle profondément.

— Je comprends.

— J'aime aussi travailler de façon indépendante. Honnêtement, le boulot que vous me proposez me plaît. Je ne suis pas disponible à plein temps, et ce poste me permettrait de bosser sur mon projet de logiciel dans la journée, pendant que Dylan est à l'école. J'imagine aussi que je rentrerai chez moi quand Dylan dormira, non ?

— Oui. Carolina habite à la maison, elle s'occupe de tout quand nous sortons.

— Et les autres enfants ?

— Parfois, j'aurai peut-être besoin d'un coup de main. C'est difficile, dans une famille de trois enfants, de se concentrer sur un enfant à la fois.

— Cela me semble logique, même si je n'ai pas beaucoup d'expérience des petits enfants.

— La nounou sera présente tout le temps. J'aurai peut-être parfois besoin de vous le matin, pour déposer les enfants à l'école, lorsque je suis en déplacement, par exemple.

— Si je suis disponible, sans problème. Cela dépend de l'état d'avancement du logiciel. À quelle fréquence ?

— Quelques jours par semaine.

— C'est très bien. Si je peux.

J'avais l'impression que ce type n'était pas fait pour les boulots de service.

— Vous êtes sûr que ce poste vous convient… ?

— Parole de scout. (Il leva deux doigts en l'air.) Écoutez, si tout se passe comme prévu, mon projet devrait être lancé dans dix-huit à vingt-quatre mois. D'ici là, Dylan sera lancé, lui aussi. Il sera comme neuf.

J'éclatai de rire.

— Marché conclu. Vous vous plaisez, à New York ?

— Oui. Mais, surtout, mes commanditaires sont ici. Tous les fonds d'investissement en technologie sont ici… (Il baissa les yeux.) Et puis… il y a une situation, chez nous, dont j'ai préféré m'éloigner.

— Une situation ? Je devrais être au courant ?

— Non. Ce n'est rien de grave. (Il releva la tête et m'adressa un petit sourire en coin.) Désolé. C'est personnel.

Charles avait enquêté, y compris sur son casier judiciaire, et il n'y avait rien. De plus, je ne tenais pas à être indiscrète. Pas tout de suite.

— Mais j'ai tout de même un problème, dit Peter.

— Ceci est un entretien d'embauche. Vous n'avez pas encore le droit d'avoir des problèmes.

Il sourit.

— Vous dites que le papa de Dylan n'est jamais là. Vous pouvez acheter le temps et l'attention de quelqu'un, mais cela ne remplacera jamais ceux d'un père. Et pour cette somme, je ne veux pas vous décevoir – vous ou Dylan – d'entrée de jeu. Dylan va bien comprendre que je sers de substitut à son père. Comment pensez-vous qu'il le prendra ?

Je savais parfaitement que Dylan comprendrait de quoi il retournait. Mais j'avais aussi le sentiment qu'il s'amuserait tellement avec ce type sympa qu'il ne s'y attarderait pas.

La porte s'ouvrit avec fracas. Un éclair jaune canari s'y engouffra. Abby, essoufflée, vêtue d'un tout nouveau tailleur qui lui donnait l'allure d'un agent de location de voitures.

— Tu ne me croiras pas. Theresa Boudreaux nous a encore sorti une cassette !

Génial. C'était peut-être l'occasion de sauver ma carrière.

— Je savais bien qu'il y en avait d'autres ! Je le savais ! Tu en es sûre ? Comment l'as-tu appris ?

— Par Charles.

Charles apparut et s'adossa contre le cadre de la porte. Il jeta un coup d'œil vers Peter, puis vers moi, peu enclin à parler affaires devant un nouveau candidat au poste de nounou.

Peter avait déjà posé les mains sur les bras du fauteuil, prêt à se lever.

— Peter, désolée, mais c'est une urgence. Il y a un fauteuil dans le couloir.

Il adressa un petit signe de la main à Abby et Charles, puis referma la porte derrière lui.

— Il a un cul d'enfer, opina Charles.

— Je t'en prie. Nous sommes dans un contexte professionnel.

— Et il est très professionnel de ta part d'interviewer tes nounous mâles au bureau.

Je fis comme s'il n'avait rien dit.

— Alors, raconte ?

— D'après ce que j'en sais, ces cassettes sont explosives par rapport aux premières, dit Charles. De toute façon, celles qu'elle a remises à l'équipe de Seebright ne valaient pas grand-chose. Elles étaient pratiquement inaudibles, alors que ces nouvelles cassettes, paraît-il, sont d'excellente qualité.

— Ça n'a aucun sens. Si on veut parler, on parle la première fois qu'on donne une interview.

— Qui sait, elle a peut-être pris goût à la publicité. Ou bien elle avait des scrupules qui se sont évanouis.

— Des scrupules, et puis quoi encore ?

— Ce qui compte, c'est que cette histoire est en train de faire boule de neige. Elle veut peut-être l'exploiter à fond ? Signer un contrat de livre, vendre l'histoire de sa vie au cinéma ?

Charles se percha au bord du canapé.

— Tu vas décrocher un scoop d'enfer et damer le pion d'ABS. C'est à toi d'entrer en scène, ma cocotte !

Erik et Goodman m'avaient à peine adressé la parole depuis que Theresa avait accordé son interview à la concurrence, même si elle n'avait rien révélé de nouveau.

— Notre correspondant à Jackson, dans le Mississippi, tente actuellement de mettre la main sur les nouvelles cassettes ; les journalistes de la presse locale sont comme des fous, reprit Charles. Personne n'a obtenu quoi que ce soit pour l'instant. Le directeur de la station a appelé Goodman pour lui demander s'il pouvait mobiliser la force de frappe de la chaîne pour décider Theresa Boudreaux. Il sait sans doute que nous étions sur le point de décrocher l'interview, même si nous nous sommes fait doubler. Non ! Même si toi tu t'es fait doubler.

— Merci de me le rappeler. D'après toi, qu'est-ce qu'il y a sur ces cassettes ? Que peut bien mijoter cette bonne femme ?

Abby hurla :

— Tu peux appeler Leon Rosenberg et arrêter de poser des questions idiotes dont on ne connaît pas les réponses ?

Je composai son numéro, en me souvenant que je lui avais raccroché au nez lors de notre dernière conversation. Son exaspérante secrétaire répondit.

— Ici Jamie Whitfield de NBS Evening News. Je dois parler à Leon.

— Bonjour, madame Whitfield. Je vais voir s'il…

— Je vous en prie, ne me dites pas que vous allez « voir » s'il est là, Sunny, je sais qu'il y est. C'est pour ça que je l'appelle. Il y a du nouveau au sujet de Mlle Boudreaux.

— Nous savons qu'il y a du nouveau, mais, malheureusement, vingt journalistes ont appelé avant vous ce matin. Je crois donc qu'il est normal de…

Je tentai de rester polie.

— Pourriez-vous, s'il vous plaît, dire à Leon Rosenberg que je l'étranglerai de mes propres mains s'il ne me prend pas ?

— Inutile de vous énerver, madame Whitfield. Je note votre nom sur la liste des personnes à rappeler, dans l'ordre des appels.

— Ça ne me va pas du tout.

Je me levai et m'adressai au combiné de ma voix la plus glaciale.

— Notre présentateur Joe Goodman et l'équipe d'avocats de NBS sont debout devant moi. Ils ont l'intention de détruire votre cabinet d'avocats grâce à un reportage sur vos manquements à l'éthique professionnelle. Je m'assurerai personnellement que votre nom y soit cité, Sunny Wilson.

Pas de réponse. Cinq secondes plus tard :

— Bonjour, Jamie, dit Rosenberg. Inutile de traumatiser ma secrétaire chaque fois que vous m'appelez. Elle ne fait qu'exécuter mes ordres. Vous avez vraiment un reportage sur nous ?

— Non, gloussai-je malgré moi. Bien sûr que non.

— Bon sang, même moi j'ai eu la trouille, cette fois.

— Désolée, Leon. Et je tiens à m'excuser de vous avoir raccroché au nez la dernière fois que nous nous sommes parlé. C'était grossier et injustifiable. Comment puis-je me faire pardonner ? Vous savez, tout le monde à NBS trouve que vous faites un boulot formidable. Et nous savons à quel point vous bossez dur pour protéger vos clients.

— Arrêtez de me passer la pommade, Jamie. Je sais que j'ai une dette envers vous. Je suis toujours bon joueur, surtout avec les jolies femmes.

Quel porc.

— Cela dit, le fait que vous soyez la productrice de Joe Goodman y est pour quelque chose, ajouta-t-il.

Je levai les yeux au ciel.

— D'accord. Vous avez quelque chose pour moi ?

Pas de réponse. Cherchait-il à jouer avec mes nerfs ? Avait-il quelque chose à m'offrir ? Ces nouvelles cassettes existaient-elles vraiment ?

— N'oubliez pas le plan magnifique que j'ai inclu de vous dans votre costume Brioni, accompagnant votre cliente à la sortie de la crêperie. Les autres chaînes l'ont montrée toute seule. Mais pas NBS. Non seulement NBS vous a montré pendant douze secondes dans ce costume, mais on vous a aussi cité nommément. (J'imitai la voix grave de Goodman.) « Boudreaux et son prestigieux avocat, Leon Rosenberg, sortent de son café à Pearl, dans le Mississippi. » Goodman trouvait ce plan inutile. J'ai cru que cela vous ferait plaisir. Évidemment, si je l'ai persuadé de le garder, c'est parce que je croyais que cela m'aiderait à conclure notre affaire.

— J'ai compris. J'avais déjà compris. J'ai une dette envers vous.

— Ça tombe bien. Moi aussi.

— Alors, pourquoi ne pas vous mettre à genoux et tendre les lèvres ?

Je fis un bruit de baiser. Charles enfonça le doigt dans la bouche en signe de solidarité. Pas de réponse.

— J'attends toujours, Leon.

— Il n'y a personne d'autre sur la ligne ?

— Je vous le jure. Un instant, je vous mets en attente.

Je dévisageai Abby et Charles, fermai les yeux très fort et croisai les doigts, puis les jambes. Charles se retourna, décrocha l'autre combiné et activa la fonction muette tout en maintenant la ligne en attente. Abby était tellement énervée qu'elle aurait pu se plaquer au plafond comme Spiderman.

Je comptai « trois-deux-un » sur mes doigts pour que Charles puisse subrepticement écouter la conversation. Ce n'était pas la première fois que je lui demandais d'écouter en douce l'un de mes appels – nous l'avions fait des centaines de fois.

Leon parla enfin à voix basse.

— Il y a d'autres cassettes.

— D'autres cassettes ? De Theresa Boudreaux et Huey Hartley ?

— Hmm-hmm.

Je dressai le pouce en direction d'Abby. Les sourcils de Charles se haussèrent, puis se froncèrent à la Groucho Marx.

Leon poursuivit.

— Et je suis le seul à les avoir écoutées.

Abby me passa l'une de mes fiches en bristol. ELLES SONT BONNES ? DEMANDE-LUI DE CONFIRMER.

— Elles sont bonnes ?

— À côté de ça, celles qu'on a passées à l'émission de Seebright font l'effet d'un goûter chez les Teletubbies.

Autre fiche. DEMANDE-LUI CE QU'IL Y A AU JUSTE SUR LES CASSETTES.

— Je veux des détails, Leon. Nous sommes une chaîne sérieuse. Je ne peux pas déranger Goodman pour des insinuations.

— D'accord. Mais vous n'êtes pas une chaîne très sérieuse, si vous tenez autant que cela à Theresa Boudreaux. Arrêtez de prendre vos grands airs, ma belle.

— J'attends, Leon.

Toujours rien.

— Leon ?

Il répondit enfin.

— Que diriez-vous d'apprendre que monsieur le député Hartley préfère entrer par la porte de derrière ?

— La porte de derrière de la crêperie ? demandai-je.

Charles secoua la tête, posa la main sur son front et s'allongea sur le canapé.

Abby articulait toujours silencieusement : « Quoi ? Quoi ? »

— En réalité, je ne vous ai pas remis les premières cassettes parce que vous êtes vraiment idiote, comme toutes les jolies filles. Vous devriez peut-être présenter la météo au lieu de travailler comme productrice. Vous y avez déjà songé ?

— La porte de derrière de la maison de Theresa ?

Je ne comprenais toujours pas de quoi il parlait. Charles se redressa en agitant les bras, secouant la tête frénétiquement en signe de « non ».

Leon répondit lentement.

— Non. En levrette. Par-derrière. Littéralement derrière, si vous saisissez.

— En levrette, répétai-je d'un ton étonnamment posé.

Je marchais en rond à petits pas, le temps d'encaisser.

Abby écarquillait les yeux ; elle était tellement tendue que les veines de son cou s'étaient gonflées.

— Leon, accordez-moi un instant.

Je croisai le regard de Charles. Il hocha la tête et me fit signe de rester calme. Lors de l'une de mes visites à Theresa, je m'étais rendue à une réunion de prières matinales à laquelle assistait Huey Hartley. Je me rappelais ses intonations de prêcheur délivrant un sermon en plein air, en plein orage. « Les fornicateurs ne seront plus élevés sur un piédestal par les élites de ce pays. Dieu a créé Adam et Ève, pas Adam et Steve ! Tandis que les médias de gauche s'escriment à procurer aux homosexuels le droit de se marier, tandis qu'ils s'acharnent sur la famille, les enfants à naître, les dix commandements et même les scènes de nativité de Noël, moi, et vous, bonnes gens du Mississippi, nous allons défendre notre grande nation ! »

Je me repris.

— L'ex-pasteur. L'ex-propriétaire de la chaîne télévisée chrétienne PBTG. L'actuel député au Congrès d'un État républicain : Huey Hartley, marié, quatre enfants, déclare sur cassette à sa petite amie serveuse qu'il préfère la prendre en levrette ?

Je cherchai des yeux Abby, qui n'était plus dans son fauteuil. Je supposai qu'elle s'était étalée par terre. Je me penchai par-dessus mon bureau. J'avais raison.

— Jamie. Pas seulement en levrette. Accrochez-vous bien pendant que je vous explique la situation un peu plus clairement, de façon que même une handicapée mentale dans votre genre puisse comprendre. Ce pauvre connard dit littéralement sur la cassette qu'il aime passer par la petite porte. De préférence par l'adorable petite porte de Theresa. Il dit à quel point il a adoré la dernière fois qu'il la lui a mise dans le cul.

— Leon, vous ne parlez pas sérieusement.

— Si.

— Vous me faites marcher, non ? Il dit littéralement « dans le cul » ?

Par terre, Abby poussa des gémissements orgasmiques.

— Ouais.

Je me grattai la tête.

— Hartley est le chef du mouvement qui cherche à inclure les lois anti-sodomie sur les bulletins de vote des élections présidentielles de 2008…

— Exactement.

— Et c'est un sodomite ?

Leon gloussa.

— Bravo ! Vous avez suivi.

— Lui, le bon père de famille, toujours flanqué de son épouse avec sa choucroute blonde style fifties et de ses quatre enfants…

— Ouais.

— Quel moralisateur hypocrite. Vous vous souvenez de cette émission sur sa chaîne, où il nous rebattait les oreilles de ses valeurs familiales ?

— Ouais.

— Sacrées valeurs familiales.

— Ouais.

— Et Boudreaux est prête à parler de tout ça ? De leurs histoires de sexe sordides ?

— Ouais.

Je secouai la tête.

— Très bien, Leon, dis-je sans pouvoir réprimer un éclat de rire. Je comprends ce que vous voulez dire quand vous vous moquez du sérieux de notre chaîne. J'ai beau essayer, je suis incapable de vous dire sans rire que vous vous trompez.

Leon rit à son tour.

— Il y en a des kilomètres dans le même genre. C'est du solide. Elle est prête à tout déballer là-dessus. En détail. Et tout ça, c'est pour Goodman.

Je posai le combiné, tombai à genoux et fermai les yeux en prière silencieuse. Moi, Jamie Whitfield, je venais de décrocher un scoop qui allait nous valoir une audience à rivaliser avec celle du Super Bowl. Ce seraient sans doute les saloperies les plus salaces à être jamais diffusées par une chaîne hertzienne mais, bon sang, c'était magnifique.

Cinq minutes après le départ de Charles et Abby, on frappa à ma porte.

Peter.

Il passa la tête.

— Vous avez, euh, fini ce que vous aviez à faire ?

— Je suis vraiment dééééééééésolée !

Je contournai mon bureau en courant et l'invitai à entrer.

— Je suis vraiment consternée par ma grossièreté. Mais j'ai été complètement prise par une histoire absolument incroyable.

Il sembla saisir que je n'avais pas tous mes esprits.

— En effet, ça m'a tout l'air d'une sacrée affaire.

— Je ne sais pas si le terme « sacré » est celui qui convient le mieux. Disons plutôt littéralement incroyable. Si je vous la racontais, vous me pardonneriez peut-être mon manque de courtoisie.

— D'accord. Enfin, le poste m'intéresse beaucoup.

Mon Dieu.

— Vraiment ?

7

Le nounou entre en scène

Assise au bord du lit de Dylan, je balayai ses cheveux de son front.

— J'ai de bonnes nouvelles pour toi.

Il leva les yeux vers moi.

— Quoi ? T'as gagné au loto ?

— Non.

— Tu vas arrêter de travailler ?

— Dylan !

— Alors ?

— Dylan, je passe beaucoup de temps avec toi.

— Même pas vrai.

— Mon chéri, tu sais que j'ai besoin de travailler, mais c'est juste quelques jours par semaine. On dîne ensemble tous les…

— Pas vrai. T'es tout le temps en train de travailler.

— D'accord. J'admets que je travaille très fort sur mon reportage. Je t'ai dit que c'était le reportage le plus important que j'aie jamais réalisé. Je veux qu'il soit bien fait. Et je veux être fière de mon travail.

Il leva les yeux au ciel et se tourna vers le mur.

— Dylan, je t'aime, et être ta maman, c'est ce qui compte le plus dans ma vie.

Il tira ses couvertures par-dessus sa tête.

— Tu sais quoi ? Je n'ai pas envie de discuter de ça. Je sais que c'est difficile d'avoir une maman qui travaille très fort. Je sais que tu aimerais que je sois là plus souvent. Je te promets que ça va s'arranger dans quelques semaines à peine. Mais j'ai une bonne nouvelle. Quelque chose qui te fera plaisir.

Intrigué, il se remit sur le dos et se rapprocha de moi. J'éteignis la lampe et m'allongeai à côté de lui, la tête appuyée sur le coude. Je lui caressai le front du bout des doigts, selon notre rituel du soir, et repoussai ses cheveux.

— Un portable ? Un téléphone rien qu'à moi ? Tu m'as dit que je devais attendre jusqu'à mon ann…

— Non, ce n'est pas ça. Il ne s'agit pas d'une chose, mais d'une personne.

Je massai ses sourcils, suivant leur tracé du pouce et de l'index. Il ferma les yeux, rêveur, et sa colère se dissipa.

— Dis-moi, souffla-t-il.

— Tu vas avoir un nouvel ami, quelqu'un avec qui tu vas bien t'amuser.

Il se redressa, consterné.

— Oh, zuuuut ! Tu m'as dit que j'étais plus obligé d'aller voir le Dr Bernstein ! Je veux pas aller voir un autre docteur des sentiments. C'est trop idiot.

— Non, ce n'est pas ça, Dylan.

— Quelqu'un de l'école ?

— Non, pas…

— Au club de sport ? Au…

— Dylan, rallonge-toi.

Je le poussai par les épaules pour qu'il se rallonge sur le dos.

— Tu ne devineras jamais, alors laisse-moi t'expliquer.

— D'accord.

— Il s'appelle Peter Bailey. Tu vas avoir un ami à toi à la maison, tout le temps. Enfin, après l'école, jusqu'à ce que tu te couches. Il arrive demain, après l'école.

— Une sorte de baby-sitter pour garçon ?

— Mieux que ça.

— Il a quel âge ?

— Environ vingt-neuf ans. Il vient du Colorado. C'est un as du ski et de la glisse. Il adore jouer aux échecs, il travaille sur des logiciels de jeux d'échecs et d'autres jeux pour rendre les devoirs marrants pour les enfants de ton âge. Et il est supercool. Vraiment très cool. Il a les cheveux longs.

Mon fils était passé au neutre. Je m'étais imaginé qu'il serait fou de joie lorsque j'énumérerais les trucs qu'il pourrait faire avec Peter – et soulagé qu'il ne s'agisse pas d'un nouveau Dr Bernstein. Ce n'était qu'un conte de fées que je m'étais raconté sur la façon dont Peter s'insinuerait dans notre vie.

J'ajoutai, avec un enthousiasme forcé :

— Ce qui compte, c'est qu'il soit marrant ! Il passera te prendre, il t'emmènera voir des matches, où tu veux ! Même les matches de base-ball de Chelsea Piers.

Toujours rien.

— Mon chéri. Ça ne t'excite pas, les matches de base-ball ? Pourquoi ?

Ses yeux restèrent clos. Il haussa les épaules. Cela me brisa le cœur. Je croyais faire plaisir à mon petit Bourriquet ; mais cela le rendait encore plus triste. J'avais attendu cet instant pour lui annoncer la nouvelle car je voulais qu'il s'endorme heureux. Sa lèvre trembla.

Je fis une nouvelle tentative.

— D'habitude, tu ne vas aux matches de base-ball que pour les anniversaires. Je te dis que ce garçon va t'y emmener les jours de semaine !

Il s'assit. Puis il alluma la lampe et me dévisagea en clignant des yeux.

— Tout ça, c'est parce que papa n'est jamais à la maison, non ?

Les enfants sont toujours plus malins qu'on ne le croit.

— Hou là !

Peter Bailey me tendit sa veste et je cherchai un cintre.

— Ce placard est plus grand que ma chambre à coucher.

Il jeta un coup d'œil au salon.

— Moi aussi, je trouve ça grand. Nous avons emménagé il y a quelques mois seulement. Mais vous verrez, cette maison est très relax.

Je lui avais dit de s'habiller sport et il s'était présenté au poste vêtu d'un pantalon de snow-board Patagonia bicolore truffé de poches et de zips. Une chemise de flanelle élimée couvrait un tee-shirt portant le logo Burton. Il était chaussé de Pumas en croûte de porc marron.

Lorsqu'il retira sa casquette de base-ball, j'eus le souffle coupé.

— Ah, ça.

Il indiqua une croûte grosse comme une tangerine sur son front.

— C'est pour ça que j'ai mis la casquette. J'ai fait une chute de skate-board hier soir. Comme un idiot. Je sais que c'est moche. Désolé.

Je secouai la tête.

— Ne vous en faites pas. Dylan va trouver ça cool.

Peter était beaucoup plus baraqué que je ne l'avais cru. Il n'était là que depuis deux minutes, et ça me faisait déjà tout drôle d'avoir un homme adulte à la voix grave chez moi en pleine journée. Et je l'avais embauché comme nounou ? Un type qui avait une maîtrise ? Il était tellement plus grand que moi. Comment allais-je pouvoir lui donner des ordres – en me dressant sur la pointe des pieds pour lui commander de ramasser ses jouets, là, tout de suite ? J'éprouvai un sentiment de panique.

— Peter, je suis vraiment enchantée que vous soyez là.

— On ne dirait pas.

— Vraiment. Ça va être génial. Absolument génial.

Une lumière de début d'après-midi filtrait entre les rideaux en soie jaune du salon, réfléchie par les piles de livres sur la table basse et les deux grosses boîtes Tupperware qui étaient posées dessus. Je fis signe à Peter de s'asseoir dans un petit fauteuil tandis que je m'installais dans le canapé.

— Je peux vous offrir quelque chose à boire ?

Allait-il demander une boisson de mec, du style Corona ?

— Je veux bien.

Je bondis comme un lièvre.

— Canada Dry. Si vous n'avez pas, un Coca m'ira très bien.

Je tirai des glaçons de la machine à glaçons et les versai dans un verre à whisky en cristal. Un instant, n'émettais-je pas les mauvais signaux ? Ce n'était pas un invité, mais un employé.

Pendant ce temps, Peter examinait les Tupperware. L'un portait l'étiquette « Médicaments des enfants » et l'autre « Médicaments d'urgence ». Une boîte en carton indiquant « Articles d'urgence » était posée à côté de la table – j'avais rempli ces boîtes durant l'affreux automne qui avait suivi le 11 septembre. Il y avait aussi un dossier contenant des listes agrafées des numéros de téléphone et des adresses les plus importants, ainsi que les horaires quotidiens, répartis par code couleur pour chaque enfant et pour chaque type d'activité, scolaire, sportive ou culturelle. Ma mère avait été libraire au lycée de mon quartier et j'avais grandi dans une maisonnée où l'on classait les outils par ordre alphabétique pour ranger le garage. Si j'étais un peu obsessionnelle parfois, c'était de sa faute.

J'entendais le tic-tac de l'horloge sur la cheminée. Peter s'assit, l'air attentif et poli.

— Si vous m'expliquiez comment les choses fonctionnent, ici ?

— Quelles choses ?

— La maison, par exemple. Comment elle fonctionne.

— Vous voulez dire, comme une petite entreprise ?

— Non. Mais ici, il n'y a que des horaires. Y a-t-il un manuel pour le personnel ?

— Très drôle. Non, mais nous avons du personnel. Yvette, la nounou, et Carolina, la gouvernante. Ce sont toutes deux des femmes formidables mais elles mettront sans doute quelques jours à se faire à vous.

— Non, je ne crois pas. Où sont-elles ?

Il se leva.

— Attendez ! Et si on… discutait de quelques trucs ? Enfin, si ça vous va. Si ça vous va d'être ici…

— J'y suis depuis, quoi, sept minutes ? Jusqu'ici, tout va très bien. (Il sourit.) Et vous, êtes-vous sûre que ça va ?

Étais-je aussi transparente que cela ? Je remuai mes papiers nerveusement, sans arriver à me débarrasser de la sensation d'être incapable de m'adresser à cet homme adulte sans lui parler comme à un enfant. Je ne voulais pas paraître condescendante. Puis je songeai à quel point il était misogyne de ma part de me croire capable de donner des ordres aux femmes de ma maisonnée (ou du moins, d'essayer) mais pas à un homme. C'était tout de même absurde. Je tentai une autre approche.

— On, euh… on pourrait se tutoyer, non ? bafouillai-je.

— Si tu veux.

— Très bien. Dylan va à l'école St. Henry à l'angle de Park et de la 88e Avenue. Lundi, il fait du sport à Randall's Island. Le club s'appelle Les Aventuriers. Ils passent prendre les enfants en bus puis les ramènent, mais parfois les mères les conduisent en voiture pour pouvoir assister aux matches. Vous… tu pourrais l'y accompagner en voiture. Tu sais conduire ?

— Hum, conduire…

— Tu n'as pas ton permis ?

— Tu pourrais peut-être m'apprendre ?

— Moi ?

— Je plaisante. J'ai mon permis.

— Vraiment ? Très bien.

Je devais à tout prix me conduire normalement. Cela devenait ridicule.

— Je me demandais seulement si tu avais déjà conduit un 4 × 4 en ville ? L'un de ces machins énormes avec trois rangées de sièges ?

— Tu en connais beaucoup, des mecs de trente ans qui ont grandi dans les Rocheuses et qui ne savent pas conduire un 4 × 4 ?

— Pas beaucoup. Désolée.

— Ne t'excuse pas, ça ne fait rien. C'est juste que j'ai déjà géré tout seul trente gamins, alors ne t'en fais pas, ça ira.

— Tu crois ?

— Ouais.

— C'est vraiment formidable.

On aurait dit que je faisais des compliments à un enfant de trois ans. Je me sentis rougir.

— Le vendredi, repris-je, il a un cours de violoncelle à 17 heures. Dans une école de musique géniale, sur la 9e Rue. Tu sais qu'on a démontré que les enfants qui apprenaient la musique très jeunes obtenaient des notes de quarante pour cent supérieures à la moyenne en fac de médecine ?

— Pardon ?

— Oui. Il paraît que c'est parce qu'ils intègrent toutes les notes dans leur esprit. L'adresse de l'école est dans le dossier. Mercredi, il a un atelier de menuiserie – ça va lui permettre de prendre de l'avance en géométrie, c'est génial pour affûter les fonctions motrices fines et ça lui apprend à se concentrer sur un projet du début à la fin. Puis, les mardis et jeudis, de 15 h 30 à 17 h 30, voire 18 heures, ça m'ira parfaitement, tu pourrais…

— Holà !

Il semblait inquiet.

— Holà ? Je te demande pardon ?

— Oui. Holà. Ce baratin au sujet de la géométrie, on oublie. Mais tu planifies tous ses horaires comme ça ?

— Oui, en effet.

— Je peux te demander pourquoi ?

— D'abord, parce que je travaille. Ensuite, parce que nous sommes à New York : ici, c'est comme ça que ça se passe.

Il m'adressa un regard réprobateur – là, à mon avis, il outrepassait ses droits. Mais je poursuivis, décidée à lui montrer lequel de nous deux était le patron. Il n'était peut-être pas très judicieux d'être passés au tutoiement.

— Donc, les mardis et jeudis, tu fais ce que tu veux. Tu pourrais simplement… l'emmener quelque part. Il y a un endroit sur Times Square avec des vidéos de Mars qui…

— J'ai plein d'autres endroits en tête.

— Ah oui ? Quoi, par exemple ?

Je lui parlais comme si je ne lui faisais pas confiance, comme s'il allait entraîner mon fils dans un repaire d'accros au crack.

— Tout d'abord, j'aimerais l'emmener au parc, faire un peu de basket…

— Le basket, ça le fait vraiment flipper.

— Je sais, je sais.

— Donc, tu vas devoir t'y prendre tout en douceur.

— Et tu vas devoir me faire confiance. Je te l'ai déjà dit, je ne supporte pas très bien les rapports hiérarchiques.

Eh merde. Non seulement ce mec n'allait jamais réussir dans les boulots de service, mais il n'était même pas capable de respecter de simples instructions.

— C'est de mon fils qu'il s'agit.

— Et je ferai ce que tu veux. Mais essaie de me faire un peu confiance. Rappelle-toi, je suis très bien avec les enfants et en plus, j'ai mon permis.

Pour la deuxième fois, mon portable sonna au fin fond de mon sac. Je n'avais pas répondu au premier appel, mais j'attendais celui-ci depuis une semaine. Le numéro affiché était celui du cabinet d'avocats de Leon Rosenberg.

— Peter, accorde-moi une seconde.

J'ouvris le portable.

— Oui, Leon ?

— Je viens de confirmer auprès d'elle pour la troisième fois.

Il hurlait dans le combiné. Je l'imaginais, affalé dans son fauteuil en cuir, mâchonnant son sempiternel cigare comme un parrain de la mafia, répandant ses cendres sur l'un de ses affreux costards tapageurs à grosses rayures blanches. Ces temps-ci, toutes les chaînes, prises de frénésie, se gargarisaient au sujet de Theresa sept jours sur sept. Les talk-shows disséquaient l'impact de l'affaire sur l'avenir politique de Hartley, les magazines du prime-time diffusaient des reportages sur la vie de Theresa – bien qu'ils n'aient pas pu l'approcher – et les émissions de divertissement faisaient mousser le scandale. Mais aucune chaîne n'apportait de nouvelles fraîches, car les deux principaux intéressés refusaient de s'exprimer.

— Le principal, c'est qu'elle sache que vous connaissez le contenu de ces cassettes et qu'elle vous le confirme devant les caméras. Je veux dire, cette affaire de cul…

Goodman et moi avions négocié avec Leon Rosenberg les circonstances précises de l'interview : où elle aurait lieu, ce qu'on pouvait utiliser des conversations téléphoniques enregistrées, et surtout le fait qu'elle comprenne bien qu'elle allait devoir donner des détails sur leurs rapports sexuels – ce que Leon venait de me confirmer. Goodman allait sauter au plafond. Je brandis le poing.

— Quant aux autres détails, reprit Leon, Theresa est prête à parler cette semaine…

À cet instant, Peter ouvrit la boîte des médicaments d'urgence et en tira trois énormes sacs en plastique, contenant assez d'iode de potassium, de Cipro et de Tamiflu pour toute une vie. Il se mit à lire la carte plastifiée que j'y avais insérée pour instruire Yvette et Carolina sur ce qu'il fallait faire en cas d'explosion de bombe sale, d'attaque à l'anthrax ou d'épidémie de grippe aviaire.

— C'est génial, Leon.

— Elle aurait préféré faire la tournée des grands ducs, mais elle comprend que vous ne défraierez que le prix de la chambre d'hôtel, en plus de quatre-vingt-cinq dollars par jour pour ses frais, durant les deux jours qu'elle passera en ville. Mais elle tient à être en beauté. Elle veut que vous lui offriez une journée en institut, avec masque, pédicure, manucure et tout le bazar.

J'attirai l'autre Tupperware vers moi pour l'éloigner de Peter et le posai par terre à mes pieds. Il était rempli d'EpiPens pour les allergies aux arachides, d'inhalateurs pour l'asthme et de Benadryl – pour les petits camarades de mes enfants, pas pour eux. La moitié de leurs amis souffraient d'allergies aux arachides, potentiellement mortelles, et certaines des mamans, totalement blasées à ce sujet, oubliaient parfois de nous en avertir. Peter devait me prendre pour une névrosée totale. Je l'étais, en effet.

— Leon, encore une fois, faites-lui comprendre que nous ne sommes ni une émission de divertissement ni un tabloïd anglais. Nous produisons le meilleur magazine d'actualités de l'une des plus grandes chaînes télé. Nous prendrons en charge sa coiffure et son maquillage, point. Nous ne payons pas les interviews en cash et nous n'offrons pas de cadeaux en nature, comme des traitements en institut, à nos interviewés. Nous avons une éthique professionnelle à respecter.

Leon partit d'un gros rire et tapa sur son bureau.

— Ne montez pas sur vos grands chevaux, mon petit cœur. Vous vous entendez ? (Il s'esclaffa à nouveau.) Et à dada sur mon bidet ! Vous vous prenez pour qui ? Vous et moi, nous savons pertinemment que tout ce qui vous intéresse, c'est cette histoire d'enculade.

J'adressai un clin d'œil à Peter pour lui faire savoir que l'appel allait encore durer un petit moment. Il se leva et alla s'adosser au cadre de la fenêtre, pour regarder Park Avenue, puis se dirigea à l'autre bout du salon, qui s'ouvrait sur le bureau de Phillip. Tendant le bras vers l'un des rayons de bibliothèque qui flanquaient la porte, il en tira *Comment élever des enfants en milieu aisé*, livre que Phillip avait lu alors que j'étais enceinte de Dylan. J'en fus horrifiée, mais il était à l'autre bout de la pièce et je ne pouvais pas lui arracher le livre des mains.

— Très bien, Leon. Le type en question a été directeur d'une chaîne de télé chrétienne, il est père de quatre enfants, marié depuis trente ans à une épouse modèle, un type complètement maqué avec *Focus on the Family*, la *Christian Coalition* et même les *Promise Keepers*[1]. Donc, le moins qu'on puisse dire, c'est qu'il est un peu hypocrite. Mais vous avez raison, les manifestations sexuelles précises de cette hypocrisie nous intéressent beaucoup. D'autant plus qu'il cherche à faire passer des lois anti-sodomie. Ça, c'est franchement délicieux. Je ne le nierai pas. Mais rappelez-vous que cette histoire nous tenait déjà à cœur avant que ce petit détail ne vienne s'y greffer.

— Un petit détail qui vaut ses vingt-cinq millions de dollars, mon chou.

— En effet. On peut s'en tenir là ?

— D'accord, mon cœur, puisque vous voulez vous en tenir là... Mais il y a encore un truc.

J'inspirai profondément et délibérément dans l'appareil en attendant sa énième exigence. J'articulai en silence « Désolée » à Peter. Il secoua la tête et articula « Pas grave ». Il referma le livre et s'approcha de la grande boîte posée à côté de la table basse.

— Goodman a bien compris qu'il fallait aussi parler de l'avocat de Theresa, n'est-ce pas ?

Peter fouillait maintenant la boîte des articles d'urgence. Il en tira un fascicule de la sécurité civile, qu'il feuilleta avant de le rejeter dans la boîte. Puis il en extirpa un masque à gaz israélien, le retira de son sachet en plastique et se mit à lire les instructions.

1. *Focus on the Family* est une association politique américaine évangélique, affiliée à la droite ultraconservatrice, dédiée à la protection des valeurs familiales. L'association *Christian Coalition* regroupe des représentants de plusieurs Églises, soutenant le Parti républicain et exprimant le point de vue de la droite chrétienne la plus conservatrice. *Promise Keepers* est également une association chrétienne, qui prône notamment la chasteté avant le mariage et la domination masculine au sein du couple.

— Oui, Leon, nous vous citerons nommément et nous montrerons la bande vidéo qui vous plaît, pas celle prise un jour de grand vent, avec vos cheveux ébouriffés…

Peter passa le masque à gaz. Puis il sortit la combinaison orange à l'épreuve des attentats terroristes biologiques, examina l'étiquette, la tint devant ses épaules et la retint en pressant son menton contre sa poitrine.

La porte d'entrée claqua. Il n'était que 14 heures. Je savais que Carolina était en cuisine, Yvette au parc avec les deux petits et Dylan à l'école. Personne d'autre n'entrait sans s'annoncer. J'étirai le cou pour jeter un coup d'œil au hall d'entrée tandis que Leon m'expliquait la séquence précise qu'il fallait montrer.

Le pardessus de Phillip fit un vol plané dans le vestibule. Merde. Phillip à la maison, juste après l'heure du déjeuner ? Je savais qu'il n'était pas en déplacement, mais il n'était jamais rentré comme ça, en plein milieu de la journée, sans me téléphoner au préalable. Il entra dans le salon pour tomber nez à nez avec un inconnu, portant un masque à gaz et une combinaison orange.

— Jamie, pour l'amour du ciel, qu'est-ce que…

Peter retira le masque à gaz, la tête ébouriffée. Il tendit poliment la main à Phillip.

— Non, non ! m'écriai-je.

Peter s'arrêta net et me lança un regard qui signifiait « Quoi, ma petite dame ? Je me présente, c'est tout ».

Sur mon téléphone portable :

— Vous n'avez pas ce plan-là, mon petit chou ? Celui dont je viens de vous parler ?

— Non. Non, je ne vous parlais pas, Leon. Oui, j'ai bien ce plan. Je vois parfaitement celui dont il s'agit. J'étais juste… (Je fis signe à Peter de revenir s'asseoir là, tout de suite, jeune homme ! Je lui désignai son fauteuil.) Vous voulez celui où vos cheveux sont bien à plat, celui où vous portez un trench, une écharpe en soie jaune et des chaussettes en soie assorties – pas le plan où vos cheveux ressemblent à un Frisbee géant. Je vois très bien. Ce sera tout ?

Phillip secoua la tête et traversa le hall d'entrée avec son invité. Les portes de son bureau se refermèrent derrière eux.

— Très bien, Leon. Merci d'avoir confirmé, pour Theresa. Au revoir.

J'éteignis le téléphone et inspirai profondément.

— Je suis désolé, dit Peter. Je voulais simplement être poli…

— Non, c'est moi qui te dois des excuses. C'est encore cette histoire d'interview, et je voulais te présenter à mon mari dans des conditions plus sereines.

— Je vois.

— Désolée de t'interrompre encore une fois, Peter. (Je me levai.) Je dois aller voir ce qui se passe. Excuse-moi une seconde.

Je traversai le salon sur la pointe des pieds et plaquai l'oreille contre les portes coulissantes.

— Alan ! Merde ! Si j'ai rangé les papiers ici, c'était justement pour ne pas les laisser traîner au bureau.

— Alors où sont-ils ? Si tu les as rangés ici, ils ont intérêt à y être.

Alan qui ? Je frappai à la porte et entendis une lampe s'écraser par terre. Les portes coulissantes s'entrouvrirent pour laisser apparaître le visage de mon mari.

— Oui ?

— Phillip, il est 14 heures, un jour de semaine. Tu ne m'as pas appelée pour me prévenir que tu rentrais. Alors pourquoi es-tu ici ? Avec qui es-tu ?

— Peu importe.

— Je t'ai entendu parler avec un dénommé Alan.

— Ah, lui.

— Oui, lui. Alan !

Toujours aucune confirmation de la part de mon mari.

— Pourquoi es-tu aussi bizarre, Phillip ? Je suis chez moi, moi aussi.

— Et toi, pourquoi es-tu aussi bizarre ? C'est qui, ce type en combinaison orange ?

— Je t'expliquerai plus tard. Alors pourquoi es-tu rentré à la maison ?

— J'avais besoin de récupérer des papiers. Dans mon bureau.

— Et cet Alan t'aide à les retrouver ?

— Oui. Il me donne un coup de main. Oui. C'est bon ? Désolé, ma chérie, mais je suis vraiment stressé. Tu pourrais nous laisser tranquilles maintenant ? En fait, ce serait génial d'avoir deux Coca Light. Avec du citron vert. Sur les côtés des verres. Ne les inonde pas de Coca Light.

— Tu en as pour longtemps ?

— Toute la journée. Mais ne dis pas aux enfants que je suis ici, sinon ils vont vouloir me voir. J'en ai pour jusqu'à 20 heures environ.

Ouf. Juste assez de temps pour présenter Peter à Dylan et pour qu'ils passent un bon moment ensemble, et que Peter reparte avant que Phillip ne reparaisse. Il recula le nez et claqua les portes. La clé grinça dans la serrure de l'autre côté des battants en acajou. Comme il l'avait annoncé, il ne reparut qu'au bout de plusieurs heures. Mais il se passa de Coca Light.

— Même en cas d'attentat à l'anthrax, dis-je à Peter, je promets de ne plus me lever et de ne plus répondre au téléphone.

— Pas de problème. (Il saisit un sachet de Cipro.) Je vois que tu pourrais parer à tout.

— À vrai dire, après le World Trade Center, j'ai flippé. Quand on vit dans cette ville avec des enfants, on s'imagine toujours le pire.

— Je comprends.

— Revenons à Dylan. C'est un enfant extrêmement intelligent. Parfois, il fait le malin et dit des trucs pour te déconcerter. Il déteste céder.

— Moi aussi.

— Ce match de basket l'a vraiment perturbé.

— Tu y reviens sans arrêt.

— Ce match était important.

— Pour toi ou pour lui ?

Je tentai de conserver un air détaché. Le style direct de Peter me charmait et me déconcertait à la fois.

— Dylan est plus timide qu'auparavant, plus que je ne le souhaiterais. Il a presque dix ans, mais il a encore besoin qu'on lui tienne la main. Il n'aime pas qu'on le pousse à faire quoi que ce soit, tant qu'il ne se sent pas prêt.

— Et tu le pousses ?

— Son père le pousse.

— Tu le laisses faire ?

Bon sang, ce mec ne plaisantait pas. J'étais toujours un peu déroutée, mais également impressionnée par sa volonté d'aller directement au cœur des choses.

— À vrai dire, Phillip le pousse, mais il n'est pas assez présent pour assurer le suivi. Il adore son fils, mais il travaille vraiment énormément.

— Pourrais-je parler à M. Whitfield ? Tu peux me présenter plus tard, quand tu ne seras pas pendue au bout du fil. Si ça se trouve, je ne porterai même pas de masque à gaz. (Il sourit.) Ou bien je pourrais l'appeler dans quelques jours. Pour en savoir un peu plus sur Dylan, de son point de vue.

Je soupesai à toute vitesse les avantages et les désavantages de révéler à Peter que mon mari ignorait totalement que je l'avais engagé.

— Ça n'est pas une bonne idée.

— Je vois.
— Non, ça n'est pas du tout une bonne idée.
Peter comprit tout d'un coup.
— Il ne sait pas, pour moi, c'est ça ?
Je réprimai un sourire.
— Il sait…
— Tu en es sûre ?
— Enfin…
— J'ai compris. Tu avais l'intention de le lui apprendre un de ces jours ?
Il se renversa en arrière sur le dossier du canapé, les mains croisées derrière la tête.
— Bien entendu, j'ai l'intention de lui en parler. Mais il faut procéder en douceur. Il est, euh, plutôt pour en principe. Écoute, promets-moi de ne pas faire ce que tu as fait avec ton ancien patron. Je sais que j'ai raison de procéder de cette façon. Dès que Dylan fera des progrès, Phillip va t'adorer. Son truc, ce sont les résultats.
— Compris.

Notre appartement comptait trois chambres à coucher : une pour Dylan, une pour Gracie et Michael et la nôtre – les trois formaient un angle, au fond de l'appartement. Le dressing de Phillip avait un mur mitoyen avec notre chambre et l'autre avec son bureau. Chaque pièce était décorée dans un style net et épuré : couleurs claires, moquette brun roux, rideaux bordés de rubans marine ou marron. Carolina dormait dans une chambre de bonne minuscule attenante à la cuisine, que j'omis volontairement de montrer à Peter. Je me sentais coupable qu'elle soit aussi petite, bien que je me sois efforcée de l'égayer. Lorsque nous sortîmes de la chambre de Michael et Gracie, je vis que Peter examinait les rideaux empesés et le papier peint vert céladon.
— Ça me rappelle ma chambre, quand j'étais petit.

— Vraiment ?

— Non. (Il éclata de rire et me tapota l'épaule, pour tenter de me détendre.) Mais j'aime bien cet appartement. Sans vouloir t'offenser, je pensais qu'il serait plus…

— Plus quoi ?

— Plus guindé.

— Nous ne sommes pas guindés !

Je réfléchis un instant.

— Mon mari est parfois un peu à cheval sur les convenances.

— On va s'entendre très bien, lui et moi.

Bon sang. Il ne savait pas à qui il avait affaire.

L'odeur appétissante de la sauce tomate de Carolina nous attira vers la cuisine, une grande pièce vert pomme où la famille semblait passer le plus clair de son temps. De douillets coussins rayés jaune et vert recouvraient la banquette du coin petit déjeuner. J'offris des chips à Peter, d'un sachet ouvert sur le comptoir, et il en plongea prestement une dans la sauce tomate qui mijotait sur la cuisinière. Carolina, qui avait assisté à cette infraction depuis le couloir, donnait l'impression de vouloir l'assommer avec la sauteuse. La veille, j'avais appris à Yvette et Carolina que j'avais engagé un homme de trente ans pour travailler avec elles dans la maison. En quittant la pièce, j'avais surpris Carolina adressant à Yvette un regard signifiant : « Elle est *muy loca.* »

— Peter, voici Carolina Martinez. Elle travaille très fort pour prendre soin de nous et des enfants.

Je cherchai les mots qu'il fallait, pour aborder le problème des restes de chips et de sauce tomate sur son menton. Je ne trouvai rien de mieux que :

— Carolina attache une très grande importance à la qualité de la nourriture qu'elle nous prépare. Carolina, voici Peter Bailey. Il a beaucoup travaillé avec les enfants et il est ravi de venir nous donner un coup de main.

Peter essuya les miettes de son menton, puis s'essuya la main sur son pantalon de snowboard et la tendit à Carolina. Elle laissa lourdement retomber son panier de lessive sur le comptoir et lui serra la main d'un poignet mou et dédaigneux. Elle lui tendit une serviette de table tout en le gratifiant d'un regard noir. Il ne se laissa pas intimider.

— Cette sauce est délicieuse. Impossible d'y résister.

Elle le dévisagea avec méfiance.

— Je suis ravi d'avoir cédé à la tentation. C'est la meilleure sauce que j'aie goûtée. De toute ma vie. (Il se tourna vers moi.) Madame Whitfield, le dîner est-il compris ? Si Carolina est aux fourneaux, il y a intérêt.

Il sourit à Carolina et lui pressa le bras.

Elle recula instinctivement, sans pouvoir s'empêcher de radoucir son regard. En vingt secondes, ce garçon avait réussi à dompter Carolina, ce que je n'avais jamais appris à faire.

8

Une nounou, c'est moins compliqué qu'un nounou

— Dylan, regarde Peter dans les yeux quand tu lui dis bonjour, surtout la première fois, lui dis-je.

— Jamie, tu permets ? dit Peter. Les enfants ne sont pas obligés d'être polis tout le temps.

Dylan arrivait à peine à parler. Il se contentait de fixer le parquet, tandis que Peter s'efforçait de le mettre à l'aise. Ils finirent par aller dans la chambre de Dylan, mais Peter en ressortit quelques minutes plus tard en me disant qu'il valait mieux aller doucement.

L'après-midi suivant, Peter arriva en avance et nous nous retrouvâmes à nouveau dans le coin petit déjeuner de la cuisine. Je lui dis :

— Dylan et moi, on a eu une grande conversation hier soir et il a fait une grosse colère.

— À cause de moi.

Je tentai de prendre une expression rassurante.

— Oui.

— Je crois que j'aurais fait comme lui à son âge, si je m'étais retrouvé dans sa situation, ce qui a été le cas, en un sens.

— Vraiment ?

— Pas dans le même milieu, c'est le moins qu'on puisse dire. Mais, oui, un père dur et exigeant qui n'est pas souvent là. Une mère qui essaie de tout contrôler.

— Je n'essaie pas de tout contrôler. J'essaie de l'aider.

Devais-je me sentir insultée ? Pourquoi n'arrivais-je pas à dire : « Écoute : tu travailles pour moi, je te paie. Sois respectueux. Compris ? »

— Je savais qu'il penserait que j'étais là pour remplacer son bon vieux papa, et que ça lui déplairait. Je regrette d'avoir à le dire, mais je l'avais prévu.

Tous les nounous mâles étaient-ils aussi casse-pieds ? Est-ce que j'avais fumé un truc, pour le trouver aussi charmant quand je l'avais rencontré dans le parc ? Il avait été tellement mignon avec Carolina et il avait même compris que je n'aie rien dit à Phillip, ce qui, selon moi, témoignait d'une intelligence émotionnelle hors pair. Mais les gens émotionnellement intelligents peuvent aussi être d'exaspérants je-sais-tout.

— Écoute, manifestement, il est en colère parce que son père n'est jamais là, pas à cause de toi.

— Donc, il va falloir y aller encore plus doucement, me conseilla Peter. Tu as un ordinateur que je puisse utiliser ?

— Bien sûr. Dans la salle de jeux au bout du couloir, près de la chambre de Dylan. Tu peux t'y installer.

— Ça va mettre un petit moment. Il faut que tu comprennes que si je ne me mets pas à quatre pattes pour jouer avec Dylan cette semaine, je travaille, à ma façon, très fort pour y arriver.

C'était le premier commentaire normal que Peter prononçait depuis son arrivée. Soudain, il était redevenu le garçon magnétique du parc, qui contrôlait trente gamins comme si c'étaient des marionnettes.

Comme promis, Peter n'exerça pas de pression sur Dylan. Pendant cette première semaine, il vint à l'appartement, lut les journaux dans la cuisine, puis passa à la salle de jeux pour travailler sur son logiciel. Comme par hasard, Dylan s'installait dans la pièce et jouait par terre avec ses jeux vidéo. Aucun mur de Berlin ne les séparait – Peter lui disait quelques mots, mais faisait, en gros, comme s'il n'était pas là. Et mon Dylan entêté refusait de faire un pas vers lui.

Au début de la deuxième semaine, Peter s'intéressa énormément à Gracie. Elle était beaucoup plus guillerette que Dylan, et elle s'ouvrait immédiatement à tous ceux qu'elle rencontrait. Peter l'asseyait sur ses genoux et lui montrait des tas de sites web pour enfants, attirant son attention sur les jeux et la musique, puis il l'aidait à jouer à la princesse sur son site web préféré. Ensuite, elle l'entraînait dans sa chambre pour lui montrer ses déguisements de princesse : naturellement, Dylan jouait les indifférents. Quatre jours de dînettes et de tutus roses auraient fait grimper n'importe qui au plafond, mais Peter restait très détendu. Pendant tout ce temps, Dylan restait à la périphérie, guettant furtivement du coin de l'œil tous les mouvements de Peter.

Le deuxième vendredi après-midi, Peter me raconta qu'il s'était enfin adressé directement à Dylan, alors que ce dernier était allongé sur le ventre, accoudé devant une voiture miniature.

— Je m'ennuie, mon pote. Je ne supporterai pas une autre minute de Pocahontas. Tu veux aller dans le parc pour jouer un peu au foot ?

— Non merci.

— D'accord. Pas de problème.

Ensuite, Peter se mit à s'occuper du bébé, Michael. Il le transporta hors de sa chambre, gloussant et se débattant, pendu la tête en bas – sous les yeux de Dylan –, tout en hurlant des chants de foot macho, courant partout dans l'appartement avec Yvette à ses trousses.

— Rendez-moi ce bébé !

Yvette dut frapper Peter avec un torchon pour qu'il se calme. Dylan adorait voir Yvette s'énerver, elle d'ordinaire si placide. Il sourit derrière sa voiture miniature.

Michael et Gracie se mirent à se disputer Peter. Le petit Michael, dodu, extrêmement extraverti et brutal, s'agrippa aux genoux de Peter et repoussa Gracie.

— J'ai appelé Peter en premier ! Yvette ! J'ai appelé Peter en premier ! hurla Gracie.

Dylan couvrit ses oreilles de ses mains.

— Arrrrgh. Vos gueules !

Yvette donna une petite tape à Dylan sur les genoux.

— Ne parle pas comme ça !

— Ils sont tout le temps en train de crier ! J'ai des devoirs. Peter travaillait sur son truc d'informatique ! On travaille, ici ! cria Dylan à ses frère et sœur bagarreurs. Il peut pas jouer avec vous maintenant.

— Oui, il peut ! hurla Gracie.

Michael la mordit au poignet et elle se mit à pleurer.

— Yvette, tu peux les emmener ? supplia Dylan, ils nous dérangent, là.

Yvette, forte comme un bœuf, emporta les deux petits sous ses bras et sourit à Peter en sortant.

Peter referma la porte.

— Merci, tu m'as sauvé la vie. Hé, tu veux que je te montre un coup d'échecs génial qui va te permettre de botter les fesses de ton adversaire ?

— Oui. Pourquoi pas.

Peu de temps après, je compris que j'avais pris la bonne décision en invitant Peter dans nos vies. J'étais tellement heureuse lorsque Dylan, subtilement, laissait entendre qu'il était plutôt content d'avoir son propre copain adulte. Le soir, il me demandait de confirmer que

Peter passerait bien le prendre après l'école, et il avait cessé de porter son tee-shirt Polo préféré parce que Peter lui avait dit que ce n'était pas cool. Un jour, après l'école, il demanda à Peter de me raconter qu'il avait réussi dix tractions de suite. J'adorais voir à quel point Peter s'impliquait et à quelle vitesse il avait réussi à conquérir mon fils. En les regardant tous les deux, je me sentais en sécurité ; je pouvais me laisser aller de temps en temps et faire confiance à une autre personne pour prendre le relais.

Maintenant que nous étions en terrain sûr tous les deux, Peter se mit à me taquiner régulièrement – ce que j'adorais, bien entendu. Par exemple, je lui faisais une suggestion sincère du genre :

— Dylan n'a rien mardi. Pourquoi n'allez-vous pas à l'atelier de céramique pour peindre une tirelire en forme de cochon ? Ils la passent au four et vous pouvez la reprendre la semaine suivante une fois qu'elle est émaillée.

Peter me dévisageait alors d'un air suprêmement dédaigneux.

— Peindre une tirelire en forme de petit cochon ? Tu trouves ça cool, toi ?

— Enfin, je... c'est ce qu'il fait aux goûters d'anniversaire.

— Simplement parce que les mamans riches n'ont aucune imagination.

— Je suppose que, pour toi, je fais partie de ces mamans riches ?

— Absolument pas, répondait-il, sarcastique.

— J'aime mieux ça.

Si ce garçon me plaisait autant, me disais-je, c'était parce que je savais qu'il allait guérir mon fils. Un point, c'est tout. Cela n'avait rien à voir avec son sourire, dès que j'entrais dans la pièce. Ni avec nos conversations tellement drôles, même en l'absence de Dylan. Et surtout, rien à voir avec la façon sexy dont il portait son treillis.

— Les gamins aiment bien la poterie, Peter. N'oublie pas qu'il n'a que neuf ans.

— Peut-être qu'ils aiment bien, mais ce n'est pas cool. Pas question.

— Alors vous allez faire quoi ?

— Dylan aime bien le bac de Staten Island.

— C'est vrai ?

— Oui, on a pris le train pour y aller. C'est ça qu'il préfère. On fait des aller-retour. Ça dure environ vingt-cinq minutes et c'est gratuit. Tu viens ?

— Je n'ai pas le temps.

— Tu t'amuseras plus que tu ne l'imagines.

— Qu'entends-tu exactement par là ?

En fait, à ce stade, je souriais.

— Pourquoi ne pas nous accompagner pour le savoir ?

— Je ne crois pas.

Mais j'en mourais d'envie.

Je savais qu'il percevait mon hésitation et peut-être même que j'avais envie d'y aller, mais il reprit :

— Je crois que, cette semaine, je vais l'emmener à l'aéroport de La Guardia.

— Vous allez vous balader dans l'aéroport et regarder les avions décoller ?

— Non, on ne va pas se balader dans l'aéroport. Il y a un champ dans le Queens, juste à côté de l'une des pistes. On s'allonge et les avions vous passent directement au-dessus de la tête.

— Prenez des boules Quiès et une couverture.

— On ne prend pas de couverture. C'est bon pour les mauviettes.

— Il va se mettre des crottes de rat dans les cheveux !

— Et alors ? On lui lavera les cheveux quand on rentrera à la maison.

Un soir, durant la troisième semaine de Peter avec nous, Dylan et Peter jouaient aux échecs sur la table de la cuisine pendant que Carolina préparait à dîner quand, soudain, Phillip survint sans avertir. Ses manches de chemise étaient retroussées et sa cravate dénouée. Il avait l'air sonné, abattu. Il marcha tout droit vers le réfrigérateur. Ouille.

Peter déglutit.

— Chéri, tu as pris un avion plus tôt que prévu ?

Peter, prudemment, se releva en s'excusant.

— Non. La réunion a été annulée, dit-il brusquement, avant de s'asseoir sur la banquette et de prendre une croquette au poulet dans l'assiette de Michael. Carolina, faites-moi plaisir. Préparez-moi un sandwich au jambon avec de la moutarde d'un côté et de la mayonnaise de l'autre. Je vais l'emporter dans mon bureau sur un plateau avec du thé glacé, après je vais devoir repasser au cabinet.

Normalement, à cette heure-là, les enfants hurlaient en se disputant la tasse avec la paille frisée. Mais, ce soir-là, ils avaient senti que leur père n'était pas dans son assiette et ils sirotaient sagement leurs verres de lait en silence.

Gracie avisa la cravate dénouée et la chemise froissée de Phillip.

— Pourquoi t'es tout chiffonné ?

Phillip éclata de rire, puis tendit la main vers son assiette *La Belle et la Bête* pour prendre l'une de ses croquettes en forme d'étoile et la tremper dans le ketchup.

— Je suis fatigué et chiffonné parce que je travaille fort pour vous acheter toutes les croquettes et le ketchup dont vous avez besoin.

Il se laissa glisser sur la banquette de façon à pouvoir installer Michael sur ses genoux et les deux plus grands de chaque côté de lui. Il enlaça Gracie et Dylan en les serrant fort contre lui.

— Vous savez que je vous aime plus que tout au monde. En réalité, je suis rentré à la maison parce que je voulais dîner avec vous ! Vous me manquiez.

Puis Phillip sortit son Blackberry de sa poche et le consulta par-dessus la tête de Gracie, jouant habilement des contrôles d'une seule main.

J'entendis la porte de la salle de jeux se refermer doucement et me sentis soulagée que Peter ait compris le message : « Attention, mari difficile. » Dylan s'élança de la banquette pour montrer à Phillip son nouvel échiquier magnétique. Une fois que Phillip se décidait à enseigner un jeu comme les échecs aux enfants, il s'en sortait très bien. J'étais désolée qu'il ne puisse plus, ou ne veuille plus, se consacrer aussi souvent à eux.

— Tu veux bien jouer aux échecs avec moi après dîner ? demanda Dylan. J'ai appris des nouveaux coups.

— Peut-être, je ne peux rien te promettre, j'ai quelques trucs à vérifier…

Phillip s'empara à nouveau de son Blackberry.

Phillip n'avait pas toujours été un accro du travail et un flippé des boutons de manchette, mais, je devais l'avouer, il y avait bien eu quelques signes avant-coureurs, dont j'avais choisi de ne pas tenir compte lorsque j'étais tombée amoureuse de lui.

Nous nous étions rencontrés à Memphis lors d'un voyage d'affaires, en 1992. J'avais vingt-deux ans et je venais tout juste d'entrer comme analyste financière chez Smith Barney – j'avais trouvé un travail à Wall Street après la fac, pour faire plaisir à mon comptable de père. J'étais accro à la politique depuis le lycée et j'avais déjà fait des stages d'été dans le Minnesota aux partis républicain et démocrate. Je me situais à l'époque (comme aujourd'hui) au centre de l'échiquier politique : c'était pourquoi j'avais travaillé successivement pour les deux camps. En fait, ma véritable ambition était de décrocher un poste dans le milieu de la politique, à New York, peut-être dans le cabinet du maire. Mais je faisais contre mauvaise fortune bon cœur dans la banque new-yorkaise qui m'avait recrutée à Georgetown.

Phillip et moi travaillions sur la même offre publique pour une énorme boîte de distribution à Memphis, mais, avant que l'affaire soit conclue, un groupe de banquiers et d'avocats devaient se rendre sur place pour la *due diligence*[1].

Située à l'échelon le plus bas du totem, je passais mes nuits à vérifier les comptes. Phillip, brillant jeune associé-adjoint d'un grand cabinet, accompagnait les trois avocats associés qui étaient ses supérieurs hiérarchiques. Nous étions huit à la réunion, et j'étais la seule femme. Le matin du deuxième jour, alors que nous étions noyés sous les documents Excel, Phillip avait fait irruption dans la salle, une pile de rapports dans les bras.

Il ne s'était pas excusé, n'avait pas demandé la permission de nous interrompre, mais simplement déclaré tout de go : « Vous n'avez rien compris, les gars. J'ai passé la nuit à étudier ces rapports et je veux que vous écoutiez très attentivement ce que j'ai découvert. » Il nous expliqua que nous nous étions totalement plantés dans nos analyses et que nous avions perdu notre temps. Le fait que son patron ait été à l'origine de notre stratégie actuelle ne l'avait pas freiné. Cette mutinerie était peut-

1. Ce terme anglo-saxon se réfère à une mesure juridique de prévention exigeant une enquête préliminaire menée, notamment, sur les sociétés projetant une fusion.

être téméraire, mais il avait raison. Son numéro de mâle dominant m'avait fascinée. Je n'avais pas encore assez d'expérience à l'époque pour comprendre que son assurance se fondait sur son sentiment d'avoir tous les droits.

Tandis qu'il agitait ses rapports, je contemplais les cheveux blonds qui lui retombaient un peu sur les oreilles et sur le col. Son costume était impeccablement coupé, ses manchettes de chemise parfaitement positionnées sur ses poignets. Mais les banquiers et les avocats ne portaient jamais leurs cheveux longs. Ils cherchaient à avoir l'air aussi professionnel que possible pour leurs clients des grandes entreprises – visiblement, ce garçon ne faisait de courbettes à personne. Il mesurait plus d'un mètre quatre-vingts ; sa silhouette était dégingandée et ses jambes longues et fines. J'entrevis les muscles noueux de ses cuisses lorsqu'il contourna la table, lâchant un rapport devant chacun d'entre nous.

Il se tourna vers mon patron, Kevin Kramer :

— OK, on change d'approche. Voilà comment on va s'y prendre. Si vous examinez le prospectus…

Je me rappelle avoir pensé que Phillip était peut-être le genre de mec à avoir des produits frais dans son réfrigérateur, contrairement à la plupart de ses congénères. Ses grands yeux bleus et ses pommettes acérées me captivaient. Phillip me rappelait ces étudiants à cheveux longs, vêtus de jeans coupés, qui jouaient sur le terrain de sport devant mon lycée à Minneapolis, les poils blonds de leurs poitrines nues luisant de sueur, tandis qu'ils plongeaient pour attraper leur Frisbee.

Nous avions travaillé jusqu'à minuit le troisième et dernier soir, quand il nous suggéra d'aller prendre un verre au bar de l'hôtel Peabody, le plus ancien établissement de Memphis. Phillip était mon voisin sur la banquette mais il ne s'occupait pas de moi, s'adressant essentiellement à mes patrons, Kevin et Donald. La salle lambrissée de chêne était sombre, éclairée de loupiotes vacillantes posées sur chaque table dans des vases de couleur. Un gros barman en chemise de smoking parlait à un autochtone coiffé d'un chapeau de cow-boy noir.

J'étais un peu intimidée par Phillip mais complètement hypnotisée par son esprit acéré, et contrariée d'avoir à le partager avec mes patrons ennuyeux et condescendants. Kevin et Donald n'avaient aucun autre centre d'intérêt, à part la façon de gagner plus d'argent.

Kevin tourna les yeux vers le téléviseur mural où Ross Perot[1] parlait sur CNN.

— Ce type est incroyable. Tenter, aux USA, de faire fonctionner un système à trois partis ? C'est n'importe quoi !

J'espérais que mon visage n'exprimait pas le dédain que j'éprouvais pour la naïveté de sa remarque.

— Le système à trois partis n'est pas si rare que cela.

— Pardon ? me dit-il, les yeux écarquillés, comme s'il parlait à un petit enfant.

Il joignit les mains et les plaça d'un côté de la table.

— Dans ce pays, on a les démocrates ici. (Il plaça les mains de l'autre côté de la table.) Et les républicains ici. Deux partis. Pigé ?

— Oui, Kevin, j'ai pigé. Mais avez-vous déjà entendu parler d'un petit machin nommé le Bull Moose Party ?

Non, manifestement.

— Le Bull Moose Party ?

— Oui, juste un petit truc sans importance. Juste le parti du président Teddy Roosevelt, répondis-je en croquant un glaçon.

1. Le milliardaire américain Ross Perot s'est présenté deux fois aux élections présidentielles américaines, en 1992 et 1996, en indépendant.

— D'accord, mademoiselle je-sais-tout, ça peut arriver. Mais ma remarque reste valable.

Il émit un grognement infect et saisit une poignée de noix de cajou qu'il fit rouler dans sa paume comme des dés.

C'était à moi de jouer. Je commençais à m'amuser. Je lui tapotai la main.

— Ah, et j'oubliais les Dixiecrats. Vous savez, le parti de Strom Thurmond[1] ; encore un politicien marginal.

Roger cligna des yeux.

— Et alors ? Deux fois dans l'Histoire, ça compte pour des prunes.

— En fait, ça s'est produit un peu plus souvent. (J'avais du mal à dissimuler mon plaisir de lui damer le pion, mais je faisais de mon mieux.) George Wallace en 1968 et en 1972, John Anderson en 1980…

Les trois hommes étaient stupéfaits. Phillip éclata de rire et allongea le bras sur le dossier de la banquette. Je respirai son chaud parfum de mâle dominant.

— Kevin, vous avez beau être son patron, elle vous a cloué le bec.

— Ouais. Et vous savez qui l'a embauchée ? Moi ! Je savais qu'elle avait un petit quelque chose !

Fin de la parenthèse. Kevin et Donald entamèrent une discussion sur les mérites respectifs de l'introduction en Bourse et de la recapitalisation. Phillip fit tournoyer les glaçons de son Johnny Walker Black d'un doigt, le lécha,

1. Strom Thurmond (1902-2003), politicien démocrate à l'origine, se présenta aux élections présidentielles américaines de 1948 à la tête du *States Right Party* (Parti du droit des États), qui défendait notamment le système ségrégationniste des États du sud des USA. Il fut sénateur de la Caroline du Sud pendant quarante-huit ans, jusqu'à sa retraite, à l'âge de près de cent ans.

puis passa la main sous mes cheveux. Il me souffla à l'oreille :

— Vous n'allez pas faire carrière dans la banque d'investissement.

— Quoi ?

Avait-il relevé des erreurs dans mes calculs ?

— Ce n'est pas ce qui vous passionne, murmura-t-il. Vous êtes bien trop intéressante.

Puis, le reste de la soirée, il ne fit plus attention à moi, me dit à peine bonsoir, et remonta dans sa chambre.

J'en fus terrassée. Le lendemain matin, il partait pour Houston, tandis que je rentrais dans mon studio de la 30e Rue est, à Murray Hill. Je me souviens m'être appuyée contre la mince porte en accordéon de ma minuscule cuisine, absolument persuadée que je ne trouverais jamais quelqu'un à aimer. Je venais de passer dix-huit mois avec un Casanova journaliste qui me trompait et s'était fait virer pour incompétence. C'était un vrai loser mais j'en avais quand même le cœur brisé. Ce fringant Phillip qui m'avait foudroyée à Memphis n'était franchement pas dans mes moyens. New York est la ville la plus solitaire du monde, quand on est célibataire, mal dans sa peau et qu'on déteste son boulot.

Je me lançai tout de même à ses trousses. Au cours des deux semaines suivantes, j'envoyai à Phillip trois notes manuscrites fixées par des trombones à des mémos sur l'affaire. Je tentais désespérément de lui donner des raisons de m'appeler.

Ce fut un fiasco. Il rappelait mon patron. Parfois, en rentrant chez moi, je traînais devant l'entrée de son cabinet, à deux pâtés de maisons de ma banque. Dans le brouillard de costumes gris qui se déversaient sur les trottoirs de Wall Street, je ne l'aperçus pas une seule fois.

Cinq semaines plus tard, vers 18 heures, par une douce après-midi d'automne, je tentais de héler un taxi pour aller au centre-ville lorsqu'une BMW vintage décapotable argentée se rangea à ma hauteur. J'ai appris depuis que les *preppies*[1] ne possèdent jamais de choses neuves.

— Vous voulez que je vous dépose quelque part, mademoiselle la banquière ?

Mon cœur bondit.

— Vous m'avez pourtant dit que je ne devrais pas faire carrière dans la banque.

— C'est vrai. Et vous le savez. Je vous dépose quelque part ?

Sa cravate et sa veste étaient étalées sur la banquette arrière et il avait déboutonné sa chemise. Il portait des Ray-Ban dorées assorties à ses mèches.

— Vous en êtes sûr ?

Je n'arrivais pas à croire que cela m'arrivait, à moi.

— Bien sûr, que je suis sûr.

Quatre mois plus tard, j'étais allongée devant sa cheminée sur son tapis Aubusson élimé, la tête posée sur un gros coussin en tapisserie, dans son deux-pièces d'avant-guerre, situé dans un petit immeuble de la 71e Rue, entre Park et Madison. Nous nous embrassions depuis une heure. Phillip adorait embrasser : je n'avais jamais connu d'homme pour qui ce n'était pas un simple préliminaire avant de passer à la vitesse supérieure. Non pas qu'à l'époque nous ne nous envoyions pas en l'air comme des bêtes.

Phillip s'était relevé d'un bond pour remplir mon verre de vin, et je détaillais son dos nu tandis qu'il

1. Le terme de *preppies* désignait à l'origine les étudiants des prestigieuses écoles préparatoires (d'où l'abréviation « *preppy* ») de la côte Est des États-Unis. C'est un terme générique pour définir le style des jeunes gens d'une certaine classe sociale élitiste et WASP (*White Anglo-Saxon Protestant*, « Protestant Blanc Anglo-Saxon »).

s'éloignait dans le couloir. Sa démarche était souple, élégante, assurée. Je n'arrivais pas à croire qu'il était amoureux de moi, petite brune des classes moyennes de banlieue, plutôt que d'une longue déesse blonde de country-club. Je redoutais ce qui se passerait lorsque mes parents me rendraient visite, et insisteraient pour assister à une comédie musicale de Disney ou pour entreprendre une visite guidée de la ville dans un bus à impériale.

Il s'assit en tailleur près de moi et posa ma main sur son genou. Son pantalon kaki était tellement usé qu'il était mince comme de la flanelle.

— Alors voilà ce que je pense. Je pense que tu devrais remettre ta démission.

— Et comment penses-tu que je vais vivre ?

— Je ne te suggère pas de ne pas travailler. Mais tu dois bouger. Tu dois changer de carrière, maintenant, pendant que tu es jeune. Pendant que ce n'est pas très grave de recommencer au bas de l'échelle.

— C'est difficile, de changer de carrière.

— Je vais t'aider. Au moins t'aider à prendre confiance en toi. Regarde ceci. (Il désigna cinq journaux froissés étalés par terre à côté de moi.) Ton truc, c'est l'info. Tu l'as dans l'âme. Tu y gravites naturellement. Tu sais des tas de trucs sur la politique américaine et étrangère, alors que tu ne bosses pas dedans. Qu'est-ce que tu fous à aligner des pages Excel pour une offre publique alors que tu pourrais bosser dans un domaine qui t'intéresse vraiment ?

— J'ai déjà essayé. Je t'ai raconté. Ces postes sont impossibles à décrocher. On ne peut pas décider, comme ça, d'entrer dans le journalisme ou dans la politique.

— Mais bien sûr que si. Tu serais formidable, au service financier du *New York Times*. Tu as écrit pour le journal de ta fac et tu connais Wall Street. Tu es plus que qualifiée, maintenant.

— Tu ne sais pas de quoi tu parles. Il faut faire trois ans au *South Florida Sun-Sentinel* avant même qu'on te laisse franchir le seuil d'un journal new-yorkais. Il faudrait que je parte vivre dans une petite ville pour acquérir une expérience de journaliste.

— D'accord. (Il fit une pause.) Ça ne m'irait pas. Pas du tout. (Il réfléchit à nouveau.) Pourquoi pas les journaux télévisés ? Prends un poste de documentaliste à CNBC ou sur une autre chaîne câblée. Tu as un parcours dans les affaires, ils vont te sauter dessus.

Il posa un genou sur ma poitrine et s'appuya sur ses coudes. Son visage était tout près du mien. Il caressa mes cheveux en ajoutant :

— Tu vas le faire. Et je vais t'accompagner pas à pas, jusqu'à ce que tu y arrives.

— Vraiment ?

— Tu me fais confiance ?

Je lui faisais confiance, en effet. C'est là tout le paradoxe de Phillip : c'est un bébé gâté qui pique des crises pour un rien, mais quand il s'agit de réussir quelque chose, c'est le meilleur allié dont on puisse rêver. C'est pour cela que j'étais toujours avec lui, au bout de dix ans de mariage. Il arrivait toujours à conclure ses affaires. J'abhorrais son obsession de l'argent, qui s'était accrue au fil des ans. Il passait son temps à se comparer à nos voisins les plus riches du Périmètre, à envier leurs avions ou leurs appartements plus vastes. Il semblait incapable de saisir à quel point nous avions de la chance ; son assurance incroyable aurait dû l'aider à se hisser au-dessus de ces contingences, mais il n'y arrivait pas. Au contraire, elle le piégeait en lui faisant croire qu'il méritait plus, qu'il devrait être encore plus riche.

Mais il avait trois enfants adorables et il faisait de son mieux pour être un bon père, il était toujours amoureux de moi, donc moi aussi je faisais de mon mieux pour que ça marche.

— Carolina ! Où est mon sandwich ?

— Il est là, sur le comptoir, Phillip, répondis-je.

— Désolé.

Il ouvrit le pain pour s'assurer qu'il y avait juste assez de moutarde sur une tranche et de mayonnaise sur l'autre.

— Hé, Dylan, reprit-il, c'était qui, ce type qui était assis à la table, tout à l'heure ?

Phillip n'avait pas fait le rapprochement entre Peter et l'homme en combinaison orange anti-anthrax entrevu quelques semaines auparavant.

— C'est Peter, répondit Dylan. C'est une sorte de coach.

Carolina balança des casseroles dans l'évier, pour avoir l'air occupé pendant qu'elle épiait leur conversation.

Phillip m'adressa un regard soupçonneux.

— Pourquoi le coach dînait-il avec les enfants ce soir ? Il a déposé Dylan ?

— Mon chéri, j'ai déjà expliqué tout ça aux enfants. (Je m'assis sur le bord de la table, faisant comme s'il s'agissait d'un truc sans grande importance.) Yvette est un peu débordée l'après-midi parce qu'elle doit accompagner les enfants à leurs différentes activités. Peter nous donne un coup de main, surtout avec Dylan. Tu sais, il joue avec lui avant dîner.

— Alors tu dois bien t'amuser, n'est-ce pas, Dylan ? demanda Phillip, d'une voix un peu tendue.

Dylan comprit que quelque chose, dans cette histoire de nounou mâle, déplaisait à son père. Il retourna la situation à son avantage en une fraction de seconde.

— Ben oui. Pourquoi pas ? Il est très fort en maths.

Poignardez votre père dans le dos, puis tournez le couteau dans la plaie.

Phillip sembla sincèrement blessé, mais curieusement incapable de se défendre ou de rassurer Dylan. Il prit le plateau avec son sandwich au jambon, une pile de chips de légumes et une bouteille de thé glacé, posés sur un napperon en lin, accompagnés d'une serviette de table assortie, d'une salière et d'une poivrière en argent massif. Ses dossiers calés sous le bras, il fit mine de sortir de la cuisine mais s'arrêta et se retourna si brusquement que la bouteille de thé glacé faillit tomber par terre.

— Jamie, tu me rejoins dans mon bureau ? Il y a un petit truc dont je voudrais qu'on discute.

Phillip se renversa sur son fauteuil de bureau et se frotta les yeux de ses paumes. Il me fixa sans expression, lissant ses traits du bout des doigts. À quarante-deux ans, il était toujours extrêmement beau, plus encore que dans la trentaine, mais ce soir son visage était mou et blême. Il joignit les mains et les posa juste au-dessus de sa taille.

— Crois-moi, Jamie, j'ai des problèmes au boulot qui sont bien plus pressants que celui-ci. Toutefois, je me demande pourquoi nous avons maintenant ajouté un coach à la liste de nos salariés.

Je m'installai dans un fauteuil rouge à motifs cachemire et calai mes talons contre l'ottomane. Des rayons de bibliothèque vert bouteille chargés d'ouvrages juridiques reliés en cuir recouvraient les murs du bureau. Des appliques en cuivre, fixées entre les rayons, jetaient une lueur chaude sur les volumes en cuir patiné. C'était la pièce la plus luxueuse de l'appartement. Rien d'étonnant à ce que mon mari l'adore. Un écran plasma était suspendu au mur de gauche. À ma droite, le bureau de Phillip croulait sous les dossiers et les paperasses, qui débordaient par terre. Moi aussi, je me mis à me frotter le front des doigts avant de lisser mon visage. Je n'avais aucune envie de parler du nounou.

— Comment se fait-il que tu rentres aussi tôt, ces jours-ci ?

— Je t'ai posé une question sur ce coach, Jamie.

— Et moi, je t'ai posé une question sur ton boulot.

— Jamie, c'est qui ce type ?

— Juste un garçon du Colorado qui va m'aider de temps en temps avec les enfants.

— À quelle fréquence ?

— Hum. (Long silence.) Tous les jours.

— Quoi ? (Phillip plaqua les paumes sur son immense bureau et me lança un regard furieux.) Depuis trois ans, Yvette et Carolina se débrouillent très bien, et puis tout d'un coup tu engages un autre employé à plein temps sans même m'en parler ? Tu me prends pour Crésus ?

— Tu devrais être très fier de l'argent que tu gagnes, puisque tu es maintenant associé, et que nous avons pu acheter cet énorme appartement.

— Il n'est pas aussi énorme que ça.

— Si. Il est énorme.

— Nous n'avons même pas de salle à manger.

— Pauvre chou.

Il haussa les épaules.

— C'est vrai. Je suis pauvre.

— Bon sang, ça ne va pas recommencer ?

Il défit l'impeccable nœud Windsor de sa cravate.

— Écoute-moi bien. Quand je dis pauvre, je ne me compare pas à ces gens qui habitent je ne sais où. Je parle de cet endroit-ci. (Il désigna le parquet.) De ma vie à moi. De ma réalité à moi. C'est de ça que je parle, et c'est ça qui compte pour moi. D'accord ?

— Tu as très bien réussi, Phillip.

— Non. Après vingt ans dans l'un des plus grands cabinets, je suis toujours à découvert sur mes trois saloperies de cartes de crédit à la fin de l'année. (Il retroussa ses manches de chemise.) Cinquante mille balles de frais de scolarité, cent quatre-vingt mille balles de frais de ménage et d'hypothèque, cent mille balles pour l'hypothèque de la maison de campagne et les réparations, encore cent mille balles pour Yvette et Carolina, et maintenant, tu veux ajouter un autre employé à nos dépenses.

Tout en se dirigeant vers notre chambre, il hurla :

— La bouffe, les vêtements et des vacances deux fois par an, et je n'ai plus un rond. Je suis à découvert. Pas d'économies. C'est nul.

Phillip a grandi à une époque où son seul pedigree de Blanc anglo-saxon protestant constituait une garantie de pouvoir d'achat. Quand il était petit, il avait une ardoise au country-club pour ses goûters. Il avait étudié au même pensionnat et à la même université de l'Ivy League que son père et son grand-père. Il avait été recruté par un vénérable et prestigieux cabinet d'avocats. Il avait tout fait comme il faut. Et, c'était vrai, son appartenance à une famille de la vieille bourgeoisie new-yorkaise comptait toujours pour beaucoup sur Park Avenue, mais dans notre univers post-boom des années 90, post-boom d'Internet, post-11 septembre, les critères d'évaluation sociale étaient devenus un peu plus grossiers. Aujourd'hui, dans notre quartier, l'argent pèse plus lourd que le sang bleu. Phillip gagne un million et demi de dollars par an. D'après lui, dans le Périmètre, c'est le salaire minimal. Et le plus écœurant, là-dedans, c'est qu'il a raison.

La plupart des banquiers du Périmètre gagnent plusieurs millions, voire plusieurs dizaines de millions par an. Phillip voit des types de son âge à la tête de grandes entreprises, qui construisent leur troisième résidence secondaire et qui louent, voire qui achètent, des jets privés. Et il se demande où il s'est fourvoyé. Pourquoi ont-ils tout ça, eux, et pas lui ? Pourquoi, alors qu'il se crève au boulot, est-il toujours aussi « pauvre » à la fin de l'année ? Les riches ne s'enrichissent pas parce qu'ils réussissent à payer moins d'impôts ; ils s'enrichissent parce qu'ils ne se sentent jamais assez riches.

Je le retrouvai en train d'aligner obsessionnellement les plis de son pantalon avant de l'accrocher dans le placard.

— Tu sais bien que ce n'est pas un problème d'argent, Phillip. J'ai engagé et viré plein de gens sans jamais te consulter.

— Très bien, alors quel est le problème au juste, Jamie ? Ou bien me laisses-tu entendre qu'il s'agit de mon problème ?

— Tu sais… (Je secouai la tête.) Peu importe. Écoute, il ne s'agit que d'une période d'essai, pour un petit bout de temps.

— Non. Vraiment. Je tiens à savoir. Quel est mon problème, ou plutôt, où veux-tu en venir ? C'est quoi, à ton avis, mon problème ? Vraiment. Je suis très curieux. Très curieux de savoir quel est mon problème.

— Je crois tout simplement que tu n'aimes pas qu'il y ait un homme à la maison en ton absence.

— À cause de toi ?

— Mon Dieu, non ! m'esclaffai-je. Pas à cause de moi. (Je n'étais pas sûre à 100 % d'être sincère là-dessus.) Mais parce qu'il y a un mec qui joue avec tes enfants quand tu n'es pas là, et que tu préférerais que ce soit une femme. Tu te sentirais moins coupable, s'il s'agissait d'une femme. Tu n'aurais pas l'impression d'être remplacé.

Il posa les mains sur les hanches.

— Tu as raison. Je n'aime pas qu'une espèce de coach à la mords-moi-le-nœud, un type qui a une tête de défoncé, apprenne à mes gosses à botter un ballon de foot à Central Park pendant que je m'échine au boulot pour le payer. Tu as raison, Jamie. (Il brandit un doigt accusateur vers mon visage.) Je ne veux pas d'un père de location dans cette maison. Nous n'en avons pas besoin, et je ne le tolérerai pas. C'est une fausse bonne idée.

Je tapai sur son doigt.

— Je sais que ce n'est pas l'idéal. Mais la réalité, c'est que tu travailles comme un chien toute la semaine. Et que, par conséquent, tu ne peux ni passer prendre les enfants à l'école, ni passer l'après-midi avec eux, ni dîner avec eux. Et moi aussi, je travaille très fort. Et puis cette conversation n'est pas censée porter sur toi, de toute façon. Il s'agit de notre adorable Dylan, de notre petit garçon chéri et mal dans sa peau. Notre petit garçon, qui a besoin qu'on s'occupe de lui plus qu'on ne le fait, toi et moi.

— Alors arrête de bosser autant et inscris Dylan à d'autres activités sportives après l'école – ça ira très bien. Et toi, tu n'es pas débordée, peut-être ? Tu n'arrives plus à tenir le rythme, avec trois enfants ; deux peut-être, mais pas trois. Même en ne travaillant qu'à temps partiel, tu ne suffis plus à la tâche. Je n'arrête pas de te répéter de devenir consultante, du moins pendant cinq ans. Ensuite, tu pourras reprendre. (Il souffla bruyamment.) On ne peut pas engager de plus en plus de personnel pour s'occuper des enfants.

— Phillip, je ne suis pas du genre à laisser tomber mon travail – c'est parce que je travaille que je suis une meilleure mère, quand je suis à la maison. Tu le sais bien.

— Je ne crois pas à ces salades : ce n'est pas parce qu'une femme travaille qu'elle est forcément une meilleure mère. Les enfants ont besoin que tu leur consacres plus de temps. Tout, dans cette maison, a besoin que tu lui consacres plus de temps. (Il s'approcha des fenêtres.) Par exemple : les stores de mon bureau sont coincés. Depuis combien de temps ? Tu sais que ça me plairait bien de voir le soleil, le matin ? Combien de fois dois-je te demander de réparer le…

— Tu veux bien qu'on s'en tienne à un sujet ? Les enfants, Dylan en particulier. Je passe deux jours par semaine avec eux et je prends mes après-midi quand je peux. Mon travail ne m'empêche pas de m'occuper d'eux.

Je me tus un moment, en me demandant comment lui expliquer que nous avions engagé quelqu'un pour le remplacer, lui, pas moi.

— Dylan a besoin qu'un homme lui rende son estime de soi. Ni Yvette ni moi ne pouvons y suffire. Il ne s'agit ni de toi ni de moi, mais de Dylan. Il faut qu'il retrouve confiance en lui.

— C'est très simple. Ça me met mal à l'aise qu'il y ait un coach chez moi avec Yvette et Carolina. Sur un terrain de sport : très bien. Mais pas chez moi. Ça me fait bizarre. Tant que c'est moi qui paie les grosses factures ici, ça va se passer comme je le dis.

— Un instant. Je paie la location de voiture et le garage, les vêtements, les petites dépenses de la maison…

— Tu sais quoi ? Je me fous de ce que tu paies. Personne, dans cette maison, ne va payer monsieur le coach.

Mon mari disparut. Il était apparu un instant, pour s'engouffrer à nouveau dans son monde d'avocat. Dans son esprit, le problème du coach avait été réglé de façon satisfaisante. Cependant, il y avait un hic : je n'avais aucune intention de liquider le coach, bien qu'il commence à me poser un réel problème. Je me préoccupais beaucoup trop de ce que Peter pensait de moi, de la façon dont il réagissait à mes plaisanteries, et même de ce que je portais quand je le voyais.

Phillip, entre-temps, était passé à autre chose. Il se mit à pianoter des pouces sur son Blackberry avec la férocité de Beethoven et ne releva même pas la tête lorsque je quittai la pièce.

9

Démasquée !

Mon amie Kathryn est de celles qui peuvent jeter un vieux foulard sur une caisse en bois et donner l'impression qu'on se trouve dans le pied-à-terre parisien d'une comtesse bohème.

Elle venait de me montrer une série d'immenses tableaux dans son atelier de Laight Street, à Tribeca, tous exécutés dans divers tons de bleu. Nous étions maintenant dans son loft, de l'autre côté du couloir. Au fond de l'espace cuisine, une table sur tréteaux croulait sous les fromages et les jambons achetés dans l'épicerie italienne du quartier. Le repas formait un tableau parfaitement composé : le pain, les charcuteries et le fromage sur la vieille planche à pain, le thé glacé dans un broc vert émaillé, des serviettes de tables de bistrot en gros lin ourlé à la main. De vieilles chaises et des canapés défoncés étaient disposés un peu partout, avec des lampes biscornues et des tables chinées dans les brocantes et les marchés aux puces que Kathryn et son mari, Miles, écumaient depuis des années. Trois petites trottinettes gisaient par terre près de la porte d'entrée. Un parquet sombre et luisant avait été posé dans toute la pièce, dont les hautes fenêtres de manufacture donnaient sur Battery Park et le fleuve Hudson.

— J'ai bien saisi le côté existentiel à la Woody Allen, du genre « nous sommes tous seuls au monde ». Mais en quoi des éclaboussures bleues peuvent-elles représenter ce sentiment ? Pourquoi le bleu ? Le bleu, est-ce le ciel qui perce entre les nuages pour symboliser l'espoir, ou est-ce un bleu déprimant, comme celui de Picasso ? demandai-je à Kathryn.

Ses tableaux étaient assurément audacieux et chargés d'émotion, mais je n'avais pas la moindre idée de ce qu'ils exprimaient.

Kathryn se contenta de hausser les épaules et me tapota la tête en se dirigeant vers le réfrigérateur. Le fait que je ne comprenne jamais ses tableaux semblait lui être égal. Miles, qui était aussi son marchand, les comprenait, lui. Les branchés de *downtown* qui payaient une fortune pour exhiber ses œuvres sur leurs murs semblaient comprendre aussi.

— J'en avais marre de mes autoportraits narcissiques, expliqua-t-elle. Puis marre de mon trip porno-innocent. Alors j'ai laissé tomber les portraits pour revenir à l'abstraction. C'est ma phase De Kooning tardive – elle vient simplement un peu tôt !

Elle se moquait d'elle-même et du monde cinglé de l'art où elle vivait, mais j'étais toujours aussi perplexe.

— Tu ne vois pas ? me reprocha-t-elle. C'est tout un être déversé sur la toile. Chaque signe est censé être migratoire. L'artiste catalogue visuellement les étapes parcourues par un individu dans son périple solitaire à travers l'existence.

— Migratoire, ça veut dire quoi ?

Elle éclata de rire.

— Ne t'en fais pas. C'est juste le texte du catalogue.

Miles se versa un verre de thé et mordit dans un bout de pain sur lequel était posé un morceau de parmesan.

— Ce bleu représente la recherche de notre unité avec nous-mêmes et avec l'univers. Et dans cette recherche de l'unité, nous évoluons tous ensemble – c'est la raison du terme « migratoire ». (Il me lança un bout de pain.) Tout ça, c'est du jargon de milieu artistique. Il faut jouer le jeu, ma puce.

Nous étions venus à Tribeca exprès pour que Kathryn dévoile à sa meilleure amie le nouveau « format » de son œuvre. Nous plaisantions toujours sur nos sensibilités diamétralement opposées : elle, c'était la créative bohème aux cheveux fous tandis que moi, j'étais la psychorigide rationnelle. Elle me répétait sans arrêt que j'étais trop arc-boutée sur ma fonction de « productrice », que je ne prenais pas assez de temps pour écouter la musique cosmique des sphères.

Miles brisa un bout de parmesan et me le tendit.

— Je suis ravi de te voir t'aventurer au sud de la 57e Rue, Jamie. Ça t'a fait saigner du nez, dis-moi ?

— Arrête, Miles, dit Kathryn en lui flanquant une claque.

— Hé, je sais bien qu'elle est cool, dit Miles en prenant une tranche de *prosciutto*. Plus ou moins.

Il venait de rentrer pour déjeuner avec nous. Il se débarrassa de son blouson de base-ball en daim déchiré et le jeta sur le canapé brun en velours côtelé. Miles était énervant, mais beau comme un pompier, avec ses abdos en tablette de chocolat, ses courts cheveux bruns et son sourire révélant une dentition parfaite. Kathryn était obligée d'organiser des séances de triolisme mensuelles avec leur voisine célibataire du dessus pour l'empêcher d'aller voir ailleurs. (Phillip aurait été obligé de m'acheter une Lamborghini avant que je consente à ce genre de galipettes.)

Kathryn et moi rejoignîmes Miles dans le coin salon du loft ; deux canapés signés Nina Campbell jonchés de coussins indiens désassortis.

— Comment va Phillip ? demanda Miles facétieusement en enlaçant Kathryn.

Miles ne supportait pas Phillip. C'était pourquoi nous ne sortions jamais tous les quatre – la seule fois où nous avions tenté le coup, Phillip avait dispensé à Miles des conseils superflus.

— Tu passes ton temps à te plaindre de ne pas vendre ta camelote. Mais soyons réalistes, l'art ne peut te mener nulle part. Évidemment, si tu étais Gagosian et que tu représentais Warhol ou Rothko ou je ne sais qui, alors oui, tu gagnerais une fortune. Mais pas avec…

— Je ne cherche pas à être Gagosian, avait rétorqué Miles d'un ton lourdement dédaigneux. Je représente des artistes émergents. C'est pour ça que je suis doué. Je les découvre, je les fais avancer, je leur trouve des mécènes qui les font vivre. Si les gens riches n'achètent pas les œuvres des artistes émergents de cette ville, ils n'arriveront à rien.

— Tout ça, c'est bien joli. Mais en fin de compte, ce sont des inconnus. Une galerie pleine d'œuvres d'inconnus que personne n'achète. Et ça, mon ami, c'est la vérité pure et dure. Alors il faut que tu changes de stratégie.

Miles jeta un coup d'œil à Kathryn et j'écrasai le pied de Phillip sous la table. Il comprit le message.

— Enfin, d'un autre côté, si c'est ta vocation, j'avoue qu'elle a quelque chose d'admirable. Je n'ai rien à y redire.

Rien à y redire ? Mon avocat bourgeois de mari ?

Miles fit signe au serveur :

— L'addition, s'il vous plaît !

Maintenant, je disais à Miles :

— J'aimerais bien que tu donnes une deuxième chance à Phillip, Miles. Il est très doué en affaires, et vous pourriez discuter un peu de planning financier.

— Tu crois ? On pourrait peut-être prendre un verre *au Racquet Club* ?

— Je plaisantais.

— Je n'ai pas besoin des conseils de ton mari. En revanche, Kathryn et moi, on a suivi ton exemple. On a engagé un nounou pour les jumeaux.

— Je sais. Je suis ravie que ça marche.

— Alors, comment Phillip encaisse-t-il la présence de M. Super-Nounou ?

— Phillip croit que je l'ai viré.

— Quoi ? fit Kathryn qui faillit recracher son thé glacé sur la table. On est en novembre et Peter est chez vous depuis, quoi, deux mois environ ?

Je détournai les yeux pour ne pas croiser leurs regards choqués. Je tentai même de me concentrer sur le tableau préféré de Kathryn, intitulé *Flight of Fancy.*

— Et alors ?

— Alors, tu caches ton nounou à ton mari ? dit Miles, sous le choc. Comment t'y prends-tu ?

— Phillip est toujours en déplacement.

Kathryn enfouit sa tête dans ses mains.

— C'est sain, comme situation, ricana Miles. Même moi, je ne ferais pas ce coup-là à ton mari.

— Je n'ai tout simplement pas la force d'affronter une conversation à ce sujet. C'est tout.

— Une conversation avec qui ? demanda-t-il. Ton mari ou Peter ?

— Mon mari ! Je ne veux pas virer Peter. Pas question.

— Donc, concrètement, tu préfères Peter à ton mari.

— C'est ridicule, comme façon de poser le problème. Peter est mon employé.

— Hé, Kathryn, tu n'es pas d'accord qu'elle préfère son nounou à son mari ?

— Si ! C'est cette année que tu quittes ton mari ? (Kathryn, qui avait enfin redressé la tête, avait visé droit à la carotide.) D'abord, c'était il y a trois ans, puis l'an dernier. Et alors, cette année ? Tu passes à l'acte ?

— Je n'ai pas envie d'en parler. Quant à Peter, lorsque Phillip constatera à quel point il a aidé Dylan, et qu'il ne se sentira plus menacé… il sera ravi que Peter soit là.

Kathryn était consternée.

— Tu vas passer encore longtemps dans ces limbes ? C'est bizarre. Vraiment bizarre. Sans oublier qu'il a fait des études de deuxième cycle et qu'il bosse comme aide domestique toute la journée.

— Ton nounou aussi.

— C'est différent. Le nôtre est toujours en fac et il ne bosse que quelques heures par-ci, par-là.

— Très bien, très bien. Je sais que c'est bizarre. Si vous m'aviez dit il y a deux mois que j'aurais un garçon de vingt-neuf ans avec une maîtrise d'informatique à la maison, qui bossait avec Yvette, je t'aurais répondu d'arrêter le crack. Mais comme ça marche, je n'ai pas l'intention de laisser tomber simplement parce que « ça ne se fait pas ».

Je brandis quatre doigts en l'air pour mettre des guillemets à l'expression « ça ne se fait pas », en la défiant du regard. Miles se leva pour aller s'affairer dans la cuisine – ou faire semblant.

— Je ne suis pas du genre à me préoccuper de ce qui « ne se fait pas », dit-elle en me rendant mon regard insolent. Nous savons que ce type est formidable, c'est évident. Mais ce n'est pas un peu un raté, ce mec de trente ans qui joue les nounous ?

— Je ne crois pas, vraiment. Comme je te l'ai déjà expliqué, il est en train de développer un logiciel en ligne pour aider les profs et les élèves à mieux communiquer au sujet des devoirs. Quand il m'en parle, ça me semble hyper-intelligent. En attendant, il a besoin d'un job qui ne lui prend pas la tête quand il rentre à la maison, et il adore les enfants. Mieux encore, il adore les miens.

— Tu es sûre que ce n'est pas un pédophile ?

— Es-tu sûre que le tien ne l'est pas ? Je te l'ai déjà dit, Charles a mené son enquête sur lui ! Je te jure qu'il ne l'est pas.

J'étais un peu agacée d'avoir à justifier mes décisions concernant mes propres enfants.

— Dylan est moins sarcastique. Moins cynique. Ce changement, je l'attribue à Peter. Ce gosse est à nouveau joyeux. Il recommence même à aimer l'éducation physique – le psy n'arrivait à rien avec lui, moi non plus d'ailleurs.

— Alors, si je comprends bien, ce garçon te plaît.

J'eus du mal à réprimer un sourire.

— On s'entend très bien. Il me respecte, mais on discute, enfin, pas précisément d'égal à égal…

Je repensai au matin précédent : les enfants se préparaient pour l'école et j'avais demandé à Peter de passer plus tôt pour les y emmener. J'avais décidé de faire un peu de jogging avant de m'envoler pour Jackson. (Je m'y rendais pour rencontrer Theresa Boudreaux ; elle voulait me voir avant l'interview. Ce genre de reportage peut mettre des semaines, voire des mois à se mettre en place.) Quand j'entendis la voix de Peter dans la cuisine, je retirai hâtivement mon pantalon de jogging pour passer un caleçon. J'obtins la réaction espérée : quand j'entrai, il m'examina aussitôt de la tête aux pieds avant de se ressaisir. Soudain, je trouvai plus prudent de changer de sujet de conversation, avec mes amis.

— Donc, il te traite comme une patronne, mais aussi comme une espèce de copine ?

— Oui. Une copine.

Miles nous rejoignit et s'immisça aussitôt dans la conversation.

— Alors pourquoi souris-tu ?

— Je ne souris pas.

— Je t'en prie, gloussa Kathryn. Qu'est-ce que tu nous racontes, là ? Tu n'as pas les mêmes rapports avec lui qu'avec Yvette et Carolina, n'est-ce pas ?

— Tu plaisantes ? Non ! C'est quoi, un interrogatoire ? Pourquoi êtes-vous toujours aussi sceptiques ? protestai-je. Non, je ne lui parle pas comme à une copine, mais nos rapports sont plus profonds que ceux que j'ai avec Yvette. Tout d'abord, il n'y a pas de fossé culturel. Nous nous retrouvons sur certains sujets ; nous parlons de ce qui se passe dans le monde.

— Ah, les actus, dit Kathryn. Ça, c'est du solide.

— Où veux-tu en venir, au juste ?

— Je ne sais pas. Un garçon mignon, drôle, cool, qui passe la journée chez toi en l'absence de ton mari. C'est tout.

Miles s'affala à nouveau sur le canapé. Il s'amusait énormément. Ils étaient maintenant assis côte à côte, comme des profs me faisant passer un oral en école de droit.

— Mais que penses-tu que j'imagine, Jamie, explique-moi ? dit Kathryn.

— Il habite Red Hook. Comme un étudiant.

— Faux ! Il a bientôt trente ans, rétorqua Kathryn. Il a une maîtrise. Puis-je me permettre de te rappeler que tu as à peine six ans de plus que lui ? Vous êtes tous deux adultes.

— C'est une question d'attitude. Je ne vais pas craquer pour un type qui a encore des accidents de skateboard.

— Je me répète encore une fois : c'est un homme adulte, avec un diplôme universitaire et plein de potentiel.

— Tu as raison. Il est intelligent. Il est créatif. Il est drôle. Il me fait rire. Il m'aide à gérer mon fils. Et, oui, parfois on discute. Pas de mon mariage de merde, par exemple : on ne franchit aucune barrière. Mais il me parle de sa vie dans le Colorado, du projet qu'il développe. Alors j'apprends à mieux le connaître, et je lui fais confiance.

— Confiance, jusqu'à quel point ? Au point de respecter son jugement plus que celui de ton mari ? Je crois simplement que cette affaire avec Peter est un symptôme de…

— D'un mariage qui bat de l'aile. Je sais. C'est simplement… qu'il y a les enfants.

— Évidemment.

— J'essaie toujours de déterminer si le fait que des parents aient des relations courtoises, même s'ils ne sont plus amoureux, vaut mieux qu'une séparation.

— Phillip est toujours amoureux de toi, dit Kathryn d'un ton radouci. Ce n'est pas qu'une question de courtoisie.

— Je sais. Mais plus comme avant.

— Très bien. Je ne te pousse pas. Que Peter reste ou qu'il parte, le problème, c'est qu'il semble partager ta vie, contrairement à Phillip. Essaie d'envisager la situation sous le bon angle avant d'aller de l'avant.

— D'accord. On peut changer de sujet de conversation ?

— Encore un truc, dit-elle en levant un pouce. Tu dois dire à Phillip que Peter est chez vous avec ses enfants. (Elle leva l'index.) Ou alors tu dois virer Peter, comme tu as dit à ton mari que tu allais le faire.

— J’ai compris. Je vais le lui dire bientôt.

— Je résume : résiste à ton mari ou vire le nounou, dit Miles, les coudes sur ses genoux. Quand tu affirmes que tu vas le « lui » dire bientôt, tu parles de qui ?

— Ça, c’est ce que je ne sais pas encore.

10

Roméo, où es-tu ?

J'avais envie de rire en faisant vrombir le moteur du 4 × 4 qui filait sur Triborough Bridge. Le sentiment de liberté que j'éprouvais était presque trop irrésistible, trop excitant pour moi. Peter, totalement détendu, tambourinait sur le tableau de bord au rythme d'une chanson des Rolling Stones.

Nous nous dirigions, accompagnés d'un Gussie ravi, vers notre maison sur la plage pour prendre des vêtements d'hiver, les skis et des caisses de livres pour Phillip.

C'était l'une de ces journées où tous les immeubles de la ville semblaient refléter le soleil ; dans ce panorama scintillant, New York prenait des airs de cité enchantée. C'était de cette ville-là que je rêvais lorsque j'étais à la fac. J'étais impatiente de m'y installer dès que j'aurais décroché ma licence à l'université de Georgetown, et de me construire une nouvelle vie loin de Washington, D.C. – ville qui, à certains égards, était encore plus provinciale que Minneapolis… Aujourd'hui, Goodman bossait sur un autre reportage, les enfants étaient à l'école et, pour une fois, je me laissais aller à vivre au présent et à me sentir tout simplement heureuse, comme mes parents le rêvaient pour moi.

À 9 heures du matin, il y avait beaucoup de circulation pour un jour de semaine. Un énorme semi-remorque fonçait derrière nous et je manœuvrai rapidement mon véhicule vers la voie de droite. Je voulais faire comprendre à Peter que j'étais le genre de fille qui savait conduire une grosse bagnole. Je voulais qu'il me trouve macho. Je voulais que Peter remarque tout ce qui me regardait, ces jours-ci. Peut-être même depuis le début.

— Tu sais vraiment manier ce machin.

— Je veux !

Peter pouffa de rire et frappa du poing le tableau de bord.

Je lui tirai la langue mais me retournai rapidement vers la route.

— Quoi ? repris-je.

— Je veux ?

— Ouais. C'est Dylan qui m'a appris ça.

— Tu sais ce que ça veut dire ?

Il me parlait comme à une mamie édentée dans sa chaise berceuse.

— En fait, oui, je sais ce que ça veut dire. C'est comme « Tu l'as dit, bouffi ! ».

— « Tu l'as dit, bouffi » ?

Il s'esclaffa.

— Oui ! C'est ça que ça veut dire.

— Je n'ai pas entendu « Tu l'as dit, bouffi » depuis des lustres. C'est complètement ringard.

— Tu me trouves vieille, vieux jeu, c'est ça ?

— On aurait pu être en fac ensemble, alors non, je ne te trouve pas vieille. Non, pas vieille. Mais vieux jeu ? Peut-être bien.

Je lui frappai l'épaule du revers de la main. Il me sourit et tout d'un coup je m'aperçus que, quand il souriait, une fossette se creusait dans sa joue gauche. Je n'avais jamais été en tête à tête avec lui auparavant, sans enfants ni activités, et ça me plaisait beaucoup, merci. L'autre jour, quand Peter m'avait proposé de me donner un coup de main pour cette petite expédition, Yvette m'avait lancé un drôle de regard par-dessus la tête de Gracie. Elle avait eu raison de hausser un sourcil. Phillip aussi avait raison. Et Kathryn. Et Miles.

D'accord, Jamie. Reprends-toi, ma fille.

— Si tu n'étais pas là pour me rendre service, je te lâcherais ici même, à la sortie, euh, cinquante-deux.

Je me tournai pour lire le panneau de signalisation mais Peter me repoussa le torse pour que je reste face au pare-brise.

— La voie express de Long Island est très dangereuse. Et je ne suis pas retourné voir l'océan depuis l'été dernier, alors j'aimerais bien parvenir à destination en un seul morceau. Concentre-toi sur le terre-plein central de gauche, je t'en prie.

Nous poursuivîmes en silence, sans la barrière des mots pour endiguer la tension impérieuse qui montait en moi, provoquée par sa présence à mes côtés. J'étais encore plus tendue que le premier jour où Peter s'était présenté à l'appartement.

— Heureusement que tu as pu réparer l'ordinateur de la salle de jeux, dis-je pitoyablement.

— Je ne l'ai pas réparé, j'en ai acheté un nouveau.

— Mais tu as installé les programmes.

— Tu aurais pu te débrouiller toute seule… si tu avais voulu. Je pourrais t'apprendre.

— Euh, peut-être. Je pourrais peut-être y arriver, mais je n'en suis pas sûre. Tu sais ce qui me plairait vraiment ?

— Vas-y.

— Une espèce de logiciel pour organiser l'emploi du temps des enfants de façon à le synchroniser avec mon propre planning, mais de façon complètement autonome. (Je parlais à cent à l'heure.) S'il était autonome, alors on pourrait l'imprimer sans que tous mes rendez-vous apparaissent.

Je me tournais sans cesse vers lui pour m'assurer qu'il me comprenait.

— Hé, j'ai pigé ! Maintenant, regarde la jolie route et le semi-remorque à ta droite, s'il te plaît.

— Mon propre planning me permettrait de savoir où les enfants se trouvent à chaque moment de la journée. Mes rendez-vous pourraient être en bleu et ceux des enfants en rouge. Tu saurais faire ça ?

Lui et moi, dans la voiture. Roulant vers la campagne, ensemble. Seuls. Moi, obligée de lui parler pendant des heures. Moi, qui voulais lui plaire. Moi, qui le voulais maintenant, dans une sorte de rêve éveillé permanent. J'inspirai profondément.

— Alors… tu pourrais séparer les horaires des enfants des miens ?

— Je peux te dire quelque chose ?

— Bien sûr.

Je rassemblai mes forces.

— Tu es cinglée, ma petite dame.

— Je te demande pardon ?

— Ouais. Cinglée. Je crois que tu as besoin d'une longue promenade sur la plage.

— Ne rêve pas, on ne va pas à la plage. On va à la maison. Dans la cave, pour prendre tous les trucs dont on a besoin, et que tu m'as si généreusement proposé de m'aider à transporter. Puis nous allons rentrer à temps pour passer prendre les enfants à l'école. Je n'ai pas le temps d'aller à la plage.

Trois quarts d'heure plus tard, nous nous rangions devant notre petite maison en bois gris patiné, offerte en cadeau de mariage par les parents de Phillip. Elle était située sur Parsonage Lane à Bridgehampton – le hameau modeste et « sans prétention » calé entre le chic Southampton avec ses villas cossues à la Gatsby le Magnifique et East Hampton, repaire des nouveaux riches. Des rideaux en dentelle encadraient les fenêtres à carreaux anciens dans chacune des trois chambres ; le petit salon était encombré d'un bric-à-brac de vieux meubles dépareillés recouverts de tissus fleuris blanchis par le soleil. D'immenses saules pleureurs et des rosiers ébouriffés entouraient la propriété, située à huit minutes de la plage en voiture.

Nous passions tous nos étés dans cette maison, ainsi que les week-ends où il faisait beau au printemps et à l'automne, mais, dès que les gelées de fin octobre survenaient et soufflaient contre les murs minces, Phillip préférait rester en ville. Je n'arrivais jamais à balayer tout le sable des parquets grinçants, et il crissa sous mes dures semelles d'hiver lorsque nous entrâmes. Il flottait une odeur de sel et de moisi.

— Je n'imagine pas ton mari ici.

Je remarquai que Peter ne prononçait jamais, mais jamais, le prénom de Phillip. Il ouvrait les portes, à la recherche d'un endroit où suspendre sa veste.

— Pourquoi dis-tu cela ?

Je lui désignai des crochets à côté du miroir du hall d'entrée.

— Ça me semble, euh, un peu basique pour lui.

— Tu n'as pas entièrement tort. Il ne veut rien changer parce que ses parents aimaient la maison comme ça. Rien de neuf. Que de l'ancien, pour laisser intactes les affaires de mamie. Mais tu as raison, Phillip est souvent d'humeur grincheuse ici, parce que rien ne fonctionne comme il le voudrait.

— C'est bien ce que je pensais, dit Peter, qui gratta Gussie et se dirigea vers la cave.

Deux heures plus tard, nous avions rempli la voiture de livres et des affaires de ski des enfants. Peter portait une caisse de vin sur l'épaule.

— Bon, c'est tout.

Il plaça la caisse dans la voiture et fit claquer la portière.

Je jetai un dernier coup d'œil à la maison, car j'ignorais quand nous y reviendrions. Le bois gris prenait des tons laiteux dans la lumière hivernale ; il avait perdu le lustre huileux que lui donnait l'air chargé d'embruns, l'été. C'était une maison ravissante en toute saison et je fus triste d'en refermer la porte. Je me demandais si j'aurais à nouveau l'occasion de m'y créer des souvenirs heureux – ce qui était un peu exagéré car, en fait, nous ne nous étions amusés nulle part en famille depuis que Dylan avait eu cinq ans. Mais la maison était tellement jolie. J'aurais tant aimé m'y imaginer en jeune maman heureuse, entourée de ses trois petits enfants courant dans le jardin.

— Il est temps de rentrer, dis-je enfin.

— Il est à peine midi. Ce serait un péché de rater la plage par une journée pareille. (Peter m'arracha les clés des mains.) Laisse-moi le volant, tu veux ?

— Tu ne connais pas le chemin.

— Mais si. Allez, viens, Gussie.

Je savais qu'il n'en démordrait pas.

— Allez, mon garçon !

Le chien sauta dans la voiture, haletant de bonheur après sa matinée passée à courir dans le jardin.

Gussie à cheval sur la console avant, nous nous remîmes en route vers New York. Gussie était un chien qui exigeait constamment qu'on s'occupe de lui. Il adorait Peter, et Peter l'aimait presque autant que Dylan.

Le soleil de midi entrait à flots par le pare-brise. Je chaussai mes lunettes de soleil et tendis à Peter les siennes, qui étaient posées sur le tableau de bord, puis je me calai dans mon siège et laissai le soleil réchauffer mon corps. J'observais la main droite de Peter sur le volant – il paraissait totalement maîtriser la voiture. Il avait des doigts forts et longs. Son coude pendait hors de la vitre du conducteur. Il conduisait d'une seule main, comme un cow-boy, de façon nonchalante. Je savais bien que mes rêveries coquines n'étaient que les fantasmes à l'eau de rose d'une femme prisonnière d'un mariage ennuyeux et sans amour – mais elles étaient assez réalistes pour que je m'inquiète de la façon dont Phillip réagirait s'il découvrait que j'avais couché avec un « domestique ».

Tout d'un coup, Gussie me sauta sur les genoux pour sortir le nez par la fenêtre. Il ne le fait qu'à deux endroits, à la campagne : quand nous arrivons à la maison ou quand nous approchons de la plage.

— Arrête ! Peter, allez ! On doit rentrer ! Prends à droite, ici ! m'écriai-je.

— Je sais très bien comment rentrer en ville. Sauf qu'on ne rentre pas en ville tout de suite.

— Quoi ?

— C'est une journée magnifique. On va à la plage. Le chien en a besoin. Et apparemment, toi aussi.

Il tourna à Cooper's Beach et fit rouler le 4 × 4 jusqu'au sable, pour que nous puissions regarder les vagues. Gussie était comme un fou, et Peter ouvrit la portière pour le laisser sortir. Près de nous, un type qui mangeait un sandwich dans un camion Verizon nous salua de la main et m'adressa un petit clin d'œil. *Ce mec me connaît-il ?* me demandai-je. *Est-ce l'un des commerçants locaux que Phillip s'est mis à dos au fil des ans ? Même s'il ne me connaît pas, il va penser qu'on est en couple. Si je tombe sur quelqu'un que je connais, Tony le marchand de légumes ou Roscoe, l'homme à tout faire un peu barjo qui ne vient jamais quand on l'appelle, ils vont penser que j'ai un amant. Bridgehamp-*

ton est un petit village. Je ne peux pas marcher sur cette plage. Mais Peter va me trouver coincée si je suis incapable de profiter de la plage dix minutes avec le chien.

Il fallait avouer que la plage était encore plus magnifique à cette époque de l'année, désertée par les foules d'estivants. Les vagues se déroulaient paresseusement sur le sable, sans même déranger les minuscules bécasseaux qui couraient sur la grève.

— Il fait trop froid pour se balader sur la plage, protestai-je sans conviction.

— Il ne fait pas si froid. Regarde les vagues. Elles sont lisses. Ça veut dire qu'il n'y a pas de vent. Ne t'en fais pas. Le chien en a besoin. Toi aussi. Et ça me ferait très plaisir.

— On ne peut pas. Il faut passer prendre les enfants à l'école.

— Mais oui, on peut.

Peter saisit mon téléphone et composa un numéro.

— Hé, Yvette.

Je tentai de le lui reprendre, mais il m'esquiva et se glissa hors de la voiture.

Je me jetai sur lui par-dessus le tableau de bord.

— Rends-moi ce téléphone ! chuchotai-je.

— C'est Peter. Dites donc, on a encore un tas de trucs à faire, ici… Ouais, on ne rentrera pas à temps pour passer à l'école… Vous pourriez aller chercher Dylan pour moi ?… Génial… On sera de retour en fin d'après-midi.

Il raccrocha, lança le téléphone qui atterrit directement dans mon sac à main, et partit en courant vers les dunes, aux trousses de Gussie.

C'était ridicule. De quoi me sentais-je coupable ? Nous allions nous balader un peu puis rentrer. Et alors ? Je descendis de la voiture pour marcher sur la plage, jusqu'à l'endroit où la dune formait un petit escarpement d'un mètre de hauteur. Je me laissai glisser sur les talons. Peter était déjà au bord de l'eau, les mains sur les hanches. D'accord. Il était beau comme un astre. Et comme le disait toujours ma mère, il n'y a aucun mal à faire un peu de lèche-vitrines. C'est l'acte d'achat qui pose problème.

— Ah. Te voilà. C'est pas si mal, hein ?

Il agita la main vers l'océan, le ciel d'un bleu éclatant et le sable blanc, lourd et doux.

— C'est horrible.

Je souris. Il trouva une vieille balle de tennis dégoûtante et la lança au chien. Gussie était maintenant tout sale, les pattes collantes et mouillées, du sable plein les poils. Impossible de rentrer à la maison pour le laver à grand jet ; j'allais devoir faire nettoyer la bagnole avant que Phillip ne s'en resserve.

— Hé ! Jamie ! Bouge-toi ! Déchaîne tes endorphines ! Tu en as besoin !

Je rejoignis Peter et le chien à contrecœur. À environ deux cents mètres de la grève, un surfer solitaire en combi d'hiver, coiffé d'un bonnet, tentait vaillamment de capter les vaguelettes. Un tanker se mouvait lentement à l'horizon. Les majestueuses villas d'été des Hamptons se dressaient par-delà les dunes herbeuses. La plupart semblaient avoir été bâties par le même architecte : bardeaux patinés brun clair, fenêtres à meneaux, chambres innombrables, vérandas incurvées ceignant la bâtisse principale. De temps en temps, un édifice plus moderne s'immisçait entre elles – un rectangle noir austère à deux étages, un chalet triangulaire à murs vitrés, une petite maison toute simple en pierres des champs – comme pour nous rappeler que nous étions en 2007 et non pas au tournant du siècle précédent.

— Quelles baraques superbes.

Peter était à nouveau à mes côtés. Je reculai d'un pas.

— Toutes autant l'une que l'autre, acquiesçai-je. Et le plus surprenant, c'est que ce sont des résidences secondaires.

— Combien vaut la grande, là-bas, à ton avis ?

Peter pointa du doigt vers une maison surmontée de coupoles et bâtie en trois ailes pouvant, chacune, abriter une famille de douze personnes.

— En fait, je sais combien elle vaut. Elle appartient à Jack Avins. Il l'a achetée pour trente-cinq millions de dollars après avoir conclu une affaire célèbre connue sous le nom de Hadlow Holdings. Tous les investisseurs y ont gagné environ huit cents millions de dollars. Phillip a bossé dessus.

Peter me lança un coup d'œil inquisiteur.

— Non, non. Il n'a reçu que ses frais horaires habituels et, crois-moi, il l'a mal encaissé.

— Ouais.

Il semblait sur le point d'ajouter quelque chose.

Je repris :

— Je crois que je sais ce que tu as envie de dire, mais je préfère passer à autre chose. Juste un truc : tu lances à ton ancien patron qu'il est passif-agressif et tu m'expliques que je suis crevée… C'est une manie, chez toi, de déballer leurs quatre vérités à tes employeurs ?

— Tu n'as rien en commun avec lui.

— Mais tu trouves tout de même des raisons de me critiquer.

Bon sang, qu'est-ce qu'il était beau dans sa doudoune noire et son jean.

— Je ne te critique pas. Ou juste un peu. Mais vraiment, arrête de t'en faire pour les horaires de Dylan. Relax.

Je m'obligeai à ne pas le dévisager, surprise de constater à quel point j'étais blessée.

— Qu'entends-tu par là ?

— Je veux dire que ce n'est pas la fin du monde, que Dylan arrive en retard quelque part ou qu'il rate un goûter d'anniversaire.

— Mais il adore les anniversaires.

— Non, pas du tout.

— Mais si !

— Navré de te contredire, mais il n'aime pas, poursuivit Peter, nullement décontenancé. Il n'aime pas les foules, c'est l'une des raisons pour lesquelles il ne veut pas retourner jouer au basket : les foules, le bruit, c'est trop pour lui. C'est un penseur, un solitaire. Les foules le déroutent. Le jour où il a craqué et où il n'est pas arrivé à lancer le ballon dans le panier, ce n'était pas seulement parce qu'il avait peur de rater, c'était parce qu'il y avait trop de monde autour de lui.

— Tu en as discuté avec lui ? Il t'a dit ça ?

— Oui.

Comment pouvait-il s'imaginer connaître mon fils mieux que moi ? Je n'appréciais pas que Dylan se livre à Peter plus qu'à moi, mais je tentai de n'en rien laisser paraître.

— Je suis contente, Peter. Je suis soulagée. (Je croisai les bras sur la poitrine.) Dylan n'est pas du genre à étaler ses états d'âme. Il ne se livre à moi qu'avant de dormir, quand il baigne dans une sorte d'aura utérine et qu'il se sent à l'abri, dans le noir.

— Ce serait bien aussi, pour toi, de lever un peu le pied.

— Tu ne sais pas ce que c'est, d'être une maman qui travaille, avec trois enfants. Tu ne connais pas mon emploi du temps.

— Chiche que tu arrives à dévier du planning, rien qu'un peu.

— J'en suis tout à fait capable.

— Tu en es certaine ?

— Oui, mais ce n'est pas de moi qu'il s'agit. C'est de Dylan.

— Je peux te donner un conseil ? Allez, on marche un peu.

— D'accord, répondis-je sans enthousiasme. Dis-moi ce que tu penses. De toute façon, je serais bien incapable de t'en empêcher. Je ne me vexerai pas, promis.

Mais j'étais piquée au vif.

— Je suis ravi de l'entendre.

Il inspira profondément, comme si la liste de mes erreurs faisait des kilomètres.

— Tu gères ta maison comme une boîte de prod' télé. Chaque gamin a déjà ses propres activités, réparties par codes couleur, sur le tableau blanc (que tu veux maintenant sur support informatique) ; chaque employé a un horaire pour la journée. Aucune entorse au planning n'est permise. Jamais. C'est plus que Dylan ne peut en supporter…

Il se tut.

Je suivis son regard, qui se fixa sur un couple enlacé sur une large couverture rayée étalée sur le sable. La fille avait une jambe passée sur les hanches du garçon et il était difficile de ne pas les fixer, parce qu'ils étaient vraiment en pleine action. Il ne manquait plus que ça – une étreinte sexuelle passionnée, sous nos yeux.

J'éclaircis la gorge et pressai le pas.

— Nous vivons en ville ; les deux parents travaillent. Les enfants ont besoin d'ordre.

— Seulement jusqu'à un certain point. Parfois, Dylan a besoin de glander tout un après-midi. Merde, laisse-le quitter l'école plus tôt pour que je l'emmène voir un match. Il a besoin de vivre comme un gosse insouciant si tu veux qu'il arrête de jouer les cyniques, comme s'il pensait que c'était cool de ne jamais s'enthousiasmer pour quoi que ce soit. Tout lui semble tellement important, tellement orchestré. Il n'a jamais le temps de sentir les algues.

Il respira l'air salé et s'assit sur une petite butte de sable. Une bouffée de vent souffla derrière nous et fit mousser les vagues.

— Je n'ai jamais imaginé élever des enfants en ville, je n'ai pas été élevée comme ça, lui rappelai-je en m'asseyant à côté de lui mais pas trop près. Je serais enchantée de vivre ici. Si nous demeurons en ville, c'est à cause de nos jobs.

— Alors il faut compenser.

— Je t'ai embauché, non ?

— C'est l'intensité de la ville qui prive les enfants de leur bonheur. Et leurs mères, aussi.

— Sans vouloir te manquer de respect, que sais-tu au juste de leurs mères ?

— Je passe pas mal de temps avec les mères – au parc, aux goûters, à l'école. Elles me disent des trucs. Elles ne me parlent pas comme à un « domestique », comme Yvette ou Carolina. Elles aiment bien me faire des confidences, ce qui est parfois à mourir de rire.

— Que disent-elles ?

— Tout d'abord, elles veulent savoir ce qui peut bien pousser un homme à prendre ce genre de job. Une fois qu'elles savent, et qu'elles apprennent que je travaille sur un projet pour les écoles publiques, elles prennent leurs aises, très vite. Et elles se mettent à causer. Elles parlent de leurs maris, elles disent combien elles les détestent parce qu'ils ne sont jamais à la maison. Tout le trip « veuve de Wall Street ». La plupart du temps, je me contente de les écouter, de leur donner l'impression qu'il y a quelqu'un qui s'intéresse à toutes ces conneries qui les intéressent, elles. L'une d'elles m'a même demandé – sans plaisanter –, « parce que j'étais un homme », si je trouvais normal qu'un entrepreneur exige cent trente-sept mille dollars pour refaire le dressing de son mari.

— Je sais, c'est scandaleux. Cette somme…

— C'est plus que scandaleux. Ça ne t'inquiète pas, que tes enfants passent leur temps avec ce genre de familles ?

Le vent lui souffla une mèche sur la bouche. J'avais envie de l'écarter. Bon sang. Étais-je en train de me transformer en une espèce de Mary Kay Letourneau, cette enseignante qui avait couché avec son élève samoan de treize ans, avait été incarcérée, puis l'avait épousé ? Mais je me rappelai que Peter n'avait que six ans de moins que moi et que c'était un type d'un mètre quatre-vingt-cinq.

— Enfin, oui, mais je tente de leur inculquer des valeurs saines à la maison.

— Mais tu ne peux pas les empêcher de voir. L'autre jour, j'ai emmené Dylan à un goûter chez les Ginsberg, et la mère était littéralement en train de faire nettoyer sa maison comme une voiture de course.

— Quoi ?

— Mme Ginsberg avait deux dames en uniformes blancs et un monsieur en chemise et cravate qui nettoyaient les baguettes de la fenêtre avec ces grands cotons-tiges qu'on utilise pour préparer les bagnoles aux concours d'élégance ! Tu trouves que c'est un environnement normal, pour un goûter ?

— Non. Je ne trouve pas que c'est un environnement normal, pour un goûter.

— Ensuite tu entres dans la chambre du môme, et il a des draps de luxe bleus et blancs avec ses initiales brodées sur des taies d'oreillers à volants, ses livres rangés par ordre alphabétique, ses tee-shirts repassés dans les tiroirs. Peux-tu me dire qui, en ce bas monde, repasse les tee-shirts ?

— Je ne sais pas. Pas nous, me défendis-je.

— Au fait, combien coûtent ces draps ? Je voulais te poser la question.

— Je ne sais pas.

— Tu le sais très bien. Vous avez les mêmes.

— Je ne te le dirai pas.

— Très bien. Je démissionne.

Il se leva.

— Arrête. Assieds-toi. Ils sont très chers.

— C'est à vomir. Pour le lit d'un enfant ?

— Ceux de Dylan ont été achetés chez Pottery Barn.

— Génial. Ça change tout. Pour vous, les mères, tout est une question d'organisation, de planning, d'entretien. Comme tes fantasmes d'horaires codés par couleurs sur ordinateur.

J'étais furieuse qu'il m'assimile aux mères geignardes qu'il croisait dans le parc.

— Je n'ai pas grand-chose à voir avec ces femmes.

— Ah, vraiment ?

— Oui, vraiment, Peter. Tu n'es pas d'accord ?

— Je remarque des petits trucs. Je suis un accro du détail, c'est pour ça que je suis doué pour la programmation.

Il était vraiment mignon lorsqu'il me taquinait.

— Et qu'as-tu remarqué ?

— J'observe la façon dont tu changes de gestuelle avec elles. Je remarque que tu n'es pas toi-même lorsqu'elles sont là…

— Peter, elles appartiennent à une tout autre espèce.

Il se mit à siffloter un petit air.

— Tu plaisantes, n'est-ce pas ? Tu n'as pas remarqué, depuis le temps, que je viens du Minnesota et que je me bats pour m'adapter à ce mode de vie ?

Il fit glisser ses lunettes de soleil le long de son nez et me fixa, impavide.

— Je ne suis pas une accro du shopping, Peter. Je me fous des trucs qui obsèdent ces idiotes. Tu le sais, n'est-ce pas ?

Ma voix était devenue suppliante.

Il me donna un coup d'épaule.

— Tu as beau être intelligente et avoir une belle carrière, tu manges au même râtelier. Tu as peut-être même passé un peu trop de temps la tête plongée dedans. Du moins, à mon avis.

Putain. Il m'avait vraiment blessée.

— Et toi, c'est quoi, au juste, ton râtelier ? Tu fais quoi avec tes amis de Red Hook ? Avec ta petite amie ?

— Quoi ?

— J'en ai marre de parler de moi. Et si je t'interrogeais, moi ?

— Je n'ai pas de petite amie en ce moment. Si tu tiens à le savoir, j'ai quitté le Colorado suite à une rupture franchement douloureuse. Je n'ai pas l'intention de replonger de sitôt. Et, oui, je traîne avec mes potes à Brooklyn, mais aussi à Manhattan. Et tu sais quoi ? Ils sont beaucoup plus cool que tes copines, les mamans riches.

Il bondit et courut rejoindre le chien.

Je lui hurlai :

— Kathryn n'est pas comme ça !

Mais il se dirigeait déjà vers la voiture.

Nous roulâmes vers Manhattan en silence, perdus dans nos pensées. Au bout d'une heure de trajet, je ne pus m'empêcher de demander :

— Très bien, donne-moi un autre exemple. De quelque chose que je fais. Un truc qui m'estampille « créature du Périmètre ».

Il sourit, d'un sourire assassin, et se gratta le menton. Puis il gloussa.

— J'ai trouvé.

— Quoi ? fis-je, morte de trouille.

— Tes coussins léopard.

— Mes quoi ?

— Tes coussins léopard. Tous les apparts du quartier ont exactement les mêmes foutus coussins d'environ vingt centimètres sur trente en léopard, avec de petits glands en soie, sur le canapé principal du salon. Deux, à chaque bout, en plus des autres coussins hors de prix.

J'eus l'impression d'être mise à nu.

Il reprit :

— Chaque fois que tu reçois quelqu'un, tu fonces vers ces petits coussins – les deux – et tu les fais bouffer juste avant d'ouvrir la porte. Ça me fait mourir de rire.

Comme un drone de la CIA, ce type avait repéré les seuls objets auxquels j'avais succombé, quatre ans auparavant. Et il avait raison : ces maudits coussins léopard étaient effectivement un symbole. La métaphore de tout le reste. Je me souvins de ma première visite chez Susannah. Je savais qu'elle était d'une classe et d'un style bien supérieurs aux miens ; je me disais que je m'en fichais, mais c'était faux. Naturellement, je voulais être acceptée par les amis de Phillip, malgré leur comportement clanique et semi-incestueux de gosses de riches.

Je voulais ressembler à Susannah. Je savais que cela ne me viendrait pas naturellement. Je m'assis sur son canapé. Je ramassai le petit coussin sur lequel je m'appuyais. Je lissai du bout des doigts le velours soyeux, en suivant les lignes sinueuses du motif ocre et chocolat. Je tirai sur les glands en soie. Gratouillai les galons crochetés. Je voulais ce coussin. Ce coussin puait le fric, le chic et le bon goût.

Deux semaines plus tard, mes deux coussins léopard, à moi, furent livrés par Le Décor Français dans une petite boîte enveloppée de papier de soie rose, entourée d'un ruban blanc. Je les plaçai sur mon propre canapé. Depuis, ils me donnent l'impression d'appartenir à un club où je n'ai pas ma place légitime.

— Peter, je ne vois pas le rapport entre ces coussins idiots et notre discussion.

— Je crois que tu t'es assimilée, bien plus que tu ne le crois.

Je le frappai au bras de mon sac à main, en me demandant ce qu'il dirait s'il savait que le sac à main en question valait deux mille cinq cents dollars.

11

Les œufs pourris

Une femme portant une jupe largement fendue à l'arrière et de hautes bottes en crocodile arpentait le trottoir comme si c'était un podium. La jupe s'entrouvrit un bref instant sur sa petite culotte, dévoilant une cuisse bronzée et parfaitement galbée. Après avoir fait des courses pour les enfants, Peter et moi arrivions tout juste à l'entrée du collège de Dylan. Je le surpris en train de sourire à cette apparition.

Ingrid Harris : la femme qui était trop chic pour accoucher comme les autres. En plus de jambes superbes, elle avait un minuscule cul retroussé et des nichons de Barbie. Je me rappelai soudain une conversation, au terrain de jeux de la 77e Rue, quand Dylan avait six ans. Je discutais avec un groupe de mères de notre sainte horreur de la gym. Comme d'habitude, Ingrid était absente, mais son fils aîné Connor, qui jouait avec Dylan dans le bac à sable, entendit notre conversation.

— Ma maman a un entraîneur, annonça Connor. Il s'appelle Manuel, il vient du Panama et il m'a rapporté une guitare de là-bas.

Nous connaissions toutes Manuel, un Black beau à se damner qui travaillait au gymnase chic du quartier. Nous connaissions aussi notre Ingrid et sa libido en ébullition dès qu'elle repérait l'odeur d'un bel homme dans les environs. Elle adorait regarder des films porno quand son mari était en voyage d'affaires. Sa vidéo préférée ? *Bites en choco.*

Connor reprit :

— Vous voulez savoir un secret ?

— Bien sûr, mon trésor, l'encouragea Susannah.

— Maman et Manuel font leur gym dans la salle de télé, et quand ils ont fini, ils font toujours la sieste ensemble.

Je jetai un coup d'œil à Peter. Il était toujours fasciné par le cul pas plus gros qu'un pamplemousse de la belle Ingrid. Je lui donnai un coup de poing à l'épaule.

— Rentre la langue.

Yvette attendait au pied des marches du collège, avec Michael et Gracie dans une poussette double. Tandis que je les serrais dans mes bras et rajustais leurs harnais, Ingrid ramena son minuscule popotin.

— Et qui est ce fringant garçon ?

— Bonjour, Ingrid. Je te présente Peter Bailey. Tu connais déjà Yvette.

— Qu'est-ce qu'il est beau !

— Bas les pattes.

— Ravi de faire votre connaissance, Ingrid. Votre fils est ici ?

Peter tendit une main empressée et bomba le torse. Tout d'un coup, j'étais devenue invisible et cela ne me plaisait pas du tout. Elle se rapprocha : son sein siliconé n'était plus qu'à un millimètre du bras de Peter.

— Oui, Connor. Il a l'âge de Dylan. Vous êtes de passage à New York ?

— Il travaille chez nous.

Je gravis une marche d'escalier, serrant contre moi mes deux petits enfants remuants.

— Maman, geignit Gracie, j'ai dit à Yvette que je voulais rester à la maison !

— Et moi, j'ai dit à Yvette que je voulais vous voir et vous emmener au parc quand votre frère aurait fini l'école.

Je caressai tendrement sa joue du dos de l'index.

— Eh bien je veux pas.

Elle me lança un regard noir. Michael, frustré d'être prisonnier de mes bras, s'arc-bouta si violemment que je faillis le lâcher. Peter m'agrippa par le coude pour m'empêcher de tituber, soutenant le dos de Michael de sa main libre. Ingrid, de plus en plus intéressée, observa son geste adroit.

— Il a une boîte de logiciels.

— Alors il est intelligent, en plus ? Très très bien, dit-elle en dilatant légèrement les narines.

— Ingrid !

Je venais de lui lancer un avertissement très net : elle fit comme si elle n'avait rien entendu.

— J'ai acheté des places pour le gala Dupont.

Je faisais allusion au gala au profit du Dupont Museum, sur le thème des « Nuits Blanches de l'Hermitage ». Je n'avais pas trouvé de meilleur moyen d'étouffer les flammes qui crépitaient entre eux. J'avais eu raison de penser que je fantasmais : Peter ne s'intéressait pas à moi, je ne l'attirais même pas. La fossette de sa joue gauche se creusa lorsqu'il sourit à Ingrid. Voilà à quoi ressemblait réellement un homme intéressé par une femme. J'avais l'impression d'être la copine boulotte d'une sitcom, celle qui n'est jamais arrivée à se faire sauter de sa vie.

Ingrid se tourna vers moi.

— Oui ! J'ai vu que tu avais acheté les deux places les plus chères. Avec la moitié du conseil d'administration de Pembroke sur le comité, c'est très bien vu.

— Gracie va s'inscrire l'an prochain.

— Je vais faire quoi, maman ?

— Rien, ma chérie.

— On a tous parfaitement compris pourquoi tu avais acheté ces places. Elle est comment, ta robe ?

— Je n'ai pas encore eu le temps de réfléchir à ma tenue.

Peter n'avait pas cligné les paupières depuis l'apparition d'Ingrid. Je fis un petit pas vers lui pour lui bloquer la vue.

— Tu devrais t'y mettre. Tout est dans la robe. Tu ne trouveras plus rien après le 1er décembre. Les collections d'hiver auront été dévalisées.

— Jamie n'attache pas beaucoup d'importance aux fringues, dit Peter.

Ingrid posa la main sur le bras de Peter.

— À qui le dites-vous ! Elle aurait besoin de cours de rattrapage !

Il éclata d'un rire hystérique, comme si Ingrid était la femme la plus spirituelle qu'il ait jamais croisée, puis la fixa d'un air absolument débile.

— Ils ont choisi un thème tsariste parce qu'il s'agit de la toute dernière tournée de l'exposition des œufs Fabergé avant que la collection ne passe au secteur privé, lui apprit Ingrid. Mais n'oubliez pas, ce n'est pas seulement un thème « tsars », c'est un thème « tsars blancs ».

— Vous voulez que je prenne des notes ? demanda Peter.

— C'est bon. Il est temps de passer prendre Dylan, dis-je en le fustigeant du regard.

Il tapota sa montre.

— Encore trois minutes.

— Et il n'y a pas que la robe – n'oublie pas la fourrure blanche. Je te le rappelle au cas où ça t'aurait échappé.

— Tu plaisantes ? Je n'ai pas de fourrure.

— Ne prends pas cet air effaré, Jamie. Nuits Blanches, fourrures blanches ! Comme Julie Christie dans *Docteur*

Jivago ! (Elle se pencha vers moi pour chuchoter:) J'ai une zibeline blanche. Courte. Avec une capuche. (Elle désigna l'endroit précis où s'arrêtait la veste.) Je l'ai eue chez Dennis. À un prix très intéressant.

— Ça vaut combien, une veste comme ça ? dit Peter.

Je savais qu'il se constituait un stock de munitions pour m'en bombarder plus tard.

— Dix-neuf, souffla-t-elle.

— Mille neuf cents ? chuchota-t-il, périlleusement près de son oreille.

— Dix-neuf mille ! Vous vivez sur quelle planète ?

Peter faillit se trouver mal.

— Je vais chercher Dylan.

Ingrid pivota sur ses talons et partit à ses trousses. Je tendis instinctivement la main vers elle, espérant la retenir, mais elle se dégagea d'une ondulation.

Quelqu'un me tapota l'épaule. Christina Patten, celle qui m'avait fait une crise à propos des mini-muffins. J'étais assaillie de toutes parts par les mères poules de luxe. Christina avait un visage anguleux et un carré châtain aux épaules. Sous son tailleur pantalon crème agrémenté d'une dizaine de chaînes en sautoir dorées sur un chemisier en soie crème, elle semblait souffrir de malnutrition.

— Je t'ai entendue parler du gala tsariste, au musée.

— Maman ! On peut y aller maintenant ? J'ai froid, geignit Gracie en frottant sa figure chiffonnée.

— Tout le monde a acheté une table. Il y a qui, à la tienne ?

J'avais acheté deux entrées, pas une table. De toute façon, je n'aurais pas eu assez d'invités pour la remplir. Je n'aurais pas osé y entraîner les collègues dont j'étais le plus proche – ils se fichent des mondanités. Susannah, ma seule véritable amie dans le beau monde, n'était pas à New York cette semaine-là. Je cherchai à me dérober.

— Jamie, avec qui es-tu assise ? s'inquiéta Christina.

— Maman ! hurla Dylan.

Peter le portait sur son dos.

— Une seconde, Christina. Mon chéri !

Je serrai Dylan dans mes bras. Il se dégagea aussitôt, car ses copains étaient dans les parages. Je m'agenouillai pour me mettre au niveau de Gracie.

— Si tu me laisses te passer ton manteau, je te dirai qui j'ai trouvé ce matin. Mets la main dans mon sac.

Gracie se pencha, les yeux comme des soucoupes. Puis elle serra la petite girafe violette Beanie Baby sale et puante contre son cou.

— Tu as trouvé Purpy ?

Son doudou était porté disparu depuis trois mois. Gracie m'étreignit la cuisse et s'élança pour le présenter à Peter.

— Jamie, avec qui es-tu assise pour les Nuits Blanches ? insista Christina. Tu sais, si tu ne fais pas partie des plans de tables, ils vont t'exiler au fin fond de la Sibérie.

— Phillip a des associés.

Du moins, je croyais que certains des associés de Phillip assisteraient à la soirée.

— Il vaut mieux t'en assurer. Tous les plans de tables sont déjà faits.

Peter n'allait pas laisser passer une aussi belle occasion de m'asticoter, et bien entendu je ne possédais pas de robe blanche, encore moins de veste en fourrure blanche. J'imaginai toutes les femmes vêtues de robes de soirée Gucci et Valentino, ou de pantalons en satin blanc assortis de tops brodés de perles décolletés dans le dos. Je me demandai si, par hasard, Christina n'avait pas l'intention de m'inviter à m'asseoir à sa table. Elle m'avait toujours trouvée « intéressante » parce que j'avais un vrai métier et que je gagnais ma vie. Quel concept exotique…

— Tu sais, on avait invité les Rogers mais ils viennent d'annuler…

Elle tâtait le terrain.

Je m'agenouillai à nouveau pour passer son écharpe et ses moufles à Gracie, tentant d'entamer une mini-conversation avec elle tandis que je réfléchissais à la question. Bien sûr, nous avions rempli des dossiers de candidatures pour plusieurs écoles maternelles réputées, mais je tenais à ce que Gracie aille à Pembroke. On y trouvait les enseignants les meilleurs et les plus créatifs, et le groupe d'élèves le plus varié de toutes les écoles privées de la ville. Mais la compétition était féroce. Il n'y avait qu'une vingtaine de places par année ouvertes aux enfants n'y ayant pas de frère ou de sœur déjà inscrits, et je n'étais pas sûre de pouvoir la faire entrer sans l'appui de certaines des femmes qui siégeaient au conseil d'administration. Toutes étaient des amies de Christina. Jusqu'à quel point pouvais-je agir de façon intéressée pour parvenir à mes fins ?

— … donc, j'ai deux places, poursuivait Christina. Je serais ravie que Phillip et toi vous joigniez à nous. Je suis sûre que George adorerait savoir ce qui se passe dans les coulisses de *Newsnight*. Il lit le journal tous les jours.

Je plongeai, dépravée, dans les abîmes de la mondanité.

— Phillip et moi serions ravis d'être assis avec vous. Je te suis très reconnaissante de cette invitation.

— Très bien, alors, marché conclu. Je te ferai parvenir des infos sur l'expo Fabergé, pour que tu profites au maximum de la soirée.

Christina agita la main et s'éloigna avec ses deux plus jeunes enfants, vêtus de mini-vestes de chasse assorties, aux cols relevés de façon à exhiber le motif à carreaux beige Burberry du revers.

Nul besoin pour Peter de faire allusion aux dames au râtelier desquelles j'étais censée manger, pour que je sache précisément ce qu'il pensait.

— Moque-toi de moi si tu veux, mais il est statistiquement plus difficile d'inscrire un enfant dans une école primaire à New York que de l'envoyer à Harvard.

Le trottoir était encombré de mamans, de nounous et d'enfants qui venaient de sortir de l'école. Dylan s'éloigna pour parler à des copains. Gracie me tenait la main. Yvette fermait le cortège avec la poussette.

— J'ai beau avoir un boulot dans la vraie vie, je dois tout de même passer par ici tous les jours. Et parfois, malheureusement, il faut faire des compromis.

— Ah oui ? rétorqua-t-il. Mais tu sembles croire que le fait de passer le plus clair de ton temps avec des gens que tu n'aimes pas ou qui te mettent mal à l'aise est le prix à payer pour être admis dans ce monde.

— Bon, j'ai acheté des places pour ce gala à la con, pour que ma fille puisse s'inscrire dans une école primaire. Arrête d'en faire tout un foin. Et alors ? Ma vie ne tourne pas autour de ça et tu le sais très bien.

Il soupira et s'arrêta.

— Je le sais. Mais si je t'emmerde avec ces histoires, c'est que je connais la chanson.

— Ah bon ?

— Pas littéralement. Mais comme j'avais commencé à te le raconter sur la plage, je me suis détaché de toute une série de relations qui ne me convenaient pas, d'un lieu qui ne me convenait pas et où je ne trouvais pas ma place. Je ne t'ai pas tout raconté parce que cela ne me semblait pas utile, mais maintenant que nous… enfin… quoi qu'il en soit, j'étais censé reprendre l'entreprise de mon père, comme tu le sais. Mais j'avais aussi une histoire sérieuse – tout le monde pensait que nous formions un couple parfaitement assorti : elle venait d'une bonne famille, nos parents étaient amis, avec les mêmes opinions de droite, et elle était vraiment très bien, à plus d'un titre.

Je sentis qu'il était en train de se demander s'il transgressait les limites d'une certaine intimité, mais il poursuivit.

— Oh, et puis après tout… Elle est tombée enceinte et il a fallu prendre une décision quant à l'avenir de nos relations. Nous avions même commencé à chercher une maison. On nous mettait la pression. Puis, tout d'un coup, j'ai compris que je m'acheminais sur la route cauchemardesque de la vie d'un papa de banlieue, qui ne me ressemblait pas vraiment, et qui ne lui ressemblait pas à elle, non plus. Elle s'est réveillée un beau matin avec le sentiment très fort qu'elle devait avorter – elle savait que, quelque décision qu'elle prenne, je la soutiendrais. Elle a avorté. Et puis j'ai craqué.

— Parce que vous vouliez cet enfant ?

— Évidemment, que je voulais cet enfant. Je meurs d'envie d'avoir des enfants à moi, mais je savais que le moment n'était pas venu. J'ai craqué parce que j'ai compris que je n'étais qu'à un doigt de vivre une vie qui n'avait absolument aucun sens pour moi. Je l'avais évitée de justesse.

— Que s'est-il passé ?

— Ça a été vraiment douloureux. Une rupture épouvantable. Mais ce n'était pas la femme qu'il me fallait. Je n'étais pas bien pour elle non plus. Quand mes parents ont appris, pour l'avortement, ça s'est très mal passé. Certains milieux sont plus tolérants, mais pas le mien. Mon père n'arrêtait pas de répéter qu'il n'arrivait pas à croire que cet avortement ait été aussi facile à accepter, pour elle et moi. Je lui répétais que c'était la chose la plus difficile que j'aie jamais faite, mais il refusait de m'entendre. Nous avons eu des mots. Il n'arrivait pas à comprendre les raisons de notre décision, ni ce que nous éprouvions. Alors je me suis barré. Mon père et moi, nous nous sommes à peine parlé depuis un an.

— Les parents ne restent pas éternellement fâchés.

— Je sais. Mais ce n'est pas de cela qu'il s'agit. Je vivais dans un monde qui n'avait aucun sens pour moi, et il a fallu un drame épouvantable pour que je m'en rende compte.

— Que me laisses-tu entendre ? Que je dois plaquer ma vie ? Quitter mon boulot et aller m'installer ailleurs ? Déraciner ma famille et rentrer au Minnesota ?

— M. Whitfield ferait-il partie du voyage ?

— Je, je…

— Je ne veux pas être indiscret. C'est seulement…

— Seulement quoi ?

— Mieux vaut ne pas aller plus loin, J.W.

Il m'avait surnommé ainsi et cela me plaisait.

— Oui, c'est sans doute plus sage.

— Oui.

Il me regarda dans les yeux.

J'étais gênée qu'il ait été perspicace au sujet de Phillip. Cela dit, nul besoin d'être un génie pour deviner ce qui se passait.

— Enfin, repris-je, ta situation avec ton père n'a rien à voir avec le fait que je doive apprendre à supporter ces idiotes, à parler comme elles, à me comporter comme elles, simplement pour faciliter ma vie de famille…

— Tout de même, il y a des points communs. Je ne dis rien de plus, répondit-il. Tu ne peux pas vivre toute ta vie dans le film d'un autre. Ça va te rendre folle.

C'était déjà le cas.

12

Le scoop du siècle

Abby déboula dans mon bureau le lendemain matin en faisant claquer la porte si violemment qu'elle en décrocha une plaque du National Press Club. Je la contemplai en secouant la tête. Elle portait l'un de ses immondes tailleurs Ann Taylor du siècle dernier – rouge cerise, celui-là.

— Tu as encore l'air d'une employée d'Avis.

— Tu recycles tes insultes. Tu me renvoies celles que ces dames de Park Avenue te lancent à la figure tous les matins.

— Je ne t'insulte pas, je tente d'apporter des secours d'urgence à une zone sinistrée ambulante. Tu ne peux plus porter ce tailleur. Il date des années 80.

— Je m'en fiche.

Elle s'assit.

— Très bien. C'est ta vie.

Je pris le premier cahier du *Times*, Abby en saisit un autre.

Au bout de quelques minutes, elle leva les yeux de son journal.

— J'étais venue ici pour te faire un compliment, mais j'imagine que cela ne sera pas nécessaire.

Elle sifflota un petit air.

— Dis-moi.

— Dis-moi d'abord que je suis élégante.

Elle croisa les bras sur la poitrine.

— Impossible. Ce serait un mensonge.

Elle souffla sur son crème, tout en se demandant si elle pouvait se permettre d'être gentille avec moi.

— Où étais-tu ? Tu n'as pas assisté à la réunion de ce matin.

— J'essaie d'étudier tout ce qu'on dit sur Theresa. Et puis je suis débordée, avec les enfants. Je me suis laissé embringuer à l'école de Dylan dans une histoire idiote de gala, qui me demande plus de temps et d'efforts que je ne l'avais prévu. À force de passer des œufs Fabergé et des fourrures aux galipettes chez les ultra-conservateurs, j'en ai le tournis.

— Fabergé et fourrures ?

Je mordis dans mon bagel beurré et parlai la bouche pleine.

— Ne me demande pas de t'expliquer.

— L'une de tes mondanités de Central Park où l'on porte des chapeaux à sept cents dollars, avec tes amis de la haute ?

— Ce ne sont pas mes amis.

— C'est quoi, cette histoire d'œufs et de gala ?

— C'est un gala pour les œufs Fabergé.

— Sujet qui t'a toujours passionnée.

Je levai les yeux au ciel.

— C'est pour l'école de Gracie ; en fait, il s'agit d'un gala au bénéfice du musée de l'Hermitage.

— À Saint-Pétersbourg, l'une de tes destinations préférées.

Elle saisit un numéro du magazine *Madison Avenue* sur une étagère. Le tsunami allait bientôt déferler.

— Tu vas encore avoir ta photo là-dedans ?

Je tentai de lui arracher le magazine mais elle le pressa contre sa poitrine. Tout en le feuilletant, elle ajouta :

— Tiens, regarde, le salon des antiquités d'Armory, le gala au bénéfice d'une école de Harlem et, tiens, voici une personne qui a l'air particulièrement intelligente.

— Je sais, Abby. J'ai l'air d'une abrutie sur cette photo.

— Non. On dirait plutôt que tu t'es payé un carambolage avec un abat-jour géant.

— C'était en effet un abat-jour très dispendieux.

Elle désigna la photo.

— Tu as le nez rouge vif. Pourquoi portes-tu un tailleur rose ? S'il s'agit d'un tailleur Chanel à quatre mille dollars, sois gentille, ne m'en dis rien. Et cette énorme soucoupe volante qui t'a atterri sur le crâne en plein hiver ?

— C'était pour danser le Bunny Hop. Je ne t'en dirai pas plus.

J'allumai mon ordinateur et parcourus quelques sites d'actualités tandis qu'Abby lisait la rubrique de potins du *New York Post*.

— Alors, pourquoi mes oreilles devraient-elles siffler ?

— À cause du sujet sur la nomination du nouveau secrétaire de la sécurité civile.

Elle déposa le *Post* et plaça trois fiches sur mon bureau, chacune couverte d'une écriture bien nette.

1. AUDIENCE SÉCURITÉ CIVILE
   JAMIE WHITFIELD, PRODUCTRICE : RÉDACTION
2. AUDIENCE SÉCURITÉ CIVILE
   JOE GOODMAN, PRÉSENTATEUR : STUDIO
3. AUDIENCE SÉCURITÉ CIVILE
   ERIK JAMES, DIRECTEUR DE LA PRODUCTION : RÉGIE

Je secouai la tête.

— Abby, pourquoi ces fiches ? On est en train de discuter. On n'est pas en direct.

— Elles me rassurent.

— On en a déjà parlé à une ou deux reprises, me semble-t-il. Ces fiches m'agacent.

— C'est toi qui es chargée de couvrir cet événement.

— Je sais lire.

— Tu vois, quand tu lis, c'est plus clair, répondit-elle, très satisfaite d'elle-même.

— J'en suis honorée. Mais je n'en suis pas ravie – j'ai déjà assez de boulot.

— Devant toute l'équipe, Erik James a dit qu'on t'avait choisie parce que tu es excellente quand tu es sous pression. Je crois qu'ils ont eu une réunion en petit comité après la réunion de rédaction de ce matin. Je suppose que tu l'as séchée aussi.

— Je suis étonnée qu'ils ne m'aient pas virée.

— Tu produis juste le sujet politique « top-secret » le plus explosif de l'année.

Charles entra d'un pas nonchalant et se cala dans le canapé, croisa l'une de ses longues jambes sur l'autre, décapsula son Canada Dry et m'attaqua à son tour bille en tête.

— Alors, prête pour le tir de barrage dès que le sujet sera diffusé ?

— Arrête.

Il fit de petits mouvements de chef d'orchestre du bout du pied.

— Je surveille tes arrières, ma grande. Tout en vaquant aux tâches subalternes qui me sont dévolues.

— Je m'en sortirai. Quant à tes tâches subalternes, laisse-moi rire.

Mon téléphone sonna.

— C'est moi, dit Peter. Ne t'en fais pas, tout va bien.

— Qu'est-ce qui se passe ?

Je fis pivoter mon fauteuil vers la fenêtre.

— Dylan est chez l'infirmière. Il dit qu'il a mal au ventre.

— Il allait très bien ce matin.

— J.W., il ne t'a pas parlé du match de foot ?

— Quel match ?

J'étais frustrée, j'avais déjà les nerfs à vif, et je n'arrivais toujours pas à digérer que mon fils se confie plus à Peter qu'à moi.

— Peter, je suis occupée. Je sais que je suis toujours occupée, mais aujourd'hui je suis particulièrement… non. Dylan ne m'a rien dit. Qu'est-ce que c'est, ce match qui le perturbe ?

— Il m'en a parlé hier, après l'école. Ils commencent à jouer au foot dans son cours d'éducation physique et il a peur. Il dit qu'il n'ose pas s'approcher du ballon parce qu'il a peur de recevoir des coups de pied dans les tibias. Et il est persuadé d'être le pire joueur de sa classe. Il trouve que c'est un jeu « stupide ». Et il n'a pas mal au ventre. Enfin, pas pour de vrai, comme s'il était malade. Mais l'infirmière m'a téléphoné parce qu'elle n'arrivait pas à te joindre sur ton portable et qu'elle voulait que quelqu'un passe.

— Peter, je ne peux pas. Pas maintenant.

— Ne t'en fais pas. Je suis sûr qu'il sera content de me voir.

Pour la première fois de ma vie, j'eus le sentiment qu'il valait mieux que ce soit une autre personne qui réconforte mon propre fils. Je faisais confiance à Peter : il saurait gérer la situation.

— Je t'en suis reconnaissante. J'en discuterai avec lui lorsque je rentrerai.

— Surtout pas.

— Évidemment, que je lui en parlerai !

— Non. Laisse-moi faire. Je vais le ramener à la maison. On se fera du pop-corn, on jouera aux échecs dans sa chambre et on discutera. Sois gentille, attends d'en avoir parlé avec moi avant d'aborder le sujet avec lui. D'accord ?

— D'accord. Si tu veux. Tiens-moi au courant. Et merci. Au revoir.

Je raccrochai et restai tournée vers la fenêtre. J'étais reconnaissante à Peter de la façon dont il arrivait à communiquer avec mon fils, mais je détestais être reléguée aux seconds rôles. S'il n'était pas aussi redoutablement charmant, j'aurais sans doute protesté plus vivement.

— Le nounou à la rescousse ?

Charles me dévisagea, un sourire exaspérant aux lèvres.

— Quoi ?

— Rien. Mais c'est drôle, que ton fringant nounou passe son temps à t'appeler.

— Tu veux bien te comporter en adulte, pour changer ? Parle-moi plutôt de tes tâches subalternes.

— Devine.

— Paris ? Rio ?

— Mieux que ça. L'Institut Jane Goodall. Les grands singes sont menacés d'extinction d'ici 2015. Je vais au parc national de Gombe.

— Génial, tu pars en safari pendant que je fais du trekking dans les bleds du Mississippi.

— L'interview, c'est toujours pour jeudi ?

— Ouais.

— Tu as le matos ? demanda Charles. Quand on en a parlé la dernière fois, c'était un peu court.

— Bien sûr que oui. (Je comptai sur mes doigts.) Et de un : on va la filmer en train d'expliquer son aventure dans ses moindres détails.

— Mais, évidemment, c'est la parole de Theresa contre celle de Hartley et il nie tout, coupa Charles.

Il avait fait ses études à l'université de Westminster, à Atlanta, et à Yale, où il avait appris à s'exprimer d'un ton de supériorité. Il se comportait toujours comme s'il en savait plus que moi, ce qui, malheureusement, était souvent le cas.

— Nous avons les cassettes. Celles où elle le traite de chien, et où il lui répond « Je veux ton petit cul, ce sale… ».

— Tu ne peux pas t'en servir.

— Nous sommes en train d'envisager, avec les avocats la façon dont nous pourrions les exploiter.

— Aux dernières nouvelles, les quatre experts audio ne s'entendent pas sur l'identité de la voix qu'on entend sur ces cassettes.

Charles essayait de m'aider en s'attaquant aux points faibles de mon sujet, afin que je puisse les consolider avant la diffusion, mais j'étais tellement exténuée qu'il commençait à m'énerver.

— Trois experts sur quatre nous ont confirmé que la voix masculine était bien celle de ce cher Hartley, rétorquai-je. Autrement dit, la majorité estime qu'il s'agit de Hartley. Et de deux. Tu as entendu ces cassettes, tu as dit qu'elles te paraissaient crédibles !

Il haussa les épaules.

— Tu sais bien que les homos sont des gens méticuleux. Je vérifie que tu as bien assuré tes arrières, c'est tout. Continue.

Je repris, comptant « trois » sur mon médius.

— Nous avons une photo d'eux ensemble, avec ses assistants.

— Jamie, ils ne se font pas de mamours sur cette photo.

Charles avait raison. J'aurais préféré avoir une image d'Huey Hartley en train de bécoter son petit agneau dans le parc, pour bétonner mon argumentation.

Abby posa une fiche sur mon bureau : TÉMOIN OFFICIEL : EMPLOYÉ DES POMPES FUNÈBRES.

Je me plaquai la fiche sur le front.

— Et de quatre : le croque-mort du salon local des pompes funèbres m'a juré qu'il les avait vus ensemble et qu'ils semblaient très amoureux. Il l'a répété officiellement et devant les caméras : « Quand on les voyait ensemble on ne pouvait pas savoir où s'arrêtait l'un et où commençait l'autre. »

Je m'étais rendue dans le Mississippi plusieurs fois depuis l'été dernier pour enquêter, espérant rctrouver des témoins qui aient effectivement vu Theresa et Hartley ensemble, et qui puissent confirmer sa version des faits. J'avais fait chou blanc. Je tentai d'étayer mes arguments.

— Et c'est le croque-mort qui…

Mon téléphone sonna.

Erik James, directeur de production, était en ligne.

— Jamie, j'ai une surprise pour toi. Une putain de surprise. Les avocats de l'étage du dessus ne sont pas du tout satisfaits de ton sujet.

— D'ac… cord.

Je fixai Abby et Charles en écarquillant les yeux.

— Ils sont morts de trouille, dit Erik.

Je soufflai à mes amis, en couvrant le combiné d'une main :

— Erik est furieux.

Abby se pencha et articula silencieusement *Pourquoi ?*.

Je haussai les épaules et levai les mains pour lui enjoindre de se tenir tranquille, pour une fois dans sa vie.

Il reprit :

— Ils sont inquiets parce que les supporters de Huey Hartley se déchaînent sur leurs sites web. Ils démolissent

Theresa, ils écrivent des éditoriaux cinglants, ils rassemblent leurs troupes…

— Et alors ?

— Alors, comme je l'ai dit, les avocats de la chaîne sont morts de trouille. Ils descendent nous voir à 14 heures. Tu peux passer à mon bureau ?

— Ouais.

— Amène Charles.

Je raccrochai.

— Charles, tu es convoqué toi aussi.

— Qu'est-ce qu'ils nous veulent, à présent ?

— Les bloggeurs fichent encore des sueurs froides aux patrons. C'est la deuxième fois ce mois-ci. C'est incroyable, qu'ils se laissent intimider à ce point.

— Ils ont raison de flipper.

Charles, pour une fois, était sérieux.

— Mais on existe depuis cinquante ans ! lui rappelai-je. Les blogs les plus importants sont lus par deux mille personnes, alors que quinze millions de personnes regardent *Newsnight.*

Charles parut atterré.

— Tu ne sais pas à quel point tu te trompes.

— Désolée, c'est toi qui te trompes. On n'est pas tous des fêlés d'Internet comme toi. Mes parents ne savent même pas ce que c'est qu'un blog.

— Tu en as déjà lu ?

— Oui, évidemment. J'ai lu *Huffington Post* et *Media Bistro*[1]. Ces ragots n'intéressent que le petit milieu inces-

1. Le *Huffington Post*, fondé par la très réputée – et parfois sulfureuse – journaliste Arianna Huffington, est un blog politico-culturel de gauche qui fait largement appel aux contributions de célébrités américaines ; *Media Bistro* s'adresse aux professionnels des médias et de l'édition.

tueux des médias, qui s'écrivent entre eux et se lisent les uns les autres.

Il se rassit sur le canapé.

— Tu ne sais pas de quoi tu parles. Il y a des millions de blogs, littéralement des milliers qui sont vraiment bien – ils nous talonnent de près. *DailyKos* à gauche, Hugh Hewitt[1] à droite…

Abby tira une fiche pour lire :

— Quinze blogs fin 1999, près de quinze millions à l'heure actuelle. Le dernier rapport Pew recense trente-trois millions de lecteurs.

— Et alors ? La productivité baisse dans les bureaux parce que les gens perdent leur temps à surfer, dis-je. Tu penses vraiment que les bloggeurs menacent un titan de la télé comme NBS ?

— Et comment, dit Charles. Ils nous soufflent constamment des scoops.

— Ce n'est pas vrai. Tu exagères.

Charles me dévisagea avec condescendance.

— Allô ? Monica Lewinsky chez Matt Drudge ? Ça n'était pas un scoop, ça ?

Abby l'interrompit.

— Ce n'est pas Drudge qui a parlé de Monica le premier. C'est *Newsweek*. Drudge a mangé le morceau en révélant que Michael Isikoff de *Newsweek* gardait son scoop bien au chaud, mais Drudge lui-même ne disposait d'aucune information. De plus, ce sont Chris Vlasto et Jackie Judd d'ABC qui en ont parlé les premiers.

— Très bien, Abby, dit Charles. Mais il y a d'autres cas.

1. *DailyKos* est un blog extrêmement lu, proche du parti démocrate américain ; Hugh Hewitt, animateur de talk-show radiophonique, ultraconservateur proche des chrétiens évangélistes, anime le blog *Townhall.com.*

Abby compta sur ses doigts :

— *MemoryHole.com*[1] a dégoté la première photo de cercueils américains quittant l'Irak, ce que l'administration Bush tentait d'étouffer à cause de la corrélation avec le Vietnam. *Instapundit.com*[2] a publié un article sur le discours de Trent Lott à l'anniversaire de Strom Thurmond, où il semblait adhérer au point de vue des ségrégationnistes…

Charles ajouta :

— Ce qui a fait perdre à Lott son poste de chef de la majorité au Sénat. Une broutille, précisa Abby.

— Bon, et alors, ils nous ont pris de vitesse sur quelques scoops. Le monde est grand, soutins-je. Et puis, la plupart d'entre eux sont des types de droite, comme ces mecs de l'affaire des patrouilleurs[3] qui se sont payé John Kerry, non ?

— Oui. Je suis d'accord avec Charles, dit Abby. Les bloggeurs ont initié un phénomène de droite pour contrer les médias classiques, qu'ils considèrent comme des partisans de la gauche. Mais aujourd'hui, il y a tout un univers d'idées, de tous les côtés. Je te jure qu'il y a des bloggeurs géniaux.

1. *MemoryHole.com* (« Trou de mémoire ») est un site anarchiste et libertaire qui se consacre essentiellement à la guerre en Irak, à ses conséquences et ses implications.

2. *Instapundit.com* est l'un des plus anciens et des plus lus des blogs politiques américains, proche des milieux conservateurs.

3. L'affaire des *Swift Boats* éclate alors que John Kerry se présente contre George W. Bush comme candidat des démocrates aux élections présidentielles américaines de 2004. Des vétérans de la guerre du Vietnam et d'anciens prisonniers de guerre contestent, lors d'une importante campagne médiatique, les actions de John Kerry lors de son service militaire au Vietnam et sa présentation des faits à son retour aux USA.

Abby n'avait pas tiré de fiche depuis au moins six minutes. J'étais fière d'elle.

Je contemplai mes deux amis et souris.

— Très bien. Je lis le *New York Times, Newsweek* et quinze autres magazines pour me tenir au courant, mais je suis en retard sur les blogs. Pour une fois, je dois vous remercier de m'avoir emmerdée ; désormais, je n'aurai plus l'air d'une débile profonde devant les patrons.

13

Les frissons du trac

— Ils envoient le petit pédé de Harvard pour assurer ses arrières, marmonnait le directeur du service info, Bill Maguire, dans son portable en sortant du bureau d'Erik. Il est consciencieux, comme tous les pédés. Il part sur le prochain vol à destination de Jackson… oui.

Charles, à dix pas derrière moi, n'avait rien entendu mais il n'aurait pas été étonné. Bien que Charles fût son producteur préféré, Maguire faisait souvent des remarques homophobes. Maguire, Afro-Américain baraqué coiffé en brosse, avait grandi sur Spokane Avenue, à Gary dans l'Indiana. Après avoir servi dans les Marines, il avait décroché un diplôme de sciences politiques à l'université DePauw, avec mention bien. Tous les jours, il portait le même costume noir, une chemise blanche, une cravate noire et des chaussures cirées. Ce n'était pas l'un de ces cadres intrigants capables de décrocher un poste de P-DG à force de charme et de mondanités au *Harvard Spree Club*. Les manières bourrues de Maguire nous terrifiaient tous. Était-ce sa rudesse d'ex-Marine ? Ou son esprit brillant et incisif, capable de percer nos arguments bancals ? En tout cas, ce Black dur à cuire d'un mètre quatre-vingt-quinze nous foutait une trouille monumentale.

Charles et moi entrâmes dans le bureau d'Erik tandis que Maguire continuait à détailler ses plans de bataille dans le couloir.

Erik James contourna son bureau, s'assit dans un fauteuil et se pencha vers nous. La graisse de ses épaules débordait de chaque côté de ses bretelles. Il retroussa ses manches.

— Vous connaissez le topo. Geraldine et Paul vont vous saigner à blanc avec leurs questions sur la crédibilité de Theresa Boudreaux et leurs histoires de bloggeurs. Charles, tu fais profil bas pour l'instant. Ensuite, on va discuter d'infos assez inquiétantes sur les stratégies détournées du camp de Hartley.

Goodman m'adressa un clin d'œil à l'instant même où Geraldine Katz et Paul Larksdale, tous deux totalement dénués d'humour, entraient munis d'attachés-cases identiques.

Geraldine m'avait un jour demandé de lui prouver que Michael Jackson était réellement, comme je l'affirmais dans un sujet, le roi de la pop. Une autre fois, elle avait exigé des études scientifiques démontrant qu'avec le régime Sonoma, on pouvait réellement être « prêt pour l'été ». « Comment peut-on prouver que la perte de poids vous *prépare* pour l'été ? », avait-elle martelé. Elle était moche, boulotte et portait des serre-têtes Fendi. Son acolyte Paul avait une tête d'agent du FBI : raie sur le côté et mâchoire carrée. Il essayait de jouer les flics gentils pour nous amadouer, mais nous savions qu'il ne s'agissait que d'un stratagème foireux. Tous les producteurs détestent les avocats des chaînes, et j'imagine que c'est réciproque. Néanmoins, je ne pouvais leur reprocher leur vigilance face au récit scandaleux de Theresa, truffé de procès potentiels.

Erik démarra la réunion.

— Les partisans d'Huey Hartley se préparent au combat dans cette affaire Boudreaux, comme vous le savez déjà. Les bloggeurs de droite alignent leurs munitions pour contre-attaquer dès que notre sujet sera diffusé. Geraldine et Paul s'inquiètent des vagues que cela peut créer chez les partisans des républicains.

Goodman l'interrompit.

— *RightIsMight.Org*[1] est sur le pied de guerre, vingt-quatre heures sur vingt-quatre.

Même moi, j'avais entendu parler de ce site d'extrême droite très influent. Les auteurs, des plumitifs anonymes, mettaient un point d'honneur à désigner les failles des reportages diffusés et imprimés par « l'élite médiatique de gauche ». Ils avaient une dent contre le service des infos de NBS en général, et en particulier contre Goodman qui, depuis des décennies, d'après eux, malmenait les conservateurs.

Geraldine Katz prit la parole :

— Une source au Congrès nous a prévenus de nous méfier de cette Boudreaux et de ses contacts avec la droite.

Goodman ricana.

— Je l'ai rencontrée. Elle ne bluffe pas. Elle en sait trop long sur Hartley.

— Elle en sait peut-être long sur Hartley, mais cette source est très fiable.

La porte s'ouvrit avec fracas.

— Il se trouve qu'il s'agit de ma source.

Bill Maguire déboula dans le bureau. Je crus qu'il allait nous ordonner de faire quatre cents pompes, sur-

1. Le nom de ce blog fictif est intraduisible tel quel en français, car il repose sur un jeu de mots : il signifie à la fois « Le droit, c'est la force » et « La droite, c'est la force ».

le-champ. Charles et moi, nous nous recroquevillâmes dans nos sièges.

— Jamie, si mes informations sont exactes, ça va chier ! Ces putains de bloggeurs de *RightIsMight.org* sont des dingues. Tu as lu les conneries qu'ils postent ? Ne les emmerde pas, ou ils vont nous mettre en pièces avant même qu'on ait quitté les starting-blocks.

— Hé, je suis membre du parti républicain, dit Erik. Je n'ai pas besoin qu'on me fasse un cours sur la droite dans ce pays. Calmez-vous, on maîtrise la situation.

Maguire s'assit sur le canapé en face de moi, posa ses battoirs géants sur la table basse de sorte que son visage se trouvait à environ trente centimètres du mien.

— Je veux que Charles Worthington se rende là-bas et qu'il refasse une enquête pour bétonner tes infos. (Il se tourna vers Charles.) Oui… c'est toi qu'on va mettre sur le dos de ces ploucs, cette fois. Après tout, tu es du pays. Saletés de Sudistes.

Erik attrapa une poignée de biscuits apéritifs dans un gros bocal en verre qu'il avait reçu en trophée, lors d'un congrès d'annonceurs.

— Concentrons-nous sur le positif. Je veux que le sujet fasse l'ouverture du magazine. Pas la peine de laisser mariner les gens. On fait une promo d'enfer, avec quelques allusions au contenu, mais pas trop.

De petits débris de biscuits baveux atterrirent sur la table basse.

Goodman baissa les yeux vers la table, l'air dégoûté, puis répondit :

— Je ne suis pas d'accord. Pas de petites allusions. On leur balance directement les trucs les plus dingues : le public en redemandera. Si on est trop prudents, ils croiront qu'on n'a rien. Et si on passait cette séquence de la cassette où elle dit : « Bien sûr qu'on va le faire, mais on va le faire à ta façon *spéciale* » ?

Erik rejeta la tête en arrière et s'esclaffa si puissamment que je crus qu'il allait s'en faire péter les bretelles. Puis il se tut, mais son estomac bondissait encore comme une bouée sur une mer démontée. Goodman et moi échangeâmes un regard affectueux. Rien, dans cette profession, n'était plus drôle que de voir Erik s'exciter sur un scoop, et nous communiquer son amour pour ce métier de cinglés.

Quand Erik eut cessé de rire, il saisit une nouvelle poignée de biscuits et inspira profondément avant de prendre la parole. Mais il aspira une cacahuète et se mit à suffoquer. Il fallait pratiquer la manœuvre de Heimlich sur Erik au moins une fois par mois, et manifestement, le moment était venu. Sa secrétaire, Hilda Hofstadter, était la plus douée pour cet exercice.

Goodman se leva et retroussa les manches afin de sauver la vie d'Erik pour la vingtième fois de sa carrière.

— Hilda ! Venez tout de suite ! hurlai-je.

Elle passa calmement la tête par la porte pour voir si ses services étaient requis, habituée à ce manège. Erik leva la main pour l'arrêter et secoua la tête. Il expulsa la cacahuète en toussant, la cracha dans sa paume et la lança à l'autre bout de la pièce, ratant la corbeille à papiers de plus d'un mètre. Il s'en était tiré, une fois de plus.

Geraldine croisa les paumes sur son bloc-notes comme une institutrice guindée.

— J'ai au moins une vingtaine de problèmes à aborder avant qu'on fasse le programme des réjouissances. Quels mots comptons-nous utiliser en direct, Jamie ?

— Vous savez ce qu'il y a sur ces cassettes ; on peut passer la séquence où il dit : « Je veux ton petit cul » en bipant sur le mot « cul ». « Je n'ai pas encore eu le plaisir de discuter directement avec Theresa des penchants sodomites d'Hartley », répondis-je. Donc, je ne sais pas quels mots elle emploiera dans l'interview. Et, bien entendu, je ne peux pas la coacher. D'après son brillant avocat, Leon Rosenberg, elle dit simplement « dans mon derrière ».

Les avocats faisaient perdre son temps à Erik, qui avait la capacité de concentration d'un enfant en bas âge.

— Voilà, mesdames et messieurs, le potin le plus croustillant que j'aie entendu en trente ans de métier. On n'a plus de temps à perdre à…

Sa secrétaire frappa à la porte.

— Jamie, vous avez un appel.

— Pour moi, sur la ligne d'Erik ?

— C'est un certain Peter. Il a demandé à la standardiste de vous retrouver.

14

Kidnappée !

Dix, neuf, huit... les chiffres du tableau de l'ascenseur décroissaient lentement. Je tentai de rester calme. Lorsque j'avais reçu ce coup de fil en pleine réunion, j'avais senti ma pression artérielle grimper en flèche, puis chuter si brusquement que j'en avais eu le vertige. « Fous-moi le camp », m'avait dit Erik. Ce gros lard était toujours très compréhensif, lorsqu'il s'agissait de ma famille.

Ils étaient installés sur un long banc en cuir sombre, dans le hall d'entrée. Peter avait le bras posé sur les épaules de Dylan. Je me précipitai vers eux.

— Mon Dieu, il a encore craqué ?

— Maman. Cool.

— Je suis ta mère, ne me dis pas d'être « cool ».

Cool, c'était l'un des mots fétiches de Peter.

— Ne m'accuse pas, dit Peter, c'est une idée de Dylan. Alors je me suis dit : « Et puis après tout, elle a besoin d'un peu d'aventure dans sa vie de temps en temps. » Tu es de mon avis, non ? Tu te rappelles notre conversation à propos de la logistique ? Alors nous voici. On t'emmène faire un tour en ville.

Le regard suppliant que Dylan leva vers moi me brisa le cœur.

— Vous savez, les gars, répondis-je, j'adore les surprises. C'est une idée géniale d'être venus me voir au bureau. C'est vraiment comme un rayon de soleil. Mais je ne peux pas disparaître, comme ça, en plein milieu de la journée.

— Il est 15 h 30, fit Peter en levant les mains en l'air. Tu as dit toi-même que tu aimais bien sortir des sentiers battus. Deux heures, ce n'est rien.

— Hé, je travaille à mi-temps, vous savez ? Pourquoi ne pas prévoir cette petite excursion pour lundi ou vendredi, quand je suis à la maison ?

Je commençais à lui en vouloir de m'avoir placée dans cette situation sans m'avertir, et devant Dylan.

— Quand je suis ici, repris-je, je bosse dur, et chaque heure compte.

Peter se leva.

— Ne te fiche pas de moi, tu es leur productrice préférée. Ils te passeront bien ça.

— Tu me compliques les choses, soufflai-je à Peter, qui refusa de se laisser ébranler.

— Ça t'étonnerait, si je te disais que c'était l'idée de ton fils de venir ici ?

Je ne répondis pas tout de suite, car je soupesais mes responsabilités professionnelles face à mon envie de m'évader avec ces deux lascars. Dylan et Peter représentaient une puissante tentation.

Peter s'avança d'un pas vers moi. J'inspirai profondément, en me demandant si je saurais lui résister.

— Écoute, ma petite dame, t'arrive-t-il parfois de t'amuser, tout simplement ?

Ma petite dame ?

Je tentai le compromis.

— Dylan, et si on allait manger une glace dans le café de l'immeuble ?

— Je veux pas de glace. On n'a pas le temps. On a une surprise pour toi. Tu vas mourir, maman.

Il saisit ma main et me tira vers la porte à tambour.

Une fois sortis, quand ils comprirent – et moi aussi – que je ne pourrais pas remporter le combat, Peter nous mena vers l'entrée du métro à l'angle de la 60e Rue et de Broadway.

— Mais on va où, là ? demandai-je, d'un ton qui se voulait sévère.

Peter sourit.

— On va prendre un truc qui s'appelle le métro. C'est un train souterrain qu'empruntent les gens pauvres pour aller travailler.

J'éclatai de rire.

— En fait, je prends assez souvent le métro.

— Vraiment ?

Il haussa les sourcils comme s'il n'arrivait pas à me croire.

— Oui, tout à fait. Par exemple, quand je dois me rendre *downtown* et qu'il y a trop de circulation, je prends le métro.

— Donc, tu n'auras pas à emprunter ma Metrocard. Je suis certain que tu en as une dans ton portefeuille, à portée de main, pour pouvoir t'en servir en tous temps.

Je lui donnai un coup de sac à main et nous descendîmes l'escalier. Quand nous parvînmes au tourniquet, il inséra sa carte dans l'un d'entre eux, pour lui, puis dans un autre pour moi, et me décocha l'un de ses sourires éblouissants. Puis il ajouta :

— Et je ne te demanderai même pas quelle ligne prendre pour aller à Harlem, rien que pour voir…

Harlem : le soleil de fin d'après-midi se reflétait sur la chaussée claire et nos yeux aveuglés mirent un moment à s'y accoutumer. Nous étions sur la 125e Rue, à des années-lumière du pâté de maisons de NBS, de son ambiance business et de ses gigantesques gratte-ciel en rangs d'oignons. Mon fils, qui semblait savoir exactement où il allait, m'entraîna dans une rue jalonnée de bodegas et de magasins aux vitrines criardes devant lesquels s'alignaient des chaises longues en velours emballées dans de la cellophane. De nouvelles banques étincelantes, des cafés Starbucks et une épicerie de la chaîne Pathmark – qui faisaient partie du programme de mise en valeur de la 125e Rue lancé par le maire Giuliani – s'intercalaient entre des établissements plus modestes et vétustes. Ce choc de l'ancien et du moderne conférait à la rue une ambiance urbaine fabuleusement vivante.

— Dylan, tu viens souvent ici ?

— Tu sauras pas.

Éclatant de joie, il me tenait par la main en trottinant et en sautillant devant moi. Je me tournai vers Peter :

— Mon fils n'a pas souri comme ça depuis, je ne sais pas, six mois.

— Tu n'as encore rien vu.

Nous atteignîmes l'angle du boulevard Adam Clayton Powell et nous arrêtâmes devant un terrain de basket-ball avec des anneaux rouillés. Derrière une haute grille en fer forgé, nous vîmes une quarantaine d'adolescents, noirs et hispaniques pour la plupart, lançant des ballons dans les quatre anneaux sans filets qui jalonnaient le terrain. Le béton était crevassé d'énormes fissures et quelques nids-de-poule, en plein milieu du terrain, attendaient que quelqu'un s'y casse la cheville.

Peter s'écria :

— Hé, Russell, regarde qui est là !

Un grand gamin noir dégingandé en survêtement fit un signe de la main, index et petit doigt en l'air. Je le reconnus tout d'un coup : c'était l'un des mômes du jeu d'échecs géant de Central Park. Ma gorge se serra.

— Yo, D. ! T'as ce qu'il faut ? J'espère que t'es venu avec ton jeu, hurla Russell.

— Dylan, je croyais que tu ne jouais plus au basket. C'est toi qui me l'as dit.

— J'ai dit que je voulais plus jouer avec les gars de St. Henry. C'est des cons. Les potes de Peter sont plus marrants.

— Yo ! D. ! Grouille-toi, *man.*

— Maman, tu pourrais, disons, regarder vraiment attentivement, mais pas applaudir ou crier pour m'encourager. Fais comme si tu regardais même pas.

— Compris.

Il rejeta les épaules en arrière et inspira profondément, comme s'il était sur le point de soulever un haltère de 250 kilos. Peter lui chuchota quelques conseils à l'oreille. Dylan hocha la tête et s'éloigna d'un pas méconnaissable, viril et assuré. Puis il fit volte-face et courut vers moi comme un chiot surexcité.

— Maman, quand j'ai fini, reste où tu es, OK ? Tu me serres pas dans tes bras, rien. Tu me touches même pas.

— Ça ne me viendrait même pas à l'esprit.

Il courut vers les gamins, puis s'arrêta net et reprit sa démarche assurée de type cool pour parcourir les trois derniers mètres. Ils se tapèrent dans la main. Russell, adorable, posa le bras sur les épaules de Dylan et lui remit le ballon.

— Il a quel âge, ce garçon ? demandai-je à Peter.

— Treize ans. Non, il vient de fêter son anniversaire. Quatorze. Ils sont en 3e.

— Et ils prennent le temps de s'occuper de Dylan ? Qu'est-ce que c'est gentil.

— Ce n'est pas de la gentillesse. Ils l'aiment bien. Dylan est cool.

— Peter, c'est parce qu'ils t'adorent.

— D'accord, mais ils trouvent quand même qu'il est cool, comme gamin.

Les huit mômes de son groupe s'arrêtèrent de jouer pour taper dans la main de Dylan, lui donner des bourrades dans le dos ou un coup de poing à l'épaule.

Russell lui dit :

— Tout le *posse* est ici pour jouer, alors D., t'as cinq minutes.

Huit des mômes s'alignèrent de part et d'autre du panier, tandis que Dylan se plaçait au bout de la raquette, agrippant le lourd ballon.

Je me tournai vers Peter :

— Il n'y arrivera jamais. Le ballon est trop lourd pour lui.

— Il y arrivera. Mais pas tout de suite.

Dylan lança le ballon, qui rata l'anneau d'au moins un mètre cinquante.

— Et les mecs attendent ?

— C'est un truc que Russell aime bien faire, et les autres garçons le suivent parce qu'il est cool. Russell arrive toujours avant les autres, et parfois, lui et Dylan shootent un petit moment. Mais Dylan adore jouer avec toute la bande. Évidemment, si on n'avait pas perdu dix minutes dans le hall d'entrée de ton bureau à essayer de te convaincre…

Maintenant, je comprenais mieux.

— Tu l'emmènes souvent ici ?

— Environ une fois par semaine.

— Ça n'a pas été dur pour Dylan de s'habituer à ces gamins de Harlem, de jouer un jeu auquel il avait renoncé pour de bon ?

— Disons qu'il était clair qu'il n'avait pas grandi dans le quartier. Les premières fois, on s'est contentés de regarder. Puis on s'est mis à arriver plus tôt et Russell lui a appris des trucs : au début, il ne tenait pas bien le ballon. Maintenant, il essaie de lui enseigner à donner de l'effet au ballon. Ça ne colle pas trop. Mais ça aide, et Russell est l'homme de la situation.

— Je n'arrive pas à croire que tu ne m'aies rien dit.

— Tu n'es pas obligée de tout savoir. Ce môme subit déjà assez de pressions comme ça.

Mon petit garçon maigrichon dribbla le ballon au ralenti, semblait-il, après le ballet frénétique des grands. Il s'approchait du panier, mais quelqu'un lui chipa le ballon et fit un panier superbe de l'autre côté du terrain, à un million de mètres de là. Dylan baissa la tête un instant, puis se redressa et courut vers le ballon – mais Russell l'avait saisi au bond.

— Hé, D. ! s'écria Russell.

Il fila vers mon fils et lui glissa le ballon entre les mains. On aurait dit que Dylan allait tomber raide et mourir d'un excès de fierté. Il détala et courut vers le panier. Tout en riant, les gamins de l'équipe adverse dépassèrent Dylan, puis pivotèrent en agitant les bras pour lui bloquer le chemin. Dylan n'avait aucune chance de lancer le ballon par-dessus leurs têtes. J'enfonçai mes ongles dans le bras de Peter. Mais c'est alors que Russell s'agenouilla, saisit Dylan par les hanches et le souleva pour qu'il ait la voie libre, et mon fils effectua un double pas parfait par-dessus la tête de ses adversaires. Je crus que j'allais mourir, là, tout de suite. Tous les muscles de ma gorge se resserrèrent sous le coup de l'émotion – ma gratitude pour Peter, et le soulagement incroyable de voir que mon gamin pouvait à nouveau être fier de lui. Et ici, par-dessus le marché.

Russell tapa dans la main de Dylan.

— T'es le roi, D., dit-il.

Dylan eut un petit hochement de tête supercool et vint me rejoindre, affichant un sourire explosif.

Je tendis les bras vers lui, puis les rabattis rapidement contre mes flancs. Peter lui passa le bras sur les épaules.

— Super, ton double pas, mec.

— C'était absolument extraordinaire, lui dis-je.

— D'accord, maman. Ils disent que je peux encore jouer. Je peux ?

— Bien sûr, mon chéri.

Il retourna en courant vers le terrain. Sans regarder Peter, je devais parler.

— Merci de m'avoir emmenée ici. C'est impossible à mesurer, ce que tu as fait pour Dylan. Et pour notre famille. Et… et pour moi.

— Tout le plaisir est pour moi.

C'était ridicule. Rien qu'à être auprès de lui, je me sentais illuminée de l'intérieur.

15

Des limites, il faut des limites

Lorsque j'entendis la clé tourner dans la serrure, j'eus la chair de poule et mon corps se tendit comme celui d'une bête aux abois. La lourde porte d'entrée claqua. Phillip jeta son pardessus sur le canapé en velours panthère du hall d'entrée et traîna son attaché-case à roulettes vers notre chambre. Mais il m'aperçut sur le sofa de son bureau, en train de regarder mon émission de télé préférée, et passa la tête par la porte.

— Bonsoir, ma chérie.

Il s'assit sur le bord du sofa et m'embrassa sur le front.

— Je ne comprendrai jamais pourquoi tu t'obstines à tout laisser tomber pour regarder *Danser avec les stars*, reprit-il.

Il exhalait l'odeur de l'avion qu'il avait pris pour rentrer de Cincinnati : un mélange de vinyle éventé, de sueur et de bouffe plastifiée.

— C'est le truc qui tue.

— Tu veux dire quoi, par là ?

— Il s'agit de pousser les célébrités hors de leur zone de confort, en direct à la télé devant vingt-sept millions de spectateurs. Ces gens apprennent un truc qu'ils n'ont jamais fait auparavant – et c'est vraiment dur. La musique est tellement bien, et on n'arrive pas à détacher ses yeux de la danse. C'est la perfection même. De A à Z.

— Si tu le dis.

Il se leva. Mon corps tout entier s'affaissa de soulagement lorsqu'il quitta la pièce. Je savais qu'il était maintenant en train de parcourir son courrier, minutieusement rangé dans le porte-toasts en argent sur la table du hall d'entrée.

— Service de limousine de merde, marmonna-t-il. Ils n'arrivent jamais et ils coûtent une fortune.

Son escale suivante fut la cuisine. Une lueur fluorescente émana du réfrigérateur tandis qu'il faisait son choix, attrapant finalement une bouteille rouge d'eau Vitamin. Il l'engloutit à moitié d'un seul trait. Je le contemplai depuis le sofa, en espérant qu'il irait bientôt se coucher. J'aurais donné n'importe quoi pour être seule. Seule pour mesurer l'impact politique du témoignage de Theresa Boudreaux, seule pour me demander si j'aimais toujours mon époux. Seule pour penser, peut-être pour rêver à la sensation qu'aurait le dos musclé de Peter sous mes doigts.

Desserrant sa cravate, Phillip s'approcha du tableau blanc de la cuisine pour consulter le calendrier des activités de la journée. Dylan chez les Aventuriers, Gracie au ballet, Michael à la gym… les activités de chaque enfant étaient notées par codes couleur. Puis il consulta les messages téléphoniques notés sur des bouts de papier rose dans chacune de nos boîtes à messages et fronça les sourcils. Il semblait relire plusieurs fois le même message. Je voyais ses lèvres remuer. Il finit par le lire à haute voix, comme si cela l'aiderait à le comprendre.

— Jamiiiiiiiiie ? hurla-t-il.

— Quoi, Phillip ? répondis-je en chuchotant à moitié depuis le sofa. Les enfants dorment. Tu as oublié que tu avais trois enfants de moins de dix ans qui dorment en général à 22 heures, en semaine ?

Il continua à crier depuis la cuisine ; il était apparemment trop épuisant pour lui de franchir les quelques pas qui le séparaient de la pièce adjacente. Il articulait chaque syllabe d'un accent patricien digne de Katharine Hepburn.

— Que raconte ce bout de papier ?

— Quel bout de papier, Phillip ?

— Celui-ci, Jamie.

— Je ne peux pas le lire d'ici ! Qu'est-ce que ça dit ?

— Ça dit : « Madame W., Christina Patten a appelé pour dire qu'elle passerait déposer le catalogue de l'expo Fabergé. Elle est ravie que tu aies accepté de dîner à sa table. Parenthèse. Je ne vais pas te laisser t'en tirer comme ça sur cette affaire. Fin de la parenthèse. Peter. »

Merde. J'étais censée avoir viré Peter plusieurs semaines auparavant. Je me redressai et parcourus le couloir d'un pas nonchalant, en tentant d'avoir l'air blasé.

Je venais de prendre un bain moussant en faisant brûler une bougie au jasmin dans la salle de bains, et j'avais passé un pyjama en flanelle propre et moelleux. De grosses pantoufles bien douillettes en agneau retourné me réchauffaient les doigts de pieds. J'étais propre comme un sou neuf et mon mari sentait carrément mauvais.

— Regarde-moi, Jamie.

Lorsqu'il était en colère, il me traitait comme une enfant.

— Quoi ? répondis-je, comme si je ne savais pas qu'il était en rogne, mais aussi pour le prévenir que je n'allais pas me laisser bousculer.

Si cette scène s'était déroulée quand nous étions jeunes mariés, à ce stade, nous aurions tous deux éclaté de rire. À l'époque, il adorait mon cran. « Dieu merci, je t'ai trouvée », me disait-il quand il me faisait la cour, écartant mes cheveux pour m'embrasser sur le front. Je savais qu'il remerciait Dieu d'avoir trouvé quelqu'un qui avait un point de vue différent, quelqu'un qui savait lui résister, quelqu'un qui ne connaissait pas par cœur chaque country-club et restaurant qu'il fréquentait. Après dix ans de mariage, ma fraîcheur du Midwest avait perdu de son charme. Après tout, il n'avait peut-être pas envie d'une épouse qui lui résiste. La vie était beaucoup plus facile pour Phillip quand les gens étaient d'accord avec lui.

— Ne me fais pas le coup du « quoi ? », répliqua-t-il, toujours sur le ton « ne vous moquez pas de moi, jeune fille ». Tu l'as viré, ou pas, le skieur ?

— Qui est responsable de la vie domestique, ici ? contrai-je.

— Et c'est quoi, cette histoire de Christina Patten ? Pourquoi est-il au courant de ta vie personnelle ? Pourquoi dit-il qu'il ne va pas te laisser t'en tirer comme ça, alors qu'il est ton employé ? Qu'est-ce que c'est que ces conneries ?

Il posa les mains sur ses hanches et secoua la tête. Puis il retroussa ses manches de chemise, comme s'il s'apprêtait à un pugilat.

— Je ne comprends pas cette histoire, reprit-il. Tu parles à ce mec comme à une copine ? C'est un domestique. Un do-mes-ti-que. Pigé ? Il bosse pour toi. Il est sous tes ordres. Une fois de plus, avec toi, c'est une question de limites, Jamie. De limites. Combien de fois dois-je te répéter de ne pas fraterniser avec le personnel ? Ne fais pas copain-copain avec eux. Ça complique tout. Ils travaillent ici, d'accord ? On les paie. Ils travaillent. Point. Sauf que ce gosse n'est même plus censé travailler ici.

— Phillip, il vient du Colorado. Il ne comprend pas les rituels de Park Avenue – ni pourquoi je m'assiérais volontairement avec une femme que j'adore détester. J'ai tout simplement dit, un jour, à l'école, que je la trouvais idiote. Ce qui ne signifie pas pour autant que je fraternise avec le personnel. Mais là n'est pas la question. La question, c'est que c'est moi qui gère notre vie domestique, et que je n'ai aucun besoin de tes interventions.

— Qui paie le salaire du skieur, Jamie ?

— Si les journalistes gagnaient autant que les avocats, je serais ravie de payer le salaire de Peter. Mais tu gagnes quinze fois plus que moi. Ne méprise pas pour autant mon salaire. N'oublie pas que je fais dans les six chiffres, maintenant, ce qui, même après impôts, paie pas mal de trucs.

Il rejeta la tête en arrière.

— Six chiffres ? Un dollar de moins et tu retombes dans les cinq chiffres, Crésus.

J'inspirai profondément en me demandant si j'avais jamais, au cours des quinze dernières années, éprouvé des sentiments d'amour et de compassion pour cet homme. En ce moment, je n'arrivais même pas à croire qu'il soit le père de mes enfants.

— Le skieur reste, Phillip.

— Je t'ai déjà dit que je ne voulais pas dans ma maison d'« un nounou », comme vous appelez ça, vous les filles. C'est le comble de l'absurdité.

— Donne-moi une bonne raison de ne pas l'employer.

— Pour commencer, est-ce qu'on sait seulement d'où il sort ? As-tu vérifié ce qu'il fait de sa journée quand il n'est pas ici ? Vu sa tête, il ne fréquente pas les salles paroissiales.

— Il a une copine qui fait une maîtrise de pédagogie.

J'affabulais un peu. Peter n'avait pas de petite amie – pour autant que je sache – mais il avait quelques amies platoniques à Red Hook.

— D'accoooord. (Longue pause pendant laquelle il

rumina encore un peu.) Mais ça ne me dit toujours rien qui vaille. Rien du tout.

— Tu te sens toujours menacé par lui.

— Par rapport à toi, ou à Dylan ?

Je sentis mes joues s'empourprer et je priai pour que Phillip ne le remarque pas.

— À toi de me le dire, me repris-je aussitôt. C'est toi qui te sens menacé.

— « Menacé » n'est pas du tout, mais alors pas du tout le mot qui convienne. Je ne veux pas d'un nounou qui lance un ballon de foot à mon fils dans la maison. C'est à moi d'apprendre à Dylan comment faire une spirale. Pas à un camé que tu as ramassé dans le parc. Et, non, je ne m'imagine pas que tu vas coucher avec le personnel.

— Phillip. Ton argument aurait plus de poids si tu jouais au foot avec Dylan de temps en temps. Tu veux rentrer à 15 heures demain et l'emmener à Central Park ?

Il fit comme s'il n'avait rien entendu.

— La situation est la suivante : tu gagnes des clopinettes et je paie les factures, et je n'ai pas l'intention de payer un nounou.

— Ne méprise pas ce que je gagne, hurlai-je en me tapant la poitrine de l'index. C'est moi qui gère la façon dont les enfants sont élevés dans cette maison. C'est moi qui prends les décisions, ici ! On est à l'ère moderne, pas à l'époque préhistorique, espèce de bébé gâté, de bourgeois archaïque, de bout de bois pétrifié !

Je n'arrivais pas à croire que j'avais dit ça. Quelle tirade ridicule, excessive. Je mourais d'envie d'éclater de rire et j'attendais que Phillip en fasse autant, en priant pour qu'il craque le premier.

Mais il avait perdu tout sens de l'humour. Il ne sut que répondre :

— Tu es profondément instable.

Puis il sortit posément de la pièce et referma la porte derrière lui.

Quand je me glissai dans le lit après avoir regardé le dernier journal télévisé, j'espérais le trouver endormi – mais je me faisais des illusions. Je me faufilai à côté de lui, me tournai vers ma table de chevet et me tins aussi près que possible du bord du lit. Je sentais qu'il avait les yeux ouverts. Je fermai les miens et tentai de m'endormir, la tête enfoncée dans mon doux oreiller de plumes.

— Tu es tellement hostile, dit-il enfin.

Je ne répondis rien. Que pouvais-je répondre, sachant que mon attirance pour Peter nourrissait mon agressivité à l'égard de Phillip ? Nonobstant mon petit numéro ridicule, Peter était quelqu'un qui, je le savais, mettait mon mari mal à l'aise, quelqu'un qui le remplaçait auprès de son fils. Pourtant, je n'arrivais pas à céder un centimètre de terrain là-dessus, ou à l'aider à gérer la situation. Phillip se plaignait de ne pas passer assez de temps avec Dylan, mais il ne savait même pas comment communiquer avec lui. Dylan avait besoin de Peter dans sa vie.

— Pourtant, ce n'est pas mon intention.

— Garde ton foutu larbin, si ça peut te calmer.

— Je suis calme.

— Vraiment ?

Je me retournai.

— Je suis navrée de t'avoir traité de machin préhistorique.

— Ça sort d'où, ça, au juste ?

— C'est juste que… je ne te trouve pas moderne.

— Moderne ?

— On va de l'avant, la Terre tourne, tu n'as pas à m'empêcher d'avancer.

— Et pourquoi, tout d'un coup, cette histoire te mettrait-elle en cause ?

Merde. Il avait raison.

— Ça n'a rien à voir avec moi. Il s'agit de la façon dont j'envisage ce qu'il y a de mieux pour notre famille. Pour Dylan.

Phillip posa le bras sur ses yeux et resta immobile. Je me sentis subitement coupable. Il n'avait rien fait de mal. Il voulait simplement que les choses soient un peu plus faciles : l'argent, le succès, une épouse qui l'appréciait alors qu'il se tuait à la tâche. Ce n'était pas un méchant garçon, après tout.

Je songeai à Susannah. Elle m'avait conseillé de faire des pipes régulières à mon mari, pour arrondir les angles. C'était peut-être ça, le problème. Je ne me consacrais pas assez à lui. Peut-être que tout était de ma faute. Je me rapprochai de lui et caressai son ventre. J'étais tellement épuisée, pas du tout dans l'ambiance, et je n'avais aucune envie de sexe. Je me contentai donc de lui caresser un peu le torse, en espérant qu'il s'endormirait comme un bébé.

Je me mis à me demander comment était Peter, au lit, s'il était sensuel – je savais qu'il l'était – puis j'essayai d'arrêter de penser à lui pour me concentrer sur l'homme que j'avais épousé. Je tentai d'éveiller mon désir, mais tout ce que je ressentais, c'était que ce corps exténué près du mien attendait de l'amour. Ce n'était qu'un être humain, qui avait besoin de moi. Puis je tentai de me rappeler toutes ces leçons si utiles que m'avait dispensées mon colocataire gay, en fac ; j'étais assez douée pour offrir à Phillip ce dont il avait besoin, là, tout de suite. Alors je fermai les yeux et plongeai.

Le lendemain matin, je m'éveillai pour trouver Phillip cramponné à moi comme un bébé.

— Je t'aime et je trouve que tu fais des tas d'argent,

me souffla-t-il à l'oreille. Tellement d'argent que je pourrais nager dedans.

Je fus obligée de rire.

— Je suis navré de m'être moqué de ton salaire, concéda-t-il. Mon salaire ne devrait pas servir d'étalon au tien. Tu gagnes beaucoup d'argent, surtout pour quelqu'un qui travaille à mi-temps.

— Je suis désolée de t'avoir traité de dinosaure. Je ne sais pas d'où c'est sorti.

Nous restâmes tranquillement allongés en attendant que les enfants se réveillent. Des rayons orangés perçaient entre les lattes des stores vénitiens. Nous étions ensemble depuis quinze ans, et les cinq dernières années n'avaient pas été particulièrement heureuses. La vraie passion, du moins pour moi, était morte avant même que je tombe enceinte de Dylan. Dans le temps, Phillip m'enlaçait de ses jambes après l'amour. Nous jouions au lit jusqu'à 4 heures du matin, même si Phillip prenait l'avion à 6 heures. Le lendemain soir, il jurait qu'il allait s'endormir avant 21 heures, mais ça recommençait. De temps en temps, en semaine, nous couchions dans nos appartements respectifs pour rattraper quelques heures de sommeil afin de pouvoir fonctionner au bureau.

Phillip se comportait parfois comme un nourrisson quand il n'obtenait pas ce qu'il voulait, mais c'était un homme loyal, bien intentionné, qui travaillait fort pour prendre soin de nous. Malgré tout le chemin parcouru par les femmes, nous sommes nombreuses à rêver d'un mari qui puisse affronter les dangers, être fort face à l'adversité, être un roc sur lequel on peut s'appuyer. Phillip était tout cela, et personne ne m'inspirait autant confiance en cas de crise. Pourtant, allongée près de lui, je cherchais en vain quelque chose qui nous unisse, quelque chose qui m'importe, chez lui, terrifiée à l'idée de ne rien trouver. Terrifiée, aussi, de me sentir beaucoup plus proche, affectivement, de Peter Bailey.

Phillip m'enlaça de ses longues jambes, mais ce geste n'était plus érotique ou réconfortant. Je n'arrivais plus à retrouver ce sentiment de ne faire qu'un avec lui.

— J'ai besoin de passer plus de temps avec toi, dit-il. Je veux qu'on parte en week-end. Je veux qu'on se retrouve, comme on l'a fait hier soir. J'ai des trucs dont j'aimerais discuter avec toi.

J'entendais les enfants se chamailler à propos des céréales dans la cuisine.

— Quels genres de trucs ?

— Des trucs de boulot. Des trucs financiers.

— Dis-moi ce que c'est, en gros.

— Non, c'est trop compliqué à cette heure-ci du matin.

— Allez, tu ne peux pas me laisser dans le suspense. Tout va bien au cabinet ?

— Mais oui.

Il remua l'index comme s'il fallait que j'efface cette idée de ma petite tête.

— Mais il faut quand même qu'on parle ?

— Oui, souffla-t-il en hochant la tête.

— C'est à propos de ce que tu fabriquais avec Alan l'autre jour, quand tu t'es enfermé dans ton bureau ?

— Non.

Il rabattit les couvertures et bondit soudain hors du lit. Ses paroles sonnaient faux.

16

Crise de fringues

Un groupe de mères poules de luxe affolées entourait Barbara Fisher. L'une d'entre elles lui massait le dos.

— Je suis vraiment désolée pour toi.

— C'est affreux. Tout simplement affreux, dit Topper Fitzgerald, l'éminence grise du comité de décoration.

Je m'avançai prudemment, pour ne pas perturber Barbara dans ce qui était manifestement un moment de détresse. La scène était en effet sinistre.

— Que s'est-il passé ? chuchotai-je à Ingrid par-dessus son épaule. Quelqu'un s'est blessé ?

— Pire. Bien pire. Je renoncerais à mon sac Birkin plutôt que de vivre ce qu'elle a vécu ce matin.

— Quoi ?

— Sa nounou a remis sa démission.

Je tentai de m'esquiver avant que Barbara ne m'aperçoive, mais je tombai nez à nez avec Christina Patten.

— Tu ne devineras jamais qui m'a téléphoné ce matin ?

— Je te jure que je n'en ai pas la moindre idée.

Je sortis Gracie de sa poussette et la posai par terre.

— Je peux porter ma couronne de Cendrillon en classe ? Rien qu'une fois ?

— Ma chérie. Les déguisements de super-héros et de personnages de Disney ne sont pas autorisés à l'école.

Tu le sais. On va laisser ta couronne dans la poussette, comme d'habitude.

— Allez, devine ? (Puis Christina chantonna ce qui suit sur un petit air guilleret). La, la, la. C'est par rapport aux Nuits Blanches. La, la.

— Un créateur veut t'habiller ? hasardai-je.

— Évidemment, mais ça n'est pas nouveau ! Les créateurs habillent tout le monde !

Tout le monde sauf moi. Les créateurs se battent pour habiller les richissimes New-Yorkaises comme Christina, ils leur proposent des robes de bal avant les galas caritatifs comme ils le feraient pour n'importe quelle star d'Hollywood lors de la soirée des Oscars. Franchement, à ce stade j'aurais été ravie qu'on me file n'importe quoi. Ça m'aurait évité une séance de shopping. Et une grosse dépense.

— On t'a demandé d'être l'hôtesse de la soirée ?

— Tu plaisantes, j'en mourrais si je devais faire un truc pareil. Tu ne vois pas que je suis toute contente, tout excitée ?

C'était le moment de sortir mon sabre de samouraï.

— Je suis un peu en retard et Gracie n'est pas de bonne humeur.

— Même pas vrai, maman !

— Bon, très bien, puisque tu ne veux pas m'accorder ce plaisir, Jamie. Je voulais te faire la surprise, mais je ne peux pas attendre. Essaie très très fort de deviner. Pense au gala. Pense au blanc. Pense à notre table. Pense à des œufs, à de gros œufs incrustés de joyaux. Pense à des photos.

— Je ne connais rien à tout ce qui se passe dans les coulisses de ces soirées. Je me contente d'acheter ma place pour soutenir la cause en question, et d'y aller.

— J'ai du mal à le croire. Tu es tellement futée. Tout le monde le dit. « Jamie est tellement futée. Jamie est tellement futée. La, la, la. » J'entends ça sans arrêt, à ton sujet. Mon mari, George, meurt d'envie d'être assis à côté de toi au dîner. Il va lire le journal super-attentivement ce jour-là, mais il m'a fait promettre de ne pas te le dire, alors ne lui dis pas que je te l'ai dit !

— C'est gentil de ta part de dire que je suis intelligente, Christina, mais même les gens intelligents ne savent pas automatiquement tout.

Elle pencha la tête sur l'épaule en fronçant les sourcils, le regard perdu dans le vide.

— Je ne comprends pas très bien.

Cette femme était une attardée mentale.

— Maman, alleeeeeeeeeeeez.

Merci, mon Dieu.

— Je pourrais peut-être accompagner Gracie dans sa classe et tu me raconterais ta surprise par mail ?

Je haussai les sourcils comme je le fais quand j'essaie de vendre une idée à mes gamins.

— John Henry Wentworth m'a téléphoné ce matin. C'est mon voisin.

— Qui est-ce ?

— Tu plaisantes ? fit-elle d'un air alarmé. C'est le rédacteur en chef du magazine *Madison Avenue.*

Ouille.

— Et ?

— Il veut photographier notre table pour le numéro de février. Il va faire réaliser des modèles géants de deux mètres cinquante d'œufs Fabergé tout incrustés de joyaux, certains debout, d'autres couchés. (Elle gesticulait frénétiquement pour m'aider à visualiser la scène.) Puis toutes les filles de notre table vont se placer devant, dans leurs tenues blanches.

— Ce Wentworth ne me connaît pas ; vas-y avec tes copines, et fais ce que tu veux. Ce n'est pas mon truc.

— Eh bien, j'ai dû lui expliquer qui tu étais, parce

que tu n'es pas super-active sur le circuit mondain, dit-elle d'un ton contrit, comme pour s'excuser de m'avoir blessée. Enfin, c'est toi qui décides. Tu travailles. Tu n'as pas le temps. Mais il avait l'air assez chaud à l'idée de t'inclure dans la séance. Enfin, tu es assise à ma table, ce serait curieux de ne pas t'inclure, même si, enfin, tu sais, tu n'es pas…

— Je ne crois pas que je serais à ma place.

— Tu es folle. Ils vont nous prêter des robes blanches spécialement créées pour l'occasion, nous coiffer, tout. Et puis nous porterons les robes pour la soirée. Elles viennent de chez Carolina Herrera ; l'une de ses stylistes va nous habiller. Tu le crois ?

Dans ce cas, je n'aurais pas à me demander quoi porter, à perdre du temps ou de l'argent, à m'égarer dans un dédale de boléros de fourrure blanche…

— Et Verdura va nous prêter des bijoux, ajouta-t-elle.

Même moi, je savais que c'était le plus grand joaillier italien du siècle dernier.

Ça devenait intéressant. Voire alléchant.

— Si je comprends bien, pour la séance photo et ensuite pour le gala de février, Carolina Herrera va me prêter une robe, ou m'en confectionner une. Puis Verdura va me prêter des diamants qui valent une fortune.

— D'une valeur de plus de vingt mille dollars. Le seul problème, c'est que leurs types de la sécurité vont te suivre partout dans la salle.

— J'aurai des chaussures ?

— Ouais. Et un sac de chez Judith Leiber.

— Je pourrai les garder ?

— Les chaussures et le sac, oui. La robe et les bijoux, certainement pas.

— Pourquoi *Madison Avenue* fait ça ? Ils ne me connaissent même pas.

— Ils ont besoin d'une couverture et c'est le plus grand gala de l'année. Ça fait de la pub aux créateurs.

— C'est une couverture ?

— Ils photographient trois tablées : j'espère que la nôtre sera en couverture, mais dans tous les cas, on sera dans le magazine.

— Très bien, laisse-moi réfléchir, Christina. Je dois emmener Gracie maintenant, on est en retard.

— Le bureau de John Henry te contactera pour les essayages, me lança-t-elle tandis qu'elle poussait sa fille Lucy dans l'escalier.

Je réprimai un sourire.

Plus tard ce jour-là, Peter m'intercepta dès que j'eus franchi le seuil.

— Donne-moi une seconde pour reprendre mon souffle, tu veux ? C'est important ?

Les attaques de Peter commençaient à m'exaspérer. Je laissai tomber mes sacs, retirai mon écharpe et la lançai dans le placard. La maison semblait tranquille. Curieusement tranquille pour l'heure du dîner.

— Que s'est-il passé ?

— Yvette est vraiment sortie de ses gonds à la fête d'anniversaire des Wasserman.

Nous nous glissâmes en silence dans le bureau pour que les enfants ne s'aperçoivent pas de mon arrivée.

Peter s'assit dans un fauteuil.

— En fait, ça a commencé à la maison, avant la fête. Yvette a dit que tu voulais qu'ils portent leurs ensembles gris, et qu'elle mette à Michael son machin avec le bavoir brodé sur la poitrine et le short en daim.

— Sa culotte tyrolienne. Oui.

— Alors maintenant, je veux que tu remontes à l'époque où tu m'as engagé et que tu fasses un effort pour te rappeler nos conversations. Tu te souviens de celle où tu m'as dit que tu voulais une ambiance virile et sportive, ici, dans la journée ?

Je hochai la tête. Il était adorable. Aujourd'hui, il portait un jean élimé et un tee-shirt froissé, sombre, à manches longues en étoffe mince. J'avais du mal à le regarder. J'avais aussi du mal à ne pas le regarder.

— Alors tu voudrais bien m'expliquer un truc ? Pourquoi toi et tes copines tenez à habiller vos gamins en Tyroliens chaque fois qu'ils vont à un goûter d'anniversaire ? Michael avait l'air d'une fille, et même s'il n'a que deux ans, il le savait et il était furieux. Et c'est quoi, ces chaussettes aux genoux avec des petits pompons rouges ? Tu aurais dû nous voir, en train d'essayer de fourrer Michael dans ce short ridicule – il se tordait par terre, avec la tête qui tournait à 360 degrés. On aurait dit *La Mélodie du bonheur* à la sauce *Exorciste.*

J'éclatai de rire.

— Peter, tu n'y comprends rien.

— Non, c'est toi qui n'y comprends rien. À la fête, tous les gamins sont habillés pareils, avec le même short gris, et ils ont tous les yeux rouges parce que leurs nounous les ont forcés, eux aussi, à se déguiser en chanteurs de tyroliennes. C'est quoi, ton problème ?

Il avait raison. Mais tous les enfants que nous connaissions s'habillaient comme ça quand ils allaient dans des fêtes. Je l'avais appris à mon détriment quand j'avais emmené Dylan, qui était encore en maternelle, à son premier goûter d'anniversaire, vêtu d'un pantalon et d'un tee-shirt. Quand nous étions entrés en courant, avec quinze minutes de retard, toutes les femmes de la pièce s'étaient tues en même temps.

— Qu'est-ce qui s'est passé avec Yvette ?

— Je suis allé à la fête avec Gracie et Michael et quand ils ont voulu manger du gâteau au chocolat, je leur ai passé des jeans pour qu'ils ne salissent pas leurs beaux habits. Yvette est sortie de ses gonds, comme si je venais de commettre un meurtre.

— Je sais que ça va te paraître complètement tordu, et d'accord, c'est tordu, mais Yvette prend très au sérieux les tenues des enfants.

Peter afficha une expression incrédule.

Je tentai de m'expliquer.

— Les jeans ne vont pas du tout avec le style John-John et Caroline Kennedy de leurs manteaux bleu ciel à col de velours.

Aucune réaction.

— Leurs jambes doivent dépasser du manteau, pour qu'on voie leurs chaussettes. C'est le but de la manœuvre. Leurs manteaux habillés ne vont pas du tout avec les jeans. Ils vont avec une robe ou un short. C'est pour ça que les garçons portent des shorts.

Sa mâchoire se décrocha.

— C'est pour l'effet jambes nues à la John-John, expliquai-je. Tu te rappelles ? Le salut au cercueil ? C'est le clou du spectacle, dans l'ascenseur, quand ils arrivent et qu'ils repartent.

— Le salut au cercueil ? Il y a quoi, quarante ans ? Tu as perdu la tête ? C'est vraiment important pour toi, que Michael ait les jambes nues avec des socquettes comme John-John Kennedy ?

— Bien sûr que non. J'essaie juste de t'expliquer les codes vestimentaires.

— Je vais te dire un truc : tu es cool, tu travailles pour une grosse chaîne télé. Tu me racontes comment ces femmes fonctionnent, tu me dis qu'elles ont des valeurs tordues, qu'elles ont laissé leur cerveau au vestiaire, qu'elles sont sans arrêt en concurrence. Ça te rend folle que je laisse entendre que tu es comme elles – moi, ça me rend fou, parce que tu vaux tellement mieux que ça ! Mais tu joues quand même le jeu, avec cette histoire de manteaux à col de velours !

— Ce n'est pas vrai !

— Je croyais que tu trouverais qu'Yvette était cinglée, et que j'avais bien fait. Mais pas du tout ! Tu essaies de m'expliquer qu'un gamin de deux ans doit avoir les jambes nues parce que c'est la mode ! Je vais te dire, il a l'impression d'être déguisé en ballerine, et c'est lui qui a raison, toi qui as tort. En plus, tu me répètes que Christina Patten est une idiote, ce qu'elle est, crois-moi – elle veut être mon amie et elle m'accoste tout le temps dans le parc –, mais tu ne peux pas t'empêcher de lui parler. C'est quoi, ce bazar ?

— Hé, quand tu auras des enfants et que tu devras te coltiner leurs parents, tu comprendras.

— Non, je ne comprendrai pas. Et crois-moi, mes enfants ne seront jamais déguisés en chanteurs de tyroliennes. Jamais.

Je l'avais perdu. Totalement. J'aurais tellement voulu qu'il me trouve cool, avec mon boulot formidable ; qu'il pense que j'étais au-dessus de tout ça. Mais il avait mis dans le mille. Comme d'habitude. Je me sentais minable, furieuse contre moi-même et, pis encore, contre lui.

Je me levai.

— On a fini ? J'ai une petite interview à réaliser demain, ça t'ennuie ?

— Je sais que tu as une interview. Je fais juste mon boulot, je m'assure que tu ne foutes pas en l'air la vie de tes gosses.

Sur ce, il se leva à son tour et prit le couloir pour aller tenir Dylan par les chevilles, tête en bas.

17

Un boulot bien ficelé

Le lendemain, à l'autre bout de Manhattan, Goodman et moi étions installés à une petite table dans l'arrière-salle d'un bar quelconque à l'angle de Broadway et de la 64e Rue. Nous venions de tourner notre interview clandestine de Theresa dans un hôtel new-yorkais. Theresa ne voulait pas de reporters traînant à Pearl, Mississippi, susceptibles d'attirer l'attention. Bien que je fusse encore déprimée par mon altercation avec Peter, je tentai de savourer notre victoire. En dix ans de carrière, j'avais déjà décroché une demi-douzaine de gros scoops pour Goodman, et ce rituel de post-interview nous était désormais familier. Nous avions consacré plusieurs mois d'énergie psychique intense à convaincre Theresa de nous accorder ce qui serait l'entretien le plus retentissant de l'année. Maintenant, l'interview était en boîte, Theresa était repartie, le cameraman et les techniciens avaient démonté leur matériel. Nous avions bravé une averse torrentielle pour aller boire un coup. Nous sirotions en silence nos bourbons Maker's Mark *on the rocks*. Goodman avait besoin d'un calme absolu pour digérer l'ampleur du scoop que nous venions de décrocher. Au cours des jours à venir, nous serions obsédés par la rédaction et le montage du reportage pour *Newsnight*, mais, pour l'instant, je devais rester coite jusqu'à ce qu'il émerge de sa période de récupération. Je savais m'occuper de mon patron comme si c'était mon fils. Quinze minutes s'écoulèrent. Je mourais d'envie de récapituler. Nous commandâmes une deuxième tournée.

Enfin, il tapa de la paume sur la petite table en bois.

— Putain de bordel de merde, mon chou. Tu t'es surpassée cette fois. Ooooouiiii ! Qu'est-ce que c'était bon.

Il se renversa sur sa chaise, les mains derrière la tête, leva les yeux au ciel, avala une énorme gorgée de whisky et aspira l'air entre ses dents serrées, comme un cow-boy.

— Tu sais quoi, Jamie ? Cette gonzesse est une idiote mais ses nibards pourraient arrêter une locomotive. Ces nibards-là vont manquer à notre petit Huey.

Il tapa à nouveau sur la table de la paume.

Le numéro de Theresa avait été parfait. Elle s'était fait faire un brushing volumineux années 1970 à la Farrah Fawcett, avait glissé sa silhouette pulpeuse dans un tailleur bleu poudre moulant vulgaire à mort, et parlé avec un accent sudiste doux comme le miel. Elle avait relaté leurs relations sexuelles, leur rencontre chez l'un des supporters d'Hartley à Pearl, dans le Mississippi, leur liaison de deux ans et la façon expéditive dont il l'avait plaquée. Goodman avait tenté de vingt manières différentes de lui faire dire qu'Hartley préférait le coït anal. Ses réponses sur ce sujet délicat étaient restées évasives, mais, en gros, elle avait joué le jeu.

GOODMAN : Donc, vous confirmez que vous avez eu des relations sexuelles avec M. Huey Hartley.

BOUDREAUX : Enfin, un certain genre de relations.

GOODMAN : Je vous ai posé une question. Répondez par oui ou non.

BOUDREAUX : Ce n'est pas aussi simple.

GOODMAN : Vous voulez dire qu'il y a eu des activités sexuelles, des étreintes, peut-être des caresses, ce que vous voulez, mais pas de relation ? Pas de pénétration ? Certaines personnes, y compris notre ancien président, maintiendraient que cela ne constitue pas des relations sexuelles entre un homme et une femme.

BOUDREAUX : Je ne veux pas laisser entendre qu'il n'y a pas eu de relations sexuelles entre nous, au sens où Bill Clinton l'entend. Nous avons bien eu des relations sexuelles.

GOODMAN : Donc, il y a eu des relations.

BOUDREAUX : Oui. *[Sourire un peu contraint, factice. Puis elle se penche en avant.]* Des relations d'un certain genre.

GOODMAN : Pouvez-vous expliquer…

BOUDREAUX : Pas traditionnelles. *[Pause. Se penche encore plus en avant.]* Et pas dans la position du missionnaire non plus.

GOODMAN : Alors c'est une question de position ?

BOUDREAUX : Non, c'est une question d'endroit où se produit la pénétration.

Durant ce passage particulièrement lascif de l'interview, Leon Rosenberg avait été pris d'un tel fou rire qu'il avait dû plonger derrière le minibar.

Theresa avait pleuré en racontant à Goodman la façon dont Hartley l'avait plaquée. Si elle en parlait maintenant, c'était parce que Dieu lui avait dit de tout avouer. D'autant que, selon ses propres termes, Hartley « s'était mal conduit » quand il avait rompu. Ce « fils de pute » avait demandé aux flics chargés de sa protection de lui annoncer la mauvaise nouvelle. Elle ne lui avait pas reparlé depuis. Il refusait de la prendre au téléphone.

— Mais tu te trompes sur un point – elle n'est pas idiote.

Je regardai Goodman droit dans les yeux.

— Tu te fous de ma gueule ? Il fallait que je lui pose chaque question deux fois.

— Je dis simplement que cette fille n'est pas une idiote – elle a joué les idiotes, elle a flirté avec toi, elle t'a poussé à lui poser les questions qu'elle voulait que tu lui poses. Tu es un mec. Écoute-toi parler et délirer sur ses nibards. Tu n'as rien compris.

Je voulais ajouter que les ruses de Theresa m'inquiétaient – je ne l'avais jamais vue se comporter de façon aussi sournoise – mais ce n'était pas le moment. Nous disséquerions tout cela plus tard.

— Je suis un pro. Je fais ce métier depuis trente ans.

— Je ne dis pas le contraire, mais elle te manipulait.

— Non, pas du tout.

— Si.

— Je ne veux pas t'entendre dire ça. Elle a raconté ce qu'on voulait qu'elle raconte, elle a craché le morceau. Je me fiche qu'elle ait cherché à se faire poser certaines questions. Si tu me dis qu'il y a anguille sous roche, je te répondrai qu'on vient de faire une pêche miraculeuse.

Il tapa de la main sur la table et commanda une nouvelle tournée.

— Et j'ai été excellent. J'avais quelle tête ? Bien ?

Je fixai si longtemps les glaçons que ma vue se brouilla.

Entracte I

On étouffait dans ce placard à linge.

Cette femme existe-t-elle vraiment ?

Elle défit son pantalon tandis qu'il feignait de résister.

Entre les couches de linge de maison effondrées, de délicats pétales de rose séchés.

Retrouvant son équilibre et, du même coup, ses esprits, il secoua la tête et la repoussa, cette fois avec détermination.

— Vous êtes folle.

Il pensa à Jamie et une vague de culpabilité le submergea.

— Et alors ?

Tandis qu'elle se collait contre sa cuisse, il regarda par-dessus son épaule et vit que la fente derrière sa jupe était retroussée, dévoilant une délicieuse paire de jambes lisses et bronzées.

Il rejeta la tête en arrière, incrédule.

— Je suis sérieux. Je ne peux pas faire ça.

Avec une mélancolie intense, il comprit qu'il interrompait la partie de jambes en l'air la plus spectaculaire de sa vie.

Elle glissa sa langue entre ses clavicules et remonta lentement du menton à la bouche.

— Qui le saura ?

Sa main gauche fut guidée vers l'arrière de la cuisse, puis vers l'entrejambe.

Il sentait les perles de sueur rouler dans son dos sous sa chemise. Il ferma les yeux.

— Je, je…

Elle souffla profondément dans son oreille tout en lui poussant les doigts en elle.

— Oups… j'ai oublié de mettre une petite culotte ce matin.

— Apparemment.

De longues minutes s'écoulèrent. Il était maintenant son prisonnier.

Une autre serviette en lin hors de prix voleta, glissant sur l'épaule légèrement bronzée de la femme. Elle était maintenant à genoux, sa queue entièrement dans la bouche. Il avait entendu dire au terrain de jeux qu'elle était renommée précisément pour cela. Bien qu'il existât un univers entier d'inégalité entre leurs fortunes respectives, elle était là, à genoux, à l'honorer comme la courtisane de tous les fantasmes masculins.

Le sexe – le grand égalisateur, se dit-il, émerveillé de pouvoir formuler une pensée cohérente à ce stade. *La seule véritable démocratie qui subsiste.*

Elle releva les yeux vers lui tout en manipulant sa queue en feu de la bouche et d'une main aux ongles manucurés. On n'entendait que le tintement de ses bracelets Bulgari.

Il agrippa un napperon brodé pour étouffer son cri quand il jouit dans sa bouche.

Elle rit doucement en se léchant les lèvres, son expression arrogante et triomphale disant *Je sais que je suis la meilleure, et maintenant tu le sais aussi.* Et en effet, elle avait droit à ce titre.

Parfois, un homme ne sait ni quoi faire ni quoi dire

après la jouissance. Il commença maladroitement à ramasser le linge de maison.

— Marta s'en occupera, lança-t-elle par-dessus son épaule en partant, le laissant enfermé dans le placard.

Il resta là, avec un paquet des serviettes de table les plus chères de la côte Est entre les mains, et un sexe qui dégonflait doucement, sortant de son boxer taché de rouge à lèvres Chanel.

18

Question de style

— Lumières ! Caméra ! Action ! Allez, les filles, vous êtes les plus belles pour aller danser !

La chanson « We Are Family » se répercutait sur la tuyauterie en acier et les poutres en fer forgé du loft de Tribeca. Quatre créatures ravissantes se trémoussaient, les flashes explosaient, les stylistes couraient dans tous les sens comme des fourmis transportant des miettes en brandissant des accessoires. J'avais l'impression d'avoir atterri par accident dans le tournage d'un clip pour MTV.

Menton contre la poitrine, yeux fermés, Punch Parish – le photographe *people* le plus célèbre de la planète – leva une main au-dessus de la tête. Soudain, la musique s'arrêta. Les assistants firent taire tout le monde. Le maestro devait créer, donc nous devions attendre. Et attendre encore. Ce mec se prenait pour Richard Avedon. Lentement, il releva la tête et se planta devant nous, le bras droit allongé, un œil toujours fermé, fixant l'ongle de son pouce comme Picasso. Puis il arracha son bandana de son front, lissa ses cheveux blonds filasse et le renoua.

— Il n'est pas extraordinaire ? me souffla Christina. (Rien n'est plus lèche-cul qu'une femme du monde new-yorkaise avec un photographe.) On dirait un peintre de la Renaissance. Ou Van Gogh.

Punch nous déplaça comme des poupées grandeur nature devant trois œufs Fabergé de deux mètres cinquante incrustés de joyaux. Une aristocrate italienne maigre comme un clou me harponna le petit orteil de son talon aiguille. Je cillai, ce qu'elle ne daigna même pas remarquer.

Je commençais carrément à m'énerver. À la télé, les prises de vues se passent très différemment que dans le monde de la mode. Notamment parce qu'on respecte le temps des gens. Nous demandons à nos interviewés d'arriver après que tout a été installé. Quand je m'étais pointée au studio le matin, le photographe n'était même pas encore arrivé.

Punch claqua des doigts. Son assistant Jeremy fit un clin d'œil au DJ, qui envoya la musique à plein tube. Jeremy, déchaîné, leva les bras dans un grand geste et tapa des mains au-dessus de la tête comme un phoque savant, en balançant le cul et en hurlant les paroles de la chanson.

Puis Punch exerça à nouveau sa « magie ».

Les invitées de Christina Patten pour les Nuits Blanches de l'Hermitage, moi comprise, se tenaient devant une immense feuille de papier blanc, les œufs directement derrière nous, de la fausse neige tourbillonnant autour de nos chevilles. De grosses couturières russes éventaient le tissu de nos robes pour que les ourlets se déploient parfaitement. Des maquilleuses tapotaient de la poudre sur nos fronts et nos nez, tandis que le coiffeur, avec ses grosses lunettes noires en serre-tête, tournait autour de nous en brandissant la pointe de son peigne. Quelqu'un fit démarrer le ventilateur pour que nos cheveux s'envolent. Encore des flashes pour Monsieur Punch, l'artiste.

Après avoir usé cinq rouleaux de pellicule, Punch fit signe qu'il avait soif en portant un verre imaginaire à ses lèvres. Jeremy se tourna vers une jeune stagiaire, la fusillant du regard comme si elle avait commis la pire gaffe de sa vie. Elle courut chercher de l'Évian et se prit les pieds dans les câbles en fonçant vers Punch.

Il avala une gorgée d'eau, puis descendit du plateau. Christina et ses trois invitées l'imitèrent. Je restai seule. Les femmes du beau monde ont souvent des manières épouvantables. Lorsque j'étais arrivée, Christina m'avait embrassée et avait lâché, en agitant la main d'un geste dédaigneux : « Ah, vous vous connaissez déjà. » Mais nous ne nous étions jamais rencontrées. Je n'avais vu le visage de ses invitées que dans les magazines. En personne, elles étaient aussi sublimes que des top-modèles, comme le sont la plupart des femmes du monde : pommettes sculpturales, peau douce et lumineuse qui n'a pas vu la lumière du soleil depuis le lycée, épaisse crinière à la Maria Schriver pour les brunes et boucles en cascade à la Elle Macpherson pour les blondes. Ces femmes ne s'assoient pas comme le commun des mortels. Jamais. Elles posent une hanche tout au bord d'un fauteuil en allongeant leurs longues jambes fuselées, comme si George Balanchine avait chorégraphié leurs postures. Qu'elles puissent conserver leur équilibre aussi longtemps dans cette position est un miracle de la physique. Comme elles n'ont pas de carrière, elles font de la gym quatre jours par semaine pendant des heures avec leur entraîneur. Leur tonus musculaire n'est pas dû à l'hérédité ; elles y travaillent d'arrache-pied, ce qui en fait un but encore plus inaccessible pour le commun des mortels.

Bien que j'aie réalisé d'innombrables reportages avec des P-DG et des hommes politiques qui ne m'intimidaient absolument pas, le comportement de ces femmes me renvoyait directement à la cafétéria du lycée. Elles : Leelee Sargeant de Locust Valley, dont la mère avait dirigé le comité d'administration du country-club pendant quarante ans ; Fenoula Wrightsman, héritière d'une fortune britannique des télécoms ; et Allegra d'Argento, d'Italie. Son mari beaucoup plus âgé qu'elle était assigné à résidence à Florence pour fraude fiscale, tandis qu'elle dépensait gaiement son argent de l'autre côté de l'Atlantique.

Barbara Fisher me donna un coup de coude alors que j'acceptais un Coca Light d'un assistant qui distribuait des gobelets en plastique.

— Comme c'est intéressant. Tu couvres la soirée pour la télé ou tu y assistes ?

Je désignai du doigt ma robe de bal à paillettes argentées.

— Je plaisantais. C'est simplement... que je ne m'attendais pas à te voir ici. Ce n'est pas vraiment ton truc, Jamie.

Elle n'avait pas tort.

— Oui, tout s'est enchaîné, j'ai acheté des places et puis Christina nous a invités à sa table...

— Pas con, étant donné que tu veux inscrire Gracie à Pembroke. Les membres du comité de direction sont tous des amis de Christina. Mais je ne vous croyais pas amies, elle et toi.

Barbara me regarda en clignant des yeux comme un sale petit rat.

— On ne l'est pas vraiment.

— Vous n'êtes pas amies, mais tu es invitée à sa table ?

— Enfin, si, on est amies, en quelque sorte.

— Hmmm-mmm.

Barbara croisa les bras et me regarda droit dans les yeux.

— Tu sais, j'avais autre chose à te dire.

Elle se pencha vers moi et chuchota :

— Si j'étais toi, je surveillerais de près ton délicieux Peter. Si j'étais toi, j'irais le surprendre, un jour, avec Ingrid Harris au terrain de jeux de la 76e Rue.

— Ingrid est très marrante. (Je secouai la tête pour démentir ses insinuations ridicules.) Je suis sûre qu'il la trouve plus amusante que les autres mamans.

— À ta place, je me méfierais. Entraîneurs, moniteurs de camps de vacances, portiers, tu crois qu'elle aurait des scrupules à se farcir un nounou ?

— Je te promets que j'y veillerai.

J'essayais d'être désinvolte, mais j'étais totalement désarçonnée. Ingrid et Peter ? Impossible ! Il ne me ferait jamais ça. Jamais. Des images cauchemardesques traversèrent mon esprit : sa façon effrontée de flirter avec lui quand je les avais présentés, et l'expression stupide, tétanisée qu'il avait affichée. Coucherait-il avec l'une de ces mamans qu'il adorait détester ? Tous les hommes de la planète sont-ils désespérément en rut ? Non. Il ne ferait jamais ça. Bien qu'il m'ait semblé un peu distant depuis la dispute à propos des culottes tyroliennes.

Peut-être en avait-il marre de moi. Mon Dieu.

Punch était de retour. Cette fois, il nous ordonna de nous placer en rang, épaule contre épaule. À l'unisson, toutes les filles avancèrent la jambe et rejetèrent l'épaule en arrière comme le chœur des Rockettes de Radio City Music Hall. Quatre mères de famille, toutes diplômées, en train de poser comme des mannequins professionnels sur un podium… Évidemment, me dis-je, elles se font photographier tout le temps, elles connaissent la chanson, ce sont en effet des semi-professionnelles.

— Allez les filles ! Plus d'énergie. Regardez-moi comme si vous aviez envie de moi ! hurla Punch.

— Punch ! Quel vilain garçon ! lui répondit Christina en hurlant elle aussi. Mais nous vous aimons quand même !

D'accord. Très bien. Peter avait vingt-neuf ans. Il pouvait coucher avec qui lui chantait, pas vrai ? Non. Faux. Pas au boulot. Mais une autre mère faisait-elle partie du « boulot » s'ils se retrouvaient après les heures de travail ? Au boulot ou pas, l'idée me tourmentait.

Les plafonniers clignotèrent quand John Henry Wentworth, prince de Palm Beach et rédacteur en chef du magazine *Madison Avenue*, déboula dans le studio en faisant claquer la porte derrière lui. Ses cheveux blonds lissés vers l'arrière mettaient en valeur sa calvitie naissante. Il portait une chemise en oxford rose amidonnée et un foulard violet à imprimé cachemire ; ses joues pleines étaient rosies par toutes ses années à la proue d'un voilier. Manifestement mécontent de la prise de vues, il agrippa Punch par le coude et l'entraîna pour une conversation en petit comité.

Les filles gloussèrent et agitèrent la main pour saluer John Henry. Je ne me préoccupais que d'une chose : comment découvrir si Peter fricotait avec Ingrid sans poser la question à une autre maman ?

Les deux hommes se rapprochèrent du groupe. John Henry dit fermement :

— Je crois que nous devrions, euh, changer l'ordre.

Puis il monta sur le plateau, me prit par les épaules, me soulevant presque de terre, pour me placer tout au bout de la file, alors que j'étais la deuxième à gauche. Un peigne incrusté de perles tomba de ma tête, ce qui me tira un instant de mon obsession au sujet du nounou. Le nouvel ordre : Leelee, Fenoula, Christina, Allegra, et enfin moi. Il se foutait de la gueule de qui ?

Je lui glissai à l'oreille :

— Je suis productrice télé. Je passe mon temps à diriger des prises de vues. Ne vous imaginez pas que je ne sais pas ce que ça veut dire, quand on place quelqu'un tout au bout à droite.

Il en resta confus. J'étais furieuse, en partie parce qu'il me plaçait tout au bout à droite afin de pouvoir me couper du cadre, mais surtout parce qu'il s'imaginait que j'étais une mondaine écervelée qui ne comprendrait pas ce qu'il essayait de faire.

— Euh, enfin, j'ai cru, que puisque vous, enfin..., bégaya Wentworth.

— Écoutez, mon petit bonhomme, tout ce que je vous dis, c'est que je sais ce que vous êtes en train de manigancer.

— Mais que diable faites-vous là, John Henry ?

Christina Patten, chevaleresque, prenait mon parti. Cela m'étonna – j'aurais cru qu'elle préférerait lui faire de la lèche plutôt que de me défendre.

— Vous allez la décoiffer ! Grosse bête !

Elle n'avait rien compris à ses motifs.

Wentworth me lança un regard diabolique. Toutes les filles renversèrent la tête pour éclater de rire en agitant leurs poignets vers lui. Encore des flashes, de la musique disco, une heure interminable de poses différentes, toutes avec moi à l'extrême droite.

À la fin de la prise de vues, Christina vint vers moi, les doigts des deux mains croisés. Elle ferma les yeux.

— Prie, prie, prie pour qu'il nous choisisse pour la couverture. Ça changera tout pour toi. Du jour au lendemain.

Je n'avais qu'une hâte : sortir de là. Poser avec des femmes qui incendient leur placard à chaque fin de saison était déjà assez pénible. Imaginer Peter et Ingrid était bien pire – j'étais complètement obsédée par cette idée, j'en avais littéralement du mal à respirer. Je l'avais vue le prendre dans sa toile. Et puis, merde, pourquoi le lui reprocher ? Je montai dans ma voiture et appelai Peter sur son portable. Il sonna quatre fois avant qu'il ne décroche, un peu essoufflé.

Il répondit d'une voix un peu trop empressée.

— Oui ?

— Tu n'oublieras pas le violoncelle ?

— Je, heu, je suis en train de le mettre dans sa caisse.

Il laissa tomber le téléphone. Il y avait plein de bruits étouffés. Puis il le ramassa. Il avait l'air distrait, plus distant que jamais.

— Ça va, Peter ?

— Oui.

— Qu'est-ce qui se passe ?

— Rien.

— Gracie avait une invitation à jouer après l'école ?

— Ouais, heu, chez Vanessa Harris.

— Ah, c'est bien.

La fille d'Ingrid. Je tentai de réprimer la pire crise de nerfs de mon existence.

— C'est Yvette qui l'a emmenée ? repris-je.

— Oui. Enfin, oui, Yvette était avec elle.

— J'ai demandé…

— Oui. Je crois qu'elle s'est bien amusée. J'essaie juste de prendre le violoncelle et les partitions, là.

— Tu es à la maison depuis longtemps ?

— Je suis venu tôt. Je devais prendre un truc en ville. Yvette avait besoin d'un coup de main.

— Pour faire quoi ?

— Des trucs. Ne t'inquiète pas, je te rejoins en bas.

Dix minutes plus tard, je me garais devant notre immeuble. Peter et Gracie, avec son violoncelle miniature, s'installèrent sur la banquette arrière. Peter mit sa ceinture de sécurité à Gracie et scruta mon visage. J'avais du mal à le regarder.

— Comment se fait-il que tu sois aussi maquillée ?

— Une prise de vues. Rien d'important.

Quand nous nous rangeâmes devant l'école pour garçons de St. Henry, Peter lâcha d'une voix morne :

— Je vais aller chercher Dylan.

Une horrible vague de froid était tombée entre nous ; nous nous parlions comme des automates.

Je passai le bras vers l'arrière pour masser le genou de Gracie.

— Maman, dit-elle, je peux retourner bientôt à la maison de Vanessa ?

— Mais bien sûr, ma chérie. Tu t'es bien amusée ?

Elle marmonna « hmm-mmm » avec le pouce dans la bouche. Puis elle retira son pouce.

— Elle a une cuisine pour jouer dans sa chambre. Plus grande que la mienne.

— Mais toi, la tienne est formidable, avec plein de poêles et de casseroles.

— Peter aussi, il trouve que la mienne est mieux.

Mon cœur s'affola.

— Mais quand est-ce que Peter a vu la sienne ? C'est Yvette qui t'a emmenée, comme d'habitude, non ?

— Umm-umm.

Elle secoua la tête, le pouce à nouveau dans la bouche, puis posa la tête contre le siège et se tourna vers la fenêtre.

Je bondis comme un lapin hors du siège avant et m'agenouillai sur l'accoudoir central.

— Gracie. Sors ton pouce de ta bouche, tout de suite. Qui t'a emmenée chez Vanessa ?

Ses yeux s'arrondirent comme des soucoupes : elle s'imaginait qu'elle avait fait une grosse bêtise.

— Yvette, maman.

Je fus tellement soulagée que je sentis mon corps tout entier fondre dans la banquette.

— Mais Peter est venu aussi.

Merde. Merde !

19

Dis-moi que ce n'est pas vrai

Je m'étais promis d'affronter Peter ce soir-là après avoir couché les enfants, mais j'en étais malade rien que d'y penser. Si je devais le virer, Dylan mettrait des semaines – voire des mois – à s'en remettre, et les absences de son père en semaine ne feraient qu'exacerber sa solitude. Mon rêve d'un nounou costaud surfant dans nos vies pour balayer tous nos problèmes était décidément ébranlé.

Évitant soigneusement de croiser le regard de Peter après dîner, je lui demandai d'installer Dylan avec un bouquin pendant que je lisais une histoire à Gracie et Michael.

Peter mit une éternité à sortir de la chambre de Dylan. Je faisais semblant de lire le *New York Times* sur le canapé du salon – mais je fixais le même entrefilet depuis vingt minutes. Pouvait-il soupçonner que je me doutais de quelque chose ? Comment n'aurait-il pas pu deviner ? Je n'étais plus moi-même. D'un autre côté, peut-être était-il innocent et simplement déconcerté par ma froideur. Je me sentais coupable, comme si j'étais une vieille bonne femme paranoïaque et folle. Puis je me demandai pourquoi je me reprochais quelque chose que lui avait peut-être fait.

Tout se passait comme si nous avions franchi l'étape du béguin pour nous installer dans le rythme d'une relation stable – comme si nous allions discuter de nos problèmes en prenant un verre et un bon dîner avant de nous réconcilier sur l'oreiller. Je n'arrivais pas à croire ce qui me passait par la tête. Je me frappai plusieurs fois le front du plat de la main. Quand je l'affronterais enfin, je devais prendre soin à ne pas me comporter en adolescente immature et trahie. Mon Dieu, quel bordel, étais-je en train de me dire, précisément au moment où Peter apparut sur le seuil.

Il portait sa casquette de base-ball à l'envers ; il avait sa veste et son sac de sport sur l'épaule.

— Dylan lisait à haute voix, puis il m'a demandé de lui lire quelques pages, mais il s'est endormi avant la fin du premier paragraphe.

Il entra dans le salon et s'assit sur le bras grêle de la chaise Louis XIV préférée de Phillip. J'espérais vaguement qu'elle se casse sous son poids, pour qu'il se sente encore plus coupable. Il secoua la tête pour écarter ses cheveux de ses yeux et attendit en silence. Il était tellement séduisant.

Je lui adressai un regard glacial.

Après un moment de silence embarrassant, il parla enfin :

— Tu vas bien ? Qu'est-ce qui se passe ?

— C'est à toi de me le dire, Peter, non ?

— Hein ?

Ses yeux s'écarquillèrent. Je crus, pendant un délicieux instant, qu'il était peut-être innocent, que rien ne pouvait se passer entre un branché de Red Hook et une femme du monde comme Ingrid Harris. Manifestement, Barbara s'était trompée ; il ne me ferait pas ça. Il allait me prendre pour une folle. Je ne voulais pas l'accuser pour qu'il me rie à la figure.

Je tournai lentement les pages du journal, comme si je cherchais à retrouver un article très important. Puis je rompis ce silence bizarre.

— Gracie s'est bien amusée avec sa petite camarade ?

Je décidai que s'il mentait, je le renverrais immédiatement, mais que s'il avouait, il avait encore ses chances. Il ne savait pas que Gracie avait craché le morceau dans la voiture.

— Ouais, bien sûr, je pense.

— Tu le saurais, si elle s'était amusée, non ?

— Ouais. Dans ce cas précis. Je donnais un coup de main à Yvette aujourd'hui.

— Quand je t'ai téléphoné tout à l'heure, tu as tout fait pour me faire croire que tu n'y avais pas été.

— Je ne t'ai pas menti. J'étais pressé, il fallait que je prépare le violoncelle et le reste des trucs des gamins.

Peter me parlait comme si j'étais sa petite amie. Il comprenait à quel point je me sentais trahie. Je savais qu'il me cachait des choses pour ne pas me blesser. C'était insensé.

— Qui était là ?

— Les deux gamines, bien entendu, Yvette et leur nounou, Lourdes. Et Ingrid, enfin Mme Harris, est passée, je pense, un petit moment.

Il se racla la gorge et se leva, passant son sac de gym d'une épaule à l'autre.

— Juste un petit moment ? Alors tu n'as pas passé un moment agréable avec elle ?

Il ne répondit rien.

— Je t'ai demandé si tu avais passé un moment agréable avec « Ingrid », comme tu dis.

— Si. Bien sûr.

— Et alors ? Elle est restée longtemps ?

Peter baissa les yeux et retira sa casquette de base-ball, se rassit, cette fois dans le fauteuil le plus proche du canapé. Son genou était dangereusement proche du mien. Il passa les doigts dans ses cheveux. Il semblait à la fois sur la défensive, coupable et penaud.

Barbara Fisher avait raison.

Après un silence qui sembla durer dix minutes, il se redressa et me regarda en clignant des yeux. Je clignai des yeux à mon tour pour tenter de déchiffrer son expression, en espérant m'être trompée sur son compte.

— D'accord… Elle s'est jetée sur moi dans le placard à linge et elle m'a dit qu'elle ne portait pas de petite culotte. Qu'est-ce que je pouvais faire ?

— Elle n'a pas fait ça ? m'étranglai-je.

— Oh si, elle l'a fait.

— Dans sa maison ? Avec les enfants qui étaient là ?

— Parole de scout. Mais ne t'inquiète pas, Yvette et Lourdes étaient avec les filles. Et ça ne m'a pas fait beaucoup d'effet.

Il ne disait pas cela avec une grande conviction.

Mon cœur se serra. Je me tournai vers la fenêtre, en me demandant comment réagir.

— Et alors ?

— Eh bien… (Il rougit.) Je n'entrerai pas dans les détails. Mais je te dis qu'elle ne me branche pas… c'était tellement…

— C'était quoi ?

Je tentais d'avoir l'air ferme et mature. Détachée.

— Tu veux des détails ? Je te le raconte, si tu y tiens vraiment, mais c'est un peu gênant.

Je n'arrivais pas à croire qu'Ingrid Harris ait dit au nounou de Dylan qu'elle ne portait pas de petite culotte. Maintenant, j'étais plus furieuse contre elle que contre lui.

— Je veux dire qu'on n'a pas… Ça n'a duré qu'un petit moment et puis j'ai dit qu'on ne pouvait pas faire ça. Pas question.

Il se cala dans le fauteuil, très satisfait de sa tirade.

— Alors tu l'as repoussée ?

Mon Dieu, qu'est-ce que j'étais soulagée.

— Tu comprends, ce n'est pas aussi facile que ça pour un homme : une femme sublime qui te fait des avances…

— Tu la trouves sublime ? lâchai-je en le regrettant instantanément.

— Enfin… ouais. Un peu vulgaire peut-être, mais oui, c'est une belle femme.

Il secoua la tête l'air émerveillé, comme si Ingrid était une déesse du sexe.

— Je ne sais pas, Peter. Il ne s'agit pas vraiment d'elle.

— Je suis sincèrement désolé.

J'étais incapable de parler. Malgré tous les discours que j'avais répétés dans ma tête, je n'arrivais pas à articuler un mot.

— Je te jure que je n'ai pas couché avec elle. (Il voyait à quel point j'étais blessée.) Et je te promets de toujours te dire la vérité.

Je suis mariée ! avais-je envie de hurler. *Je ne suis pas blessée ! Je ne suis pas ta petite amie !* Mais au lieu de cela, j'inspirai profondément :

— Tu crois avoir agi de façon responsable, alors que tu étais censé surveiller les enfants ?

— Hé ! Ho ! Je t'ai déjà dit qu'Yvette et Lourdes jouaient avec les enfants. Gracie ne courait pas le moindre danger. Enfin, c'est Versailles, là-bas, avec toutes les servantes qui courent dans tous les sens. Alors ne transforme pas cette affaire en…

Je craquai enfin.

— En quoi ? hurlai-je. Alors ce n'est rien ? Rien, Peter ? Tu t'envoies en l'air avec une femme mariée au milieu de la journée, pendant les heures de boulot, et tu fais comme si ce n'était rien ?

— Je ne dis pas que ce n'était pas totalement déplacé, mais ce n'est pas comme si les hamburgers étaient en train de brûler dans la poêle, de foutre le feu au toit, et que ta fille était suspendue à la fenêtre au-dessus de Park Avenue !

Il se leva et se mit à faire les cent pas dans le salon.

— Bon, d'accord, alors ta copine cinglée – une vraie mangeuse d'hommes, soit dit en passant – et n'oublions pas qu'après tout, c'est ta copine à toi – me pousse dans le placard à linge pour m'embrasser. C'est tout. Je n'ai pas couché avec elle.

On aurait dit Bill Clinton.

— Alors, c'est tout ce qui s'est passé ? Vous vous êtes embrassés ? Tu en es sûr ?

Mon Dieu.

Il inspira profondément :

— Enfin, oui. (Pause.) En gros.

20

Pas que le nounou

La semaine suivante ne fut pas facile à vivre. Goodman était impossible ; il remettait en question tout ce que je faisais. Quant à moi, je remettais en question les moindres faits et gestes de mon nounou. Lorsque Peter me téléphonait pour me dire où il était, je lui demandais toujours qui était là. Lorsqu'il essayait de se rapprocher, je me figeais. Et lorsqu'il lançait une petite plaisanterie, je refusais de rire. Je revenais à la logistique et Peter me renvoyait dans mes cordes. Je m'interrogeais sur mon propre comportement : malgré tout, je ne voulais pas le perdre. J'étais donc particulièrement distraite lorsque j'allai souhaiter bonne nuit à Dylan. Sa lampe de chevet jetait un triangle de lumière sur ses cheveux et son livre, dans sa chambre plongée dans l'obscurité.

— Salut maman. T'es rentrée, dit-il.

Il était près de 21 heures et j'avais travaillé tard tous les soirs avec Goodman sur la façon dont nous voulions articuler le sujet. J'avais enfin trouvé un moment pour rentrer voir mon fils avant qu'il ne s'assoupisse.

Mon ange. Je m'assis sur son lit.

— Tu as l'air fatigué, dis-je.

Je repoussai ses cheveux sur son front et rangeai son livre sur sa table de chevet. Il se glissa sous ses couvertures et posa sa tête sur l'oreiller. J'éteignis sa lampe pour lui parler doucement dans le noir.

— Il est temps de dormir.

— J'avais tellement de devoirs.

— Peter t'a aidé ? Tu as tout fait ?

— Ben oui.

— Bon. Très bien.

— Quand est-ce qu'il rentre, papa ?

— Je te l'ai déjà dit, il sera parti pendant presque deux semaines. Il rentrera une ou deux fois, pas pour longtemps. Il sera couché quand tu te lèveras samedi matin.

— Pourquoi tu peux pas être là plus souvent quand il est parti ?

— Mon interview, mon chéri. Une interview très importante pour la télé. Je te l'ai déjà dit. Ce sera fini très bientôt.

Il ricana.

— Bientôt. Je te le promets.

— Peter et moi, on a bien rigolé à cause de Craig.

— Qu'est-ce qu'il a fait, Craig ?

— C'est une longue histoire. D'accord, alors d'abord, quand on est arrivés à l'école…

Décidément, je ne pouvais pas postuler au titre de Mère de l'Année. Mon esprit revenait obstinément à Peter.

— Alors il a dit à Douglas Wood qu'il voulait pas aller à sa partie de bowling à Chelsea Piers et que c'était…

Ma vie s'était transformée en épisode de *Desperate Housewives* du jour au lendemain. Ma voisine faisait des pipes au beau mec qui tondait ma pelouse et je la détestais. Je n'arrivais pas à me débarrasser de cette sensation de trahison.

— Tu m'écoutes, maman ? Tu peux le croire, que Jonathan a dit à Douglas que sa dernière fête était à chier ? Il a utilisé ce mot-là. C'est méchant, non ?

— Oui, mon chéri. Alors qu'est-ce que tu as répondu ?

— Peter m'a appris à faire un truc. (Mon petit garçon sarcastique ne put s'empêcher de sourire.) C'est tout ce que tu as besoin de savoir.

Dix minutes plus tard, je fis sursauter Peter, qui envisageait ses options devant le réfrigérateur.

Il fit rapidement volte-face.

— Hé ! Tu m'avais dit que tu resterais tard au bureau tous les soirs, cette semaine.

— Je sais, mais Goodman a dû partir plus tôt.

Je jetai mon énorme cabas sur la banquette et me mis à en tirer des cassettes, que j'empilai sur la table de petit déjeuner.

— Si tu m'avais prévenu, j'aurais pu faire traîner les choses un peu pour que tu voies les enfants avant qu'ils s'endorment, mais les petits étaient fatigués.

— Ça va, Peter. Ça va, d'accord ?

C'était plus fort que moi. Ma colère était palpable. Je posai les deux mains sur mon cœur, pour le contenir, comme s'il allait jaillir en me crevant la poitrine, façon *Alien.* Je sortis les retranscriptions de l'interview et les posai brutalement sur la table.

— Hou là

— Hou là, quoi ?

— Hou là, c'est tout.

Il se tut un instant pendant qu'il se versait un verre de jus d'orange.

— Je t'ai déjà dit que j'étais désolé, reprit-il.

— En effet. Mais il y a plein de trucs qui m'énervent, dans cette histoire.

— Ah, vraiment ? Par exemple ?

— Ton attitude, pour commencer. Ça ne t'a pas ennuyé qu'Ingrid soit mariée ? On n'a même pas abordé le sujet.

— On l'aborde maintenant. Je n'ai jamais, pas une seule fois dans ma vie, eu un truc avec une femme mariée.

— Ingrid est mariée. Ça fait au moins une fois, donc.

— Très bien. (Il referma la porte du réfrigérateur d'un coup de pied.) Ce que je disais, c'était que je n'avais jamais fait ça auparavant.

Je le dévisageai d'un air soupçonneux.

— Les femmes ne sont jamais agressives à ce point. J'ai été choqué. Vraiment choqué, puis totalement déstabilisé. Littéralement déstabilisé.

— Inutile de me donner des détails.

Je mentais. Je voulais désespérément me torturer en apprenant les moindres détails. Je me passais des films dans la tête en permanence : Ingrid lançait une remarque impertinente dans le couloir et il éclatait de rire. Il lui tapait sur le bras, mais ne retirait pas sa main. Puis elle se collait contre lui au milieu du couloir et se mettait à lui sucer le lobe de l'oreille. Il bandait incroyablement et c'était lui, pas elle, qui l'entraînait dans le placard à linge. Il la désirait, elle. Pas moi.

— Écoute, je sais que c'était une erreur – une erreur dont elle est la première responsable. Et soit dit en passant, je me suis déjà excusé. Je suis vraiment désolé. C'était une connerie, mais je ne l'ai pas commise dans l'intention de te blesser. Ça n'a rien à voir avec toi. Avec toi et moi.

Toi et moi. Lui et moi. Tout en n'arrivant pas à croire qu'il ait dit cela, je me refusai le plaisir que ses paroles auraient pu me procurer. *Toi et moi.* Dans mes moments les plus rationnels, je me permettais de reconnaître que cet homme avait de la tendresse pour moi, voire qu'il m'admirait, mais je n'avais jamais imaginé, ne serait-ce qu'une seconde, que je puisse éveiller une étincelle chez lui. J'avais aussi tenté de me persuader que mon attirance pour Peter provenait de ce qu'il y avait de pourri au royaume des Whitfield. Mes sentiments ne naissaient pas d'un penchant naturel : ils ne représentaient qu'un symptôme des lacunes de ma propre vie.

— Ce n'est pas comme si j'avais des sentiments pour elle.

— Tu es grand et costaud. On a du mal à t'imaginer pris de force.

— Je te l'ai déjà dit, ce n'était pas le genre de situation où il est facile de dire non. Nous étions dans sa maison, dans son placard, elle était dans un état bizarre où rien ne l'arrêtait.

Je me tournai vers lui pour crier :

— Un état bizarre ?

— Tu ne pourrais pas me lâcher un peu la grappe, là ? Tu es distante depuis toute une semaine. Rappelle-toi ce qui s'est passé en réalité, tu veux ? Essaie de te mettre à ma place : j'étais tellement choqué que je n'ai pas pu réagir.

— Inutile de me faire un topo.

— Parfait, je n'en ai aucune envie, de toute façon.

Il prit un verre propre, l'emplit d'eau et me le tendit. Une piètre offrande de paix, vu les circonstances.

— On dirait que tu es blessée.

— Ça ne va pas, la tête ?

— Donc tu n'es pas blessée.

— Non, pas du tout. Enfin, tu es un employé.

Il donna un coup de poing dans le mur et lâcha, sarcastique :

— Je suis un employé. Rien de plus. C'est ça, le fin mot de l'histoire : je travaille pour toi.

Il aurait pu gueuler, me dire que c'était un coup bas, partir en claquant la porte. Mais au lieu de cela, il désamorça mon hostilité en claquant des doigts :

— Bien joué, ma petite dame. Mais c'est raté. Je ne me contente pas de travailler pour toi. Je ne te laisserai pas t'en tirer aussi facilement.

— D'accord, très bien. Tu n'es pas que…

— Pas que quoi ? Dis-moi.

Il tapa du pied, avec un léger sourire.

— Tu le sais, Peter.

— Quoi ? Pas que le nounou ?

— Non.

— Alors dis-le.

— Dire quoi ?

— Dis-le. Regarde-moi. Dis : « Peter, tu n'es pas que le nounou. »

— Non.

— J'ai besoin que tu le dises. Tu n'as pas été réglo avec moi. Et tu le sais. C'est la seule façon de te faire pardonner.

— Et puis quoi, merde ? C'est toi qui devrais te faire pardonner, c'est toi qui t'es fourré dans le placard d'Ingrid.

— Dis-le.

Je sentis mon visage s'enflammer et tentai de réprimer un rire nerveux.

— C'est trop bête.

— Tu peux le dire ? S'il te plaît.

— Très bien. (Je levai les yeux au ciel.) Tu n'es pas que le nounou.

— Ouf !

Il essuya son front du revers de la main d'un air mélodramatique.

Nous restâmes tous deux silencieux un moment. Nous nous rendions compte que désormais nous avions franchi le cap de l'affaire Ingrid et que nous étions… eh bien, amis.

— Toute cette situation est un petit peu bizarre, dis-je.

— Je le sais. C'était bizarre, en effet. Crois-moi.

Il avait un charme hypnotique.

— C'est une copine, fis-je enfin. Et je l'aime bien. Je l'aime beaucoup, en fait.

— Tu sais quoi ? (Il leva les paumes en l'air.) J'aime bien Ingrid, moi aussi. Elle me fait marrer. Mais je ne veux pas de ce genre de… Je ne lui ai jamais, jamais laissé entendre quoi que ce soit dans le genre.

Je dois avouer que, dans cette vilaine affaire, j'avais encore quelque chose à ajouter.

— Elle trompe tout le temps Henry.

— Ça ne m'étonne pas. Ça n'avait pas l'air d'être toute une histoire pour elle, rien d'extraordinaire.

— J'ai bien dit tout le temps. Elle le trompe tout le temps, insistai-je.

— Eh bien, vu son agressivité…

— Tu sais, elle a un entraîneur panaméen super-baraqué. Et encore d'autres, peut-être.

Son visage blêmit lorsqu'il entendit cela. Il ne trouva rien à répliquer.

Ma stratégie avait été couronnée de succès. Goodman m'avait enseigné plusieurs façons de soutirer des informations. Inutile de poser une question directe pour obtenir une réponse. On peut lancer une affirmation pour faire réagir les gens. La réaction de Peter, dans ce cas, valait mille mots : c'était l'expression piteuse d'un type qui est en train de se dire que sa queue n'est peut-être pas aussi grosse que celle de l'autre mec. Impossible de s'y méprendre.

Quel mot avait-il utilisé la semaine dernière, quand je lui avais demandé s'ils n'avaient fait que s'embrasser ?

Il avait répondu « en gros ». Très bien. Je le croyais lorsqu'il me disait qu'il n'avait pas couché avec elle, mais je savais également qu'ils ne s'étaient pas contentés de s'embrasser.

Victorieuse mais néanmoins dépitée, je jetai l'éponge.

— Comment allait Dylan ce soir ?

— Très bien. Il a fait ses devoirs. C'est bien que tu sois arrivée avant qu'il s'endorme.

Je sentais l'urgence de sa voix, son désir de me retrouver sur le terrain du besoin qu'éprouvait Dylan d'être avec ses parents. Pourtant, l'intensité du regard qu'il posait sur moi me déconcertait. Peut-être était-il contrarié que j'aie joué la carte employeur/employé ; peut-être voulait-il s'excuser à nouveau. Ou, plus vraisemblablement, il tentait de me faire comprendre par télépathie que son pénis n'était pas aussi petit que cela.

— Quoi ? lâchai-je.

— C'est tout : il était content de voir sa mère, répondit-il. Bon, il faut que je prenne mes affaires.

— Pourquoi ? Tu pars ?

— Eh bien, puisque je ne suis qu'un employé… (Il tapota sa montre.) J'ai fait mes heures. Il est temps de pointer.

— Rien ne presse, pas vrai ?

Cette fois, je souris. La tension était retombée. Plus ou moins.

Il prit un Coca dans le réfrigérateur puis s'assit sur la banquette. Les cassettes et les calepins de l'interview étaient éparpillés devant lui sur la table.

— Alors tu l'interviewes quand ?

— C'est fait.

— Comment as-tu pu ne pas me le dire ?

— J'étais censée ne pas en parler à quiconque. Donc, tu le gardes pour toi. C'est extrêmement confidentiel.

— Bien entendu. Tu as dîné ? J'étais sur le point de me faire réchauffer un curry avant de rentrer. Tu en veux ?

— Non, mais je t'accompagne. Je reviens dans quelques minutes, lui dis-je.

Je ramassai les cassettes et les calepins et les déposai dans le bureau.

Quand je revins à la cuisine, Peter était en train de poser deux assiettes fumantes de curry de poulet sur la table.

— Voilà de quoi manger. Tu maigris, avec tout ce boulot.

Très bien. Il trouvait peut-être que j'avais un joli cul, même s'il ne pouvait se comparer à celui d'Ingrid.

— Bon ! dis-je.

— Oui ?

Maintenant que j'avais avoué qu'il n'était « pas que le nounou », j'avais l'impression qu'il s'agissait d'un premier rendez-vous avec un inconnu.

— Raconte-moi tout sur ton logiciel.

Il se redressa sur sa chaise et, ce faisant, son genou frôla le mien. Ce fut comme un choc électrique. En retirant brusquement ma jambe, je heurtai l'un des barreaux de la table.

— Aïe !

— Désolé. Je ne te fais pas du pied, je le jure.

Il sourit. Je tentai de faire comme s'il n'avait rien dit.

— Certains de mes commanditaires se sont retirés. J'ai testé le programme en ligne avec toutes les versions des navigateurs et tous les PC possibles. Mais quand je suis allé faire la démo dans le bureau de l'investisseur, le logiciel antipiratage de son PC n'arrêtait pas de lancer des avertissements. Je l'ai redémarré mais ça s'est encore planté…

Je tentai de m'intéresser à ses histoires de logiciel et de ne pas me laisser distraire par tout ce qui se passait, par exemple mon interview ou l'image de sa queue dans la bouche d'Ingrid.

Le dîner était fini. J'avais encore beaucoup de boulot ce soir-là. J'avais besoin d'un café.

— Tu te fais du café maintenant ? dit-il. Tu ne devrais pas plutôt dormir ?

— Je vais me coucher tard, je dois encore visionner cette interview. Il faut que je la regarde dans un environnement absolument silencieux, pour ne pas être distraite par quoi que ce soit quand je rédigerai le texte. Je fais toujours ça à la maison.

Je tirai un calepin de mon sac.

— Merde.

— Quoi ?

Peter m'avait suivie jusqu'au comptoir. Je sentais la chaleur qui émanait de son corps.

— Mon chronomètre. Il appartenait à mon grand-père. Je l'ai perdu la semaine dernière, dans un taxi, je crois. Je déteste chronométrer les séquences avec une montre ordinaire, parce que l'aiguille des secondes ne s'arrête pas. Tu en as un ?

Je parlais à toute vitesse, angoissée que notre relation ait franchi un cap, angoissée (et peut-être pleine d'espoir) qu'il ait peut-être frôlé exprès mon genou.

— Non, je n'ai rien qui marque les secondes.

— Merde.

Je me rassis. Brusquement, j'en avais marre. De tout. Du reportage, de mon mariage, de mes enfants, de Peter et de cette salope de sexe-machine d'Ingrid.

— Il faut que tu prennes du temps pour toi.

— Je n'ai pas le temps.

— On pourrait se promener dans le parc, demain, ou bien faire les galeries sur Madison Avenue. Ou encore visiter un musée, dit-il. Prends soixante minutes sur n'importe quelle horloge et sors de tout ce qui est dans ta vie. Tu y verras plus clair dans ton travail.

Je m'imaginai en train de me promener avec lui, rien que lui, sans mes enfants, et je songeai aussitôt que, si je tombais sur l'une de mes connaissances, on pourrait en tirer certaines conclusions. C'était hors de question.

— Entre-temps, dit-il, laisse-moi visionner les cassettes.

— Non, Peter. C'est vraiment sordide, tu n'as pas à t'emmerder avec ça.

— Au contraire. Je connais tout de Hartley. N'oublie pas que mon père est de droite. J'ai grandi dans ce milieu-là.

— Peter, tu es l'une des seules personnes à connaître l'existence de ces cassettes. Je n'aurais jamais dû t'en parler.

— Comment aurais-je pu ne pas savoir ? Je vis pratiquement ici, non ? Comme tu dis, je travaille pour toi. Tu peux me faire confiance. Enfin, à part ce qui s'est passé avec tu-sais-qui, en général tu sais que tu peux me faire confiance.

Il sourit.

J'étais fatiguée. J'avais confiance en lui, en effet, malgré tout.

— Je suppose que tu peux regarder les cassettes avec moi. Mais je vais te faire bosser. Comporte-toi comme un téléspectateur, un type ordinaire. Dis-moi ce que tu penses d'elle.

Nous passâmes au bureau, je glissai la cassette dans le magnétoscope et m'allongeai sur le canapé, un calepin sur les genoux, comme une étudiante qui va bachoter toute la nuit. Peter s'installa dans un fauteuil de l'autre côté de la pièce. Je sirotai mon café tandis que les premières minutes de l'interview se déroulaient sur l'écran.

— C'est la partie chiante. On fait de l'échauffement.

Ce fut la dernière chose que je me rappelai avoir dite avant de m'assoupir. Quand je me réveillai à 3 heures du matin, la tasse de café avait disparu et une couverture était posée sur moi. Les lampes étaient éteintes, tout comme le téléviseur.

Après quatre heures supplémentaires de sommeil, je me sentais enfin calme, l'esprit net. Je pourrais regarder les cassettes plus tard dans la journée et m'en faire une idée. Je les avais déjà visionnées dix fois, de toute façon. Et j'étais charmée des soins que Peter avait pris cette nuit-là. Nous étions officiellement passés à la vitesse supérieure, en devenant amis. Je pouvais arrêter de me tourmenter au sujet de son aventure avec Ingrid. Évidemment, il était séduisant et j'avais sombré dans un abîme de jalousie et d'insécurité, mais j'en étais sortie. Soit ma vie de couple s'arrangerait et j'apprendrais à vivre avec les défauts de Phillip, soit nous finirions par nous séparer. Mais j'étais loin d'être prête à affronter la situation. Entre-temps, j'avais décroché le plus gros scoop politique de l'année et j'avais trois enfants en bonne santé. J'étais bénie, et je le savais.

À 9 heures du matin, j'entrai dans la cuisine pour préparer le petit déjeuner et le café. Carolina avait déjà emmené Dylan et Gracie à l'école. Michael arriva en se dandinant, grimpa près de moi sur la banquette et cueillit les myrtilles dans mon bol. Je le serrai fort contre moi. Il suçota un bout de bagel, mit la main dans mon jus d'orange, et rit quand j'essayai de lui manger les orteils.

Je l'embrassai sur la tête et essuyai le jus collant de ses petites mains potelées.

La porte d'entrée s'ouvrit et se referma en claquant. Peter. Il portait un col roulé sombre. Il n'en avait jamais porté auparavant. Il était superbe. C'en était fini de mon petit numéro d'esprit tranquille et net.

— Tu as plusieurs heures d'avance.

— J'espérais te trouver avant ton départ.

— Je n'ai pas pu regarder les cassettes, mais au moins je suis contente d'avoir rattrapé quelques heures de sommeil. (Je mordis dans mon muffin anglais.) Désolée, je me suis endormie. Il vaut mieux que tu n'aies pas regardé les cassettes. Il est interdit de les montrer à quiconque. Et merci pour la couverture, au fait.

— Je les ai vues.

Je le dévisageai, stupéfaite.

— Tu les as regardées ? Pendant que je dormais ?

— Ouais.

Avais-je ronflé ? me demandai-je. Avais-je bavé sur l'oreiller, devant lui ?

— Peter, tu n'aurais sans doute pas dû.

— J'ai essayé de te poser la question, mais tu étais morte. Carrément morte.

Il s'assit à côté de moi. Il avait l'air sérieux.

— J'ai dormi tout le temps ?

— Tu avais l'air de la Belle au bois dormant.

Je me sentis un peu nue, comme s'il m'avait surprise en sous-vêtements. Non pas que cela m'aurait gênée, sous un bon éclairage.

— Il faut qu'on parle. De Theresa. Ce que je vais te dire ne te plaira pas.

— Ah bon ? Je tiendrai le choc. Tu as trouvé ça chiant ? Ce n'est pas une bonne interview ?

— C'était palpitant.

Je souris.

— Formidable. Tu représentes un bon échantillon de la population. Mâle, entre dix-huit et quarante-neuf ans.

Très alléchant pour les annonceurs. De famille républicaine. Je suis ravie. Je suis soulagée.

Je mordis encore dans mon muffin anglais, avec un bout d'œufs brouillés.

— Tu ne devrais pas être soulagée.

— Pourquoi pas ?

— Parce qu'il y a quelque chose qui ne va vraiment pas chez cette Boudreaux, et je pense que tu n'as rien remarqué.

21

Jour blanc d'hiver

— C'est l'audience potentielle qui fausse ton jugement.

Michael agrippa ma cuiller sur la table et fit dégouliner du jaune d'œuf sur sa chemisette. Tout en le tenant d'une main, je tendis le bras vers le comptoir derrière moi pour attraper sa locomotive miniature préférée.

Peter ne savait pas de quoi il parlait, ce qui me rappelait à quel point il pouvait être têtu. Je lui en voulais de son intrusion autoritaire et, à vrai dire, ce ressentiment me soulageait étrangement. Il était plus facile de me focaliser sur son arrogance que sur les sentiments déconcertants de la veille.

— Peter, j'aimerais beaucoup entendre ton point de vue sur la question, vraiment, mais je voudrais passer un moment avec Michael.

— Ou alors, tu te laisses bousculer par Goodman ?

— Où veux-tu en venir, au juste ?

— Très bien. Prends du temps pour Michael. Je t'attends devant la porte et je t'accompagne. On en parlera à ce moment-là.

Il n'était pas disposé à se laisser éconduire.

Dans le hall d'entrée, j'aidai Michael à retrouver son jouet préféré au fond du placard, un aspirateur avec de petites boules colorées bondissantes.

Il fit avec ses lèvres un petit bruit crachotant de moteur, *brrrrrr*, tout en tournant en rond. Je vérifiai ma tenue dans le miroir. Je portais un col roulé en cachemire chocolat avec un jean moulant et des talons hauts.

Yvette, debout devant la porte, m'observa en train de m'examiner dans le miroir. Elle poussait Michael à s'exciter sur les boules qui sautaient comme du pop-corn pour qu'il ne crie pas quand je partirais. Puis elle vit Peter me tenir la porte galamment et me lança un regard désapprobateur. Je devenais peut-être paranoïaque. Mais peut-être pas. Je me penchai pour embrasser le bébé, le serrai très fort contre moi et le regardai dans les yeux.

— Les mamans, ça revient toujours à la maison.

Il hocha la tête, mais sa lèvre inférieure se mit à trembler.

— Je t'aime, Michael. Tu es mon bébé. Tu seras toujours le bébé de maman.

Il s'agrippa à la manche de mon manteau.

— Pop-corn ? Tu veux jouer au pop-corn ?

Ses yeux s'animèrent. Yvette l'attrapa comme un petit avion et se tourna vers sa chambre. Juste avant de partir, je retirai mes mi-bas et les lançai sur le canapé de l'entrée. Ingrid m'avait dit un jour que ce qui faisait de l'effet, c'était d'avoir les pieds nus dans ses chaussures, même au beau milieu de l'hiver.

— Il fait froid dehors.

— Je sais.

Il chantonna un petit air du genre « les gens sont complètement dingues » et me fit signe de sortir. Quand je frôlai son corps, je sentis mon cœur s'affoler et tentai de me distraire dans l'ascenseur en pensant qu'on risquait un procès de la part du comité national républicain quand l'interview de Theresa serait diffusée.

Quand nous sortîmes, je humai la sublime journée de décembre. Il n'avait pas encore neigé et l'air était aride et sec. J'adorais New York juste avant la saison froide, quand l'été semblait encore proche et familier. Ce serait peut-être le dernier jour avant que l'hiver s'installe, avec sa boue noire et glacée fondant dans toutes les rues de la ville.

Luis m'attendait déjà dans la voiture.

— Hé, *man*, dit Peter en frappant sur la vitre. Elle n'a pas besoin de toi ce matin.

— Mais si.

— Non, tu n'as pas besoin de lui. (Il se tourna vers Luis.) On va se balader dans le parc.

Je vis la panique se peindre sur le visage de Luis. Il me regarda l'air de dire : *Ce mec, je ne l'écoute pas. Je vous écoute, vous !*

— Peter, on ne va pas au parc, là.

Je tentai de prendre l'air fâché, mais je le regardais dans son gros pull de pêcheur à col roulé que je ne l'avais jamais vu porter, en admirant la façon dont il faisait ressortir le bleu de ses yeux. Il était redoutablement séduisant dans son jean, ses bottes marron et son blouson d'aviateur en cuir marron. Je me répétai, *Ressaisis-toi. C'est le nounou, pour l'amour du ciel. Arrête de t'obnubiler sur son physique. Tu es mariée. Et c'est ridicule, que je sois obligée de me parler comme ça.*

— *Hé...* Je ne suis pas sûr de pouvoir continuer à travailler pour toi si tu ne prends pas trois quarts d'heure pour venir avec moi.

Puis il sourit. Je ne pus m'empêcher de songer à un petit ami que j'avais à la fac, le premier garçon avec qui j'aie couché. Il avait un petit sourire de travers qui pouvait m'arracher à mes bouquins en une seconde.

— Dis-moi que tu plaisantes.

— Pas du tout.

Il était 10 h 15. La réunion sur Theresa ne commençait qu'à 13 heures, mais je devais m'y préparer. Je me passai du rouge à lèvres dans la réflexion de la vitre de la voiture. J'étais tellement belle que je n'en pouvais plus.

— Tu sais, je crois qu'on s'est tout dit. D'accord ? On peut passer à autre chose ? Je m'en suis remise.

— Cela n'a rien à voir avec Ingrid, crois-moi.

Bien que cela me déplaise, j'avais l'habitude d'improviser en réunion. Toutes les mamans qui travaillent doivent en passer par là.

— J'espère que ça vaut le coup.

Je passai la tête par la fenêtre de la voiture.

— Luis, attendez-moi ici, s'il vous plaît. Je reviens bientôt et nous irons au bureau.

Peter tira un truc du coffre du 4 × 4. Puis il revint avec notre couverture de survie dans une main et mes bottes Ugg dans l'autre.

— Retire ces pompes idiotes et passe celles-ci, tu seras plus à l'aise.

— Je ne porterai pas ces trucs.

— Pour une fois, laisse-toi faire. Tu n'es pas la productrice de cette situation.

— Très bien.

Je glissai les pieds dans mes Uggs bien chaudes et pris mon téléphone portable.

— Tu n'as pas besoin du téléphone.

— Si, j'en ai besoin. J'ai des enfants et un boulot.

Je le glissai dans ma poche.

Nous entrâmes dans le parc par le portail de la 76e Avenue.

— Où allons-nous ?

— Marche. Marche.

— Peter !

— Un pied devant l'autre.

— Où allons-nous ?

— Continue d'avancer, tu t'en tires très bien.

Il scruta mon visage du coin de l'œil tandis que nous marchions en silence. Je n'étais pas habituée à être prise de court, sans plan d'attaque, mais la journée était superbe et j'aimais tellement être avec lui…

Nous descendîmes un sentier escarpé vers un plan d'eau. Le soleil perçait entre les chênes et faisait étinceler les gratte-ciel qui jalonnaient le périmètre du parc. L'étang de canotage était débordant de vie à cette heure matinale : des nounous bavardaient sur les bancs tout en berçant des bébés dans leurs landaus, une vieille femme avec une capeline et un poncho mexicain peignait un paysage, sa toile posée sur un chevalet portable, et un groupe de vieillards chaussés de baskets cradingues faisaient tirer des bords à leurs voiliers miniatures. Nous rendîmes un instant hommage à la célèbre statue d'Alice au pays des merveilles à l'extrémité nord de l'étang. Impossible de ne pas se laisser charmer par cette Alice en bronze, plus grande que nature, assise sur un champignon géant, flanquée du lièvre de mars et du chapelier fou. Les enfants lui grimpaient dessus chaque fois qu'on venait dans le parc.

— Il y a quelque chose que je ne t'ai jamais dit.

— Quoi ? Tu es gay ?

Quelle question idiote. Où avais-je été pêcher ça ?

— Pas du tout.

— Alors quoi ?

Il posa une main légère sur mon dos pour me guider vers une piste cyclable, qui s'incurvait doucement sur la colline en face de nous. Je creusai le dos pour le fuir. *Arrête, Jamie*, me dis-je. *Tu te conduis comme une écolière. Ton mari, qui travaille très fort et qui est un type bien, au fond, est un avocat prestigieux qui gagne plus d'un million de dollars par année. Tu as trois enfants. Peter a six ans de moins que toi, c'est presque un enfant. Tu es une femme adulte. Tu as un petit béguin pour lui parce qu'il est mignon et que Phillip est totalement dépourvu de baromètre affectif. Mais c'est destructeur et ce n'est pas bien. Comme une drogue. Alors arrête. Maintenant.*

— Ça s'est passé trois ou quatre semaines après que j'ai commencé à travailler pour toi. Il faisait frisquet, et Dylan et moi on a loué un voilier miniature pour faire une petite course. Il n'y avait aucune brise. Nous n'arrivions pas à faire avancer le bateau. Alors Dylan a tendu le bras et il est tombé tête la première dans cet étang dégueulasse.

— Ah mon Dieu. Il est tombé sur la tête ? Il aurait pu attraper une hépatite !

— Tu veux bien te calmer ? C'était à mourir de rire. Et ça a été un grand moment pour nous. Surtout le fait de ne rien t'en dire.

— Je suis heureuse que vous ne m'en ayez rien dit, dans ce cas.

— Ouais, autrement, tu aurais pu rater un rendez-vous codé par couleur.

— Très drôle. Je ne suis pas aussi tarée que ça.

— Non, en effet.

Ces paroles restèrent suspendues en l'air tandis que nous plongions vers le cœur du parc. Que voulait-il dire par là ? Simplement que je n'étais pas aussi tarée que ça, ou qu'il pensait que j'étais beaucoup mieux que « pas si tarée » ?

Nous gravîmes un sentier escarpé et tortueux en ciment crevassé, croisant des joggers et des gens âgés en balade. Nous passâmes sous l'arche d'un petit pont où un vieil homme noir jouait « Summertime » à la trompette, son étui ouvert devant lui. Peter lui lança une poignée de pièces.

Nous passâmes devant l'abri à bateaux avec son restaurant au bord de l'eau, perché sur une petite colline.

De petits canots aux couleurs vives étaient reliés par d'énormes chaînes métalliques. Comme c'était curieux, me dis-je tout d'un coup, que mes enfants vivent à moins d'un kilomètre d'un étang à canotage et que je ne les y aie jamais emmenés. Je me promis de le faire dès que j'aurais bouclé le sujet.

Nous suivîmes le sentier, traversant une clairière ombragée pour émerger sur la berge d'un immense étang bordé de hautes herbes. Au loin, des enfants nourrissaient une famille de canards depuis un ponton en bois. Je jetai un coup d'œil à ma montre et me dis que Goodman pourrait encore survivre un petit moment sans moi.

— Qu'est-ce que c'est beau. C'est cet étang que tu voulais me montrer ?

— Ce n'est pas simplement « cet étang ». C'est Turtle Pond, et c'est une escale importante pour les oiseaux migrateurs. Environ cent cinquante espèces. Et, non, ce n'est pas notre destination finale. (Il désigna un grand château au sommet d'une pente escarpée hérissée de broussailles, d'ormes et de grands pins.) On va par là. Belvedere Castle.

Nous gravîmes des marches taillées dans le roc qui cascadaient à flanc de colline comme une coulée de lave. Je trébuchai derrière lui et il me tendit la main sans se retourner. Je la saisis instinctivement, rien qu'une seconde, pour ne pas perdre pied là où les marches s'effritaient. Sa main était tiède, et juste avant qu'il laisse aller la mienne, il la pressa. Ce simple geste affectueux me dit tout ce que je voulais savoir et que je m'étais efforcée de ne pas savoir jusque-là – qu'il éprouvait, lui aussi, des sentiments pour moi.

Peter s'arrêta devant une immense porte en bois à l'entrée du château, l'ouvrit et me fit signe d'entrer. Nous traversâmes une pièce pleine de microscopes poussiéreux, un couloir où des affiches expliquaient les feuillages et les flux migratoires des oiseaux, et escaladâmes trois volées d'escalier en colimaçon aux vieilles marches de pierre. Au sommet se trouvait une petite porte épaisse avec un gros verrou de métal fiché dans le plafond en ciment.

— Peter, c'est verrouillé.

— Tu veux bien me laisser faire ? C'est l'endroit que Dylan préfère dans le parc. C'est toujours verrouillé.

De tout son poids, il fit glisser le lourd verrou dans la clenche, poussa la porte du pied puis s'effaça pour me laisser passer. Je me retrouvai sur le plus haut balcon de Belvedere Castle. Un panorama spectaculaire s'offrait à nos yeux : l'immense rectangle de Central Park, qui s'étendait jusqu'à Harlem au nord, flanqué par l'East Side et le West Side de Manhattan. On aurait dit un décor d'opéra, avec la cime des arbres à la hauteur de nos yeux et la ligne d'horizon dentelée des buildings de New York dans toutes les directions.

— Je ne suis jamais venue ici.

— Évidemment.

— Qu'entends-tu par « évidemment » ? Je fais souvent du jogging dans le parc, pas souvent ces derniers temps, mais…

— Je sais que de temps en temps tu fais le tour du réservoir en parlant au téléphone, mais ce n'est pas comme ça qu'on vit vraiment ce lieu extraordinaire. Assieds-toi.

— Je ne peux pas. Je vais mouiller mon pantalon.

— C'est justement de ça qu'il est question, ma petite dame !

Nous éclatâmes tous deux de rire. Il disposa la couverture de survie sur le banc. J'étais tendue pour plusieurs raisons, mais surtout parce que je n'étais pas certaine de ce qu'il allait me dire. Je posai les coudes sur le parapet et contemplai le Delacorte Theater, où des acteurs comme Kevin Kline jouent Shakespeare. J'avais toujours rêvé d'y aller, mais Phillip n'avait aucune envie de traverser le parc pour assister à une représentation de théâtre en plein air. Je scrutai l'étang pour déceler des signes de vie. Sur la berge, des tortues prenaient le soleil sur des rochers, comme des bernaches fixées sur le flanc d'un bateau.

— Je voulais trouver un endroit où nous ne serions pas dérangés pour te parler.

— Quoi ? Tu as un cancer, ou quoi ?

J'étais une vraie boule de nerfs. Cette question ridicule et indiscrète était sortie de nulle part.

— Tu veux bien te calmer ? Non, je n'ai pas de cancer.

D'accord, me dis-je, alors que diable veux-tu bien me dire ?

Peter semblait totalement détendu, mais mon cœur battait tellement fort que j'allai jusqu'à jeter un coup d'œil sous mon manteau pour voir s'il était visible sous mon pull.

— Dylan et moi, on vient tout le temps ici.

— Vraiment ?

— Bien sûr. Le pauvre gamin ne savait même pas que le loriot de Baltimore était un oiseau. On en voit plein dans les arbres autour de l'étang. On peut louer des jumelles là-bas.

— C'est ça que vous faites tous les deux dans le parc ?

— Non. D'habitude, on remonte Harlem Meer pour pêcher.

— Vous pêchez ? À New York ? Pourquoi ne m'en as-tu jamais parlé ?

— Parce que ce môme a besoin de faire des trucs sans que sa maman sache tout. Si on ne t'en parle pas, c'est exprès. Mais ici, c'est son coin préféré de tout le parc. La météo de Central Park qu'on entend dans les bulletins de la radio est mesurée de l'intérieur de la tour du château, là, à côté. Une fois, on a escaladé une échelle avec un garde forestier sympa. Dylan a trouvé ça cool. Il adore entendre parler des animaux du parc, alors on emporte toujours des jumelles.

— Tu me dis que mon fils de neuf ans est féru d'ornithologie ?

Peter éclata de rire.

— Pas vraiment. On observe aussi les gens. Mais surtout, on reste assis ici un moment. On discute. Tu penses qu'on pourrait essayer de faire ça, toi et moi ?

— D'accord. Je suis calme. Je le jure.

J'inspirai profondément pour me donner du courage. Puis je me tournai vers lui.

— Je dois savoir pourquoi tu m'as emmenée ici.

C'est alors qu'il me regarda droit dans les yeux. Pendant un instant, je crus vraiment qu'il allait m'embrasser.

— Jamie.

Ah mon Dieu. Il m'a appelée par mon prénom. Il ne l'a jamais fait auparavant. Il m'appelle toujours J.W. Il va m'embrasser. Qu'est-ce que je vais bien pouvoir faire ? Hou la. Le nounou est sur le point de m'embrasser !

— Jamie.

Je crois que je me penchai vers lui.

— Tu es bien certaine que Theresa Boudreaux dise la vérité ?

— Bon sang ! C'est pour ça que tu m'as emmenée ici ?

— Eh bien, je…

— Rien que pour ça ? Tu m'as déjà posé la question !

Qu'est-ce que je me sentais stupide. Je tentai de me relever, mais il me retint par le bras.

— Je t'en prie.

— Quoi ?

— Je n'ai pas fini.

— Très bien. Autre chose ?

— Rien. Laisse tomber. Je t'ai emmenée ici parce que je voulais te faire découvrir l'endroit.

Il désigna un grand arbre, près de nous, dont les plus hautes branches touchaient la tour du château. Le moment était mal choisi pour une leçon d'histoire naturelle.

— C'est un cèdre rouge. Et ça, sur la berge de l'étang, c'est un héron bleu ; ça, un nid d'oiseau ; ça, un terrain de base-ball. Si tu te calmes assez pour voir tout ça, tu seras peut-être capable, peut-être, de prendre du recul sur… toute cette affaire.

Il n'essayait pas de m'embrasser. Ça ne lui avait peut-être jamais traversé l'esprit. Il fallait absolument que je m'arrache à ce conte de fées pathétique que je m'étais concocté.

— Qu'entends-tu par « toute cette affaire » ?

— Tout.

— Tu parles du personnel ou du professionnel ?

— Je parle de ton boulot. Mais puisqu'on en est là, je veux bien parler de ta vie personnelle. Je suis ravi que tu aies abordé le sujet, d'ailleurs. Ton mari. Il n'est pas facile à vivre.

— Peter !

— C'est pourtant vrai. Mais les enfants l'adorent et tu l'as épousé. Je dis ça comme ça…

— Je ne veux pas que tu parles de Phillip, là, maintenant.

Le comportement de mon mari était effectivement embarrassant. Je craignais qu'à cause de cela, Peter ne perde son respect pour moi. Encore un ingrédient à rajouter au ragoût pathétique de mes émotions.

— Si tu crois me rendre service en abordant le sujet, tu te fourvoies.

— Je disais cela par solidarité. Je veux simplement que tu saches que je sais.

— Je préférerais discuter de ma vie professionnelle.

— Très bien. Theresa.

— Tu n'es pas le seul à penser qu'elle ment, dis-je en tentant de contrôler mes émotions. Je suis vraiment touchée que tu souhaites m'aider.

Je jetai à nouveau un coup d'œil à ma montre. J'étais maintenant en retard de deux bonnes heures.

— Je n'essaie pas d'être touchant. Je m'inquiète pour toi. Parfois, tu as tendance à trop rentrer dans les rangs. Avec les mères poules de luxe, par exemple. On en a déjà discuté.

— Oui. Et j'ai nié en bloc.

— Tu as tendance à chercher à apaiser ton mari.

Là, j'allais me fâcher. Il outrepassait les limites.

— Quand on est marié, il vaut mieux résoudre les problèmes que de ruer dans les brancards. Tu le comprendras un jour.

— Si j'en parle, c'est parce qu'il s'agit peut-être d'un comportement récurrent. Tu fais ce sujet parce que Goodman t'y pousse ? Tu en penses quoi, toi, vraiment ?

— Arrête. Tout de suite. Désolée de te le dire, mais tu es naïf. Et arrogant, par-dessus le marché.

Il m'avait blessée.

— Vraiment ? Naïf et arrogant ?

— Évidemment, que tout le monde se demande si elle ment ! Tu ne penses pas que nous – moi, Goodman, et toute la direction – n'avons pas assuré nos arrières ? Ce qui justifie la diffusion, c'est qu'elle raconte « sa vérité » – le public a le droit de l'entendre et de se faire une opinion. Ce que tu ne comprends pas, manifestement, c'est que, parfois, une affaire devient tellement explosive qu'on ne peut pas se permettre de faire comme si elle n'existait pas.

J'avais besoin, viscéralement, de le dénigrer. Si je réussissais à rejeter ses opinions, mes sentiments pour lui auraient moins de poids ; donc, ils deviendraient moins effrayants. Et je ne me retrouverais plus jamais dans cette situation ridicule, à m'imaginer comme une adolescente romantique qu'il essayait d'embrasser.

— Même une chaîne aussi sérieuse que la nôtre ne peut pas se permettre de passer cette histoire sous silence, repris-je. Étant donné l'importance d'Hartley, ses prises de position sur les valeurs familiales – pas simplement sur l'avortement, mais aussi, bien entendu, sur les lois antisodomie. Si la principale protagoniste d'une explosion médiatique est enfin prête à parler, nous – avec l'aide de nos avocats – sommes prêts à présenter sa version de l'histoire.

Mais ce que je voulais vraiment lui dire était ceci : que Phillip n'était pas toujours un connard. Qu'au lit, c'était extraordinaire, dans le temps, ce qui était l'une des raisons pour lesquelles j'étais tombée amoureuse de lui. Qu'il pouvait gérer les situations de crise mieux que personne. Et que Peter ne savait pas ce que c'était d'être prisonnière d'un mariage sans amour et de redouter le divorce, quand on a trois enfants.

— Vous ne présentez pas l'interview comme étant simplement sa propre version de l'affaire.

— Il y a tellement de choses que tu ne comprends pas.

— C'est drôle, rétorqua-t-il. C'est exactement ce que je me dis de toi.

— Tu es insupportable.

— Quand je suis rentré chez moi après minuit hier soir, je n'arrivais pas à dormir. Alors je suis allé sur des tas de sites de potins *trash*, puis sur tous les blogs de droite préférés de mon père, pour voir ce qu'on racontait sur cette bonne femme.

— Tu ne crois pas que la chaîne n'est pas au courant de ce que racontent ces gens ? Bien sûr qu'ils essaient de la discréditer. Ils protègent leur homme fort, Hartley. Je sais que tu sais surfer sur le Web, mais tu oublies que je suis journaliste depuis des années.

— C'est tellement années 1990, « surfer sur le Web ».

— Tu devrais t'entendre, tu es d'un grossier... Qu'est-ce que tu y connais, coincé dans ton caisson d'isolation de « techos » à Red Hook ? Bon sang ! Tu ne l'as jamais rencontrée. Tu ne sais pas de quoi tu parles. D'accord ? Compris ?

— Laisse-moi te dire un truc, dit-il, de plus en plus fervent. Ces gens-là, c'est ma famille. J'ai grandi avec eux autour de la table de la salle à manger. Il y a des bases militaires dans tout mon État natal et mon père pense que Ronald Reagan devrait être canonisé, et Hartley après lui. J'ai lu des dizaines d'éditoriaux de droite sur cette femme – plusieurs sur des sites réputés et respectés – et ils la représentent comme une fille surgie de nulle part, qui ne dit pas la vérité. C'est peut-être une cinglée qui cherche à attirer l'attention. Qui sait, et qu'importe ?

— Très bien, monsieur le branché d'Internet. Je suis ravie que tu t'y connaisses en bloggeurs de droite, mais voici ce que tu ne sais pas.

Il soupira.

— Très bien. Qu'est-ce que je ne sais pas ?

— Qu'avant les interviews, Theresa nous a montré des souvenirs qu'elle avait conservés des hôtels où elle avait passé la nuit avec Huey Hartley, de conférences auxquelles il avait assisté, d'avions qu'ils avaient pris ensemble. Elle avait des serviettes en papier, des allumettes, des factures de bar qui prouvaient qu'elle était dans la ville ou à l'hôtel où il descendait lors de ses déplacements professionnels pour le Congrès ; nos enquêteurs ont vérifié son calendrier d'apparitions publiques pour corroborer sa présence dans ces villes et ces hôtels ces jours-là. C'est énorme. Personne ne sait qu'on a ça.

— Eh bien…

— Eh bien quoi, Sherlock ? C'est un truc énorme que tu ne savais pas. Et, désolée, mais tu es qui, au juste, pour m'apprendre comment faire mon métier ?

J'étais lancée ; j'avais réussi à mettre en sourdine mon humiliation au sujet de mon mari.

— Tu ne sais pas non plus que nous avons un témoin oculaire qui affirme les avoir vus ensemble « en couple ». Nous avons des photos, nous avons des cassettes de conversations, et nous préciserons qu'il s'agit de sa version. Nous ne faisons que lui offrir l'occasion de raconter son récit.

— Laisse-moi rire ! Vous légitimez ce qu'elle dit en la faisant passer en prime-time sur une chaîne d'information nationale devant vingt millions de personnes !

Je tentai une approche différente, bien qu'il ne le mérite pas.

— Tu sais quoi, Peter ? C'est comme pour Tonya Harding. Tu te rappelles ? La patineuse qui a engagé des mecs pour tabasser sa rivale Nancy Kerrigan…

— Ouais. Je sais qui est Tonya Harding. Je sais même qu'elle fait de la boxe maintenant.

— Exactement. Elle a été l'un de mes premiers grands « coups » dans le métier, il y a une douzaine d'années. Je me suis rendue à la patinoire où elle s'entraînait et je l'ai regardée faire des doubles saltos pendant des semaines, en la suppliant de parler à NBS. Et parce que j'ai traîné mon cul sur ces gradins en métal glacé plus longtemps que n'importe qui, elle nous a choisis et elle a parlé à Goodman. L'Amérique mourait d'envie de savoir ce qu'elle avait à raconter – mon seul rôle, c'était de la convaincre, et j'ai réussi. Bien entendu, je préfère les interviews sérieuses, mais, parfois, il faut s'abaisser pour vaincre.

— Je ne joue pas les pères-la-pudeur. Ce n'est pas de cela qu'il s'agit. Fais de la télé vulgaire si tu veux, mais fais attention.

— Mais je fais attention !

— Écoute-moi. C'est étonnant tout ce que tu arrives à faire : tu gères trois enfants, un boulot et tu arrives à être une bonne épouse pour ce type.

— Peter ! Arrête !

Il passa à autre chose, judicieusement.

— Voilà ce que je veux te dire : tu en fais tellement que tu vas fatalement te planter de temps en temps. Oublier une fête d'anniversaire. Très bien. Arriver trop tard pour border les enfants. Très bien. Mais si tu commets une erreur de jugement sur cette cinglée, c'est autre chose. Tu t'attaques à l'un des membres les plus éminents, les plus visibles du Congrès américain. Le Congrès des États-Unis d'Amérique ! Et si tu te plantes là-dessus, ça ne va plus du tout.

— Honnêtement, Theresa Boudreaux est sur la couverture de tous les grands magazines *people* du pays. Qu'est-ce qu'on fait ? On dit que ça ne nous intéresse pas ? Ces sujets d'interview sont déjà là, au centre d'une frénésie médiatique monstrueuse : la question, c'est d'être le premier à la faire parler. Et j'ai battu tout le monde à plates coutures, pour le meilleur et pour le pire.

Il n'avait toujours pas l'air impressionné.

— Et maintenant, j'ai une réunion que je ne dois pas rater.

— Si, tu peux.

— Non, je ne peux pas.

— Tu as pris ton téléphone. Appelle, dis que tu es retenue et reste assise avec moi.

— Tu as perdu la tête ?

— Je pensais justement la même chose de toi.

— Pourquoi ?

— Tu sais très bien pourquoi.

— Tu as raison, je peux rester. J'ai juste une toute petite interview de rien du tout à monter. Et j'ai une réunion avec mon patron. Et mon patron me paie pour assister aux réunions.

— Dis-lui que tu auras du retard.

— Je ne peux pas.

— C'est vraiment dommage, triste, même.

— Qu'est-ce qui est dommage ?

— Que tu sois incapable de le faire.

— De faire quoi ?

— Tu ne peux pas appeler ton bureau, annuler une réunion et rester assise ici à profiter de la matinée. Ça pourrait te rendre nerveuse.

— Non, pas du tout.

— Très bien.

Il sourit, sachant qu'il m'avait prise à son jeu ridicule.

J'hésitai. Puis je contemplai la ligne d'horizon théâtrale qui s'étalait devant moi. Peter me ferait-il des avances, par hasard ? Ou passait-il tout simplement un bon moment avec une nouvelle amie ?

— Tu sais, je ne suis pas idiote. Je ne me laisserai pas prendre à tes petites astuces. Je sais ce que tu manigances.

— Reste.

Mon Dieu. J'étais tellement attirée par cet homme, dans le sanctuaire de cette tour, au-dessus de la ville.

— OK, supposons que j'accepte, on ferait quoi ?

— On oublie complètement cette affaire Boudreaux. J'en ai fini avec ça, la balle est dans ton camp. On pourrait simplement bavarder. De n'importe quoi. De tout. Tu pourrais même apprendre ce qui me fait courir. Et moi, ce qui te fait courir.

— Je ne peux pas…

— Tu peux. Reste.

Et je restai.

Deux heures plus tard, j'étais dans la voiture, en route pour le bureau. Luis parlait mal l'anglais et, en trois ans, nous n'avions jamais eu la moindre conversation. Mais je savais, à n'en pas douter, qu'il croyait que j'avais une liaison avec le nounou.

— Peter m'a parlé de Dylan, fis-je, sur la défensive. Il m'a parlé longtemps. Très, très longtemps.

Assis sous les cimes somptueuses couronnant la tour du Belvédère, nous avions en effet parlé très, très longtemps. J'avais fait promettre à Peter d'éviter de parler de Phillip. Il devinait la tristesse et l'humiliation que me faisait éprouver mon mariage, et s'excusa de ses remarques impertinentes. Il m'avoua à quel point il adorait mes enfants et je me surpris à lui raconter toutes sortes d'histoires idiotes à leur sujet, par exemple comment Dylan avait un si gros bedon quand il était bébé qu'il lui couvrait les genoux dans son bain. Nous nous étions moqués des fastueux anniversaires pour enfants auxquels il emmenait les enfants. Peter m'avait même invitée à assister à sa propre fête d'anniversaire.

— Tu en es sûr ?

— Évidemment, que j'en suis sûr. J'aimerais beaucoup t'avoir. Amène Dylan.

— Mais nous ne connaissons pas tes amis.

— Je veux te faire admirer par mes amis, J.W.

Ça m'avait fait tout drôle quand il m'avait dit ça, comme si j'étais sa nouvelle petite amie. Quoi qu'il entende par ces mots, ils me tournaient la tête.

— Oui, Luis. Et on s'est promenés très longtemps aussi.

J'essuyai mon front, pour mimer l'épuisement. Luis, qui affichait un sourire gentil, figé et servile presque chaque fois que je le voyais, m'adressait maintenant un regard omniscient. *Ouais, bien sûr, ma petite dame.*

22

Propos de table

Le sol carrelé de la salle de bains se réchauffait et j'allumai les lampes à infrarouge du plafond pour rougir la pièce qui embaumait la lavande. On était samedi après-midi, quatre jours avant la diffusion du sujet, et j'essayais de me bichonner. Je me glissai dans mon bain, appuyai ma tête contre l'oreille gonflable fixée à la baignoire et écoutai *La Bohême.*

Hai sbagliato il raffronto
Volevi dir : bella corne un tramonto
« Mi chiamano Mimi,
il perché non so... »

Au moment précis où je commençais à déconnecter, la porte de la salle de bains s'ouvrit brusquement, faisant tomber par terre deux flacons de lotion posés sur la commode. Phillip fit irruption, avec ses habits de squash qui débordaient de son sac de sport.

— Tu as le temps de traîner dans la baignoire, mais on ne peut pas partir pour une nuit ?

— Phillip, je t'en prie, on peut en reparler dans une heure ? Tu sais, quand tu n'es pas là, j'ai deux fois plus de boulot avec les enfants. Comme une mère célibataire.

Alors ce n'est pas comme si j'étais au spa. C'est littéralement le premier moment que j'ai pour…

— Tu as eu plein de temps à toi. J'ai été absent plusieurs jours.

— Et tu nous as manqué. Vraiment, mon chou.

— Je suis en retard pour ma partie au *Racket Club* et il pleut.

Il me dévisagea comme si c'était à moi d'arrêter la pluie de tomber.

— Alors mets un trench et prends un parapluie.

Il ne réagit pas. Je tentai une autre approche.

— Pourquoi tu ne portes pas d'autres baskets, pour ne pas mouiller celles que tu mettras pour jouer ?

— Ce ne sont pas les baskets qui posent problème.

— Alors où est le problème, Phillip ?

— Il n'y a pas un seul parapluie dans la maison. Pourrais-tu dire à Carolina de faire son boulot, s'il te plaît ? Tu pourrais m'aider à en trouver un ?

Chaque fois que le moindre, minuscule, infinitésimal petit détail de la vie de mon mari va de travers, il accuse Carolina, alors que personne ne travaille plus fort qu'elle, à New York.

— S'il te plaît, regarde à côté de la porte d'entrée dans le porte-parapluies. Il y en a plein, là.

Rien, pas même une crise du parapluie, ne me tirerait de mon bain chaud.

Je glissai la tête sous l'eau, pour tenter de fuir la discussion qui s'annonçait, une discussion que nous avions quatre fois par année. Phillip s'approcha de la baignoire et parla plus fort pour que je l'entende sous l'eau.

— Enfin, tu n'es pas capable de surveiller le travail des domestiques ? Tu ne peux pas leur faire une liste, ou quelque chose dans le genre ? J'aime les parapluies avec une poignée en bois, pas les machins télescopiques en plastique. Je vais au *Racket Club.* Je ne peux pas m'y pointer avec un parapluie de pacotille comme on en achète dans la rue.

Je ressortis la tête de l'eau et décidai de tenter de l'amadouer plutôt que d'exaspérer sa crise de nerfs, mais je lui en voulais.

— Tu peux prendre un parapluie télescopique, rien qu'aujourd'hui ? J'en ferai acheter une douzaine avec une poignée en bois, pour que ça ne se reproduise pas.

— Non, je ne peux pas, vraiment, Jamie.

— Pourquoi pas ? Tu es cinglé !

Je me glissai à nouveau sous l'eau avec les mains sur les yeux, pour tenter d'effacer de mon espace personnel l'image de mon mari gâté-maniaque. Il attendit en silence. Je remontai pour respirer et l'observai. Il était toujours debout à l'entrée de la salle de bains, dont la porte grande ouverte laissait s'engouffrer l'air froid. Je soupirai profondément.

— Va dans mon placard ; au fond, tu trouveras un parapluie Burberry tout neuf qu'on a acheté pour l'offrir de la part de la classe à l'instituteur de Dylan, pour son trentième anniversaire. Il est dans un emballage-cadeau. Je devais le lui apporter lundi matin, mais j'essaierai de trouver autre chose demain. Prends-le et va au club.

— Tu es la meilleure !

Sur ce, mon mari sourit et claqua la porte, faisant tomber mon peignoir en soie accroché à la patère.

Qui… amor… sempre con te !
Le mani… al caldo… e… dormire…

Je posai à nouveau la tête sur le coussin gonflable et fixai le plafond. Puis je submergeai ma tête, les mains sur les yeux. Lorsque je remontai pour respirer, des larmes mêlées à l'eau savonneuse du bain inondaient mon visage.

Quatre heures plus tard, tandis que nous nous habillions pour un dîner, Phillip m'attrapa par la taille par-derrière, me faisant sursauter.

— J'adore cette tenue.

Il glissa lentement les doigts sous mon soutien-gorge, pinçant légèrement mes mamelons, en s'imaginant que ça m'exciterait. Il se trompait.

Je me dégageai pour mettre une paire de boucles d'oreilles incrustées de nacre. Je vaporisai du parfum dans mes cheveux.

Il me fit à nouveau des avances d'un air joueur, en faisant claquer l'élastique du dos de mon soutien-gorge.

— Phillip, pas maintenant, le suppliai-je en me dirigeant vers mon placard pour y prendre un pantalon.

Nous étions en retard pour notre dîner du samedi soir.

— Ce sont mes sous-vêtements, pas une tenue, précisai-je.

Ce qu'il ne savait pas, c'est que je me demandais ce que Peter penserait de cette « tenue » s'il la voyait.

Je n'avais pas mangé depuis notre promenade de la veille.

— Allez, bébé, tu es tellement troublante dans cette dentelle rose. Rien qu'un petit quart d'heure, en vitesse…

Il s'approcha de moi par-derrière et me malaxa les fesses d'une main tout en frottant son entrejambe contre ma cuisse, comme un chien. Je dus m'appuyer des deux mains pour garder mon équilibre. Y arriverais-je ? On avait déjà fait l'amour quand il était arrivé de l'aéroport à 6 heures du matin, non ? N'avais-je pas assuré mon quota pour la journée ? Pouvais-je supporter un petit coup rapide, rien que pour le calmer ?

Heureusement, la porte s'ouvrit et Gracie se jeta sur

moi, agrippant la cuisse à laquelle mon mari se frottait furieusement un instant auparavant.

— S'il te plaît, sors pas, j'aime pas quand tu sors. Tu sors tout le temps.

Je m'agenouillai pour me mettre au niveau des yeux de Gracie.

— Mon trésor, je sais que j'ai été obligée de travailler tous les soirs, cette semaine, mais je ne sors pas tellement souvent.

— Tu sors tout le temps !

— Non, ce n'est pas vrai. Je viens presque toujours te border.

Elle me défia du regard tandis que je m'habillais. Elle avançait la lèvre inférieure, mais je savais qu'elle était trop fatiguée pour se disputer longtemps, alors je la soulevai et elle s'agrippa à moi, toute molle comme une poupée de chiffon. J'inspirai sa douce odeur de fillette parfumée au shampooing et à la lotion pour bébé, puis je l'emmenai dans sa chambre et l'allongeai dans son lit où elle s'assoupit, luttant un peu contre le sommeil avant d'y céder.

Le portier ganté de blanc referma la porte de l'ascenseur, puis regarda droit devant lui pendant que la petite boîte lambrissée d'acajou grimpait jusqu'à l'appartement de Susannah Briarcliff et Tom Berger, au dernier étage.

Je passai en vitesse une dernière couche de gloss, puis fouillai dans ma pochette rectangulaire dorée pour mettre mon téléphone sur fonction « vibreur ».

— Phillip, éteins ton téléphone.

Il obéit et m'adressa un clin d'œil comme pour me féliciter d'y avoir pensé ; comme s'il me disait *Tu as raison, pas question d'avoir un comportement vulgaire devant Susannah.* Il me scruta, détaillant mon costume pantalon en velours violet, mon pull moulant noir à col roulé, mes escarpins noirs à talons hauts et ma ceinture en chaînette dorée assortie à mon sac. Je ne m'en étais pas trop mal sortie, pour la tenue, étant donné mon degré d'agitation.

— Quoi ? lui demandai-je en retournant l'un des maillons de la chaîne de ma ceinture.

— Ton ensemble. Il est tellement… terne.

C'était gentil de sa part de me regarder, enfin. Il avait l'air déçu, comme si ma tenue le discréditait. Ce qui était le cas, de son point de vue.

— Susannah porte toujours des tenues tellement… festives. Elle porte des vêtements sexy de couleurs vives. J'aimerais bien que tu t'habilles plus souvent comme ça. Demande-lui de te donner des conseils, la prochaine fois.

— C'est ce que je fais. Constamment. Tu le sais très bien.

C'était tellement décourageant. Du point de vue de mon mari, impossible de rivaliser avec les mères poules de luxe.

— Ces trucs à la mode, ça ne me va pas comme à elles, ajoutai-je.

Ce que Phillip me faisait comprendre par ce langage codé, c'était qu'il regrettait de ne pas avoir épousé Susannah – ou quelqu'un dans son genre – plutôt que moi. Phillip et Susannah se ressemblaient énormément. Tous deux avaient des ancêtres arrivés en Amérique à bord du *Mayflower* – cela dit, c'était le cas de tous les WASP purs et durs du Périmètre. Cependant, le mari de Susannah, Tom, de dix ans son aîné, était on ne peut plus différent de Phillip, avec ses petites lunettes à la Albert Einstein, assorties à ses cheveux gris crêpelés. Il était rédacteur en chef du service « monde » du *New York Times* et avait grandi à Scarsdale, New York ; ses parents étaient tous deux grands reporters. Susannah avait fait la connaissance de Tom alors qu'elle suivait un cours sur la politique du

Moyen-Orient à l'université de Columbia. Ses parents, discrètement horrifiés qu'elle épouse un Juif, eût-il un poste prestigieux, lui avaient fait promettre de conserver son nom de jeune fille ; il leur était déjà assez pénible d'avoir des petits-enfants s'appelant Berger. Tom n'avait pas fait grand cas de leur antisémitisme – il savait que ces gens-là ne changeraient jamais. Pour tout arranger, les parents de Susannah avaient déposé cent millions de dollars sur leur compte joint dès qu'il lui avait passé la bague au doigt.

Quand Susannah se précipita vers la porte, vêtue d'un large pantalon en soie orange avec un boa en plumes assorti et un débardeur en soie ivoire, Phillip lui sauta pratiquement dans les bras.

— C'est teeeeeeeeeellement gentil de ta part de nous inviter.

Il lui prit le visage et l'embrassa sur les lèvres, très discrètement. Le baiser sur les lèvres devrait être interdit, entre gens qui ne sont pas mariés. J'éprouvai à nouveau un sentiment familier d'exclusion.

— Entrez donc.

Dans le Périmètre, les hôtesses prestigieuses ne donnent jamais un dîner sans prétexte : ce n'est jamais simplement pour passer un moment avec des amis. Parfois, on offre une soirée en l'honneur d'un auteur qui vient de publier un livre, ou pour rendre hommage à un médecin qui vient de remettre un rapport à l'ONU sur l'éradication de la malaria en Afrique subsaharienne, ou encore parce qu'on a « découvert » un jeune candidat noir au Congrès – c'est tellement plus exotique, comme invité, qu'un sénateur blanc bien établi. Quand Susannah téléphonait pour nous inviter, elle passait toujours en revue la liste des convives. « Tu dois venir, Jamie, le sous-secrétaire général de l'ONU sera là, et le rédacteur en chef de *Newsweek.* Comme traiteur, j'ai pris Daniel

Boulud. » Phillip et moi accourions chaque fois que Susannah nous invitait. Ses soirées étaient glamour, amusantes et je m'y faisais d'excellents contacts professionnels.

J'étais placée à la droite de l'invité d'honneur, Youssef Gholam, éminent professeur jordanien à la *Kennedy School of Government* d'Harvard, invité permanent des émissions d'information traitant de la guerre en Irak. Les experts médiatiques comme M. Gholam ne peuvent se contenter d'avoir écrit une douzaine d'ouvrages et des centaines d'articles ; il faut en plus qu'ils passent régulièrement à la télé (autrement dit : qu'ils soient célèbres) pour intégrer le circuit des dîners du Périmètre. M. Gholam venait de publier un livre intitulé *Le prochain 9/11 : Pourquoi la sécurité intérieure est condamnée à l'échec. Votre ville pourrait être la prochaine cible*, qui figurait déjà en tête de liste des essais best-sellers du *New York Times*, bien qu'il ne soit sorti que depuis trois semaines.

Mes voisins de table de droite et de gauche étant déjà occupés, je pris un moment pour détailler la salle à manger. Une peinture laquée couleur de melon couvrait les murs et les plafonds, nous enrobant d'un cocon hermétique. Des paysages marins du photographe Hiroshi Sugimoto disposés dans des cadres en écaille de tortue ornaient les murs. L'énorme table ronde était équipée de panneaux triangulaires qui s'assemblaient comme par magie pour nous permettre de tenir confortablement à seize. Je contemplai la façon somptueuse dont la table avait été dressée, en me demandant combien d'heures il avait fallu pour que tout soit aussi parfait.

Une petite assiette avec un motif d'oiseaux en son centre se nichait sur une plus grande assiette ornée du même motif d'oiseaux sur la bordure. Quatre verres en cristal se dressaient à droite de mon napperon : pour le vin blanc, pour le vin rouge, pour l'eau, et une flûte de champagne pour le dessert. Des pommes miniatures en argent massif maintenaient des cartes marque-place bordées d'or où nos noms avaient été inscrits par un calligraphe. Chaque invité disposait de salières et de poivriers individuels en verre bleu cobalt de chez Cartier, emballés dans une dentelle argentée et disposés à côté de la carte marque-place. Susannah avait mis des fleurs dans un trophée en argent en forme de bol – sans doute remporté par son arrière-grand-père Theodore Briarcliff II lors d'une régate à la voile au tournant du siècle – afin que les convives puissent se parler de part et d'autre de la table sans obstacle visuel. Des pommes de pin dorées, des feuilles mortes jaunes et rouges et des grenades séchées étaient artistement dispersées sur la table. Des douzaines de loupiotes tremblotaient dans de petits bougeoirs de cristal, se reflétant sur le plafond. Tout d'un coup, l'image de Peter me surgit à l'esprit. Il détesterait toute cette pompe.

Phillip, entre-temps, s'extasiait sur Christina Patten, assise à sa gauche. Elle était incroyablement mince ; ses épaules osseuses dépassaient de son dos-nu brodé de strass. Elle poussait ses aliments dans son assiette du bout de la fourchette pendant que Phillip s'épanchait sur l'impossibilité de louer les meilleurs cottages de Lyford Cay. Sans doute, selon l'habitude des anorexiques du Périmètre, avait-elle prétendu à Phillip qu'elle avait déjà mangé « avec les enfants ». Susannah n'avait pas beaucoup de respect pour Christina, mais savait que cette dernière était puissante dans ce milieu mercenaire, et cela valait autant qu'un prix Nobel d'astrophysique.

Une fois de plus, Susannah avait concocté une liste d'invités parfaite : un jeune styliste de chez Gucci qui ressemblait à Montgomery Clift avec son compagnon, metteur en scène d'un théâtre de répertoire réputé, assuraient le quota gay/culturel de la soirée ; une jeune artiste lesbienne de Côte-d'Ivoire (il y avait une liste d'attente de deux ans pour obtenir l'un de ses tableaux) représentait les minorités ; moi-même et le fringant rédacteur en chef de *Newsweek* formions le contingent « médias ». Il nous reviendrait d'exprimer nos opinions sur tous les sujets d'actualité. Le créneau « Personne Importante des Services Publics » avait été attribué au sous-secrétaire des Nations unies pour le Moyen-Orient. L'associé principal d'un énorme *hedge fund* accaparait le créneau des « plus-de-cent-millions-de-dollars ».

Montgomery Clift, à ma droite, se tourna vers moi.

— Superbes, vos boucles d'oreilles.

Je me retournai vers mon nouveau meilleur ami.

— Vraiment ? Vous trouvez ?

— Sublimes, surtout avec vos cheveux sombres.

— Dites-le à mon mari. Il trouve que je ne porte pas assez de couleurs vives.

— Qu'est-ce qu'il en sait ? C'est ce type, là, en costume ? Il est quoi, banquier ?

— Avocat.

— Ma chérie, pour moi, c'est du pareil au même. Il fait partie de la bande des singes friqués.

— Susannah m'a dit que vous êtes styliste ?

Il n'y a rien de plus agréable que de flirter avec un homosexuel lors d'un dîner new-yorkais.

— Dites-moi honnêtement ce que vous pensez de ma tenue – je ne suis pas très douée côté fringues.

— Vous voulez savoir, honnêtement ?

— Je vous assure, ça m'intéresse.

Quelques semaines auparavant, je m'étais hasardée sur le tapis rouge de l'école maternelle vêtue d'un nouveau tailleur sublime en flanelle grise, perchée sur des talons de 7,5 cm, persuadée d'avoir enfin élucidé le code vestimentaire de ma tribu d'adoption. Ingrid Harris avait fixé mes jambes et lâché :

— Jamie, mais veux-tu bien me dire… ?

Je crus qu'elle allait, pour une fois, me féliciter d'avoir bien lu le mémo « mode »; mes chaussures étaient à tomber – même moi, je l'avais compris.

— Tu vas où, là ? Faire le tour du service de réanimation ?

Elle dut remarquer mon air perplexe.

— Les collants. Pitié. Tu as l'air d'une infirmière ! Des collants chair ? Tu vis sur quelle planète ?

— Je, euh…

— Qui t'a habillée ce matin ? Rentre te changer avant de te couvrir de honte.

Ainsi vont mes stupides et insignifiantes petites tentatives pour camoufler mes origines de classe moyenne de banlieue, en tentant de jouer les princesses avec les filles les plus chics du monde.

Montgomery fit basculer sa chaise vers l'arrière et me scruta de la tête aux pieds, m'examinant comme si j'étais un cheval de course, ou une vache, selon les points de vue. Puis, au bout de vingt secondes, le verdict tomba :

— Je suis d'accord avec votre mari.

— Non !

— Oui, mon chou ! On commence par le bas. Les chaussures sont bien. (Pause.) Mais pas pour le soir.

— Comment ça ? Ce sont des Manolo Blahnik. Qu'est-ce qui ne va pas ?

— Vous portez du velours, qui a un certain satiné. Vos chaussures sont trop mates pour le satiné de votre tailleur et le clinquant de votre ceinture. La ceinture est très bien, au fait, elle en jette. Mais les boucles d'oreilles en nacre… Maintenant que je vois votre ensemble, elles ne vont pas du tout. (Il secoua la tête et agita le doigt devant son nez.) La nacre ne se porte pas avec du doré. Et ne portez jamais un haut noir avec un costume violet. Trop monotone.

— D'accord. Je ne suis pas vexée. (J'étais hyperblessée.) Alors ma tenue ne va pas, pour plein de raisons. Énumérez-les.

— Très bien, les gens paient des fortunes pour ce genre de conseils, mais je vous les offre gratuitement.

Il était adorable avec ses cheveux noirs lissés vers l'arrière et ses yeux immenses. Il sourit et me pressa l'épaule de la main.

— Les chaussures. Elles devraient être en satin noir. Et un petit peu de clinquant sur les chaussures, ce serait bien – des chaînes, ou des liens sexy autour de la cheville, peut-être un petit machin en strass, rien que pour le soir. Les chaussures de soirée doivent faire un peu pute, où que vous alliez. Si vous ne trouvez pas ce qu'il faut chez Manolo, allez chez Christian Louboutin. Il est encore plus doué. Ne portez jamais d'escarpins en cuir noir tout simples en soirée.

Il avala, efficace, une grande gorgée de vin rouge ; manifestement, ce garçon avait encore beaucoup à m'expliquer, et ce n'était qu'un début.

— Votre col roulé. Trop sombre. Un truc plus sexy ; ne portez pas un top sans manches style superwoman des années 1980 pour un dîner. N'importe quoi d'un peu bohème pour créer un contraste avec les lignes de votre tailleur : il vous faut un chemisier en dentelle, transparent, qui dépasse des manches de votre veste, un peu débraillé. Pas de soutien-gorge, montrez un soupçon de sein. Quoi que vous fassiez, ne boutonnez *jamais* les poignets de vos manches.

Il m'aurait fallu mon calepin de reporter.

— Le col du chemisier devrait retomber sur celui du tailleur, mais pas trop. Vos boucles d'oreilles : ça ne va pas du tout avec le reste. Vous ne pouvez porter de la nacre l'hiver qu'avec un col roulé noir moulant et un pantalon noir, ou un jean. Pour une soirée aussi chic que celle-ci, ça ne passe pas. La nacre, c'est bon pour l'été ; ce sont des boucles d'oreilles de plage, pas de ville. Foutez-moi ces machins dans votre sac L.L. Bean, prenez le volant de votre gros 4 × 4 et rangez-les dans votre maison de bord de mer !

Je fus obligée de rire, parce que c'était précisément ce que j'avais l'intention de faire.

— Vous auriez dû porter de grosses créoles en or, ou peut-être des pierres précieuses. Vous en avez ? Vous avez une tête à en avoir.

Je hochai la tête. Phillip m'avait offert de gros saphirs en forme de gouttes entourés de petits diamants à la naissance de Michael.

— Bon, très bien. Vous êtes à Park Avenue, vous devez être super-sexy, sinon vous aurez l'air d'une mamie ou, pis encore, d'une mamie bourgeoise. Je vous le répète : de grosses créoles dorées assorties à votre ceinture. Portez vos belles boucles d'oreilles en nacre l'été, avec un tee-shirt blanc (à condition que ce soit un Petit Bateau) et un jean blanc. Ajoutez une ceinture en corde. Et des semelles compensées en liège. Des semelles compensées, tout est là.

J'étais sur le point d'élucider le secret du fameux code vestimentaire du Périmètre. Personne ne me l'avait jamais expliqué aussi clairement. Grâce à ce Montgomery, pour une fois, je serais chic, ce serait aux mères poules de luxe de m'envier mon look, ce serait moi que les photographes *people* comme Punch Parish traqueraient dans les soirées, je, je…

Ting. Ting. Susannah fit tinter sa flûte de champagne en la frappant d'un énorme couteau. Étonnamment, le cristal ne se fracassa pas en mille miettes.

— Excusez-moi, mesdames et messieurs. Un peu de silence.

Montgomery me donna un coup de coude.

— Visez le couteau. Soupesez le vôtre. Voyez comme il est lourd. Puiforcat, argent massif. Ça vaut quelque chose comme six cent cinquante dollars pièce.

— Pour un couteau ?

— Oui, et elle a trois fourchettes par couvert, deux couteaux… elle doit avoir un service complet pour vingt-quatre personnes, donc dix pièces par personne. Cette femme ne plaisante pas.

Susannah sourit et tapa à nouveau dans sa flûte, manifestement ravie que la conversation soit aussi bruyante et animée, signe d'une soirée réussie.

— J'aimerais porter un toast à un très bon ami à moi.

— Un ami à toi ? Qui vous a présentés l'un à l'autre ? l'interrompit son mari, Tom, d'un ton enjoué.

Les rires éclatèrent à l'unisson.

— Bon, très bien, un ami à nous. M. Youssef Gholam. Youssef a briefé trois administrations présidentielles consécutives sur les troubles au Moyen-Orient. Il est l'auteur de neuf livres, neuf, sur le sujet. Youssef est également l'auteur de dizaines d'articles – dont l'un lui a valu le Prix national des magazines d'intérêt public, ce qui signifie… (Susannah consulta discrètement une fiche placée sous son assiette à dessert) qu'il a « le potentiel d'affecter la politique législative locale ou nationale ». Mon cher Youssef, à toi.

Youssef posa son verre à vin.

— Mes chers amis, dit-il d'une voix grave.

Il baissa alors les yeux et décida de se lever pour prononcer son discours. Il reprit donc :

— Mes chers amis. Je ne crois pas qu'il s'agisse de la fin des dictatures, mais je crois que nous avons vécu ce que j'appelle l'Automne de l'Angoisse…

Plus souvent qu'à leur tour, les experts sur lesquels s'extasient les habitants de Park Avenue racontent des salades ; leurs hôtes se disent que s'ils ne comprennent pas leur charabia, c'est qu'ils ne sont pas assez intelligents, alors ils font semblant de comprendre. Je jetai à Phillip un regard d'exaspération, sachant que nous allions subir un ennuyeux discours, mais il y répondit par un regard sévère, comme si je me conduisais en gamine. Je me tournai vers Montgomery, mon Peter de substitution, qui m'adressa un clin d'œil. Lui aussi, il considérait ce Gholam comme un baratineur prétentieux. Je retirai mes boucles d'oreilles en nacre, posai les coudes sur la table et appuyai mon menton sur mes mains. Ça risquait de durer un bon moment.

Phillip, qui adorait se faire valoir en public, posa une question sur la production d'uranium en Iran. Cette nouvelle tangente galvanisa Youssef car elle lui fournissait une nouvelle occasion d'étaler ses connaissances.

— Si vous voulez connaître l'avenir de l'Iran, rappelez-vous les événements qui se sont déroulés dans cette région au cours des vingt-cinq dernières années du XVIIIe siècle…

Pour l'amour du ciel. Désolée, Youssef, ce jour-là je fumais un pétard au dernier rang de la classe... Mon verre de vin était vide.

Je connaissais la musique. Des orateurs pompeux comme Youssef, j'en avais rencontré de tous les formats. Il y a tout un tas d'écrivains, de journalistes et d'experts en politique internationale qui figurent sur une liste spéciale dans le Périmètre. Les richissimes New-Yorkais adorent écouter ces experts, et les hôtesses sont inondées de petits mots les remerciant pour « cette conversation passionnante ». Mais les experts savent également qu'ils doivent se conduire en bêtes de cirque pour leurs hôtesses, comme s'ils faisaient partie du personnel. Glisser le nom d'éminences grises du gouvernement est de rigueur.

— Cela m'est venu à l'esprit un jour où je me trouvais dans le Bureau Ovale – une pièce bien plus exiguë qu'on ne se l'imagine, soit dit en passant. Alors que j'aidais le

Président à préparer son discours à la nation, ce qui m'a frappé, c'était sa compréhension de la subtilité du dilemme arabe.

Je tapotai la bordure de mon verre du bout des doigts et soufflai « s'il vous plaît » à l'un des serveurs vêtus de vestes à col Mao en soie noire, postés autour de la table à des emplacements stratégiques.

— Ce qui me rappelle le concept de *virtu*, tel qu'exposé dans *Le Prince* de Machiavel, évidemment. Bush incarne la *virtu*, le concept d'énergie humaine de Machiavel : ce qui modèle le destin et la fortune. Il allie la subtilité de Cicéron à la brutalité de César.

Je ne comprenais absolument rien à ce que ce type racontait.

— Bush n'est pas un intellectuel, évidemment, mais, d'une manière véritablement profonde, il a trouvé son génie. Il faut vraiment songer aux Médicis lorsqu'on songe à Bush.

M. *Newsweek* et M. Nations unies s'affrontaient comme Luke Skywalker et Dark Vador avec leurs sabres laser au sujet du montant nécessaire pour sécuriser les ports américains. Youssef se jeta dans la mêlée. Le rédacteur en chef de *Newsweek* tenta sagement de ramener la conversation à la planète Terre en interrogeant Youssef sur les risques de la situation actuelle.

— Permettez-moi de vous mettre en garde sur les périls que vous courez si vous relâchez votre vigilance. Les terroristes sont des gens très patients…

Youssef cherchait à nous faire peur. J'aurais préféré que Montgomery me donne d'autres conseils vestimentaires – tout, tout plutôt que d'écouter ce discours tortueux sur les dangers menaçant ma famille. Comme toutes les mères de New York, je tentais du mieux possible de ne pas laisser ces horribles fantasmes d'apocalypse me rendre encore plus obsédée de sécurité que je ne l'étais déjà. Je rêvais de rentrer dans ma ville natale lorsque je me rappelai que Youssef avait nommément désigné le *Mall of America* de Minneapolis comme cible potentielle. Phillip s'était encore hasardé à lancer l'une de ses questions intelligentes en apparence, qui étaient en réalité très prosaïques malgré leur formulation alambiquée.

— Si Bush l'aîné n'avait pas carrément abandonné les Chiites du sud de l'Irak en 1991, son fils aurait pu faire basculer une partie du pays dans le camp des Américains. Vous n'êtes pas d'accord, Youssef ?

Christina Patten avait eu la sagesse de ne pas s'aventurer dans cette conversation sur la politique internationale. Mais, apparemment, un sujet si pressant la taraudait qu'elle ne pouvait plus se taire :

— Monsieur Gholam, vous croyez qu'on a toujours besoin de bâches en plastique et de ruban adhésif ? Enfin, est-ce encore nécessaire, quand on vit dans cette ville avec des enfants ? Ou ce sont les médias qui exagèrent ? Mon mari et moi, nous sommes allés sur Internet et nous ne sommes pas certains d'avoir acheté le bon modèle de masque à gaz.

George Patten, qui a pris sa retraite il y a quinze ans à l'âge de trente-cinq ans après avoir hérité de cinquante millions de dollars, passait ses journées à étudier des cartes géographiques dans son salon. « Galvanisant » n'est pas le terme qui convient pour le décrire. Il ajouta :

— Nous les avons achetés à une société qui fournit l'armée israélienne. Ils nous ont coûté une fortune.

Youssef inspira profondément et tenta de passer d'une discussion sur la géopolitique internationale au sujet qui intéressait les New-Yorkais : la façon dont elle pouvait les affecter, eux.

— Christina, on pourra en parler après dîner, l'interrompit Susannah, exaspérée par la question de Christina et tentant de ramener la conversation vers des sphères plus élevées.

Youssef, comprenant l'embarras de Susannah, tenta de faire le lien. Il se tourna vers Christina.

— Ayant fui le Liban au début des événements, je sais ce que c'est de se sentir vulnérable au danger. Il m'est difficile d'évaluer précisément quand et où ils frapperont. Rappelez-vous que l'anthrax se dissipe dès qu'il est dans l'atmosphère, donc, à moins que l'attaque ne se produise dans le métro, vous ne courez pas grand risque. Il est assez improbable que vous ayez besoin d'un masque à gaz dans votre appartement. Mais je sais en effet que les Israéliens disposent du meilleur équipement possible. Mon propre père a acheté des masques à gaz israélien au début de la première guerre du Golfe, quand nous habitions à l'extérieur de Beyrouth.

— Ouiiiiiii, répondit Christina, tout en désignant la tablée d'un large geste. Maintenant, j'ai une question à poser au nom de tous les New-Yorkais de la pièce !

Je crus que Susannah allait se mettre une serviette de table sur la tête pour ne pas voir Christina lui gâcher son dîner.

— Est-ce que ça veut dire qu'on doit tous, en plus, acheter des masques à gaz pour notre personnel ?

Un silence de glace tomba sur la table. Je regardai Youssef ; il ferma les yeux, prit une gorgée de vin et toussota dans sa serviette de table. Personne ne trouva de réponse à formuler. Même le mari de Christina ne fit aucune tentative pour la tirer de l'embarras.

Sur ce, Susannah se leva brusquement.

— Et si nous passions prendre le café au salon ?

Où était Peter ? Je l'imaginais dans un bar branché de Red Hook, entouré de filles branchées, superbes et plus jeunes que moi. J'avais besoin de lui pour m'aider à trouver de l'humour dans cette scène pathétique. Mais évidemment, je faisais partie de la scène. Il avait raison sur ce point.

Et tu veux que tes enfants grandissent avec les enfants de ces gens-là ? Tu es dingue ?

Je m'assis seule sur le canapé incurvé du salon et acceptai d'un serveur un expresso avec un zeste de citron dans une tasse miniature. Des rideaux en taffetas d'un vert de lagon vénitien étaient suspendus à des tringles anciennes au-dessus des quatre grandes portes vitrées donnant sur la terrasse de Susannah. Un assortiment éclectique de brocarts épais couvrait les meubles, certains à fond rouge avec des fleurs brodées, d'autres en velours ambré ou vert. Deux tapis en zèbre étaient disposés devant les cheminées, de part et d'autre de la pièce.

M. *Newsweek* vint s'asseoir près de moi, interrompant ma rêverie. Des rumeurs circulant dans le milieu des médias de New York lui avaient appris que Goodman avait décroché un gros scoop, mais il ne savait pas de quoi il retournait au juste.

— Vous avez eu Theresa ? Elle vous a parlé ? Elle a avoué quelque chose ? Du vrai matos sur Hartley ? Ou bien elle vous a fait le même coup qu'à Kathy Seebright ?

— Sans commentaire.

Je savais ce qu'il allait me répondre.

— Jamie, réfléchissez un peu. Je sais que votre reportage est diffusé mercredi. Si vous voulez, je peux décaler notre bouclage tout de suite – à condition que ce soit avant minuit. (Il jeta un coup d'œil à sa montre.) Je vais vous dire. Voici ce que je peux faire pour vous. Je peux glisser un écho dans le numéro de cette semaine, pour vous faire mousser.

— C'est très aimable à vous.

— Évidemment, on citerait NBS. On pourrait booster votre audience. La titiller, si vous voulez. Je m'assurerais que votre apport soit mis en valeur.

— Mon apport ?

— Nous pourrions même dire que vous y êtes pour quelque chose.

— Je suis pour quelque chose dans la bombe qui est sur le point d'ébranler la nation ?

Des perles de sueur apparurent dans ses favoris. De longues secondes s'écoulèrent.

— Vous avez une interview avec du matos, c'est ça ? Confirmez-moi au moins ça, voulez-vous ? Ne me laissez pas souffrir comme ça, dites-moi que vous avez un truc concret. Une interview avec Theresa Boudreaux.

Ce fut plus fort que moi.

— Laissez-moi vous dire un truc : ce que je suis sur le point de diffuser va faire mordre la poussière à votre petit magazine minable. Un énorme nuage de poussière, digne d'une tornade dans l'Arkansas.

Il me jeta à la figure un petit coussin en velours imprimé panthère et fonça droit sur le carafon en cristal rempli de scotch.

Après avoir bavardé un peu avec les autres invités, je passai dans le hall d'entrée pour chercher mon mari, qui avait disparu du salon depuis un moment. Montgomery, tout en enfilant son lourd pardessus, me prit par les épaules.

— Encore un conseil, ma chérie. (Il m'attira vers lui.) Ne laissez pas trop votre mari s'approcher de notre hôtesse, souffla-t-il, avant de *se* diriger vers la sortie en tortillant son joli petit cul.

23

Le jour du Jugement

Phillip voulut rentrer à pied de chez Susannah, le nez en l'air et le torse bombé comme s'il venait de s'envoyer en l'air. Je marchais sans me presser à quelques pas derrière lui, en me demandant si c'était effectivement le cas. Lorsque nous parvînmes à l'intersection, en tendant la main pour saisir la mienne, il remarqua enfin que je n'étais pas à ses côtés. Je la lui donnai à contrecœur.

Je me sentais barbouillée. Je supporte deux verres de vin en dînant, mais après trois ou quatre, comme ce soir, j'ai la tête qui tourne.

— Hé, lambine, on se gèle, dit-il.

— Tu as déjà essayé de marcher avec des talons de 7,5 cm ?

— Qu'est-ce qui te prend ? C'est une nuit superbe. Nous venons de passer une soirée agréable chez Susannah et Tom. Les gens, le vin, la bouffe… Quel appart sublime !

Il inspira l'air nocturne tout en contemplant au loin l'appartement Briarcliff-Berger : les terrasses paysagées de Susannah faisaient le tour des deux étages de son appartement. De petites lumières blanches étaient suspendues à ses épicéas et scintillaient dans l'air glacial.

— Tu sais, c'est ça, la différence entre le fric, le genre de fric qu'on a, et le vrai fric, celui des gens blindés.

— Dis-moi, Phillip, fis-je, dégoûtée : Quelle est la différence ?

— Quand tu es blindé de fric, tu as des domestiques en uniforme blanc, le caviar coule comme de l'eau de source, arrosé de château-latour 1982. Et la terrasse est en prime. Cette terrasse qui fait le tour de l'appartement témoigne d'une fortune conséquente. Je travaille comme une bête et je n'ai même pas de vue sur le parc. Je tuerais, pour une terrasse comme celle-là.

Il secoua la tête et pressa le pas, en me serrant fort contre lui. Puis il s'arrêta tout net.

— Tu t'imagines ? Un de ces énormes grils Williams-Sonoma en ville, sur une terrasse ? Je pourrais me faire griller des steaks en semaine.

— Phillip, du calme. Nous avons un appartement superbe. Tu as un gril à la campagne.

— C'est un gril de merde à trois cents dollars que j'ai acheté il y a cinq ans à la quincaillerie, même pas un gril Williams-Sonoma, tu sais, avec un compartiment au-dessus pour cuire les moules à la vapeur ou les épis de maïs à l'étouffée. Je veux l'un de ces grils. Bientôt. Et plus vite que ça. (Il gloussa.) Je plaisante. Mais je vais en acheter un !

Je ne trouvais pas cela drôle.

— On peut faire des moules et des épis de maïs dans la cuisine, à la campagne.

— La cuisine est petite. Je n'ai pas les moyens de la faire rénover. Et la cuisinière n'est pas sur le gril, geignit-il. On n'a pas de cuisinière à l'extérieur.

— Phillip ! La cuisine est à six mètres du patio où se trouve le gril ! Tu t'entends ? Te lamenter à cause d'un gril à six mille dollars.

— Et alors, si je veux faire la cuisine dehors, le soir ? C'est tout.

— Tu sais ce qui est vraiment malsain ? C'est que l'argent te déprime au lieu de te rendre heureux.

— Lâche-moi, avec tes clichés, s'il te plaît, répondit-il.

— C'est vrai. Tu vas dans un appartement plus grand que le nôtre et tu déprimes aussitôt que tu en ressors. Nous avons un appart formidable. Tu l'adores, non ?

— Il n'est pas mal.

— Rien que pour moi, pour vingt-quatre heures, oublie les signes extérieurs de richesse. Tu te sentirais beaucoup mieux de ne pas être encombré par tout ça.

Il me dévisagea fixement, comme s'il réfléchissait à ce concept étrange.

Je crus que, peut-être, j'étais arrivée à me faire comprendre.

— Laisse-moi te dire un truc, bébé : être encombré par l'un de ces énormes grils Williams-Sonoma, ça me rendrait heureux, en effet. Je suis certain que le maïs est meilleur quand il est cuisiné dehors, à l'air de la campagne. Et puis merde, ces balcons en pleine ville : imagine la liberté de cuisiner ce que tu veux, quand tu veux. Tu sais, après un voyage d'affaires, se faire griller un bon steak de chez Lobel's…

— Dis-moi que quand tu rentres à 21 h 30 de Pittsburgh, tu vas te faire griller un steak comme un homme des cavernes ? Tu peux faire un barbecue le week-end.

— Ce n'est pas tant de le faire que de pouvoir le faire, si ça me chante. Même si ce n'est qu'une fois par an. Tu n'as jamais envie de ça ? D'avoir un truc sous la main au cas où tu aies envie de l'utiliser, même si tu sais que tu ne le feras pas ? J'aime l'idée d'avoir un chef-cuisinier à plein temps assis dans la cuisine, portant une blouse blanche de chef avec son nom brodé dessus, et ces affreuses galoches en caoutchouc. Il pourrait avoir des steaks crus à ma disposition en permanence. Le plus beau, ce serait qu'il reste là à ne rien faire jusqu'à 23 heures – même quand on dîne en ville. Juste au cas où on ait envie d'un chou à la crème en rentrant. Et, bizarrement, ce serait encore mieux qu'on n'ait pas envie d'un chou à la crème. Mais il serait là, au cas où j'en aurais envie. C'est ça, être blindé de fric.

J'eus envie de divorcer là, tout de suite.

— Jamie, tu dois envoyer des fleurs magnifiques à Susannah lundi. Fais des folies. C'était une soirée spectaculaire. (Puis il secoua la tête et posa les poings sur les hanches.) Quelle assemblée brillante. Ce rédacteur en chef de *Newsweek* est une pointure. Tout comme ce type de l'ONU. C'est impressionnant, leur façon de débiter des chiffres et des dates à toute allure. Mais je crois que je me suis montré à la hauteur, si je puis me permettre. Je les ai peut-être même surpassés. Ce que j'ai dit à propos des élections législatives et du déficit actuel les a fait réfléchir. Tu ne crois pas ? (Il n'attendit pas ma réponse.) Et, bon sang, ce type du Moyen-Orient, Abdul, il est brillantissime.

— Youssef, Phillip. Youssef Gholam. C'est un universitaire réputé. Il ne s'appelle pas Abdul.

— Il m'a foutu une de ces trouilles.

Phillip secoua à nouveau la tête et racla la pointe de son mocassin sur le trottoir.

— Je m'en fous, qu'il s'appelle Abdul, Abdullah, Mohammed : tous ces bicots, c'est du pareil au même.

Je tapai du pied.

— Phillip. Arrête ça.

— Allez, détends-toi. J'ai dit ça pour t'énerver.

Il m'enlaça à nouveau pour m'entraîner. Je croisai les bras sur la poitrine aussi serrés que possible.

— D'accord, reprit-il. Youssef Gholam. *Kennedy School of Government.* Conseiller de trois présidents. Auteur de cinquante livres. Tu vois bien que j'ai écouté.

Je ne savais pas au juste de quoi je devais le féliciter. Les réverbères de la 76e Rue illuminaient les façades en brique et en pierre de taille des hôtels particuliers, et les immenses baies vitrées drapées de rideaux de brocart et de soie. Chacune de ces portes abritait les éminences des médias, de la finance et du juridique à New York. C'étaient eux qui détenaient le pouvoir auquel Phillip aspirait.

À quelques dizaines de mètres de notre porte d'entrée, il me demanda :

— Encore un truc : tu as acheté des masques à gaz pour nos domestiques ?

Lorsque nous arrivâmes à notre étage, je sortis de l'ascenseur avant lui et lui claquai la porte au nez. Il le méritait. C'était un connard raciste, prétentieux et gâté.

Il courut derrière moi dans le hall d'entrée.

— Hé, Jamie. Qu'est-ce qui se passe ? On marche en se tenant par la main et, l'instant d'après, tu me claques la porte au nez ?

Je fus incapable de lui répondre.

— Je suis navré d'avoir traité ce type de bicot. D'accord, c'était puéril, mais j'essayais seulement de te taquiner, de te faire rire un peu.

— Tu ne peux pas être raciste à ce point, Phillip. Je ne le tolérerai pas.

— Je plaisantais ! Je t'ai déjà dit que ce type était un génie. Que veux-tu de plus ?

— Je ne veux pas que tu parles des gens de certaines nationalités comme s'ils étaient sales, ou inférieurs à nous, d'accord ? J'ai peur qu'un jour, tu sortes ça devant les enfants.

Il baissa la tête.

— Je suis désolé, tu as raison. Autre chose ?

— Tu es tellement, tellement…

— Tellement quoi, Jamie ?

— Tu es tellement gâté.

Il me regarda d'un œil vide.

— Tu devrais vraiment t'entendre parfois, à geindre parce que tu n'as pas un barbecue à six mille dollars. Tu te compliques tellement la vie. Rien n'est assez bien pour toi.

— Et toi, c'est quoi ton problème ? Leur appart est cent fois mieux que le nôtre, j'en ai simplement fait la remarque. Je suis désolé de ne pas avoir passé mon enfance à pêcher dans la glace comme toi, mademoiselle Je-suis-le-sel-de-la-terre. J'ai vu des apparts sublimes toute ma vie. J'ai grandi dans ce genre d'appart, pour l'amour du ciel. Je travaille comme un chien et je n'ai pas les moyens de m'offrir le genre de maison dont j'ai envie, d'accord ? Et d'où ça sort, ce ton moralisateur, au fait ?

— Susannah est mon amie, pas la tienne.

Il cilla.

— Qu'est-ce que tu fabriquais avec elle dans sa chambre ? Pourquoi la porte était-elle fermée ?

— Tu es folle ? (Il déglutit.) Tu crois que j'ai un truc avec Susannah ?

— Je n'ai pas dit ça. C'est toi qui l'as dit.

— Elle me faisait une pipe.

Je haussai les épaules.

— Allez, Phillip, même mon voisin de table a remarqué.

— Elle m'a montré ses nouveaux dessins de Diebenkorn.

— J'aurais presque préféré que tu te tapes Susannah. Ce serait plus viril que de geindre après ce gril.

— Je ne cracherais pas sur elle.

Sur cette réponse odieuse, je tournai les talons et fonçai vers ma chambre. Je n'étais pas d'humeur à me chamailler comme une gamine avec mon mari. Phillip était un enfant gâté, ça n'avait rien de nouveau. Il adorait Susannah, en effet, et après ? Pour l'instant, je le détestais trop pour lui parler. Mais tout de même, je me demandais qui, à part M. Le-Styliste-Gay, avait remarqué qu'ils s'étaient éclipsés pendant dix minutes au moins après le dîner, pendant qu'on prenait un verre dans la bibliothèque.

Je claquai la porte de la salle de bains. J'étais furieuse et ma colère se transformait rapidement en douleur – j'étais blessée que Phillip et mon amie intime se sentent proches l'un de l'autre parce qu'ils faisaient partie depuis l'enfance de l'establishment de la côte est, caste qui restait impénétrable pour moi. En ce moment, j'étais trop tétanisée pour faire autre chose que de m'apitoyer sur mon sort.

Je m'assis sur le bord de la baignoire et reposai ma tête entre mes mains. Je ne savais plus où j'en étais. Il était plus de minuit, j'étais un peu pompette et cette conversation sur les terrasses et les grils m'avait donné la nausée. Peut-être que je me défoulais sur mon mari des tensions que je subissais au travail. Et puis, il y avait Peter.

La tête entre les mains, je tentai d'évoquer un seul souvenir heureux Phillip/Jamie, sans y parvenir. Tout ce qui me revenait à l'esprit, c'étaient les scènes qu'il me faisait parce que je n'avais pas supervisé l'endroit où étaient rangés ses ciseaux à ongles.

Il frappa à la porte.

— Phillip, j'ai besoin de rester ici un moment, je veux être seule.

— Jamie, c'est ridicule, on se dispute pour rien. Sors de là, je veux me réconcilier avec toi. Je n'étais pas sérieux, avec ce truc d'Abdullah.

— Ce n'est pas à cause de ce truc d'Abdullah.

Pause.

— Je n'ai aucune envie que Susannah me fasse une pipe. Il ne s'est rien passé avec Susannah. C'est ton amie. Elle m'avait promis de me montrer les nouvelles œuvres de sa collection. Ensuite on a parlé de sa famille. Ma mère a loué la maison de sa tante à Plymouth.

— Phillip, je veux être seule. Ça n'a rien à voir avec toi. Je vais prendre un bain.

Je retirai mes vêtements et saisis un peignoir-éponge suspendu derrière la porte. Ce faisant, la veste que portait Phillip pour jouer au squash, également suspendue derrière la porte, tomba par terre. Je me penchai pour la ramasser et décidai de lui faire les poches. Je n'avais aucune confiance en lui, ce soir. Je n'avais jamais sérieusement redouté qu'il me trompe ; désormais, je me posais la question.

Il y avait quelque chose dans la poche intérieure de sa veste. Une épaisse enveloppe blanche.

— Ma chérie. S'il te plaît. C'était vulgaire, ce que j'ai dit à propos de Susannah. Je suis tellement désolé. Je t'aime. Maintenant, ouvre.

Je lus ce qui était inscrit sur l'enveloppe : « Assignation à comparaître pour Laurie Petitt, Cabinet Whitfield et Baker. De : *District Attorney* des États-Unis, District Sud. » Laurie Petitt était l'assistante de Phillip. Les mots s'embrouillaient sous mes yeux. Une histoire de brevet... Raison de croire que des informations confidentielles concernant des brevets d'Adaptco Systems avaient été divulguées... Adaptco Systems, petite société Internet, cliente de Whitfield et Baker. Mais pas directement cliente de Phillip.

Le cabinet de Phillip était accusé d'avoir transmis des informations top secret concernant ces brevets à Hamiltech, le plus gros client de Phillip. Hamiltech. Le pain quotidien de Phillip. Je me précipitai vers la cuvette et vomis la tartelette au caviar.

— Jamie, tu es malade ? Ouvre la porte pour que je puisse t'aider !

— Laisse-moi.

Une heure plus tard, j'émergeai de la salle de bains dans mon peignoir-éponge, les cheveux mouillés et les yeux rouges. Les lampes étaient allumées dans la chambre et le lit n'était pas défait. Je mis de l'eau à bouillir pour me faire une infusion de gingembre afin de calmer mon estomac. Affronter Phillip ce soir au sujet de l'assignation à comparaître serait une diversion dangereuse. Je n'arrêtais pas de me répéter, *Ne parle pas à Phillip. Ne parle pas à Phillip. Attends jeudi. Après l'émission.* J'allais devoir attendre. Je devrais faire preuve de volonté.

Phillip apparut dans la cuisine vêtu de son pyjama bien repassé et chaussé de pantoufles en velours rouge, avec un scotch-terrier noir brodé sur la pantoufle gauche et un scottish-terrier blanc sur la pantoufle droite.

— C'était le homard ?

Je touillai mon infusion en silence.

— Écoute, Jamie, je suis vraiment désolé d'avoir fait ce commentaire à propos de Susannah. C'était vraiment vulgaire.

Il tenta de se blottir contre mon dos, pressant la tête dans mes cheveux et son bas-ventre contre ma hanche. Son érection commençait à s'épanouir.

— C'est de toi que j'ai envie. Il n'y a rien au monde qui vaille tes gâteries.

Je me retournai.

— Qu'est-ce que c'est que cette assignation à comparaître que j'ai trouvée dans ta veste de squash ?

— Quelle assignation ?

Je baissai les yeux. Son érection dégonflait à vue d'œil.

— L'assignation à comparaître envoyée par le bureau du *district attorney*, qui, si je comprends bien, accuse quelqu'un de ton cabinet d'avoir volé des secrets industriels. Tu tiens aussi désespérément que ça à garder Hamiltech comme client ? Qu'est-ce qui se passe, Phillip ? Comment as-tu pu ne rien m'en dire ?

— Tu es folle, ou quoi ? Tu crois que je… Tu crois que je pourrais…

Il m'écarta une mèche du visage.

— Ma chérie, ce n'est rien du tout, un malentendu. Je ne suis pas impliqué.

— Tu en es certain ?

— L'assignation est pour Laurie. C'est elle qui fait les photocopies. Pas moi. Je te le répète, il s'agit d'un malentendu.

— Un malentendu ? De la part du gouvernement fédéral ?

— Ils passent leur temps à fourrer le nez dans mes affaires, dans celles de tous les cabinets qui s'occupent de fusions et de transactions importantes.

— Comment le sais-tu ?

— Ma chérie, dit-il d'un ton de directeur de pensionnat. Adaptco est l'un de nos clients, tout comme Hamiltech. J'ai des tonnes de dossiers sur les deux entreprises.

— Adaptco n'est pas ton client. Pourquoi aurais-tu des dossiers sur eux ?

Il secoua la tête, dédaigneux.

— Tu n'as aucune idée de la façon dont fonctionne un cabinet d'avocats. Je suis l'un des associés. J'ai accès aux informations, d'accord ? Ce qui ne signifie pas pour autant qu'on a enfreint la loi, simplement parce qu'une plainte a été déposée, qui a donné lieu à une assignation.

— Tu en es sûr ?

— Jamie, tu t'inquiètes beaucoup trop, il s'agit simplement d'une petite histoire de comptabilité, d'un malentendu qui implique ma secrétaire et certains assistants juridiques. Ils ont mélangé des dossiers ; ils ne l'ont pas fait exprès. Tu veux entendre toute l'histoire ? Ça te rassurerait ?

— En fait, oui.

— Adaptco est une petite entreprise florissante. Elle a créé un logiciel. Ce logiciel peut leur rapporter beaucoup d'argent. Hamiltech est une boîte gigantesque. Ils développent le même type de logiciel, mais ils ne sont pas aussi avancés. Adaptco tente par tous les moyens de leur mettre des bâtons dans les roues, pour ne pas perdre sa part de marché. Alors Adaptco a lancé des accusations bidon. Ils sont désespérés, c'est tout. Adaptco n'a pas de dossier solide. Tu dois me faire confiance sur ce coup-là. Les avocats se font constamment poursuivre, ils font l'objet d'enquêtes en permanence, et rien ne se passe. Cela étant, Laurie et les assistants juridiques ont effectivement mélangé les dossiers, mais ces dossiers ne contenaient pas grand-chose. Je suis en train de régler l'affaire.

J'allai prendre l'enveloppe dans sa veste et, pendant trente minutes, je l'interrogeai sur le moindre détail de chaque page. Il fit tout ce qu'il put pour en minimiser l'importance, mais en vain, parce que sa femme n'était pas une idiote.

— Phillip, tout ce stress, cette semaine, je n'arrive pas à gérer.

Je le laissai dans la cuisine. Si j'avais compris les ennuis dans lesquels il était plongé en réalité, j'en aurais été terrifiée.

24

Loin des beaux quartiers

Les habitants du Périmètre ne vont pas à Brooklyn. Jamais.

Et si, exceptionnellement, ils devaient s'aventurer dans le West Side, ils le nieraient dès le lendemain. Je ne fus donc pas étonnée que mon mari ne nous accompagne pas, Dylan et moi, à la fête d'anniversaire de Peter dimanche en fin d'après-midi. Non pas que j'aie eu envie de discuter avec mon mari. Il buvait une bière Coors agrémentée de citron vert devant un match de foot dans son bureau tandis que nous nous apprêtions à partir.

Il hurla depuis le canapé :

— Tu vas vraiment à la fête d'anniversaire du nounou ?

— Oui, Phillip. Peter nous a invités.

— Les petits vont bien ?

— Ils jouent au jeu de l'oie avec la baby-sitter. Ils ont l'air parfaitement heureux. Tu peux les emmener manger des glaces.

— Et s'ils ne veulent pas ?

— Alors tu trouveras autre chose. Tu es un père merveilleux. Va acheter des sucettes avec eux. Dylan est ravi de rencontrer les amis de Peter et j'ai promis de l'emmener.

— Bon sang. C'est tout toi, ça. Comme si tu avais besoin de courir dans tous les sens, avec ton interview sur le point d'être diffusée.

— Je vais très bien. Tu peux te joindre à nous si tu veux.

Phillip se leva.

— Non merci. J'ai des…

— Je plaisantais, Phillip. Regarde ton match.

Le rougeoiement du coucher de soleil dans le dos, je traversai Brooklyn Bridge en direction de Red Hook, avec Dylan sur le siège arrière. Les câbles entrecroisés de part et d'autre du pont créaient un effet étourdissant tandis que nous filions au-dessus de l'East River glacée. Je contemplai les nuages de vapeur blanche crachés par les trois cheminées d'usine en brique rouge en bord de rivière. Quand un froid glacial tombait sur New York, comme aujourd'hui, la vapeur demeurait immobile, gelée dans l'air.

— Maman, arrête de taper sur le volant avec tes bagues. Ça m'énerve.

Peter m'avait indiqué très précisément l'itinéraire jusqu'au Tony's Bar et me l'avait expliqué comme si j'étais une débile absolue. Il avait ajouté, pour plaisanter, que je n'avais probablement pas beaucoup roulé seule dans Brooklyn et que je devrais louer une voiture moins chic. J'étais donc en train de flipper derrière mon volant en priant pour ne pas me perdre, pour ne pas tomber en plein *Bûcher des vanités* si je prenais le mauvais virage, rien que pour lui montrer que j'étais assez cool pour prendre ma voiture jusqu'à un autre *borough.* Mais je trouvai très facilement le Tony's Bar, et même un endroit pour me garer, sans heurter un seul passant.

Tony's Bar, un ancien restaurant des années 1930 à la déco en acier qui avait conservé son enseigne d'origine au néon, était situé dans une rue sympathique bordée de maisons en briques. Une quinzaine de personnes riaient, bavardaient et fumaient à l'extérieur. Peter m'avait précisé que le propriétaire, un pote, avait accepté de fermer son établissement au public jusqu'à 18 heures. Trois filles adorables d'une vingtaine d'années partageaient une cigarette ; elles portaient des tenues décontractées : treillis ou jeans, gros pulls et grandes écharpes enroulées autour du cou. Une femme très belle, qui semblait avoir un peu plus de quarante ans, était appuyée contre le mur en métal du pub, vêtue d'un jean et de hautes bottes, d'un gros pull blanc glissé sous une doudoune argentée et de boucles d'oreilles exotiques en argent. Une barrette navajo en argent incrusté de turquoises retenait l'énorme broussaille de ses longs cheveux sombres. Elle parlait à deux types barbus dans la mi-trentaine qui portaient des casquettes de base-ball et des lunettes de soleil griffées. On aurait dit les auteurs de *South Park*.

Un cow-boy Marlboro sexy, dans les soixante ans, vêtu d'une veste élimée en mouton retourné, était assis sur une chaise. Les derniers vestiges du soleil d'hiver faisaient comme un halo sur les bords de son chapeau de cow-boy marron effiloché. Il sourit à moitié en m'observant, perchée sur mes bottes à talons aiguilles, vaciller vers l'entrée entraînée par Dylan. Il me reluquait ouvertement – sa façon de me fixer n'avait rien de subtil. Je lui rendis son sourire. Je ne voulais pas passer pour une matrone de l'East Side en goguette : j'avais donc enfilé un pull noir moulant ras du cou, de grosses créoles, une veste en daim et mon plus beau jean. Je m'étais changée au moins vingt fois avant d'opter pour cette tenue. Je ne voulais pas détonner parmi les amis de Peter ; j'avais peut-être même envie qu'il me trouve sexy. Dylan m'agrippa par la main, ouvrit la porte et nous fûmes frappés de plein fouet par la musique.

Le comptoir du restaurant servait de bar ; il allait jusqu'au fond d'une large pièce à murs en briques apparentes. Peter – je le repérai instantanément – ne nous avait pas vus arriver. Il était dans un coin, accoudé au mur, en train de parler avec animation à une petite jeune femme aux cheveux courts ébouriffés, vêtue de velours côtelé blanc. Elle portait des bottes de cow-boy et une ceinture en daim marron, une ample blouse paysanne rose largement déboutonnée sur sa poitrine, et une croix incrustée de perles suspendue à un collier de chien en velours noir. Elle avait l'air d'une branchée british, ou alors tout simplement d'une branchée urbaine ; ses meilleures amies auraient pu être Sienna Miller et Gwyneth Paltrow. Ça m'énervait, qu'elle ait de plus jolies jambes que moi. Quand nous étions à Belvedere Castle, Peter m'avait affirmé qu'il n'avait pas rencontré de filles intéressantes à New York, mais celle-ci semblait manifestement l'intriguer. J'avais l'impression d'être une héroïne du XIXe siècle arrivant au bal pour découvrir que l'objet de son désir est épris d'une autre.

— Maman, Peter est là ! hurla Dylan en m'entraînant vers son nounou.

— Mon chéri, laisse Peter parler à son amie. On le retrouvera plus tard.

— C'est sa copine ? demanda Dylan.

— Je ne crois pas qu'il en ait une.

— Si, il en a une.

— Quoi ?

— Relaxe, maman. J'ai dit qu'il avait une copine.

— Qui est-ce ? rétorquai-je.

— Je sais pas, mais elle est pas amoureuse de lui. Je crois que c'est elle.

— Dylan, comment tu sais ça ?

— Zut, maman, relaxe. Pose-lui la question ! D'accord ?

La fille aux cheveux ébouriffés avait l'air capable de briser bien des cœurs.

— Dylan !

Peter s'excusa auprès de sa beauté et elle se retourna pour parler avec des amis. Je constatais maintenant qu'elle avait le cul si minuscule qu'il aurait pratiquement pu tenir dans une seule main.

— Je n'arrive pas à croire que vous soyez ici !

Peter tapa dans la main de Dylan et, pour la première fois, il m'embrassa sur la joue puis me frotta le bras.

— Vraiment, ça me fait très plaisir que vous soyez venus, ajouta-t-il.

Je remarquai qu'il laissait sa main sur mon bras. Je sentais sa chaleur.

— La bouffe est formidable – il y a des travers de porc, du poulet, du maïs, du pain de maïs. Vous avez faim ?

Je secouai la tête – tout d'un coup, j'avais du mal à parler.

— Moi, oui ! dit Dylan.

— Alors on va te chercher à manger, mon pote. Mais d'abord, je vais offrir un verre à ta mère et la présenter à mes amis.

Il me saisit par le bras d'une main légère et me fit faire le tour de la salle, où je fus présentée à au moins une dizaine de personnes. Je remarquai qu'il avait des amis d'âges divers, de la mi-vingtaine à la soixantaine : la plupart d'entre eux avaient l'air de bosser dans des domaines créatifs. Il n'y avait pas un seul cadre dans la salle.

— Il doit y avoir au moins cinquante personnes, ici. Tu as beaucoup d'amis pour quelqu'un qui s'est installé à New York il y a deux ans à peine.

— Pas vraiment. Ces deux types, là-bas, sont mes associés pour mon affaire de logiciel ; environ dix personnes vivent dans mon immeuble. On a une vraie vie de quartier, ici. Ils adorent boire un verre et danser, surtout le dimanche après-midi. C'est une petite tradition pour mes amis, je ne sais plus comment ça a démarré.

Il fit signe au barman et lui glissa un billet de dix dollars.

— Bobby ! Donne à cette dame un verre de chardonnay. Du bon. Elle en a besoin !

Il m'avança un tabouret et me présenta à deux types d'une trentaine d'années accoudés au bar.

— Nick, Charlie, voici, enfin, Jamie Whitfield. Occupez-vous d'elle et ne me faites pas honte. Jamie, voici les colocataires infernaux dont je t'ai parlé. Mais c'est grâce à ce grand costaud que j'ai fait ta connaissance. Donc, il a du bon.

Il éclata de rire, tapa dans le dos de Charlie et entraîna Dylan vers la table de billard.

Je fis subir un interrogatoire serré à ses colocataires en leur posant toutes sortes de questions sur Peter. Il en avait marre de Dylan, parfois ? Est-ce qu'il travaillait trop ? Avait-il du temps à consacrer à son logiciel ? Nous prenait-il pour des dingues ? Savait-il à quel point Dylan avait changé grâce à lui ? Ça ne se passait pas comme prévu. Je me conduisais comme une riche femme au foyer, désœuvrée et cinglée. Ce que j'étais sans doute, aux yeux de ces gens.

Charlie chuchota quelque chose à l'oreille de Nick, puis me dit :

— Il, euh, il vous trouve très bien.

Très bien ?

La fille aux cheveux ébouriffés, qui s'était retrouvée seule, se pencha sur le bar juste à côté de moi :

— Une Amstel Light, s'il te plaît, Bobby.

— Certainement, mon ange.

Elle avait un corps de danseuse. C'était peut-être l'une de ces filles qui pouvaient faire l'amour dans des positions insensées. Son coude touchait le mien.

— Bonjour. Je m'appelle Jamie. Vous êtes une amie de Peter ?

— Oui. Une très bonne amie. Moi, c'est Kyle. (Elle m'examina de la tête aux pieds.) Vous connaissez Peter d'où ?

— Euh, Peter travaille chez nous, à Manhattan.

— Vous êtes cette Jamie-là ?

— Oui, c'est moi.

— Wouaouh. Vous êtes très différente de ce que j'imaginais.

— Vous vous attendiez à quoi ?

— Je ne sais pas, pas à quelqu'un d'aussi terre à terre. Pas d'aussi… normal. Il parle de vous comme si vous étiez une…

— Une quoi ?

— Je ne sais pas, comme si vous n'étiez pas du genre à venir prendre un verre le dimanche après-midi à Red Hook.

Je ne raffolais pas du tour que prenait cette conversation.

— Comme si j'étais trop… quoi ?

— Trop rien de particulier, c'est juste qu'il vous admire vraiment, alors je vous voyais comme une sorte de superwoman effrayante, alors que vous avez l'air d'une étudiante.

Je décidai soudain que j'adorais la fille aux cheveux ébouriffés.

— Je suis ravie de ne pas détonner, et vous êtes très gentille de me dire ça, mais j'ai trente-six ans.

— Wouaouh. Vous ne les faites pas.

— Merci. Et vous, vous avez connu Peter comment ?

— Il vit en bas de chez moi. On se retrouve souvent,

le soir. Je bois un verre avec ses colocataires quand il travaille, et en général, il travaille.

— Il travaille vraiment beaucoup ?

— Vous plaisantez ? C'est un accro du boulot. Il travaille tout le temps. Il est obsédé.

— Vous travaillez beaucoup, vous aussi ?

— Oui, si l'on veut. Je suis la correspondante du magazine *Wired* pour la côte Est. Je suis très occupée pendant la semaine du bouclage, mais à part ça, le soir, je suis assez libre.

— Les mecs doivent se battre pour s'occuper de vous.

J'essayais d'être subtile, n'importe quoi pour obtenir des infos.

— Pas celui qui m'intéresse.

Je fus incapable de résister.

— Vous ne pouvez pas être seule, belle comme vous l'êtes.

— Merci.

Elle se gratta la tête pour que ses cheveux parfaitement ébouriffés soient encore plus parfaitement coiffés.

— Je le suis, précisa-t-elle. J'aimerais ne pas l'être, mais… les choses ne se passent pas comme je voudrais, vous savez…

Elle baissa les yeux.

— J'en suis navrée. Il est ici ?

— Oui, il est ici. (Elle avala une gorgée de bière et se tut un instant.) C'est sa fête.

— Peter ?

— Ouais.

— Et il n'éprouve pas les mêmes sentiments que vous ?

Elle secoua la tête.

Un tumulte d'émotions m'envahit : le soulagement que Peter ne soit pas amoureux d'elle et un élan de solidarité féminine pour ce ravissant petit bout de femme.

— Il sait ?

— Il sait. Je le lui ai dit un soir où j'étais bourrée. Je me suis jetée sur lui. Ça n'a pas marché. J'ai fait tout ce que j'ai pu à part sauter dans son lit toute nue. J'ai peut-être même essayé ça – j'en ai bien peur. Ça n'a pas marché non plus.

— Eh bien, il a des soucis. Il travaille tellement pour trouver des financements pour son logiciel.

— Qu'entendez-vous par là ?

Elle avait l'air perplexe.

Je crus avoir commis une indiscrétion. Il ne lui avait peut-être pas parlé de son projet de logiciel.

— Oh, je ne sais pas, un petit truc dont il m'a parlé, sur lequel il bosse dans son temps libre.

— Vous voulez dire l'Aide-Devoirs ?

— Alors vous êtes au courant ?

— Bien entendu. (Elle tenta d'évaluer ce que je savais, au juste.) Comment ne serais-je pas au courant de ça ?

— J'ai pensé que, peut-être, il ne voulait pas en parler.

— Hé, ho ? Comment pourrait-il s'en cacher ? Il est célèbre, maintenant ! Enfin, pas tout à fait encore, mais il va l'être. Ils lui ont donné le fric. Maintenant, il a des millions pour développer le logiciel.

— Non.

— Oui. On n'arrête pas de lui répéter qu'il va devenir comme les mecs de You Tube.

J'arrivais à peine à articuler.

— C'est tellement bizarre.

Elle pencha la tête vers Peter. Il rigolait avec un groupe d'amis, Dylan perché sur son dos.

— Regardez-le, reprit-elle. Il est au septième ciel. Depuis deux mois, maintenant.

— Vous me dites que Peter a trouvé un financement pour son projet depuis deux mois ?

— Euh, ben oui.

— Et il ne m'en a rien dit ?

— Je sais. Honnêtement, on lui a souvent posé la question – « Comment se fait-il que tu bosses encore là-bas alors que tu as remporté le jackpot pour ton projet ? »

J'avais la gorge sèche.

— Que répond-il ?

— Il refuse de répondre. On pense tous que c'est parce qu'il est amoureux de votre gamin.

Quelqu'un jouait « Brown Eyed Girl » sur le juke-box. On me tapa sur l'épaule. Le cow-boy Marlboro était derrière moi, sans son chapeau.

— C'est votre chanson, ma belle. Je peux avoir cette danse ?

Il avait un léger accent texan assez sexy. Sa barbe poivre et sel cachait les rides de son visage buriné par le soleil. Il avait du ventre, mais, curieusement, il était tellement baraqué qu'il n'avait pas l'air gros, juste costaud. Il portait un jean et une chemise blanche serrée aux épaules. Il sentait bon. Je pensais tout d'un coup à mon mari dans sa chemise lavande bien repassée, qui regardait un match de foot sur son canapé rouge à froufrous.

Puis je jetai un coup d'œil à Peter, à l'autre bout de la salle : il montrait à Dylan comment jouer au billard. Mon cœur chavira. Puis il leva la tête et croisa mon regard.

— Euh…

Il y avait maintenant une vingtaine de personnes sur la piste de danse.

— Euh, oui, bien sûr.

Je vidai mon verre avant de descendre du tabouret.

— Excusez-moi, Kyle.

Le cow-boy Marlboro m'attrapa par la taille et me fit virevolter, droit dans les bras de Peter.

— Désolé, mon vieux, mais c'est mon anniversaire. Cette danse-là est pour moi.

Peter me prit la main, frottant ma paume de son pouce. Je n'avais pas senti une telle décharge électrique depuis mes treize ans.

— Tu es une sacrée danseuse, dit Peter en riant, tandis qu'il me faisait pivoter.

Nous étions face à face et il me tenait les mains, en les serrant très fort ; il caressait mes paumes de ses pouces et me regardait dans les yeux. Tout d'un coup, nous arrêtâmes de danser. Je voulus retirer mes mains, mais il les serra encore plus fort.

— Peter, qu'est-ce que tu fais ?

— Je te regarde.

Je n'arrivais pas à croire qu'il avait dit ça.

— Tu es tellement belle, là. Tellement belle.

— Merci. (Il fallait que je désamorce la situation.) C'est gentil.

Il était sûrement un peu pompette, à cause de la bière. C'était sûrement ça.

— Hé ! (Il me souleva le menton d'un doigt.) Regarde-moi. Ce n'est pas parce que je suis gentil. Tu le sais très bien.

Il m'attira vers lui. Je regardai autour de moi, nerveusement, sans arriver à croire qu'il ait le culot de me tenir dans ses bras, comme ça. Heureusement, les gens dansaient autour de nous et personne ne pouvait nous voir.

— Tout va bien, Jamie.

— Vraiment ?

Maintenant, ses amis nous observaient depuis le bar. Une fois de plus, je tentai de me dégager. Je libérai une main et, en repoussant mes cheveux, je m'aperçus qu'elle tremblait.

— Ouais.

Je regardai à nouveau autour de nous ; ses amis, au bar, nous observaient. Dylan jouait au billard avec un gamin de son âge.

— Tu comprends ce que je veux dire, Jamie ?

Mon Dieu. Il m'avait appelée Jamie.

— Je n'en suis pas sûre.

— Tu es sûre de ne pas en être sûre ?

— D'accord, j'ai peut-être une petite idée.

Je ne pus m'empêcher de sourire. Il était plus qu'irrésistible.

— C'est juste pour savoir.

Mes genoux flageolaient.

Kyle m'adressa un regard profondément envieux et quitta le bar.

Je me figeai. D'autres gens pouvaient nous remarquer. J'arrachai mes mains à celles de Peter.

— Je ne peux pas… je ne sais pas… (Dylan me regardait, maintenant.) Je crois que je devrais m'en aller. Là. Tout de suite.

J'arrachai le pauvre Dylan à sa partie de billard et fonçai vers la porte.

25

Le choc des cultures

Quel week-end. Samedi soir après le dîner de Susannah, des images de Phillip menotté et de gros titres sur l'arrestation d'un grand avocat de Park Avenue tourbillonnaient dans ma tête. Mais, dimanche soir, je n'arrivais plus à penser à autre chose qu'à Peter, me faisant tournoyer contre son corps chaud et humide de sueur. Peter, avec tout cet argent. Peter et ses secrets. Peter et ses paroles. *Tout va bien, Jamie.*

Lundi matin, à la première heure, j'étais assise en peignoir à la table de la cuisine en train de jouer au « jeu des questions » avec Gracie et Dylan quand Peter fit irruption dans la pièce.

J'avais cru qu'il viendrait plus tard. Ou qu'il ne viendrait pas du tout. Trop secouée pour dire quoi que ce soit, de crainte d'avoir mal interprété ses paroles sur la piste de danse, je hochai la tête sans croiser son regard et me concentrai sur les enfants.

— Très bien, Dylan, j'en ai une pour toi. Dis-moi deux choses que fait un avocat.

— Les divorces, et attraper les voleurs au tribunal.

— Excellent ! Gracie, j'en ai une très dure pour toi. Dis-moi une chose que pourrait fabriquer un menuisier.

— Des menus ! hurla-t-elle.

Peter éclata de rire. Il portait son uniforme habituel,

pantalon de snow-board, baskets et pull baggy, avec un vieux tee-shirt en dessous. Avant qu'il ne s'approche, je devinais déjà qu'il était ravi de me retrouver.

Il se pencha et approcha sa tête à cinq centimètres de la mienne.

— Bonjoooooooooour ?

Les dérobades, ce n'était pas son truc.

Tout va bien, Jamie.

Tu comprends ce que je veux dire, Jamie ?

Voulait-il me faire comprendre que le fait d'avoir un petit béguin pour lui n'était pas grave ? Ou simplement qu'il n'y avait pas de mal à ce que nous dansions ensemble ? Non. Je savais qu'il ne s'agissait pas seulement de la danse ; mais avait-il voulu laisser entendre qu'il y avait quelque chose entre nous, et qu'il n'y avait pas de mal à ça ?

— Penche-toi un peu, m'ordonna-t-il.

Il se mit aussitôt à donner des coups de karaté dans le dos comme si j'étais un boxeur dans un coin du ring.

— C'est presque fini, ajouta-t-il. Mercredi à 22 heures, le sujet aura été diffusé. Encore trois jours et on pourra fêter ça.

Ses pouces s'enfoncèrent profondément dans les muscles crispés de mon dos. Trop effarée pour m'abandonner complètement, trop anxieuse à cause de l'interview, mon dos se raidit comme pour se protéger. Mais il n'arrêta pas pour autant. Lentement, je me sentis céder un peu sous la pression de ses mains expertes. Pas étonnant qu'il ait brisé le cœur de Kyle.

Toute la nuit, j'avais essayé de comprendre pourquoi il me cachait, depuis deux mois, le fait d'avoir obtenu son financement. Pourquoi m'avait-il fait de telles avances, si soudaines, si physiques, sur la piste de danse ? Était-ce tout simplement parce qu'il s'agissait d'un moment fort, et que cela lui avait tourné la tête ?

Éprouvait-il des sentiments plus profonds, semblables aux miens, depuis un moment ? Ces deux scénarios étaient aussi terrifiants l'un que l'autre.

Ses pouces vigoureux dessinèrent le contour de mes omoplates.

Le téléphone sonna.

Je bondis pour attraper le combiné. C'était ma mère.

— Bonjour maman.

Je tentai de me concentrer sur elle, plutôt que sur les mains de Peter.

Puis ce fut la catastrophe. Phillip. Tétanisé. Me fixant depuis la porte de la cuisine dans son peignoir. Je m'obligeai à ne tenir aucun compte du comportement effronté de Peter et de toutes les idées qu'il devait susciter dans l'esprit de mon mari.

— Maman, je passe dans une autre pièce. Ne quitte pas.

Malheureusement, mon mari n'était pas disposé à ignorer le comportement de Peter.

— Jeune homme, je peux vous dire un mot ?

Ahmondieu.

Peter m'adressa un clin d'œil. Comment pouvait-il me faire un clin d'œil ? Comment pouvait-il trouver ça drôle ?

— Maman, euh, je crois qu'il va falloir que je te rappelle.

Phillip m'agrippa par les épaules et me fit pivoter vers la porte.

— Je ne crois pas. Je crois que tu devrais reprendre ce coup de fil, tout de suite.

Regard sévère de directeur de pensionnat.

Le feu d'artifice mari/nounou. Je ne pouvais pas rater ça.

— Une minute, ne quitte pas.

Je mis la ligne en attente, espérant que mon mari parlerait à Peter ici même – qu'il n'éprouverait pas le besoin d'une conversation d'homme à homme dans le bureau. Rien qu'un truc désinvolte, comme « Les massages ne sont pas vraiment nécessaires, mon petit gars ». Quelque chose dans ce genre-là. Mais il désigna à Peter la direction de son bureau.

Heureusement, je pouvais entendre des bribes de leur conversation depuis le couloir.

— Jeune homme, pouvez-vous bien me dire ce que vous fabriquez ?

— Quoi, monsieur ?

— Vous savez très bien de quoi je parle.

Je supposai qu'il agitait son index sous le nez de Peter.

— Ne vous imaginez pas que vous pouvez jouer les surfeurs et vous conduire comme si vous étiez dans une gondole, la tête dans un nuage de fumée.

— L'image est intéressante, mais je ne fume pas. Je n'ai jamais fumé.

Phillip referma ensuite la porte de son bureau et je n'entendis plus rien. Merde. Je courus dans ma chambre pour prendre le combiné. Mon cœur battait à tout rompre.

— Ton père est en ligne, lui aussi.

— Bonjour papa.

— On dirait que tu es essoufflée.

— J'étais… dans la cuisine… il y a eu un petit incident…

Comment Peter réagirait-il à la façon dont Phillip le traitait, comme un gamin ? Comme s'il me réprimandait, moi ?

— Tu n'as pas l'air de très bonne humeur.

— Je suis très stressée en ce moment. Mais ce sera bientôt fini.

— Tout va bien se passer, enfin, avec ce truc politique ?

Les larmes me montèrent aux yeux. J'essayai de me maîtriser, mais j'ai toujours eu du mal à cacher mes chagrins à mes parents.

— Ah, ma chérie. (Mon père fond toujours quand je pleure.) Je sais quand ma petite fille traverse un mauvais quart d'heure.

Le barrage s'effondra et je tentai à nouveau de retenir mes larmes.

— Reprends ton souffle un instant. Où est ton mari ?

— Dans son bureau.

Je pris un mouchoir en papier pour me tamponner le nez.

— Pourquoi tu ne vas pas le chercher pour qu'il te réconforte ?

— Parce qu'il est occupé à donner la fessée au nounou.

— Quoi ?

— Ce serait trop long à expliquer.

— C'est le stress du reportage, tu as du mal à gérer tout ça, avec ta vie et tes enfants. Quand tu en auras fini avec cette affaire, je veux que tu fasses une pause. Ta mère et toi, vous pourriez aller dans cette auberge qu'on adore à Albuquerque. Comment s'appelle-t-elle, déjà, ma chérie ? Pueblo…

— Pueblo Cassito, mon chéri. C'est un petit hôtel deux étoiles. Elle n'aura pas envie d'aller dans ce genre d'endroit.

— Maman !

— Mais bien sûr que si ! C'est moi qui régale ! Une pause, c'est exactement ce qu'il te faut.

— Papa…

— Ou alors demande à Phillip de t'emmener quelque part.

Je songeai à la convocation. Je pensai à son besoin de toujours porter des pyjamas repassés. Je pensai à lui, en train de se frotter contre ma cuisse. Il voulait virer mon Peter.

— Impossible.

Mon père demanda :

— Pourquoi ?

— Papa. Maman. Je ne sais pas. Je ne peux pas faire de projets avant mercredi soir. S'il vous plaît. Ne me déprimez pas plus que je ne le suis déjà. Il faut que j'y aille. Je vous aime.

Je raccrochai.

Je me mouchai à nouveau et retournai à la cuisine, en essuyant les larmes sur mes joues du dos de la main.

Étonnamment, Peter était déjà attablé, comme si la Troisième Guerre mondiale n'avait pas été déclarée.

— Peter, je bats Dylan, je bats Dylan ! hurlait Gracie. (Ils jouaient aux dames.) J'ai trois dames, et Dylan rien qu'une !

Dylan me demanda :

— Il a dit quoi à Peter, papa ?

— Rien, répondit Peter.

— Si, il t'a dit quelque chose. Il était fâché.

J'articulai en silence à Peter, *Il a dit quoi ?*. Peter fit comme si de rien n'était, comme s'il se foutait complètement de tout ce que Phillip pouvait bien lui raconter.

— Je bats encore Dylan, fit Gracie.

— Hé, c'est pas juste ! Elle a commencé en premier, c'est pour ça qu'elle gagne.

Dylan, instantanément distrait, comme n'importe quel garçon de neuf ans, croisa les bras et s'affala, en tentant de cacher ses yeux pleins de larmes.

— Hé ! souffla Peter à Dylan. Qu'est-ce que je te dis toujours ? Ne fais pas la gonzesse, rien que parce que tu perds en jouant. Ce n'est pas cool.

Dylan jeta un coussin à la figure de Peter.

— Non, c'est toi qui es une gonzesse !

— Parfait, bien joué. Si on te traite de gonzesse, tu ripostes.

Ils se mirent à se chamailler sur la banquette, avec huit verres d'eau et de jus d'orange en équilibre instable devant eux sur la table.

Michael se mit à sauter sur place.

— Veux jouer aussi, veux jouer !

Carolina se précipita.

— Les garçons. Non ! Pas à table. Pas de chamailleries !

Un verre de jus d'orange se renversa et, quand Peter essaya de le rattraper, il fit tomber un verre d'eau. Carolina leva les bras au ciel en maudissant *Dios* et courut chercher un torchon. Je bondis pour éviter de me faire éclabousser.

En pleine démonstration matinale de testostérone, Phillip apparut dans l'embrasure de la porte vêtu d'une chemise, d'une cravate, d'un boxer et de chaussettes anthracite. Je restai figée, au garde-à-vous.

— Carolina, s'il vous plaît, apportez-moi un cappuccino et une salade de fruits sur un plateau dans mon bureau ; j'ai une téléconférence avant de partir. N'oubliez pas la tasse spéciale. Ajoutez une pincée de cannelle, pendant que vous y êtes. (Il jeta un coup d'œil à sa montre et s'avança vers la table.) Jamie, je peux te dire un mot ?

Une fois dans notre chambre, il referma la porte derrière nous et alla jusqu'à son dressing. Il enfila rapidement son pantalon.

— Je sais que je marche sur des œufs en ce moment et je ne veux pas me risquer à en casser d'autres, mais je dois te dire un truc.

— Quoi ?

— Ne laisse pas les employés te toucher.

— Je te demande pardon ?

— Je parle sérieusement. Ne laisse pas les employés te toucher.

— Tu plaisantes ?

— Te serrer la main, très bien. Tu peux même serrer Carolina dans tes bras, et merde, pourquoi pas Peter, quand tu leur donnes leurs étrennes de Noël, mais essaie de ne pas initier d'autres contacts. Ça transmet le mauvais message.

— Phillip, on déconnait.

— Je ne sais pas… hé… merde… ce que vous fabriquiez.

Sa voix était tendue parce qu'il était maintenant en train de glisser les pieds dans ses nouveaux mocassins grâce à un long chausse-pied en corne avec un manche en cuir orné de glands.

— Mais ce n'est pas un comportement approprié devant les enfants ou les autres employés. C'est une limite à ne pas franchir. Surtout pas. Quand on ne la respecte pas, le rapport de subordination n'existe plus.

— Je n'ai pas vraiment l'intention d'avoir…

— Je sais que tu n'as aucune envie de m'écouter en ce moment, vu ce qui s'est passé ce week-end. Mais je vais te le dire quand même. (Il frappa le sol très fort, trois fois, de la pointe du chausse-pied.) Hé merde ! Je me suis conduit comme un prince et je veux que tu le reconnaisses.

— Comme un prince ?

— Oui.

— Par rapport à quoi ?

— Par rapport à tes histoires de nounou. En acceptant d'avoir un skieur camé chez moi.

— Il dirige une entreprise informatique qui est sur le point de faire un malheur. Son logiciel va aider les élèves dans tout le pays. Et il ne se drogue pas.

— Peut-être pas durant les heures de travail.

— Il fait beaucoup de bien à ton fils.

— Je le sais. Je le vois. C'est pour ça que j'ai accepté

cette situation, tacitement. Me suis-je plaint une seule fois depuis que tu as refusé de le virer ?

— D'accord, Phillip, je ne sais pas si tu t'es comporté « comme un prince », comme tu dis, mais, oui, tu as fait preuve de tolérance. Cela dit, tu ne lui as jamais adressé la parole.

— Pourquoi devrais-je lui parler ? Il travaille pour moi ! C'est ça que tu ne comprends pas…

— Arrête. Cette discussion va tourner à la dispute et je n'ai pas assez d'énergie pour ça. Je reconnais que tu as été tolérant et je reconnais également qu'un massage à la table de petit déjeuner n'était peut-être pas un comportement approprié. C'est tout ?

Il m'enlaça et m'embrassa sur le front.

— Oui, c'est tout.

De retour dans la cuisine, Phillip demanda poliment :

— Tout va bien ?

Il tentait de me caresser dans le sens du poil.

Gracie leva les yeux vers son père. Elle portait un pantalon en velours côtelé jaune et un pull Fair-Isle jaune avec un sous-pull à col roulé bleu ciel. Deux barrettes jaunes retenaient ses boucles blondes.

— Papa ?

— Oui, mon ange ?

Le petit trésor de Phillip l'attendrissait toujours.

— C'est quoi, une gonzesse ?

Dylan toussa dans sa serviette de table pour dissimuler un éclat de rire. Phillip inspira par le nez. Il me regarda, puis se tourna à nouveau vers sa fillette de cinq ans.

— Demande à ta mère.

Les klaxons des taxis hurlaient tout autour de nous tandis que leurs chauffeurs tentaient de doubler les 4 × 4 garés en double file devant l'entrée de l'école. Les chauffeurs, beaucoup plus enclins à obéir à leurs patrons qu'aux chauffeurs de taxi, garaient leurs véhicules en plein milieu de la chaussée pour déposer leur précieux chargement sur le trottoir. Je grimpai l'escalier quatre à quatre pour emmener Gracie jusqu'à sa salle de classe, puis retrouvai Peter devant l'école. Je mourais d'impatience d'apprendre ce qui s'était passé derrière cette porte close.

— Alors, qu'est-ce qu'il a dit ?

— Qui ?

— Mon mari.

— Ah, lui. Il m'a traité de camé, puis il m'a menacé de me renvoyer si je transgressais encore les règles.

— Mais il te l'a dit comment ? Sur une échelle de un à dix, il était fâché comment ?

Nous étions à environ vingt mètres de l'école. Il se rapprocha de moi.

— Je dois te poser une question, Jamie.

Quand il m'appelait par mon prénom, quand il parlait d'un timbre voilé, ça me faisait perdre la tête.

— En fait, c'est une question très importante : qu'est-ce que tu en as à foutre, de ce que pense ce mec, à ce stade ?

À ce stade. Je réfléchis. À quel stade en étions-nous, au juste ? Je ne voulais pas avoir à répondre à cette question, et je renvoyai la balle à Peter :

— Tu me demandes quoi, là, au juste, Peter ?

— Laisse-moi te mettre les points sur les « i ». Quand je te demande « qu'est-ce que tu en as à foutre, de ce que pense ce mec, à ce stade », ça veut dire « Es-tu toujours amoureuse de ton mari ? ».

Hou là.

— Le moment est mal choisi pour cette conversation.

— Au contraire.

— Je vais être en retard au bureau.

— Ils attendront.

— Luis est là.

— Ce n'est pas la première fois qu'on lui fait le coup. J'aimerais beaucoup avoir une réponse.

J'étais totalement prise au piège. Tous ces matins où je m'étais assuré que j'avais un beau cul dans mon pantalon de jogging, tous ces fantasmes où je l'avais imaginé à côté de moi dans mon lit, nos promenades en tête à tête, sa façon de me regarder. Sa façon de me presser la main dans l'escalier de Central Park. Notre danse de la veille. Sa douceur avec Dylan. C'était surtout la façon magique dont Peter se comportait avec Dylan qui m'avait fait craquer. Et maintenant, il me demandait de lui dévoiler mes sentiments. On en était là.

— Je ne suis pas amoureuse de mon mari. Mais il se trouve que je suis mariée avec lui.

— Encore pour longtemps ?

— Tu es fou ! Tu ne peux pas me poser ce genre de question fondamentale, qui peut bouleverser toute mon existence, devant l'école de ma fille. Il y a du monde, ici !

Ah. Mon. Dieu. Pourquoi me faisait-il ce coup-là ?

— Tu voudrais qu'on aille dans un endroit plus discret ? J'en serais ravi. C'est pour ça que je t'ai accompagnée ce matin.

Non.

Peter me faisait-il des avances ? Je pensai aussitôt qu'il y avait bien longtemps que je ne m'étais fait faire une épilation du maillot.

Il reprit :

— Ne te méprends pas. Quand je te propose un endroit plus discret, je veux dire qu'on pourrait prendre un café tranquillement, dans un endroit où on ne connaît personne. Ou dans le parc.

Mon niveau d'adrénaline retomba un peu. Il n'était

pas en train de me proposer la botte, là, tout de suite. Je n'arrivais pas à croire qu'on en était arrivés à parler de sexe. Ce qui était merveilleux, après tous ces préliminaires, c'était qu'avec lui, c'était tout simple d'en parler. Voilà précisément pourquoi ce type était aussi sexy. Il n'avait peur de rien. Il était tellement honnête.

— Je ne vais pas te toucher pour de vrai à moins que, premièrement, tu me dises que tu en as vraiment envie, et deuxièmement, que tu me dises que tu es certaine que tu n'es plus avec lui…

Je ressentis une bouffée de chaleur.

— J'ai simplement besoin de savoir si l'idée de ne plus être avec lui est sur le feu, ou si tu ne t'es même pas approchée de la cuisinière.

Il me facilitait les choses.

— Elle est sur le feu. Elle bout.

Je souris.

— Elle est sur le point de déborder ?

— Elle mijote.

Il sembla déçu et s'écarta de moi. J'ajoutai aussitôt :

— Il y a quand même des petites bulles qui montent. Pas mal de bulles.

— Tu as réglé la minuterie ?

— C'est nécessaire ?

— Pour moi, oui. Ça commence à être difficile d'être avec toi, comme ça.

Tout d'un coup, il hurla : « Attention ! »

Une femme avait trébuché sur le trottoir, juste devant sa propre Mercedes.

— Hé merde, Oscar !

Peter s'élança pour l'aider. Ingrid : Ingrid et Peter. Je n'avais pas encore affronté ma copine cinglée. Pas encore. Le moment était mal choisi.

Je regardai Peter l'aider à se relever avant même que le chauffeur ne l'ait atteinte.

— Tout va bien. Je suis juste un peu sous le choc. (Elle épousseta sa jupe et son genou.) Et j'ai déjà une blessure au coude.

Elle replaça son bras droit dans un foulard Hermès noué en écharpe.

— Tu t'es fait mal, Ingrid ? demandai-je.

— Ce n'est rien. Une petite éraflure au genou. (Elle ajusta son écharpe.) Et ça ? C'est un « Birkin elbow ». À cause de mon sac Hermès… J'ai rendez-vous chez le kiné.

Pour une fois, elle semblait gênée.

Je m'apprêtai à porter l'estocade.

— Alors, Ingrid, tu connais Peter, bien entendu.

Peter blêmit.

— Oui, on se connaît. Et j'ai un rendez-vous. Il faut que j'y aille.

Il détala. Il n'avait aucun rendez-vous.

— On se retrouve plus tard ! hurla-t-il alors qu'il était déjà loin.

Je fus soulagée de ne pas poursuivre cette conversation torride. J'en étais déjà toute flageolante.

Ingrid et moi restâmes en tête à tête.

— Bien sûr que je connais Peter, répondit-elle. Où veux-tu en venir ?

— Où voudrais-je en venir, à ton avis ?

— Nulle part. Je suis juste venue accompagner mes enfants à l'école. Et j'ai mal au bras, alors sois gentille avec moi.

— Je suis parfaitement gentille.

— Maintenant, en plus, j'ai mal au genou.

— J'aurais juste besoin de…

— Non, pas du tout. Ça ne te regarde pas et tu n'as aucun besoin de savoir.

— Si, j'ai vraiment besoin de savoir.

— Ça ne regarde personne.

— J'ai besoin de savoir.

Elle réfléchit en silence un instant.

— Tu vas le virer à cause de ça ?

— Bien sûr que non. Sa vie personnelle ne me regarde pas.

— Tu le promets ?

— Oui. Je le promets. Mais j'ai vraiment besoin de savoir.

Longue pause.

— Ça ne l'a pas branché.

Non ? Tu en es sûre ?

— Je le suis. Il n'avait pas la tête à ça.

Ingrid gravit quelques marches avec ses enfants avant de se retourner :

— Cache ton bonheur, miss.

26

Pipelettes

L'estomac noué, j'appelai Kathryn. J'avais besoin d'entendre la voix de la raison.

— Il est à peine 10 h 30 lundi matin et tu as déjà pleuré. La semaine s'annonce mal, dit Kathryn.

— Tu crois que je t'appelle pour quoi ?

— Qu'est-ce que je peux faire, Jamie ? Tu veux que je passe la journée de mercredi avec toi ? Peut-être que je peux te rejoindre au studio ce soir-là ?

— Non. Je serai en régie avec Erik. Ce n'est pas l'endroit le mieux indiqué pour recevoir ses copines.

J'en étais malade. Le fait d'avoir dû repartir de chez moi après avoir traîné le petit Michael, agrippé à ma cheville droite, à travers la moitié de l'appartement, n'arrangeait pas mon humeur. Il s'était accroché désespérément, s'était laissé traîner sur le ventre, en me suppliant de ne pas le quitter. Yvette avait dû l'arracher à moi tandis que je me faufilais dehors. Une fois sortie de l'ascenseur, j'avais du mal à respirer tellement j'avais peur que mon sujet sur Theresa n'implose. J'avais pratiqué mes exercices de respiration de yoga au bureau, mais cela n'avait pas suffi. Quelques gorgées de thé brûlant très sucré ne m'avaient pas apaisée. Mon scone aux airelles avait un goût de sable dans ma bouche.

— Alors qu'est-ce que je peux faire ?

— Je suis dans tous mes états.

— Pourquoi ?

Je récitai ma litanie :

— Mon mari va peut-être être mis en examen par le FBI. En plus, je crois qu'il couche avec Susannah. Je suis sur le point de diffuser un sujet qui risque de briser la carrière d'un membre éminent du Congrès. Mes enfants sont en plein flip parce que je passe mon temps au boulot et qu'ils ne m'ont pas vue depuis une semaine et…

— On reprend, un truc à la fois.

— Très bien. Mon mari risque d'aller en prison.

Kathryn parla d'une voix lente et posée.

— Nous avons déjà discuté de votre engueulade de samedi soir. Je suis certaine que, comme il l'affirme, son cabinet est étroitement surveillé par le *Securities and Exchange Commission* en permanence. Ce n'est pas parce que son assistante a commis une erreur qu'il a enfreint la loi. Ne saute pas aussi vite aux pires conclusions.

— Et alors, mon mari et Susannah ?

— Ils ont toujours flirté. Ils ont toujours été insupportables, dès qu'ils se retrouvent. En fait, s'il la sautait, ce serait une bonne nouvelle, parce que tu aurais une vraie raison de le virer. Et ton sujet a été avalisé par cinquante avocats. Tu crois qu'ils te laisseraient le diffuser s'il y avait le moindre souci ? Voilà, tous tes problèmes sont résolus.

— Il y a autre chose.

— Dis-moi.

— Je crois que Peter va partir.

— Quoi ? Il t'adore ! Laisse tomber toutes ces pensées négatives.

— Ce n'est pas à cause de moi, ou de Dylan, pas du tout. C'est sa boîte de logiciel. Il a obtenu des financements.

— Je croyais qu'il avait déjà des financements. Qu'il était en train de réaliser des tests marketing.

— Il a obtenu une somme énorme, de quoi lui permettre de quitter son poste de nounou.

— Oooooooh. C'est inquiétant, en effet.

— Mais il n'a pas remis sa démission. Pas encore. Il a l'argent depuis deux mois et il ne m'en a rien dit. Je l'ai appris par ses amis, à sa fête d'anniversaire.

— Il est amoureux de toi. C'est pour ça qu'il n'est pas encore parti. C'est pour ça qu'il ne t'en a rien dit.

C'était possible. Non ?

— Ce doit être Dylan, et la satisfaction…

— Satisfaction mon cul. C'est pour toi qu'il reste.

J'aurais voulu qu'elle ait raison.

— On a dansé hier à sa fête.

Je lui racontai tout : comment il m'avait tenu par la main, en refusant de me laisser aller. Mais cette confidence me fit peur.

— Je n'arrive pas à croire que j'ai dansé avec le nounou.

— À ce stade, Jamie, il n'est plus seulement le nounou.

Je soupirai.

— C'est ce qu'il dit.

— Eh bien ! C'est comme s'il t'avait fait une déclaration ! hurla Kathryn. Il t'a dit ça quand ?

— Quand je l'ai interrogé à propos d'Ingrid. Il m'a demandé si j'étais blessée.

— Parce qu'il a sauté Ingrid ?

— Non.

— Très bien. Si c'est ce que tu veux croire.

— Ce n'était pas qu'un baiser, mais ils n'ont pas été jusqu'au bout. Il m'a juré que non.

— Autrement dit, elle lui a fait une de ces pipes phénoménales dont elle a le secret.

— Probablement.

— C'est mauvais pour toi, ça. Très mauvais.

— Que veux-tu dire par là ?

Je savais exactement ce qu'elle voulait dire.

— Les comparaisons…

— Je n'ai aucune intention de faire une pipe au nounou !

Charles passait devant mon bureau à cet instant précis, joignit les mains et murmura : « Alors laisse-moi le faire ! » Je lui lançai une balle en caoutchouc à la figure. Il l'évita sans s'arrêter.

— D'accord, dit Kathryn. Après sa confession, il t'a demandé si tu étais blessée. J'espère que tu as été honnête et que tu lui as dit ce qu'il voulait entendre.

— Non. J'ai été vraiment mesquine : je lui ai répondu qu'il n'avait pas pu me blesser, puisqu'il n'était qu'un employé.

— C'est vraiment moche, ça.

— Je sais.

— Il te demandait si tu éprouvais les mêmes sentiments que lui.

— Je suis mariée.

— C'est pour ça qu'il utilise un langage codé.

— Il voulait seulement savoir s'il était autre chose qu'un nounou, pour moi.

Je souriais.

— Je sais que tu es en train de sourire. On te paie une fortune pour décrypter les motivations des gens, mais tu es complètement larguée, là.

— Très bien. Tu gagnes. Mais je ne suis pas complètement larguée.

— Alors raconte.

Je cherchai à gagner du temps.

— Je ne peux pas.

— S'il te plaît, bon sang, c'est génial, et Phillip se conduit parfois comme un vrai trou du cul avec toi, tu mérites vraiment un petit flirt de temps en temps, je t'en prie.

— Très bien.

— Dis-moi.

— C'est plus qu'un petit flirt.

— Tu as couché avec lui ?

— Tu es folle ?

— Alors ?

— Je jure qu'il ne s'est rien passé. Rien. Jamais. Même pas un baiser.

— D'accord, alors tu n'as rien à me raconter ?

Je décidai de ne pas lui raconter que Peter voulait me toucher « vraiment ».

— Juste notre façon de danser. La façon dont on se regardait. Dont on se tenait par la main. Il frottait ma paume de son pouce.

— Sexy, non ?

— Oui. Très. Pour moi, en tout cas.

— On vous a remarqués ?

— Pas Dylan, ça, c'est sûr. Mais deux ou trois de ses amis au bar ont vu toute la scène. Et même une pauvre fille, sublime, avec un cul parfait, qui est folle amoureuse de lui.

— Il est aussi bien que ça, son cul ?

— Plus beau que le mien.

— C'est nul, ça aussi. Tu es sûre qu'il ne se passe rien entre eux ?

— Certaine. Elle en a le cœur brisé. Elle me l'a dit. Et elle nous a vus danser. J'avais mauvaise conscience.

— Alors, que comptes-tu faire ?

— J'essaie de faire comme si de rien n'était.

— Tu en es sûre ?

— Non. Mais tu sais quoi ? Je ne peux pas me le

permettre en ce moment. J'avoue que mes sentiments pour lui me perturbent. Tu n'en sauras pas plus. Du moins jusqu'à mercredi, 22 heures, quand j'en aurai fini avec ce foutu reportage du siècle. On pourrait peut-être aller prendre un verre jeudi, par exemple. Mais même si je me saoule, ma version restera la même. Je me sens proche de lui, mais tout ça est très embrouillé dans ma tête. Et je suis mariée, aux dernières nouvelles.

— Permets-moi de te rappeler que tu avais l'intention de quitter Phillip cette année. Tu t'en souviens, pas vrai ? L'année est presque finie.

— Oui, je sais tout ça, mais ça n'est pas le moment.

— Il va te falloir un sacré coup de pied au cul pour te décider à partir. Il faut que tout soit bien clair dans ton esprit. Ne flirte pas avec Peter rien que pour oublier ton mari. Sinon la rupture ne sera pas nette lorsqu'elle se produira. Tu croiras toujours que c'est parce que tu avais le béguin pour Peter alors qu'il s'agit vraiment de ce que tu veux, de ce dont tu as besoin, toi. En plus, si Phillip découvre qu'il y a un truc entre vous, il n'admettra jamais sa responsabilité dans…

— Il n'y a rien à découvrir entre Peter et moi. C'était tellement plus qu'un béguin.

— La fille qui pleurait au bar, celle qui a un cul parfait, elle dirait ça, elle aussi ?

27

Mauvaise semaine pour arrêter de sniffer de la colle

Erik me dévisagea.

— Mais tu peux bien me dire ce qui te prend ?

— Rien. Je suis nerveuse, c'est tout.

— Je suis journaliste politique depuis vingt-cinq ans. Cette bonne femme dit la vérité, d'accord ? Ça se voit dans ses yeux.

Goodman tenta de me raisonner.

— Écoute, Jamie, on a fait tout ce qu'on a pu. Il n'y a plus que vingt-quatre heures à tenir. Si ça chauffe, c'est moi qui monterai au créneau.

J'intervins :

— Je n'ai jamais sorti un aussi gros scoop politique et je trouve que ça sent le roussi. Personne ne veut parler, personne ne la connaît.

— Charles a trouvé deux témoins qui l'ont vue traîner avec l'équipe d'Hartley.

— Mais l'équipe d'Hartley nie tout rapport avec elle. Ils disent qu'Hartley la connaissait vaguement, mais qu'elle était surtout très proche de certains de ses anciens collaborateurs, plaidai-je sans trop savoir où j'allais.

Je voulais que le sujet soit diffusé et je savais qu'on avait de quoi l'étayer. Je ne savais plus si j'avais raison d'être nerveuse ou si j'étais en train de craquer comme une faible femme face à la bande de machos du bureau.

— C'est toi, en tant que productrice, qui as le plus enquêté, le plus vérifié les faits. Tu connais le sujet bien mieux que nous, dit Erik. Merde, Theresa a accepté de t'accorder l'interview avant même d'avoir rencontré Goodman.

— Hé ! l'interrompit Goodman. Je suis allé à Jackson, juste avant qu'elle accepte.

— D'accord, intervint Maguire, sur le ton du babysitter de luxe qu'il était. D'accord, Goodman, tu y as été pour beaucoup, toi aussi.

— Ce n'est pas là que je voulais en venir, je précisais simplement que je l'avais rencontrée avant qu'elle accepte.

— Laisse tomber, Goodman, fit Maguire en levant la main.

Goodman insista :

— En plus, elle a un motif – il l'a plaquée ! Elle est blessée.

Erik se tourna vers moi :

— Si tu étais moi, directeur de la production de cette émission, tu le passerais, ce sujet, ou pas ?

— Je, je…

Maguire s'en mêla.

— Jamie, j'ai beau être le patron, je pense que la balle est dans ton camp. D'accord, Goodman a sa part de responsabilité, mais, en tant que productrice principale, c'est vers toi que je me tourne.

— Je, je…

— Voilà ce que je vais faire, dit Erik en se penchant sur la table. Je vais renvoyer Charles Worthington à Jackson encore une fois, par le dernier vol. Le reportage est diffusé dans… (Il s'arrêta pour consulter sa montre.)… trente heures, et…

Maguire l'interrompit, d'une voix calme et terrifiante.

— Je vais vous parler très clairement. Faites savoir à M. Worthington qu'il a intérêt à assurer comme une brute, s'il considère judicieux d'annuler ce sujet. À moins que l'un d'entre vous n'entre dans ce bureau en hurlant qu'on va tous plonger si on diffuse ce truc, on le passe, comme prévu. Mercredi, 21 heures.

Sur ce, Maguire posa la main sur mon épaule tel Rambo avec son bandana blanc en loques sur la tête et dit :

— Jamie, s'il y a le moindre problème après l'émission, je te couvre. Nous sommes tous mouillés et je suis un Marine… alors je n'ai pas l'intention d'abandonner qui que ce soit sur le champ de bataille. *Semper*-putain-de-*Fi*[1].

Toujours fidèle.

Le téléphone sonna sept heures plus tard, mardi soir. Je le décrochai avant même la fin de la première sonnerie.

— Charles !

— Salut, Jamie.

— Tu as quelque chose ? Tu fais quoi, au juste ?

— Je n'ai rien pour l'instant. Je suis à l'aéroport de Jackson, en train de prendre ma voiture de location.

— Tu vas où, d'abord ?

— Je vais reprendre notre itinéraire pas à pas : le journal local, les flics, le type du salon funéraire. Je vais prendre un verre avec le gérant de notre filiale; peut-être qu'il réussira à faire parler des gens, au bar.

— Charles, il faut que tu ailles quelque part où on n'a pas déjà été !

1. *Semper Fi*, « toujours fidèle », est la devise des Marines américains.

— Je ferais n'importe quoi pour toi. Toujours. Tu le sais. Mais je ne sais pas où aller à part ça. Nous avons passé trois jours ici et nous avons trouvé trois personnes qui savent qu'ils ont passé beaucoup de temps ensemble, à traîner avec la clique d'Hartley. C'était déjà pas mal. Mais n'attends pas trop de ce voyage. On ne va pas dégoter une vidéo du style Paris Hilton qui les montre en train de s'envoyer en l'air. Je vais quand même chercher des gens qui connaissent Boudreaux.

— Il ne s'agit pas de trouver des gens à qui on n'a pas encore parlé, enfin pas n'importe qui. Les chauffeurs de taxi et les chasseurs d'hôtel vont nous donner des infos qu'on a déjà. Il faut partir dans une direction totalement inédite.

— Jamie, ton sujet passe dans vingt-quatre heures. Il est monté, la balance son et l'étalonnage sont faits. Les bandes-annonces passent depuis trois jours.

— Charles, je t'en priiiiiiiie.

— Pas de « je t'en prie », s'il te plaît, je suis là pour t'aider. Mais je suis un peu à court de pistes. Quand tu parles d'une « direction inédite », tu veux dire quoi ? Tu veux que j'enquête à la morgue, vu que c'est le directeur d'un salon funéraire qui les a vus ensemble ?

— Non. Ce salon funéraire est fermé depuis des années, tu n'as pas oublié ?

— Bien sûr que non.

— Très bien.

J'avais mauvaise conscience de le pousser ainsi dans ses retranchements et je me sentais coupable de l'avoir obligé à se précipiter à Jackson, alors que j'étais à New York.

— Je suis désolée. Je ne sais pas. Et si tu trouvais d'autres gens qui ont fait de la politique, dans le Mississippi ?

— On a fait une recherche sur tous les ex-collaborateurs d'Hartley. On a contacté la plupart d'entre eux. On n'a rien trouvé. Ils lui restent tous loyaux.

— Tu as peut-être raison.

— Entre-temps, je vais continuer à bosser. Offre-toi une bonne nuit de sommeil. Demain, c'est mercredi. Ce sera un grand jour, pour toi.

Charles rappela le lendemain à 6 heures du matin. Mon mari dormait encore mais il s'était tellement collé contre moi qu'il m'avait pratiquement poussée hors du lit.

— Qui appelle à cette heure-ci, bon sang ?

— Je sais que c'est pour moi.

Je me tortillai pour me dégager mais il m'agrippa encore plus fermement.

— Ne réponds pas. J'ai envie de toi.

Je lui flanquai une tape et me dégageai.

— Tu as trouvé quelque chose ? Je t'en prie, dis-moi que tu peux confirmer la version de Theresa.

— Je ne peux pas, répondit Charles. Mais il y a des bloggeurs vraiment enragés, dans le coin.

— Qu'est-ce que tu as trouvé ?

— Des types au bar m'ont dit que ces bloggeurs étaient installés aux environs de Jackson. Il y en a toute une communauté.

Phillip se retourna.

— Mon chou, s'il te plaît. Va dans une autre pièce, j'essaie de dormir, là. Tu dois respecter mes besoins. Il fait encore noir, dehors.

Un truc dur s'enfonça dans ma cuisse. Il tira sur ma culotte pour dénuder mes fesses, comme la fillette dans la pub Coppertone. Je lui envoyai un coup de poing dans l'épaule.

— Il faut que tu saches, ce sont des fêlés de stock-car dans un bar qui m'ont parlé des bloggeurs. Je suis allé sur leurs sites et je n'ai rien trouvé de remarquable, je n'ai jamais entendu parler d'aucun d'entre eux. Un type m'a dit que certains travaillaient dans le bureau local du Congrès et qu'ils traînaient dans le bar d'hôtel où je suis allé prendre un verre. Ce n'est peut-être pas une bonne piste. Je n'ai rien trouvé.

— C'est dommage.

— S'il te plaît ! dit Phillip en se mettant un oreiller sur la tête.

Je posai la main sur le combiné et dis :

— Phillip, je… je ne peux pas. C'est trop important. Désolée ! (Je repris la communication en tentant de parler plus bas.) Essaie de trouver quelqu'un qui confirmera qu'ils avaient une relation amoureuse. Alors je ne serai plus inquiète. Plus jamais.

— Jamie, rappelle-toi, tu ne dois pas trop attendre de cette enquête. C'est une histoire embrouillée.

— Essaie de reparler aux *State Troopers*.

— D'accord.

— Essaie aussi du côté de la morgue. J'ai changé d'avis. Ça me plaît.

— D'accord, j'essaie du côté de la morgue.

— Excellent, Charles. Il faut tout essayer. On n'a plus que douze heures.

— Je sais. Je te rappellerai plus tard.

« Theresa Boudreaux parle ! Enfin ! Interview exclusive sur *Newsnight* avec Joe Goodman ! Ce soir à 21 heures ! » La graisse de mon petit déjeuner – omelette au fromage avec bacon sur bagel beurré – dégoulinait sur le journal étalé devant moi. En temps normal, il n'y a rien d'aussi paisible que ce moment privilégié, entre 6 h 30 et 7 heures, où mon mari et mes enfants dorment encore et que Carolina se lève à peine. Mais ce matin-là, j'étais absolument à cran.

Il serait extrêmement difficile à la chaîne d'annuler la diffusion à ce stade, alors qu'on avait annoncé le sujet avec tambours et trompettes. Je posai les mains sur mes yeux et tentai de me persuader qu'il valait mieux se résigner, accepter la situation. *Bon, ne te torture pas comme ça, ma grande. Tu as un reportage explosif, tu joues dans la cour des grands, tu as bien verrouillé l'enquête, alors assume.* Bill Maguire, en qualité de directeur du service info, m'avait affirmé de but en blanc qu'il me soutenait. Mais, malgré cela, je voulais que Charles fourre une dernière fois son nez hypersensible d'enquêteur dans les moindres recoins de Jackson.

J'entendis la douche couler dans la salle de bains et priai pour que Phillip mette du temps à se préparer. J'espérais qu'il ne serait pas pressé, qu'il ne serait pas exigeant et frénétique, qu'il me laisserait tranquille ce matin. Pour une fois.

Gracie apparut dans l'embrasure de la porte, en train de sucer son pouce et de frotter entre ses doigts le ruban attaché au cou de son lapin. Elle escalada la banquette, blottit sa tête sur ma cuisse droite et se lova contre mon ventre, un pouce dans la bouche et l'autre qui étranglait son lapin. Elle ne dit pas un mot. Elle ressentait peut-être ma tension et comprenait à quel point sa présence me réconfortait. Je lui caressai le dos, reconnaissante, émerveillée de l'acuité exquise de son sixième sens.

Hélas, Phillip ne fit pas preuve de la même subtilité que ma fillette de cinq ans. Mais cela n'avait rien d'étonnant. Il fit irruption dans la cuisine en boxer, chaussettes anthracite et tee-shirt blanc.

— Où est Carolina ?

— Dans la buanderie.

— Elle sait où se trouve mon attaché-case à roulettes, le grand ?

— Je ne sais pas, tu vas devoir lui poser la question.

Ma réponse ne lui plut pas; il espérait que j'arrangerais tout pour lui, de façon à lui simplifier sa matinée et à lui procurer son petit confort. Il regarda mon assiette.

— Qu'est-ce que tu fabriques, Jamie ?

— Je prends mon petit déjeuner, Phillip.

— C'est quoi, toutes ces calories ? Je croyais que tu voulais mincir.

Il alla jusqu'au frigo et se versa un verre de jus d'orange fraîchement pressé, qu'il leva pour l'examiner en transparence. Ce fut le moment inopportun que Carolina choisit pour sortir de la buanderie, avec une petite pile de torchons soigneusement repliés.

— Carolina, combien de fois devrai-je vous répéter les règles, concernant le jus d'orange ?

Carolina, toute solide qu'elle était, se ratatinait, apeurée, quand Phillip la réprimandait.

— Je n'aime pas la pulpe, d'accord ? Vous vous en rappellerez ?

Carolina fut obligée de se rappeler sa directive numéro 352, alors que Phillip était incapable, lui, de se rappeler que c'était le jour J pour moi. Il tira une petite passoire en acier du tiroir à couverts et l'agita sous le nez de Carolina.

— Avant de verser le jus d'orange dans la carafe, je vous en prie, faites-moi cette petite faveur toute simple. Filtrez-le. S'il vous plaît. C'est tout simple.

Il lança la passoire dans le lavabo et retourna dans son dressing.

Michael arriva dans la cuisine en se dandinant, vêtu de son adorable petit pyjama d'homme miniature. Puis il grimpa à son tour sur la banquette et blottit tout doucement sa tête contre mon autre cuisse. Je lui frottai le dos, en essayant d'éprouver de la gratitude d'avoir de beaux enfants en bonne santé.

Dix minutes plus tard, vêtu d'un costume sombre et

d'une cravate jaune à pois, Phillip formula de nouvelles exigences :

— J'ai un voyage d'affaires cet après-midi, à Houston et ensuite à Los Angeles. Je ne rentrerai pas avant samedi matin. Alors j'ai besoin que tu fasses quelques trucs pour moi.

— Quelques trucs ? demandai-je, incrédule, en essayant de comprendre comment il se faisait qu'il n'ait pas encore parlé de l'interview.

— Oui, Jamie, quelques trucs. Tu as oublié que je suis au bureau tous les jours de 8 heures à 20 heures ? Je n'ai pas le temps de m'occuper de petits détails. Au fait, tu es superbe dans ce jogging moulant. Tu as bien minci, encore un petit effort et ce sera parfait.

Il saisit une petite poche en haut de ma cuisse et m'embrassa sur le front.

J'étais incapable de réagir. Je le méprisais trop. J'étais d'autant plus déprimée que je ne reverrais pas Peter ce matin. Il avait dit qu'il serait en retard parce qu'il avait des rendez-vous. Il attendait probablement que le sujet soit diffusé pour m'annoncer qu'il avait trouvé son financement. J'ignorais quel rôle jouerait notre « situation » dans sa décision de rester ou de quitter son job auprès de nous. Ce qui m'inquiétait davantage.

Dylan arriva enfin, vêtu de son blazer et de sa cravate du collège, avec, comme toujours, un épi mouillé dressé derrière la tête.

— Bon…, reprit Phillip effrontément, je suis vraiment désolé de te demander ça, mais j'ai besoin que tu fasses retendre ma raquette de squash…

— Tu ne peux pas le faire faire au club ?

— Je te l'ai déjà dit, je ne rentre pas avant samedi et j'ai un match à 16 heures.

— Tu as dix raquettes de squash dans ton placard.

— Mais la seule qui me plaise, c'est la Harrow. Je l'ai

laissée sur la chaise, dans la chambre. C'est l'anniversaire de ma mère la semaine prochaine. Tu peux lui trouver quelque chose ? Je ne choisis jamais le bon machin. Il n'y a que les filles qui puissent faire du shopping pour les filles.

Il passa dans son bureau pour prendre des papiers et revint, tout en les fourrant dans son attaché-case.

— Tu n'as rien oublié, Phillip ?

Je lui laissais une dernière chance avant de l'étrangler.

— Hummmmm.

Il consulta son Blackberry, fit rouler son trackball et reprit d'une voix distraite :

— Je ne crois pas… Je crois que c'est bon… la raquette, le cadeau pour maman… je t'en prie, règle cette histoire de pulpe avec Carolina, je ne veux pas que ça se répète…

Il tapotait toujours sur le clavier du Blackberry.

— Papa, dit Dylan en regardant son père d'un air suppliant.

— Attends, Dylan, il faut que je réponde à un truc, là.

— Papa ! cria Dylan.

Phillip leva les yeux, irrité qu'on ait interrompu sa concentration sur son mail.

— Quoi, Dylan ?

— T'as oublié un truc.

Adorable Dylan.

Phillip le regarda d'un œil vide et compta sur ses doigts : la raquette, le cadeau pour sa mère…

— Papa ! Hé, ho ! L'interview de maman.

Phillip eut l'air horrifié, à juste titre. Il souleva Michael, toujours blotti contre ma cuisse, et le déposa doucement de l'autre côté de la banquette. Puis il se colla contre moi et tenta de fourrer son nez contre ma nuque. Je m'écartai. Il me regarda dans les yeux et me tint la tête à deux mains pour que je le regarde à mon tour. Je tentai de baisser les yeux.

— Jamie, tu es une merveille. Je suis un petit garçon égoïste, pardonne-moi. Cette interview va être ton heure de gloire. Je sais que ça a été difficile, mais tu es parvenue à la ligne d'arrivée et je suis fier de toi. Tu es sensationnelle et tout le mérite de cette réussite te revient. Vraiment, tu ne peux pas savoir à quel point je suis fier de toi.

— Tu le caches bien.

Je me sentais extrêmement seule au monde en ce moment.

— Je suis épouvantable. Je l'avoue, j'ai complètement oublié. Avec ce voyage, et tout, et mon contrat foutu en l'air. Je t'aime et ça va être formidable. Malheureusement, je serai dans l'avion à 21 heures, mais j'ai demandé au cabinet de Houston de me l'enregistrer.

Il m'embrassa sur la joue. Il était en retard. Son téléphone sonna. C'était sa secrétaire.

— Un moment, Laurie.

Il contempla sa femme et ses trois enfants d'un air coupable.

— Je vous aime tous !

Nous le dévisageâmes en silence. Les enfants savaient que maman était fâchée contre lui et ils prenaient mon parti. De plus, ils ne l'avaient pas beaucoup vu depuis plusieurs semaines et ils lui en voulaient. Quelques secondes plus tard, j'entendis sa voix depuis la porte d'entrée :

— Laurie, assurez-vous qu'Hank m'envoie un mail avec les tableaux remis à jour et faites livrer des fleurs au bureau de Jamie avec une carte qui dit…

La porte se referma en claquant.

— Tu vas lui pardonner, maman ?

À 19 h 30, Abby entra dans mon bureau avec des sushis, pour m'aider à traverser les dernières quatre-vingt-dix minutes avant la diffusion. Bien que ce soit censé être le jour le plus important de ma carrière, je n'avais pas grand-chose à faire. Sauf paniquer, évidemment. Le sujet était bouclé depuis quarante-huit heures. Charles n'avait pas appelé depuis au moins cinq heures, et chaque fois que je tentais de le joindre, je tombais directement sur sa boîte vocale.

Tandis qu'Abby déballait les sushis, je fouillai dans mon sac pour sortir ma trousse de maquillage et fus étonnée de trouver une petite boîte bleu ciel de chez Tiffany's. Elle était dissimulée dans une poche latérale de mon sac, là où je planquais mon chocolat d'urgence. Peter savait que j'overdosais sur les Kit Kat quand j'étais angoissée.

À l'intérieur de la boîte en feutre, un chronomètre en argent. Des mots y étaient gravés :

Il est temps de danser.

Quand avait-il eu le temps de placer cette boîte dans mon sac ? Un instant, ne serait-ce pas un cadeau d'adieu, ça ?

— Qu'est-ce qu'il t'a offert ? J'espère que c'est quelque chose de cher, dit Abby du coin de la bouche, tout en déchirant un sachet de sauce soja avec les dents.

— Ce n'est pas un cadeau de mon mari.

— Tu veux dire que Goodman a dépensé de l'argent ? Je ne le crois pas.

— Non, ce n'est pas de lui, dis-je en me mordant la lèvre.

— En tout cas, j'espère que ça te fait plaisir.

Cette chère Abby : parfaitement heureuse de réorganiser et d'étoffer ses fiches toute la journée sans jamais produire de reportage. Elle connaissait les risques encourus lorsqu'on produisait une émission controversée et elle préférait s'abstenir. Ce mercredi-là, je me demandais pourquoi j'avais choisi cette voie.

— Et les fleurs, elles sont de qui ?

— De mon mari et de Goodman. Goodman m'en envoie chaque fois qu'on boucle un sujet qui m'a tuée, mais Phillip a envoyé les siennes parce que je suis fâchée contre lui.

— Qu'est-ce qu'il a fait, cette fois ?

— Il a oublié que le sujet passait ce soir. Au lieu de ça, il m'a demandé de faire retendre sa raquette de squash… Merde. J'ai oublié de la faire porter à l'atelier.

— Tu plaisantes, pas vrai ?

— Non, vraiment. J'ai oublié.

— Tu t'entends, là ? Je parlais du fait qu'il te demande de faire retendre ta raquette, le jour le plus important de ta vie.

— Alors je suis une cause perdue. On le savait déjà.

Je plongeai un morceau de tekka maki dans la sauce soja.

— Tu as fait quoi, quand il a oublié, pour l'émission ?

— Je ne lui ai rien dit. C'est Dylan qui lui a sauté sur le râble, ce qui est pire que si j'avais dit quelque chose. Dylan était tellement furieux qu'il ait oublié…

Abby engloutit férocement ses haricots edamame.

— Quand je t'entends, je n'ai aucune envie d'avoir un mari.

Je lui jetai un sachet de sauce soja à la figure. Le téléphone sonna.

Je plongeai littéralement sur le combiné, renversant au passage mon Coca Light sur mon clavier et sur le téléphone. Je décrochai.

— Oui, Charles. Une seconde.

Je pris des serviettes en papier dans mon tiroir, épongeai les dégâts et tentai de coincer le combiné entre l'épaule et l'oreille, mais il tomba sur le bureau. J'entendais la voix métallique de Charles hurler « Jamie ! ».

— Ça fait cinq heures que tu n'as pas appelé ! Peux-tu bien me dire ce que tu fabriquais ? J'étais…

— Tais-toi. Ne me fais plus jamais ce coup-là, quatre-vingt-dix minutes avant la diffusion. J'étais hors réseau, en rase campagne.

— Et ? Tu as quelque chose ?

— Fais venir les avocats dans le bureau d'Erik, tout de suite. Et Bill Maguire.

— Pourquoi ? Charles ! Pourquoi ?

— Parce que tu t'es peut-être fait complètement baiser.

28

SOS

— Et je suis censé faire quoi, merde, repasser la putain de spéciale Britney Spears ?

Erik James fulminait dans son bureau comme un taureau furieux ; il renversa exprès son bol de Dragibus – il lui balança une claque. Goodman et moi suivîmes en silence la trajectoire des bonbons à travers la pièce.

— Eh merde, il veut nous parler de quoi, Charles ? mugit Erik en s'adressant à moi. (Il regarda sa montre.) Quatre-vingts minutes avant la diffusion. Laisse tomber. Je ne veux rien entendre avant que les avocats et Maguire arrivent.

Il recommença à faire les cent pas et balaya les bonbons du coin de son bureau.

Je répondis en rassemblant tout mon courage :

— Je ne sais même pas ce que Charles a trouvé. Dieu merci…

— Ne remercie pas « Dieu ». C'est ma tête qui est sur le billot, là, pas la tienne. C'est mon nom qui va être dans les journaux, pas le tien. Ils ne vont pas s'en prendre à toi si cette histoire se barre en couille.

Goodman se leva.

— Essaie de te calmer, Erik, on ne sait même pas s'il y a…

Erik se leva pour faire son imitation de King Kong.

— Tu veux que je me calme ? Avec trois jours de promo sur quinze marchés clé ? Et on a passé la spéciale Britney Spears il y a cinq mois à peine. Je n'ai pas assez de sujets au frigo pour refaire une nouvelle émission en… soixante-quinze minutes ! Hilda ! Faites venir un stagiaire !

En quarante secondes, une jeune brune fringante accourut dans le bureau d'Erik. Elle était tout excitée d'être convoquée dans le bureau du directeur de production une heure avant une diffusion.

— Oui, monsieur ?

— Du pop-corn. Maintenant !

— Je vous demande pardon ? Quelle sorte ? Où ?

— Putain, vous venez de débarquer et c'est vous qu'on m'envoie ? J'ai dit du pop-corn. Mon putain de pop-corn du cinéma Sony IMAX au coin de la rue. Avec du beurre. Plein. Et du sel. Plein aussi. Magnez-vous !

Elle ressortit en courant.

Erik composa ensuite le numéro de téléphone de la régie.

— Préparez la putain de bordel de spéciale Britney Spears.

Erik hocha la tête en écoutant les supplications de son réalisateur. Puis il inspira profondément et leva les yeux au ciel.

— Tu fais comme le connard qui a reçu le message du *Titanic* en code Morse. Ne remets pas en question mes instructions. (Nous entendions la voix crachotante du réalisateur à l'autre bout de la ligne.) Ça ne veut pas dire qu'on la passe à la place de Theresa, mais on sera peut-être obligés de le faire. Ne remets plus jamais en cause mon autorité. Oui. Oui. Tu le fais tout de suite.

— Pitié…

Bill Maguire entra dans le bureau avec les avocats pour entendre la fin de la conversation d'Erik avec la régie.

— La spéciale merdique sur Britney Spears ? poursuivit-il. Tu as une idée de ce qu'on a dépensé pour la promo de Boudreaux ?

Erik appuya sur le bouton de l'interphone.

— Hilda, passez-moi Charles Worthington, immédiatement !

— Ligne deux ! cria-t-elle depuis son bureau.

Le téléphone sonna. Bill Maguire bondit pour décrocher le combiné à côté du canapé tandis qu'Erik saisissait celui qui était sur son bureau. Puis ils raccrochèrent en même temps, chacun s'imaginant que l'autre allait rester en ligne et mettre le haut-parleur.

— Bordel de merde ! hurla Erik. Hilda, rappelez Worthington !

Il foudroya Maguire du regard.

— Rends-moi service, Bill. Je sais que c'est toi le patron, mais laisse-moi répondre à mon putain de téléphone, tu veux ?

Vingt secondes interminables s'écoulèrent. Le téléphone sonna à nouveau. Erik décrocha, traîna l'appareil jusqu'à la table basse et mit le haut-parleur.

— D'accord, Charles, c'est ton heure de vérité. Dis-nous ce que tu as trouvé.

Il regarda le mur d'horloges qui nous donnaient l'heure dans les quatre fuseaux horaires américains, de même qu'à Londres, Jérusalem, Moscou et Hong Kong.

Charles prit la parole :

— Tu connais les bloggeurs de *RightIsMight.org ?* Ces types à l'extrême de l'extrême droite, anti-avortement, pour la peine de mort, pour la prière à l'école, qui sont en pleine vendetta contre NBS ?

— Tu me prends pour un imbécile ? Évidemment,

que je les connais. Ce sont des cons. Personne ne les respecte, répondit Erik.

Il lança un regard furieux au mur d'horloges.

— Eh bien, plein de gens les lisent. Et je crois qu'ils sont ici, à Pearl.

Je ressentis une douleur aiguë du côté du cœur. Je repensai à Peter et à ses soupçons. Il n'avait pas de quoi les étayer à ce moment-là, mais il les éprouvait tout de même et je n'avais pas voulu l'écouter. Je m'étais conduite de façon totalement arrogante à ce moment-là : je cherchais désespérément à m'éloigner de lui. La pièce était silencieuse. Les avocats s'interrogeaient du regard et levaient les mains en l'air pour exprimer leur perplexité.

Bill Maguire se renversa sur le canapé, les mains sur la figure. Puis il se rapprocha du téléphone.

— Merde, Charles, tu essaies de faire monter ma tension artérielle avec tes histoires de bloggeurs ? Tu veux en venir où, au juste ? Qu'est-ce que j'en ai à foutre, qu'ils soient à Pearl ?

J'intervins :

— C'est parce que c'est là qu'habite Theresa.

Le visage d'Erik James s'empourpra et il tapa violemment sur la table, puis il se leva et se mit à faire les cent pas.

— On a une preuve qu'il y a un rapport entre cette bonne femme et ces types ?

Ma voix tremblait :

— Non. Ils postent leurs blogs de façon anonyme. On ne connaît pas leurs noms.

Goodman en avait assez.

— Alors cette traînée vit dans le même État que des fêlés d'extrême droite. Je ne vois pas en quoi cela affecte mon interview.

Charles s'expliqua :

— Ce n'est pas seulement dans le même État. C'est dans la même ville. Écoute. C'est la meilleure enquête que j'aie menée depuis des années. J'ai téléphoné à des centaines de sources dans le milieu politique et je suis presque certain que *RightIsMight.org* est ici. C'est un scoop en soi.

Goodman était maintenant incrédule.

— Charles, tu veux que je te félicite parce que tu es « presque certain » que *RightIsMight.org* est basé près de Jackson ?

— Hier soir, dans un bar, un type un peu bourré m'a dit qu'il y avait des bloggeurs dans une petite ville près de Jackson. J'en ai parlé à mes sources de la Maison-Blanche, dont l'un qui jure que *RightIsMight.org* est tout près d'ici.

Bill Maguire l'interrompit.

— Alors si je comprends bien, un poivrot te raconte qu'il y a des bloggeurs dans la ville. Ensuite, une éminence grise de Washington D.C., qui ne connaît rien au Sud, te dit qu'il pense que *RightIsMight.org* est basé près de Pearl. Il va falloir que tu trouves mieux que ça si tu veux la ramener… démontrer, par exemple, que cette salope a quelque chose à voir là-dedans.

La voix de Charles tremblait, maintenant :

— Enfin, je ne suis pas absolument certain qu'elle soit mêlée à ça.

— Il a raison. Même si on se rendait là-bas encore cinq fois, on n'arriverait peut-être jamais à démontrer un lien. Mais peut-être que…

Je ne parvins pas à terminer ma phrase. Les larmes me montèrent aux yeux. Curieusement, je n'arrivais à penser qu'à Peter. J'aurais voulu qu'il me réconforte. Il ne me dirait jamais « je te l'avais bien dit » mais il serait capable de me raisonner. Peter prétendait que j'avais l'habitude de me plier aux diktats des hommes de pouvoir. Au cas où il ait raison, je me répétai que je ne devais pas chercher à les apaiser, que je ne devais pas me taire, rien que parce qu'ils le voulaient. Cependant, je n'étais pas encore assez convaincue pour exiger qu'on ne diffuse pas le sujet.

Erik prit un livre d'art sur la table basse, le balança par terre et se remit à faire les cent pas.

— Maintenant, tout le monde va se taire, sauf moi, dit-il. C'est ma réputation qui est en jeu.

Il nous foudroya du regard.

— Voilà ce que je pense. Je pense que Jamie est tellement crevée qu'elle n'arrive pas à réfléchir de façon rationnelle. Je pense que Charles est incapable d'étayer ses affirmations. Voilà ce que je pense.

Erik, Goodman et Maguire échangèrent des regards et hochèrent la tête, rassurés par leur consensus masculin.

Charles répondit :

— Je n'arrive pas à prouver le lien, non. Mais j'ai le sentiment qu'on pourrait dégoter quelque chose.

Erik se remit à faire les cent pas comme un taureau.

— Tu veux dire que tu me demandes d'annuler la diffusion du plus gros coup de l'année parce que tu as un sentiment, Charles ? Tu crois que, la prochaine fois, tu pourrais engager un psy, ajouta-t-il d'un ton sarcastique, pour t'aider à débrouiller tes foutus sentiments, pour savoir s'ils disent vrai, vingt-quatre heures avant le début de l'émission, par exemple ?

Maguire me regarda.

— Charles… je ne t'ai pas envoyé là-bas pour que tu aies des sentiments. Affirme-toi ! Conduis-toi en homme ! (Il se tourna vers Erik.) On passe le sujet, ou pas ? N'oublie pas que c'est sa version à elle. On ne dit rien d'autre.

Je soupirai.

— Je ne vous demande pas d'annuler ce sujet, après tout ce boulot, mais je…

Maguire hurla :

— Mais quoi ? Tu veux qu'on diffuse, ou pas ?

Je baissai les yeux.

— Je ne sais plus.

Maguire secoua la tête d'un air résolu.

— Tu ne sais plus. Tu ne sais plus. C'est ta réponse finale ?

— Si tu veux.

— Charles ? hurla-t-il.

— Ce n'est pas mon reportage. J'ai dit ce que j'avais trouvé. C'est une intuition mais je ne peux pas l'étayer.

— Ça suffit. Je n'annule pas la diffusion à la dernière minute. Pas à cause d'une « intuition ». Nous affirmons très clairement que nous n'avons pas pu démontrer sa relation avec Hartley. Ce n'est que sa version de l'affaire.

Goodman pinça les lèvres avant de dire :

— Vous deux, vous n'êtes pas de la même génération – vous n'avez pas essuyé les mêmes tempêtes politiques que Maguire, Erik et moi. Moi aussi, j'ai un sentiment : j'ai le sentiment que cette femme dit la vérité. J'ai aussi le sentiment que, quand on est plaquée par son amant et qu'on l'apprend par des *State Troopers*, on a envie de se venger. Et heureusement pour nous, journalistes, ces gens rejetés, vengeurs, qui ont des comptes à régler, aiment laver leur linge sale sur les chaînes nationales.

Le directeur du service infos, Bill Maguire, se leva comme s'il était sur le point d'entonner l'hymne national.

— Tu as raison, Goodman. Surtout quand j'envoie une productrice sophistiquée et intelligente dix fois de suite à Jackson pour les convaincre de parler. Ils se sentent poussés à le faire. (Il essayait de m'amadouer.) Et c'est à ce moment-là qu'ils se lâchent… Merde…

toutes les chaînes, hertziennes et câblées, la voulaient, alors pourquoi ne choisirait-elle pas la meilleure ? (Il regarda autour de lui d'un air supérieur et se tapa deux fois sur le cœur.) Et nous sommes la meilleure chaîne du pays. Theresa Boudreaux s'en est aperçue toute seule… après avoir parlé aux producteurs de toutes les chaînes. Je parie que Leon Rosenberg le lui a dit aussi. C'est pour ça qu'elle s'est décidée pour nous, qu'elle s'est fait coiffer, poser des faux ongles et qu'elle a trahi Hartley.

Maguire pointa du doigt vers moi en fronçant des sourcils.

— Les gens ne mentent pas quand ils passent sur une chaîne nationale. Ils viennent nous raconter leurs histoires, soulager leur colère et leur douleur. Personne – encore moins une bonne femme qui se donne des airs de Belle du Sud, avec sa coiffure bouffante – ne passe sur une chaîne nationale pour raconter qu'elle se l'est fait mettre par-derrière sans avoir une bonne raison de le faire.

Il laissa retomber son bras et fit un pas vers la porte, puis se retourna :

— L'émission démarre dans trente-sept minutes. Je vais maintenant, comme j'en ai l'habitude, m'asseoir dans le fauteuil de mon bureau, me verser une rasade de Wild Turkey et savourer une nouvelle et excellente édition de *Newsnight with Joe Goodman.* Mesdames et messieurs, merci.

Sur ce, il sortit de la pièce.

29

On se calme

Premier message. Bip.

Salut ma chérie. C'est Christina Patten.

J'ai deux trucs à te dire. D'abord un petit truc. Ensuite un truc absolument ÉNORME. *D'abord le petit truc. Avant le gala Fabergé du 1er février, j'organise un cocktail pour les mécènes, chez moi, pour remercier toutes les âmes généreuses qui ont acheté une entrée. Tu vas devoir y assister, mais moi, je vais être obligée de rester à l'entrée pour accueillir les invités. Pas toi – c'est ta première année et ils seraient un peu étonnés de découvrir un nouveau visage. Deuxièmement, j'ai la nouvelle la plus sensationnelle à t'annoncer :* NOUS SOMMES EN COUVERTURE DE MADISON AVENUE *! Oui, la photo de notre table a été choisie. Il paraît qu'on est superbes, et que les photos à l'intérieur du magazine sont géniales. Je meurs d'impatience de les voir. Bisous.*

Peter allait me tuer lorsqu'il découvrirait cette photo. Il ne savait même pas que j'avais posé. Peter était devenu mon point de référence dans toutes les facettes de mon existence – rien ne m'arrivait sans que j'imagine comment il réagirait, ce qu'il dirait, sa façon de me taquiner. J'avais conservé le chronomètre dans ma poche toute la soirée de l'émission, pour caresser du pouce les lettres gravées au dos.

Deuxième message. Bip. Mon épouse adorée. Je suis très fier de toi et de ton grand reportage. Je reçois déjà des alertes par mail, même si je ne l'ai pas encore vu. Je le verrai demain. Tu es la meilleure productrice du métier. J'espère que Goodman sait à quel point il a de la chance de t'avoir. Moi, en tout cas, je le sais. Et je suis tellement fier de toi. Encore une fois, je te demande pardon pour ce matin. Bip.

Bon, d'accord, je n'allais pas divorcer ou le tuer. Il pouvait parfois se montrer réellement gentil et touchant. Ce truc avec Peter n'était peut-être qu'une dangereuse distraction. Ce mariage avait peut-être une chance de survie si je trouvais le moyen d'encourager les bons côtés de Phillip.

Bip. Encore un truc. N'oublie pas ma raquette de squash. Bip.

Tout bien réfléchi, c'était peut-être une cause perdue.

Mais, ce soir-là, je n'avais pas assez d'énergie pour réfléchir à mon mariage – qu'il s'agisse de le sauver ou d'y mettre fin. Bien que le sujet sur Theresa ait été diffusé, je devais me préparer aux attaques qui déferleraient sûrement dans tous les médias possibles et imaginables au cours des jours qui viendraient. Je savais que l'affaire Theresa était loin d'être finie. Erik, Goodman et Maguire avaient peut-être raison : c'étaient des vieux de la vieille, après tout, et ils avaient bien plus d'expérience que moi dans le domaine de la politique. Ils croyaient Theresa ; je tenterais de faire de même. La vie continuait.

Je parcourus le couloir sur la pointe des pieds pour jeter un coup d'œil aux enfants dans leurs chambres. Ils étaient affalés en travers de leurs lits, les jambes sorties de leurs couvertures. Je les recouvris tout doucement, dégageai leurs cheveux de leurs fronts et les embrassai. De retour dans la cuisine, je parcourus le courrier ; un second bouquet de Phillip m'attendait sur le comptoir. Il ne m'avait jamais envoyé deux bouquets dans la même journée.

J'attrapai une poignée de noix de cajou dans un bocal en verre sur le bord de la fenêtre et me servis un verre de vin blanc. Puis, en passant devant la table du hall d'entrée, j'allumai une petite bougie pour ma table de chevet. Je me glissai dans mon lit et grignotai les noix de cajou en savourant chaque gorgée au parfum de miel de mon chardonnay préféré. Puis je restai allongée un bon moment, bras et jambes écartés, à fixer le plafond. Le paradis : pas de téléviseur, pas de musique, pas de téléphone portable, pas de mails. Je me permis de repousser toutes mes angoisses : pas de NBS, pas de mariage en perdition, pas de doutes sur le fait d'élever mes enfants à New York.

Au lieu de cela, je songeai à l'odeur de la sueur de Peter : piquante, active, musclée, comme un nectar mâle. J'étais incapable de maîtriser mes sentiments et de l'oublier. Il me rendait heureuse, tout simplement. Impossible de nier cette certitude naturelle qui grandissait tous les jours.

Je me rappelais sa façon de repousser ses boucles derrière ses oreilles lorsqu'il s'apprêtait à parler sérieusement, sa démarche bondissante, son pouce en train de me caresser la paume. Je fermai les yeux et l'imaginai allongé à mes côtés, accoudé, la tête soutenue par sa paume, avec un genou pressé fermement contre ma jambe. Une fois, je l'avais vu torse nu lorsqu'il avait changé de tee-shirt dans la chambre de Dylan. Il avait une carrure moyenne mais bien charpentée et une petite touffe de poils bruns sexy au milieu de la poitrine.

Je pris une gorgée de chardonnay glacée pour retrouver mon sang-froid. C'était vraiment bien d'être seule dans mon lit. Je posai la tête sur l'oreiller et fermai les yeux.

Puis je repensai à Peter et je décidai que je n'avais aucune envie de retrouver mon sang-froid. Je passai donc une soirée agréable en ma propre compagnie.

À l'aube, alors que la ville était encore plongée dans l'obscurité, je sursautai. Je me réveillai en sueur et regardai autour de moi. Puis je me rappelai. C'était fini. Plus ou moins. Je me rallongeai sur le ventre. Je remis l'oreiller sur ma tête. Mais, évidemment, je fus incapable de résister. Je tendis la main vers la télécommande sur la table de chevet et la pointai vers le téléviseur pour l'allumer. Je restai les yeux fermés, la tête couverte, en me contentant d'écouter.

Vous l'avez vue, le pays tout entier l'a vue, croyez-vous qu'elle était crédible…

Clic.

Je vais vous dire quelque chose, la chaîne a intérêt à faire gaffe si elle croit qu'en diffusant ce genre de cochonnerie elle fait avancer la cause de…

Clic.

Bien sûr, je pense qu'ils ont eu raison de le diffuser. Il y a suffisamment de preuves qu'ils ont pu avoir une liaison. Si elle avait l'intention de parler, ils n'allaient pas refuser de…

Rien d'inhabituel à ces diatribes des émissions du matin. J'éteignis le téléviseur. Je devais aller au travail. Je devais être sur le pont, prête à toute éventualité.

En route pour le bureau, je demandai à Luis de s'arrêter chez le marchand de journaux pour que je puisse acheter tous ceux que je n'avais pas encore lus. Le *New York Times* avait passé son article dans le cahier « national », page 12. Il était intitulé : « Des allégations concernant une liaison extraconjugale impliquant le membre du Congrès Hugh Hartley sont diffusées sur une chaîne nationale. » Je mourais d'impatience de savoir comment ce journal de référence avait présenté la question des rapports anaux. Le neuvième paragraphe abordait son rapport sexuel préféré : « Lorsque Joe Goodman l'a pressée de révéler plus en détail leurs rapports sexuels afin de vérifier la véracité de ses souvenirs, Mlle Boudreaux a répondu que M. Hartley "manifestait une préférence pour un type particulier de rapport sexuel". L'accusatrice a poursuivi en laissant entendre que la sodomie était l'acte le plus fréquent entre eux. » Le *New York Post* titrait : « Les amours d'Huey : derniers retournements. » Le *Daily News* titillait ses lecteurs d'un « Hartley dit : Je choisis la porte numéro deux ! ». Les comiques en feraient des gorges chaudes pendant des années.

Mon téléphone portable sonna. Charles.

— Où es-tu ?

— J'arrive de Jackson, je suis en transit à Atlanta. Je serai au bureau vers l'heure du déjeuner.

— Bien.

Quelques instants de silence. Puis il dit à voix basse :

— Tu te sens comment ?

J'inspirai profondément.

— Bien. Relativement.

— Relativement ?

— Ouais, lessivée, mais résolue, je crois. On a fait tout ce qu'on a pu. Peut-être qu'on a été trop durs envers nous-mêmes. Peut-être…

— Peut-être qu'on aurait dû leur dire de tout arrêter.

— Charles, ne dis pas ça ! Je n'en peux plus.

— C'est tellement étrange. Toute cette affaire. Cette histoire. Les bloggeurs. Tout. Comme un mauvais trip d'acide.

— On a fait du mieux qu'on a pu.

— Écoute, tu as fait tout ce que tu as pu, je suis seulement…

— Quoi ?

— Je ne remets pas en cause notre sujet. Enfin, pas vraiment. Mais je n'aime pas ces trucs d'Internet, ces types sont dingues ! J'ai lu leurs blogs toute la nuit ; ces machins sur *RightIsMight.org* sont incroyables.

— Je n'ai encore rien lu.

— Tu pourrais te rencarder sur ces blogs, quand même ! Comment peux-tu ne pas les avoir lus ? Ils se comportent comme des foutus terroristes !

— Charles, je suis dans la voiture. J'arrive au bureau dans quinze minutes. Je peux te rappeler de là ?

— Non, je serai dans l'avion. Il faut que tu saches : Abby m'a dit que Maguire était en plein flip. Les avocats aussi. Prépare-toi à les affronter.

Contrairement aux patrons de la chaîne, Erik et Goodman étaient au septième ciel. Ce matin, lorsque j'arrivai, ils se tapaient dans la main comme deux footballeurs qui viennent de marquer un but en disant : « Qu'ils se ramènent ! » D'après les cotes d'écoute, *Newsnight* avait fait 47 % de part d'audience, presque autant que Monica Lewinsky chez Barbara Walters. Je me faufilai dans leur dos jusqu'à mon bureau pour me mettre au courant des réactions des bloggeurs à mon reportage.

Hartley ne s'était pas encore exprimé en public pour le réfuter. Il était possible, raisonnai-je, que Theresa Boudreaux ait dit la vérité : s'il se présentait devant les caméras à la Bill Clinton pour dire « Je n'ai jamais eu de relations sexuelles avec cette femme, Mlle Boudreaux », peut-être le regretterait-il. Surtout si, comme dans le cas de Bill Clinton, des preuves irréfutables faisaient surface. (Et, oui, évidemment, j'avais demandé à Theresa s'il y avait des taches sur ses robes ou sur ses draps. Dégoûtée, comme il se doit, elle avait refusé de répondre à ma question indiscrète.)

Charles avait raison. Des dénonciations de NBS étaient apparues de façon coordonnée, quelques minutes après notre émission, sur des dizaines de sites de droite, formulant en général le même message. Manifestement, les bloggeurs avaient préparé à l'avance une campagne destinée à discréditer Theresa dès l'instant où l'interview serait diffusée. Ils demandaient à la *Federal Communications Commission* de porter plainte contre notre façon de mettre l'accent sur le thème de la sodomie et incitaient leurs lecteurs à boycotter les stations locales de NBS partout dans le pays, ainsi que les produits de nos annonceurs.

Un groupe de cinq bloggeurs de droite, mené par *RightIsMight.org* et soutenu par les « patriotes » de *ToBlogIsToBeFree.org*[1], lançaient un avertissement à la Oussama ben Laden : notre camp, celui de l'élite médiatique de gauche, subirait les conséquences de ses actes. Les avocats tentaient de se préparer à l'éventualité qu'ils contre-attaquent avec des armes plus puissantes que les critiques ou l'incrédulité, qu'ils disposent d'une arme nucléaire dans leur arsenal.

Maguire, debout derrière son bureau, transpirait abondamment tout en fixant les sept écrans sur son mur – quatre chaînes hertziennes et trois chaînes câblées

1. « Blogger, c'est la liberté. »

d'information permanente. Grâce à un cadran noir posé sur son bureau, il passait le son d'une chaîne à l'autre. On aurait dit le chef des états-majors dans son bunker du Pentagone, avec toutes ces lumières clignotantes et ses cartes étalées autour de lui. On aurait cru que deux SS-20 filaient directement vers la capitale du pays, vu son expression de terreur. Je n'arrêtais pas de me répéter : « Ce type est un ex-Marine. C'est censé être un dur à cuire. Ça ne me plaît pas, qu'il perde son sang-froid comme ça. » Son genou droit tressautait à cent à l'heure.

Erik, Goodman, Charles et moi entrâmes dans son bureau en file indienne et contournâmes sa table basse pour nous installer dans les canapés afin de regarder. C'était exactement comme dans l'affaire Monica : Theresa en permanence. Les diatribes des animateurs de chaînes câblées et des tables rondes se confondaient dans mon esprit ; je fermai les yeux et mis ma tête entre mes mains. J'en avais carrément assez de tout ça. Le chronomètre de Peter était dans ma poche. Je le malaxai pour me donner de la force.

Problème numéro deux : NBS a-t-il démontré quoi que ce soit ?

Oui et non. C'est sa parole contre celle d'Hartley. Nous devons attendre sa réaction, mais ils ont fait avancer l'affaire : ses reçus de déplacements, les photos d'eux deux ensemble, tout cela prouve...

Et maintenant, notre point de midi : notre reporter est posté devant le quartier général d'Hartley à Jackson, mais jusqu'ici, son camp se tait sur les allégations sordides...

Je parle pour mon parti et mon collègue du Congrès, Huey Hartley, pour dire que cette nation est damnée si la presse continue à...

Maguire se posta devant ses troupes.

— Voici ce que je n'aime pas. Je n'aime pas cette coordination sur Internet. C'est mauvais pour nous, pour ce reportage et pour le métier en général.

Il arpenta son bureau de long en large à plusieurs reprises. Puis il cliqua sur sa souris de site en site pendant de longues minutes.

— Je n'aime pas qu'on nous traite de chaîne de gauche parce que ce n'est pas exact. J'ai toujours voté républicain. Je ne soutiens pas Hillary. Je ne la supporte pas. Pas plus que ce pédé de John Kerry, avec sa planche à voile.

Il s'essuya le front, puis toute la tête avec son mouchoir.

— Je n'aime pas que ces bloggeurs péquenots la ramènent et que les gens croient toutes ces merdes. Il faut mériter la confiance du public. Faire ses preuves. Apprendre de ses aînés. Faire vérifier son boulot par des documentalistes. Travailler pour une organisation reconnue ! On ne peut pas se contenter d'acheter un putain d'ordinateur pour devenir, comme par magie, un journaliste !

Erik avait totalement changé d'humeur : il était décidément mélancolique.

— Maintenant, on peut, Bill. Et on a intérêt à s'y faire si on veut rivaliser avec eux. Il faut connaître son ennemi, mon pote. Je suis sûr qu'on t'a enseigné ça, dans ton camp d'entraînement des Marines.

30

Accrochez-vous à vos casquettes

Mon corps tout entier me démangeait : les oreilles, le cuir chevelu, les aisselles… Assise par terre, je reculai en tortillant des fesses jusqu'à la frange en cordelettes de satin qui bordait le canapé derrière moi ; consciente qu'il m'observait, je bombai légèrement la poitrine. Toute la tension des deux dernières journées s'était nichée dans ma nuque ; j'inclinai la tête sur l'épaule pour tenter de la dissiper. En vain.

Assis sur une ottomane de l'autre côté de la pièce, Peter hocha la tête sans trahir la moindre émotion et me regarda droit dans les yeux : je reçus de plein fouet son courant d'énergie sexuelle, malgré les quarante personnes rassemblées dans le salon. Je baissai les yeux tout en tirant distraitement les mèches de l'immense tapis Aubusson. Même ce geste anodin me paraissait sexuel. Je levai à nouveau les yeux. Il avait disparu.

Devant moi, un océan de gamins, costumés comme pour la première scène du *Casse-noisettes*, étaient assis par terre. Ils fêtaient l'anniversaire du fils de Susannah et Tom, Anthony. Michael et Gracie étaient au premier rang. Un groupe d'adultes composé en majorité de femmes élégantes en pantalons, un pull en cachemire jeté avec désinvolture sur les épaules, chaussées d'escarpins à petits talons, s'alignait de l'autre côté de la pièce. Les nounous, elles, s'étaient alignées contre le mur d'en face. Tom Berger était assis par terre, à côté de son fils, et quelques hommes étaient éparpillés dans la pièce : je supposai qu'il s'agissait de ses oncles ou de ses parrains.

Le clown Silly Billy, le nez chaussé d'énormes lunettes rouges assorties à ses bretelles, faisait tournoyer des foulards de soie aux couleurs vives au-dessus de la tête des enfants, ce qui rendait les petits chéris frénétiques. Soudain, tous les enfants tendirent leurs bras vers le ciel.

— Moi, moi, s'il te plaaaaaaaaaît !

Les grandes personnes gloussèrent en échangeant des regards sagaces. Billy les taquina encore jusqu'à ce que les enfants n'en puissent plus. Il céda enfin et permit au petit Anthony, dont c'était l'anniversaire, de l'aider à tirer une colombe de la poche de sa veste.

Une bonne en uniforme noir et en tablier blanc amidonné passait discrètement des mini-sandwiches à la tomate, le plateau en argent dans une main, tandis qu'elle offrait de petites serviettes en lin de l'autre. Les adultes, qui s'ennuyaient à en pleurer, discutaient poliment de la vitesse à laquelle les enfants grandissaient. Ce n'étaient plus des bambins. Stupéfiant.

— Tu ne trouves pas que la dame qui passe les petits sandwiches à la tomate, celle qui porte un bidule d'infirmière sur la tête, ressemble à s'y méprendre au chien de *Peter Pan* ? me chuchota Peter, qui m'avait surprise en surgissant derrière le canapé. Elle a exactement le même visage tombant, avec des bajoues.

Dylan, debout à côté de lui, pouffa de rire.

— Arrêtez, vous deux.

— Relaxe, maman. Il a raison. Elle lui ressemble trop.

Silly Billy fit bondir un seau de serpents en plastique hors d'un panier. L'un des petits garçons se mit à pleurer et sa mère se précipita vers lui comme s'il venait de se faire renverser par une voiture.

Dylan me donna un coup de coude dans la hanche.

— Maman, on peut y aller, maintenant ? Tout ça, c'est des trucs pour bébés.

— Chut !

— Je peux aller regarder la télé ? Maintenant ?

— Je t'y emmène.

La *Lettre à Élise* de Beethoven résonna du fond de mon sac. J'en tirai mon téléphone et vis s'afficher le numéro d'Abby – je ne voulais pas lui répondre. Au cours des deux dernières journées, j'avais vécu un enfer au bureau, à tenter de gérer les réactions à l'interview de Theresa. Je réglai le téléphone sur la fonction vibreur ; ils pouvaient bien attendre que je les rappelle. De toute façon, j'avais donné à Charles et à Erik le numéro du fixe de Susannah en cas d'urgence.

Tandis que Dylan manœuvrait avec enthousiasme la télécommande dans le salon indigo, je m'assis par terre. Une fois de plus, je sentis le regard de Peter, comme une corde invisible vibrant entre nous. Il me provoquait.

Le « Labraniche » de Susannah aboyait bruyamment en tentant de tirer un petit garçon par les bretelles sur le parquet luisant. Une autre femme mûre passait un plateau de grands gobelets en cristal remplis de Perrier, couronnés de tranches de citron vert. J'en pris un et m'obligeai à ne pas regarder dans la direction de Peter.

J'étudiai le chef-d'œuvre orange et pourpre de Mark Rothko à ma droite, au-dessus du sofa, pour tenter de me changer les idées. Pour la première fois, je remarquai que Susannah avait fait border son sofa en velours d'une cordelette en satin aubergine assortie au tableau.

Soudain, une main agrippa la chair de ma hanche et je sursautai, aussitôt convaincue que Peter avait transgressé les règles de la bienséance, mais ravie qu'il le fasse.

— Comment va notre productrice vedette ?

Je me retournai. Phillip.

— Qu'est-ce que… qu'est-ce que tu fabriques ici ?

— Mon dîner de vendredi a été annulé, alors j'ai pris le premier vol ce matin. (Il m'embrassa sur la joue.) Je voulais assister à la fête d'anniversaire de mon filleul.

Traduction : il voulait faire du lèche-cul à Susannah.

— Ma chérie, reprit-il, tu vas bien ? J'ai vu l'émission.

— Je vais bien. Non, en fait, je vais mal. Je suis épuisée. J'ai peur, répondis-je, en tentant de me concentrer sur la conversation plutôt que sur la présence de Peter, quelque part de l'autre côté de la pièce.

— Tu as raison d'avoir peur. Tu t'es attaquée à l'un des hommes les plus puissants du Congrès.

— Tu me fais encore plus flipper, Phillip.

— Tout va très bien se passer, mais je crois que cela devrait être ton dernier reportage politique pour un bon moment. Tu peux toujours être une journaliste hors pair sans te mêler de ces histoires politiques sordides.

— Je sais. C'est trop dur.

Pour une fois, j'étais d'accord avec lui.

— C'est trop dur pour toi. Pour les enfants. Pour moi. Nous avons besoin de toi et tu as besoin de reprendre plaisir à la vie, d'arrêter de courir dans tous les sens. Tu es comme un hamster sur sa roue, tu cours, tu cours, tu cours…

— Phillip, ce n'est pas le moment de parler de ça. Je ne sais pas encore ce que je vais faire. Tu as raison, d'une certaine manière.

La vieille dame trapue passa devant moi avec ses sandwiches à la tomate : j'en pris trois. Phillip regarda furtivement autour de lui, comme si je venais de piquer une boîte en porcelaine sur la desserte pour la fourrer dans ma poche.

— Je n'ai pas déjeuné, Phillip, d'accord ? Ces machins ne sont pas très nourrissants et je me sens un peu nerveuse, là.

— Inutile de te calmer en te goinfrant de calories.

— Salut, vous deux !

Susannah. Vêtue d'un cardigan Chanel en crochet, d'un luxueux chemisier à volants et d'une jupe-crayon moulante, elle glissait des directives à sa gouvernante du coin de la bouche. Elle replaça son lourd collier en corail blanc.

— Eh bien, si ce n'est pas Mademoiselle la Créatrice de Tempêtes ! Jamie, c'était palpitant.

Elle me serra dans ses bras et me tint à bout de bras par les épaules, tout en ajoutant :

— Tu as des couilles d'éléphant, ma petite. Tu as regardé les infos sur le câble ? On ne parle que de ça.

— Je sais, c'est dingue.

Je commençais à avoir la nausée.

Mon portable vibra à nouveau. Je regardai le numéro affiché. Goodman était-il donc incapable de se débrouiller seul ? Erik, « M. le Journaliste Expérimenté », ne pouvait-il s'en sortir une demi-heure sans moi, un vendredi après-midi, le temps que j'emmène mes enfants à une fête d'anniversaire ?

— Ils ne peuvent pas te laisser tranquille, ces gens ? Tu es chez une amie ! dit Susannah en levant les mains en l'air. Je ne sais pas comment tu fais pour supporter ça.

Elle tourna les talons et Phillip la suivit.

— Je vais embrasser mon filleul !

Il devenait désormais difficile d'ignorer les vibrations du téléphone : j'avais reçu trois appels consécutifs. Je fouillai mon sac et ratai le dernier coup de fil d'une fraction de seconde. Lorsque je consultai le numéro d'appel, je vis qu'il s'agissait d'Erik. Pas de Charles. Ni de Goodman. Mais d'Erik. Je ne pouvais pas faire comme si de rien n'était. Erik n'appelait que lorsqu'il était fou de rage.

Trois mères me désignaient du doigt à l'une des dames âgées en uniforme noir et en tablier blanc amidonné, qui se dirigea vers moi. Je compris aussitôt. Erik et Charles cherchaient à me joindre sur la ligne fixe de Susannah.

La sensation de malaise que j'avais éprouvée au sujet de Theresa allait maintenant se concrétiser en un immense désastre. Je le savais. Mon cœur s'affola. Je bondis et renversai mon Coca Light. Le gobelet en cristal à quatre-vingts dollars se fracassa en milliers de minuscules éclats sur le parquet en acajou. Tous les gamins se retournèrent. Silly Billy retira son chapeau noir et interrompit son spectacle pour m'observer. Je me levai et glissai dans la flaque, comme si j'avais marché sur une peau de banane ; je me rattrapai au coin du sofa mais faillis renverser un vase antique dans le même mouvement. L'une des mères le rattrapa.

De l'autre côté de la pièce, les parents me dévisageaient en affichant une expression du genre « calmez-vous, ma petite dame », sans se départir de leur attitude posée, distinguée et bien sapée. Le labraniche s'élança vers la flaque pour laper le Coca Light. Je le retins brutalement par le collier pour qu'il ne se coupe pas la langue.

— Phillip ! hurlai-je comme une hystérique.

Il avait disparu. Personne ne bougea.

— Peter !

Soudain, Peter arriva en fendant la foule comme Michael Jordan : d'un bond, il sauta par-dessus le pouf zébré pour me prendre par le bras.

— Je m'occupe du chien, va prendre ton appel.

Il me regarda droit dans les yeux, préoccupé, comme s'il s'agissait d'un coup de fil sérieux, comme si quelqu'un était mort. En fait, c'était bien pire que ça.

Je pris le combiné, le pressai contre ma poitrine en fermant les yeux et priai en silence : *Mon Dieu, je vous en prie, sauvez-moi sur ce coup-là.* Puis j'inspirai profondément et rapprochai le combiné de mon oreille.

— Ici Jamie Whitfield.

— Tu regardes ? mugit Erik.

— Regarder quoi ?

— La cassette de Theresa, elle passe à 17 heures sur Facts News Network.

— Que veux-tu dire par « la cassette de Theresa » ?

Un goût de bile me montait dans l'arrière de la gorge.

— Je ne sais pas ce que ça veut dire, répondit Erik, mais tout ce que je sais, c'est que Facts News Network vient d'annoncer qu'ils ont reçu une cassette de Theresa Boudreaux. Elle leur est parvenue de façon anonyme dans une enveloppe au nom de *RightIsMight.org*.

Les présentateurs du Facts News Network se pourléchaient les babines chaque fois que les médias « classiques » ou « l'élite médiatique de gauche » se plantaient. Ils nous éreintaient vingt-quatre heures sur vingt-quatre pour avoir diffusé l'interview de Theresa Boudreaux, qu'ils présentaient comme une salope menteuse et vindicative qu'Hartley connaissait à peine.

— Où est Charles ? demandai-je, paniquée.

— Il est avec moi. (Il y eut des bruits étouffés à l'autre bout de la ligne.) Jamie, toi et moi, on est dans le même bateau, ne l'oublie pas. On est une équipe et on va gérer ça en équipe. On est tous les deux dans la merde. Je ne vais pas te laisser tomber.

Ma langue était tellement sèche qu'elle me collait au palais. Je fis signe à l'une des domestiques d'aller me chercher à boire. Elle fit comme si elle ne m'avait pas comprise.

J'ouvris un tiroir près du téléphone pour chercher du papier et un stylo. Pas de stylo. Juste des boîtes en plexiglas avec des compartiments étiquetés. J'en ouvris une, qui portait l'étiquette « Accessoires de réception : Hors-d'œuvre » et en tirai une petite poignée de cure-dents incrustés de nacre. Bien que ce soit complètement débile, étant donné mes problèmes nettement plus pressants, je me rappelai que ces foutus cure-dents m'avaient donné des complexes d'infériorité. Chez nous, nous n'avions même pas de bougies d'anniversaire.

Quelqu'un me tapa sur l'épaule.

— Tout va bien ?

Peter était debout derrière moi, avec une pile détrempée de serviettes de table en lin. Il les agita pour faire tomber les éclats de verre dans la poubelle.

Je secouai la tête. Il se plaça derrière moi pour tenter d'entendre ce qu'on me disait dans le combiné par-dessus mon épaule. Sa poitrine touchait mon dos.

— Remets le haut-parleur, s'il te plaît, Erik, dis-je fermement, comme si je pouvais régler cette affaire.

— On est là, Jamie, dit Charles.

— Qu'est-ce que tu en penses, Charles ?

Je priai à nouveau pour qu'il dise qu'il ne s'agissait que d'une manœuvre destinée à nous effrayer.

Mais il n'en fit rien.

Au lieu de cela, il dit :

— Je crois qu'on est totalement baisés, voilà ce que je pense.

Erik intervint :

— Bon, allez, on se calme. Elle ne peut pas se rétracter maintenant. Il y a quarante-huit heures, elle a tout déballé en *prime time* devant vingt millions d'Américains.

— Ça n'a aucune importance, dit Charles.

— Pourquoi pas, Charles ? Pourquoi pas ? Il s'agit peut-être simplement de…

— Parce que c'est comme ça. (Charles se tut un instant.) Ce truc va nous faire très mal. La bande de *RightIsMight. org* est particulièrement venimeuse et dangereuse. Si leurs blogs sont anonymes, c'est précisément pour pouvoir faire de sales coups. Et bien que personne ne sache qui ils sont, tout le monde les adore dans les États républicains.

— Il y a quoi, sur cette cassette ? demandai-je.

Erik répondit :

— Tout ce que nous savons pour l'instant, c'est qu'elle a été livrée dans une enveloppe portant le logo de *RightIsMight.org* et que ces enfoirés de Facts News Network font de la promo là-dessus depuis une demi-heure. Elle passe dans sept minutes, à 17 heures pile. Juste à temps pour faire l'ouverture des J.T. de ce soir. (Il fit une pause.) Tu es près d'un téléviseur, Jamie ? D'ailleurs, au fait, où es-tu?

— Je… je suis tout près du bureau. J'avais une course à faire, répondis-je, en tentant d'avoir l'air professionnel, alors que je n'étais plus qu'un amas gélatineux. Je regarderai ce truc ici. Impossible d'arriver à temps au bureau. Je vais vous mettre en attente une minute, le temps de trouver une télé.

— Je crois qu'il y en a une à côté, dans le bureau du mari de Susannah, chuchota Peter.

Je devenais complètement folle, ou il venait de relever mes cheveux et de me frôler le cou de ses lèvres ?

Il m'accompagna jusqu'au canapé de velours vert, saisit la télécommande et sauta d'une chaîne à l'autre à toute vitesse.

— Facts News Network. Chaîne 53, Peter. C'est sur le câble ! Vite !

Je m'assis sur le canapé et pris la ligne qui clignotait.

— OK, Erik, je suis là, je regarde.

Je me tournai vers Peter en lui faisant signe, par des gestes, que j'avais besoin de boire un truc ; il hocha la tête et sortit en courant.

Ici Bill O'Shaunessy de Facts News Network. Nous vous livrons les faits, c'est à vous de décider. Nous venons de recevoir une cassette de Mlle Theresa Boudreaux, en exclusivité. À moins que vous n'habitiez la caverne de Ben Laden, vous savez que Mlle Boudreaux est passée sur la chaîne NBS pour raconter à Joe Goodman qu'elle avait eu une liaison avec le représentant du bon peuple du Mississippi, le patriotique Huey Hartley. M. Hartley n'a pas daigné réfuter ce que son chef de cabinet appelle « des allégations grotesques », à raison, selon nous. Mais il semble que NBS ait jugé qu'il en allait de l'intérêt public, alors que la guerre contre le terrorisme bat son plein et que le Congrès est en pleine discussion budgétaire, de diffuser les divagations de cette femme sur une chaîne grand public en prime time.

Pourquoi faisons-nous de même, dans ce cas ? Bonne question. Parce que Theresa a vendu la mèche : elle nous a transmis des informations que nous ne pouvons nous permettre de passer sous silence. Facts News va maintenant vous montrer la suite de son interview sur NBS après cette pause publicitaire...

— Jamie, à ton avis, elle joue à quoi, là ? C'est toi qui la connais le mieux.

C'était la voix de Bill Maguire sur le haut-parleur. J'avais la nausée et le vertige : ma tension artérielle augmentait à chaque seconde.

— Je n'en ai aucune idée, Bill. Pourquoi ne pas nous avoir envoyé la cassette, à nous ? Ils ont dit « la suite ». Peut-être qu'elle a encore envie de faire des révélations. De redire son histoire à une autre chaîne. (Ma voix s'érailla.) Elle veut peut-être faire ses excuses à Hartley ou justifier par de meilleures raisons son besoin de raconter la vérité ?

Peter, assis à côté de moi, me passa le Canada Dry en hochant la tête. C'était sûrement cela.

— Impossible, Jamie, dit Charles. Elle l'a fait parvenir à l'ennemi. Ou à ceux qu'elle perçoit comme nos ennemis. La cassette a été livrée dans une enveloppe de *RightIsMight.org.* Ils nous avaient promis qu'ils nous bombarderaient et, d'après moi, le jour J commence dans trente secondes.

— Charles, assez ! hurla Goodman.

Je fermai les yeux. Aurais-je pu éviter de commettre cette erreur de jugement ? Je me dis que j'avais fait du mieux que j'avais pu, avec les informations dont je disposais. J'étais une professionnelle. J'avais pris mes décisions en adulte. J'allais devoir les assumer.

Charles reprit :

— C'est exactement ce que je redoutais…

— Tais-toi, Charles, espèce de petit… (Maguire s'arrêta juste à temps, et poursuivit.) « Je te l'avais bien dit », ça ne va pas m'aider, pour l'instant. L'émission est passée ! Encore trente secondes. Silence !

Nous fixâmes tous en silence le spot publicitaire. Puis d'énormes grosses caisses annoncèrent le « Bulletin spécial exclusif de Facts News ».

Bon après-midi, ici Bill O'Shaunessy avec un bulletin spécial de Facts News Network. Nouveau retournement spectaculaire dans l'affaire Theresa Boudreaux. En exclusivité sur Facts News : Theresa Boudreaux raconte une nouvelle version de l'histoire. Une version beaucoup plus inquiétante pour les dirigeants de la chaîne NBS que pour M. Hartley.

Je pris ma tête entre mes mains, coinçant le combiné silencieux contre mon épaule. J'étais incapable de regarder. Puis je risquai un coup d'œil entre mes doigts. Peter était assis à côté de moi, les deux mains plaquées sur la bouche.

— Putain de bordel de merde ! Arrrrrrrrrrrrg !

C'était sans doute Erik. J'entendis le bocal de Dragibus se fracasser au sol.

31

La bombe Boudreaux

Theresa paraissait belle, sereine et maléfique.

Elle se tenait devant un paysage tropical de carte postale, un peu comme Ben Laden ou al-Zawahari se dressent devant une quelconque caverne afghane. Des palmiers oscillaient dans le vent à sa gauche et l'on apercevait au loin des eaux d'azur. Ses boucles blond sale lui retombèrent sur le visage, fouettées par la brise. Elle cala de longues mèches derrière ses oreilles et le soleil d'après-midi illumina ses yeux verts, les transformant en lagons translucides. Elle aurait pu se trouver n'importe où dans l'hémisphère Sud.

Elle baissa les yeux pour se concentrer. Puis elle leva lentement la tête et fixa l'objectif d'un regard décidé. Theresa inspira profondément, fièrement, faisant saillir ses seins magnifiques, et parla :

Il y a quelques mois, j'ai conçu un plan. Avec quelqu'un que je n'identifierai pas, sinon pour dire qu'il s'agit d'un très bon ami.

— C'est *RightIsMight.org* ! Je le sais. Je le savais ! hurla Charles dans le haut-parleur.

— Tais-toi, Charles ! cria Bill Maguire.

C'était en quelque sorte une expérience scientifique. Une expérience menée sur ce que mes amis et moi appelons « les médias classiques »...

— Eh merde ! gémit Goodman.
— Aïe, aïe, aïe, fit doucement Peter.

Nous voulions savoir à quel point il était facile de piéger une chaîne nationale d'information, une chaîne de gauche. Nous avons donc trouvé un producteur et un présentateur qui mouraient d'envie de s'attaquer au premier républicain respectable qui leur tomberait entre les griffes...

Des larmes me jaillirent des yeux, éclaboussant mes genoux comme des gouttes de pluie. Je voulais m'enfouir dans les bras de Peter mais je n'en fis rien. J'encaissai donc le choc toute seule, le combiné calé contre mon oreille, mon menton dans la main.

... et nous voulions savoir jusqu'où les médias classiques seraient prêts à aller pour abattre n'importe quel leader patriotique républicain – n'importe quel représentant des valeurs conservatrices, ces valeurs qui rendent l'Amérique forte. Nous voulions savoir s'ils iraient jusqu'à s'abaisser à diffuser des récits de sodomie. Cela leur était égal. Ils l'ont fait. Ils ont engagé de malheureux experts audio, utilisé quelques reçus en guise de preuves – ces soi-disant journalistes sérieux... Comme mes amis et moi l'avons démontré, ces gens-là passeraient n'importe quoi dans leur émission, à condition que cela alimente leur campagne contre la droite de ce pays !

— Salope, dit Charles.

… Donc, mesdames et messieurs, officiellement, je le jure sur l'âme de ma pauvre mère défunte, je n'ai jamais eu de liaison avec M. Huey Hartley. Je n'ai jamais pratiqué la sodomie avec lui…

Après quelques minutes de propagande patriotique, l'écran passa au noir pour céder la place au visage suffisant de William O'Shaunessy, qui se mit à analyser le contenu de la cassette d'un air sombre, non sans dissimuler un très léger sourire.

Une main tapa si fort sur la table, à l'autre bout du fil, que je dus éloigner le combiné de mon oreille.

Bill Maguire s'adressa à son équipe :

— Jamie, Charles, Goodman, Erik. Nous venons, mes amis, de nous faire baiser la gueule par une roulure de serveuse de crêperie. Je veux voir un communiqué de presse sur mon bureau dans trente minutes. Non, dans vingt minutes. Écoutez-moi : nous sommes désormais en guerre. Il faut qu'on botte le cul de ces bloggeurs. Et si on tombe, on va tomber sur le champ de bataille, le sabre au clair et droits dans nos bottes. Salut.

Il fit claquer derrière lui la porte vitrée du bureau d'Erik. Je le voyais d'ici, traverser la rédaction d'un pas déterminé devant les employés médusés.

Je sanglotais doucement, incapable de parler. Finalement, une voix dans le combiné. Charles.

— Jamie ? Tu es là ?

Je ne sais comment je réussis à répondre :

— Oui.

Ma vie s'était transformée en une sorte de film d'horreur surréaliste.

Erik, maintenant.

— Trouve-toi un ordinateur. On va devoir rédiger ce truc-là ensemble tout de suite. Puis les avocats vont s'y mettre. (Il réfléchit un bon moment.) Jamie, je vais devoir te nommer en tant que productrice principale.

Ensuite Goodman, puis moi en tant que producteur exécutif. Charles peut rester en dehors de tout ça. Il est allé enquêter sur place mais ce n'est pas son bébé, ça ne l'a jamais été.

— Pas question, Erik, dit Charles. J'y suis jusqu'au cou, j'ai conseillé Jamie sur la fin.

— Exactement. Sur la fin. Ce n'est pas ton bébé. C'est le nôtre. C'est nous trois qui avons donné naissance à ce monstre, tu t'es contenté de nous assister. Ton nom ne figurera pas sur le communiqué de presse. Il faut qu'on sauve les carrières qu'on peut.

C'est ainsi que la fosse aux lions fut épargnée à Charles.

— Ne nous emballons pas, Erik, fit Goodman. Je travaille pour cette chaîne depuis vingt-cinq ans. Je ne vais pas laisser cette affaire ruiner un quart de siècle de bon boulot.

— Goodman, assieds-toi. Ce truc va effectivement ruiner un quart de siècle de bon boulot. Mieux vaut t'y faire. Si ça peut te consoler, Jamie et moi, on est dans ce merdier avec toi ; ça devrait atténuer…

— Hé, répondit Goodman d'une voix étranglée et suraiguë, je ne l'ai rencontrée que deux fois et je…

— Ne nous fais pas le coup du présentateur innocent, Goodman. On connaît la chanson : tu vas prétendre que le producteur a mené toute l'enquête et que tu ne savais rien de rien.

Je me laissai retomber sur ma propre épée.

— C'est vrai, c'est moi qui ai mené toute l'enquête.

— Tu vois, elle le dit elle-même, s'exclama Goodman.

Ce fumier. Dix ans de loyauté, à me casser le cul pour qu'il paraisse plus intelligent et plus beau qu'il ne l'était. Je ne l'en aurais jamais cru capable. Pas lui. La sueur perlait aux racines de mes cheveux. Je retirai mon pull.

— Tais-toi, Goodman, on est mouillés tous les trois, dit Erik. On est dans le même bateau, tous les trois.

Charles l'interrompit :

— J'ai contre-enquêté aussi, Erik. En réalité, on est quatre à…

— Charles, assez ! hurla Erik. Si tu peux rester propre, je veux que tu le restes. Ça va être la débâcle dans les jours qui viennent et je ne veux entraîner personne avec nous, si je n'y suis pas contraint.

Peter me frotta le dos. Je crois que je m'appuyai sur lui. Il ne savait pas quoi dire, ni quoi faire, d'ailleurs. Il se mit donc à m'éventer à l'aide d'un petit coussin en satin jaune.

Erik reprit :

— Jamie, je suis devant mon ordinateur. Il faut que tu reprennes, dans l'ordre chronologique, tous tes contacts avec cette salope de Theresa, à partir de la toute première fois…

Je déglutis à plusieurs reprises pour lutter contre la nausée. Peter pressa le verre froid de Canada Dry contre mon front et soutint ma nuque.

— Jamie, qu'est-ce qui est venu en premier : un appel de son avocat Leon Rosenberg nous disant qu'elle était prête à parler, ou est-ce que tu es allée à Pearl de ta propre initiative pour tenter de la persuader ? J'ai oublié. C'est lui qui nous a proposé l'interview ou c'est moi qui t'ai envoyé là-bas pour enjôler… Jamie ? Tu es là ?

— Je, je ne peux pas, Erik…

— Jamie, reste avec moi, ma grande. On a dix-sept minutes pour rédiger ce machin. Tu dois te rappeler, ce n'est pourtant pas si difficile…

— Erik, ce n'est pas ça. (J'allais vomir, c'était certain.) Je suis… je suis… excuse-moi…

— Jamie !

Je me fourrai un coussin en léopard sur la figure et contournai la table basse en titubant. Je trébuchai contre un coin de la table mais recouvrai mon équilibre juste à temps pour éviter de m'effondrer en plein goûter d'anniversaire. Peter fit rapidement le tour de la table basse et m'agrippa par le coude, mais je le repoussai d'une claque. La vie allait déjà tellement mal en ce moment ; je n'avais pas l'intention de lui gerber dessus. Je voulais mourir. Toute cette affaire allait faire la une des journaux au cours de la semaine qui venait, la chaîne serait discréditée, la carrière de présentateur de Goodman ruinée, je perdrais mon poste, ma crédibilité. Jusqu'à la fin de mes jours, tout le monde me montrerait du doigt en disant : « C'est elle, la bonne femme qui s'est fait piéger par la serveuse de crêperie… »

Je n'arrivais pas à trouver les toilettes attenantes au bureau de Tom et je faillis foncer tête la première dans un placard plein de dossiers lorsque j'ouvris une porte. Je pressai le coussin contre mon visage.

— Les chambres d'enfants sont au bout de ce couloir, dit Peter en me tirant par le bras. Je suis sûr qu'il y a des toilettes.

Je repoussai à nouveau son bras mais il resta tout près de moi. Je dévalai le couloir, m'appuyant aux murs pour ne pas perdre l'équilibre. J'essayai une autre porte. Le placard à linge. Je commençais à sentir le goût du sandwich à la tomate. Plus que quelques secondes et j'aurais un énorme accident sur le magnifique tapis de Susannah, devant toutes les élégantes du Périmètre avec leurs cure-dents incrustés de nacre.

Je fonçai vers la dernière porte, au bout du couloir. La poignée était coincée, à moitié verrouillée. Peter passa devant moi et la poussa vers l'intérieur de toutes ses forces. Une chambre d'enfant, enfin. Un berceau en forme de lapin, un mobile Peter Rabbit, une vitrine remplie de tasses en argent. Je cherchai une porte de salle de bains. Je regardai à droite. Rien. Je regardai à gauche. Je vis quelque chose. Quelque chose d'horrible.

Une femme était allongée sur le dos, par terre, sa jupe retroussée jusqu'au ventre et ses jambes magnifiques tendues vers le ciel en « v » parfait, ponctué à chaque extrémité d'escarpins à talons aiguilles en croco violet ; ses bras étalés en croix par terre. La tête d'un homme était enfouie entre ses jambes. Il grignotait furieusement sa proie, comme un lion africain dévore un zèbre. Son cul dressé était vêtu, Dieu merci, d'un pantalon de costume noir à rayures tennis. Le pan de sa chemise jaune amidonnée sortait de son pantalon, sa veste était en tas à côté de lui. La femme gémissait « encore, encore ». Elle lui agrippa soudain la tête, poussa son bassin en l'air et l'écrasa encore plus avant en elle. Elle tapa plusieurs fois de la main droite sur le parquet.

— Oui ! Oui ! Phillip ! Oui !

Phillip ? Mon Phillip ? Et ces escarpins en croco violet, n'étaient-ce pas les chaussures préférées de Susannah ?

32

La loi de la jungle

Disons simplement qu'après son petit numéro, Phillip n'était plus le bienvenu à la maison. Et qu'une semaine plus tard, j'étais virée.

Mon travail, ce travail qui me donnait mon identité, s'était évaporé en quelques secondes.

Ses pouvoirs de régénérescence, de renouveau et d'inspiration, étaient perdus, pour une brève erreur de jugement.

Erik avait fait tout son possible pour me sauver, pour nous sauver tous, mais notre vaisseau prenait l'eau trop rapidement. Pendant plusieurs jours après la diffusion du bizarre témoignage de Theresa, nous nous étions accrochés, nous avions tenté de trouver des justifications que le public – et surtout nos confrères – puissent comprendre. Nous avions enquêté : elle nous avait montré des reçus, la voix sur les conversations enregistrées ressemblait à celle d'Hartley. Trois experts crédibles avaient confirmé qu'il s'agissait bien de sa voix – comment aurions-nous pu deviner que ces cassettes avaient été trafiquées ?

Mais elle avait menti effrontément. Comment aurions-nous pu nous en douter ? Nous ne voulions pas qu'on nous témoigne de la sympathie, qu'on nous plaigne ; nous voulions faire comprendre le contexte dans lequel nous avions pris nos décisions. Finalement, le public ne retint qu'une chose : que les reporters de la NBS s'étaient laissé prendre à une imposture et que Mlle Boudreaux nous avait baisés. Elle avait même réussi à duper le sagace Leon Rosenberg. NBS étant la chaîne télévisée la plus puissante du pays, les gens se réjouirent de notre débandade et dansèrent sur notre tombe. C'était assez écœurant.

Quand les vautours se mirent à tourner au-dessus de la tête de Bill Maguire, il se défendit vaillamment. Pour sauver sa propre peau, en tout cas. *Semper Fi*, mon cul. Il expliqua aux médias qui pullulaient autour de lui qu'il était fautif, qu'il avait commis une erreur ; il inonda les ondes de ses actes de contrition. Mais il ne confessa pas son véritable péché, se contentant d'admettre qu'il ne s'était pas intéressé de près aux détails de la production, qu'il était préoccupé par la programmation de la chaîne et qu'il avait confié à d'autres la vérification des faits concernant Theresa Boudreaux. Il soutint qu'il nous avait demandé à plusieurs reprises de revenir sur nos pas et de fouiller sa biographie, clama son ignorance et sauva son poste. Son récit sembla plausible au public, du moins à ceux qui ne travaillaient pas dans les médias ; il était directeur du service des informations, après tout. Les directeurs ne se salissent pas les mains à régler les moindres petits détails de la production, n'est-ce pas ? Mais dans le métier, personne ne s'y trompa.

Et moi, comment étais-je censée réagir à cette trahison ? Tenter de la justifier ? Essayer de la comprendre ? Reconnaître que Maguire, parti des bas quartiers de Gary, Indiana, avait parcouru un tel chemin que ce poste pour lequel il s'était tant battu l'exemptait de loyauté envers ses collègues ? Étais-je censée lui pardonner parce qu'il était noir et qu'il était né dans une famille pauvre ? Je me fichais de ses origines ou de sa couleur de peau : c'était un fumier qui s'était planqué alors qu'il m'avait dit qu'il me défendrait. Rambo nous avait plantés là. Il avait été mis au courant de tous les faits, et Maguire, ex-commandant des Marines, en avait assumé la responsabilité : il avait décidé de diffuser le sujet et il était parti siroter son Wild Turkey.

Quand ma fureur s'apaisa, je fus saisie d'un sentiment de culpabilité. La situation était beaucoup plus complexe que cela. Je compris que Maguire n'avait pas à tomber avec nous, s'il pouvait démontrer qu'il ne s'était pas mouillé. Ma colère me torturait, avec ses raisonnements flous et changeants. En fin de compte, Bill Maguire conserva son poste en promettant de surveiller ses producteurs de plus près et de mettre en place dans la chaîne une équipe chargée de réorganiser le processus de vérification des faits.

Et qu'en était-il de Goodman ? L'homme que j'avais servi pendant une décennie ? Que j'avais aidé à paraître plus beau et plus intelligent qu'il ne l'aurait pu de lui-même ? J'avais rédigé ses textes, affûté ses questions, poudré son front luisant, peigné ses cheveux rêches. Lui aussi avait prétendu ne pas être au courant, une fois les couteaux tirés. Il avait raconté partout qu'un présentateur doit tellement se déplacer qu'il ne peut gérer tous les reportages, être responsable de toutes les enquêtes. C'est à cela que servent les producteurs. Les producteurs vérifient les faits.

Et c'est ainsi que le grand présentateur Joe Goodman tomba au champ d'honneur, sans pour autant que sa carrière soit détruite. Il fut publiquement réprimandé, on lui retira *Newsnight* mais on lui confia la direction d'une unité de production d'émissions spéciales. C'était, de toute façon, exactement ce qu'il voulait ; il demandait depuis des années à quitter *Newsnight* pour prendre la direction de sa propre unité, afin de couvrir les « grands sujets » plus en profondeur, sur une durée d'une heure.

En fin de compte, ce furent les producteurs qui payèrent les pots cassés. Erik, tenant parole, s'était battu à mes côtés jusqu'à la fin. Il n'avait pas le choix. On nous demanda, à Erik et à moi, de remettre notre démission pour avoir trahi la confiance du public. *Même si nous ne pouvions pas savoir. Personne n'aurait pu imaginer cela.*

Une semaine après la diffusion de l'interview, Maguire me convoqua. Depuis les révélations de Facts News, il délibérait de mon sort avec son propre patron, le président de la holding propriétaire de NBS. Le comité de direction réclamait des têtes pour tenter de sauver la face : le fiasco de la chaîne NBS, joyau de la couronne, risquait d'affecter leurs divisions « presse » et « câble », ce qu'il fallait à tout prix éviter.

Dès que Maguire m'accueillit, je compris aussitôt ce qui m'attendait.

— Jamie, je ne vais pas te raconter de salades, alors allons droit au but. J'ai parlé au comité de direction. On va devoir se séparer de toi, dès maintenant. Évidemment, les indemnités seront…

Je restai assise devant lui, muette. Je scrutai rapidement la pièce. Lui, en tout cas, n'avait pas l'air de faire ses bagages. Les petites mains perdent leur poste alors que leurs chefs restent à l'abri. Comme toujours.

— Les indemnités ? Rien d'autre ? J'ai passé dix ans ici et on en est déjà à parler des indemnités, dès la deuxième phrase ?

— Jamie, ne rends pas les choses plus difficiles qu'elles ne le sont.

— Bill, je n'ai rien fait de mal. J'ai passé toute ma vie ici, ou presque, toute ma vraie carrière. Ce n'est pas… ce n'est pas juste. Comment aurais-je pu savoir que j'avais été délibérément dupée par des cinglés en vendetta contre toute la chaîne ? C'était toi qu'ils visaient, pas moi.

Maguire haussa les épaules.

Je repris :

— J'ai tout vérifié dix fois. Il m'aurait été impossible de deviner ce qu'elle manigançait.

— Tu as produit le sujet qui nous a discrédités.

— J'ai exprimé mes doutes. Toi, qui ne laisses jamais tes troupes sur le champ de bataille, tu m'as dit que tu avais couvert des campagnes politiques, que tu avais plus d'expérience que moi, que la responsabilité, c'était toi qui la prenais.

— Tu n'es pas en position de me renvoyer la balle. Et, en effet, c'est moi, le responsable.

— Alors pourquoi est-ce moi qui perds mon boulot ? C'est toi, le directeur du service des informations ! C'est toi qui as donné le feu vert !

— C'est comme ça.

— Pourquoi ne peux-tu pas sauver tes hommes ? Ce n'est pas ça, la devise des Marines, le sens de *Semper Fi*, tu n'as donc rien appris dans… ?

— Jamie, c'est fait. C'est fini, maintenant.

— Mais je…

— C'est fini.

Je ne pouvais rien ajouter.

— Peut-être que j'aurais pu tomber avec toi. Mais je n'ai aucune intention de tomber à cause de ça. J'ai toujours dit très clairement que c'était ton bébé. (Il se pencha au-dessus de son bureau.) Comme je te l'ai dit dans le bureau d'Erik, c'est toi, la productrice du sujet. Et tu as tort, quand tu avances ces arguments. Tu as vraiment tort. Tu as émis des doutes, mais tu n'as pas insisté pour qu'on annule la diffusion et la différence est de taille.

Je me tus. Le Marine avait raison. Et voici le plus curieux : en cet instant atroce où je me faisais virer, je n'arrivais à penser qu'à Peter. À la raison pour laquelle je l'avais envoyé promener. Pour laquelle je n'avais pas su entendre son point de vue : tout cela, afin d'étouffer mes sentiments pour lui.

— On t'a peut-être bousculée, mais tu vas devoir assumer le fait de t'être laissé bousculer par nous. Je t'avais dit que si tu tapais du poing sur la table, je ne diffuserais pas le sujet. Tu t'es un peu battue, mais pas assez. Tu n'as pas tapé assez fort, tu t'es contentée de donner une petite tape en l'air, puis tu as laissé tomber. Tu t'attaquais à l'un des types les plus puissants de notre gouvernement. Dans ce genre d'affaire, il faut se conduire en grande personne plutôt que de se plaindre et de gémir. Je ne t'ai pas trahie, Jamie. Tu es notre meilleure productrice. Tu t'es trahie toi-même. Tu n'as pas assez fait confiance à ton jugement. Tu as cédé à trois hommes plus âgés et plus expérimentés. C'est là que tu t'es trompée et c'est pour ça, pour parler sincèrement, que tu perds ton poste.

Abby était dans tous ses états lorsque je ressortis des bureaux de la direction.

— Qu'est-ce que je vais faire sans toi ? gémissait-elle en larmes.

— Et moi, qu'est-ce que je vais faire sans mon boulot, à ton avis ?

— Tu en trouveras un autre, tu es tellement douée pour ce que tu fais, raisonna-t-elle.

— Je suis radioactive, Abby. Personne ne va m'engager, personne ne le peut. Mon nom est apparu dans tous les médias du pays, lié à ce fiasco. Même si on voulait m'engager, on en parlerait dans les journaux et cela causerait du tort à un éventuel employeur.

— Mais non, plaida-t-elle.

Je haussai les sourcils.

Elle reprit :

— Bon, d'accord, peut-être que tu es radioactive en ce moment, mais ça se dissipera, comme à Tchernobyl.

— Abby, personne ne s'est réinstallé dans un rayon de trente kilomètres autour de Tchernobyl ; l'endroit restera radioactif jusqu'au siècle prochain.

— Ah.

— Eh oui. Ça ne te ressemble pas, de ne pas savoir ça.

— Très bien, alors tu ne seras pas comme Tchernobyl, tu seras comme un accident de réacteur nucléaire qui a failli se produire, mais qui ne s'est finalement pas produit.

— Abby, dans cette histoire, l'accident s'est bel et bien produit.

Plus tard dans l'après-midi, j'emmenai Dylan se promener dans le parc pour lui annoncer ce qui s'était passé à NBS. Il avait besoin que je lui explique en termes simples précisément ce qui était arrivé au travail de maman. Theresa Boudreaux m'avait menti, pas pour me faire du mal mais pour faire du mal à toute la chaîne. Cela n'avait rien à voir avec moi. Il fut soulagé que je n'aie pas été la cible visée. Après notre conversation, nous nous rendîmes jusqu'à Belvedere Castle pour admirer le panorama et observer la faune. J'étais assise à trois mètres derrière mon fils, au balcon le plus élevé, dos appuyé contre la tour du château. Le vent forcit un peu et je me blottis dans mon énorme veste en agneau retourné, malgré le soleil éclatant de l'après-midi qui atténuait le froid cinglant. La familiarité de ce lieu me réconfortait alors que tout mon univers s'écroulait sous mes pieds.

— Les tortues, elles arrêtent pas de bouger. J'arrive pas à les compter.

— Tu sais que tu les comptes depuis au moins dix minutes, Dylan ?

Dans ma poche, je frottai les doigts contre la gravure au dos du chronomètre que m'avait offert Peter – *Il est temps de danser*.

— Il y a une tortue qui arrive pas à monter. Elle y est presque, et puis elle arrive pas à monter sur les rochers. Alors elle arrête pas d'agiter les pattes comme une folle, puis elle laisse tomber et elle essaie un autre endroit qui a l'air plus facile.

— J'ai froid, on peut observer la faune un autre jour, mon chéri. Il faut qu'on parte bientôt.

— Je suis sûr qu'elle a froid elle aussi. Pourquoi les autres tortues la poussent pas avec leurs têtes ? Elles la regardent souffrir, sans rien faire.

— Toi aussi, Dylan.

— Ouais, mais moi, je veux qu'elle y arrive. Je l'aiderais si je pouvais. Elles l'aident pas, je veux rester.

— Très bien. Je sais que c'est ton coin préféré. Alors prends ton temps.

— Cette dame, elle va aller en prison ? On va en prison quand on raconte des mensonges à la télé ?

— Malheureusement pas. Elle est partie vivre sur une île, personne ne sait où elle se trouve.

— C'est bizarre. C'est bizarre que Peter soit pas là.

— Il aimerait bien être là, mon chéri.

— Qu'est-ce qui s'est passé à la fête d'Anthony ?

Le soleil était passé derrière les nuages.

— C'est à ce moment-là que la dame est passée à la télé. Et maman et papa se sont disputés. Comment se débrouille la tortue ?

— Je crois que j'en ai assez de la tortue, répondit Dylan.

Je l'enlaçai.

— Tu veux rentrer à la maison ?

— Je veux te poser encore une question.

— Vas-y.

— Toi et papa, vous allez recommencer à vous aimer ?

— Je te l'ai déjà dit, mon trésor. Nous nous aimerons toujours. Nous prenons simplement un peu de recul. C'est très déroutant pour les enfants. Mais ce n'est pas de ta faute.

— Je sais. Pourquoi tout le monde arrête pas de me répéter ça ? J'ai jamais dit que c'était de ma faute.

— Je ne sais pas, mon trésor. Les grandes personnes ont parfois de drôles d'idées.

33

Cette chose curieuse qu'on appelle la peur

Six semaines plus tard

1er février. Le matin du gala caritatif de l'Hermitage, je me réveillai tard. Une courte insomnie avait exacerbé le mal de tête qui me reprenait presque tous les matins depuis cet après-midi épouvantable chez Susannah. Les couvertures tirées sur la tête, le visage enfoui dans les oreillers, je tentai de faire taire la douleur. Peine perdue.

Le téléphone sonna.

— J'ai une idée ! Génialissime. Oscar monte chez toi.

— Ingrid, arrête. Je dors.

— Plus maintenant. Il est 9 heures. Retire ton pyjama et habille-toi. Il a probablement le doigt sur la sonnette à l'heure qu'il est.

— Mais pourquoi diable vient-il chez moi ?

— On va te refaire une vie. Il est temps de t'organiser. J'ai trouvé une nouvelle activité professionnelle pour toi. J'ai tout prévu. Un nouveau boulot. Ça ne te va pas, le chômage.

Je parvins à m'asseoir.

— Ingrid, tu as été une amie merveilleuse. Mais…

— J'ai dit à Oscar que, quoi que tu fasses, il devait foncer vers ton dressing. Avec un appareil photo. Sinon, je le vire.

— Quoi ?

— Il va photographier tes fringues. Il se débrouille très bien avec les appareils photo numériques. Puis il va aller à Bridgehampton pour faire la même chose.

— Je n'ai pas de vêtements, là-bas.

— Donc, il va photographier tes fringues là-bas.

Elle ne m'écoutait pas. Elle était lancée, aussi excitée que si elle venait de tomber par hasard sur les secrets nucléaires de la Corée du Nord.

— Ensuite il va faire plastifier les photos, toutes bien rangées dans un calepin et cataloguées par couleur, par saison, par occasion et enfin par griffes. Tu seras chic 24 heures sur 24. Avec ton calepin, tu sauras où trouver toutes tes affaires. Tu seras organisée. Tu ne chercheras jamais rien. Ensuite, tu assortiras les pièces en tournant les pages. Évidemment, ton livre sera lamentable, mais tu comprendras bien mieux le concept si tu parcours toutes les étapes avec Oscar. Il l'a fait pour moi. Il t'apporte mon bouquin. Il est sublime. Le tien sera nul, mais au moins tu sauras comment faire.

— Es-tu complètement folle ?

— Elles meurent toutes d'envie d'avoir ce genre de bouquin, mais elles n'arrivent pas à le réaliser. Oscar est unique.

— Et…

— Et tu vas produire ces livres ! Tu vas diriger les prises de vue, tu vas organiser les bouquins. Maintenant, tu es à la fois productrice et auteur ! Presto !

Carolina passa la tête par la porte de la chambre.

— Le chauffeur de Mme Harris est ici.

Impossible d'arrêter Oscar. Ingrid était si terrifiante lorsqu'elle lui donnait des ordres que je laissai le pauvre diable faire ce qu'il avait à faire. Maintenant les dames de Park Avenue tentaient de gérer ma carrière. C'était plus que déprimant.

Mais je m'étais habituée à la dépression, ces derniers mois. Un sourire en plastique plaqué en permanence sur la figure, je tentais vaillamment d'avoir l'air heureux, pour mes enfants. J'essayais toujours de faire comme si de rien n'était, je m'efforçais de passer du temps en famille et de dîner avec Phillip. Certains jours je voulais même sauver mon couple – pour moi, pour nous, pour les enfants surtout.

Phillip, d'abord exilé sur le canapé de son bureau, avait tenté la contrition, sans succès. La plupart du temps, il allait dormir dans la chambre d'amis de sa mère.

Nous avions consulté un psy à douze reprises pour discuter des raisons motivant ses agissements – il me sentait distante, il pensait que je me foutrais de son infidélité parce que je ne semblais plus tenir à lui, il avait besoin d'attention et d'amour. Toutes de bonnes raisons de tromper sa femme, je suppose, mais bien que la thérapie m'aidât à y voir plus clair, elle ne changeait rien à la réalité de mon cœur, vide comme un puits tari.

Quant à Peter, il attendit jusqu'au Nouvel An.

Il me parla dans la cuisine, après le coucher des enfants, le premier vendredi de janvier. Carolina était partie pour le week-end et Phillip, à ce moment précis, embarquait sur le dernier vol à destination de San Francisco.

Notre conversation sur le trottoir devant l'école repassait constamment dans ma tête. *Je ne vais pas te toucher pour de vrai, à moins, premièrement, que tu me dises que tu le veux vraiment, et deuxièmement, que tu me dises que tu n'es plus avec lui.* Il me voulait, il nous voulait. Mais je n'étais pas prête à plonger « pour de vrai ». Je ne pouvais pas coucher avec lui à l'hôtel Carlyle et me comporter normalement le lendemain. Il semblait impossible de faire les choses à moitié avec lui.

Que pouvait-on faire ? Aller jusqu'aux caresses et s'arrêter là ? Et, ce qui était sans doute le plus important, même si Phillip m'avait trompée, cela ne me donnait pas pour autant le droit de faire de même.

Cette trahison, bien que choquante, ne m'avait pas aussitôt poussée à franchir le pas du divorce. J'avais besoin de quelques mois pour vaciller au bord du gouffre, juste pour voir de quoi le paysage avait l'air de l'autre côté, avant de sauter. Peter, qui sentait mon hésitation, s'était refroidi. Il m'expliquait qu'il était préoccupé par son logiciel mais je ne m'y trompais pas. Il était clair qu'il m'attendait, qu'il se demandait pourquoi je n'avais pas quitté mon mari aussitôt après la trahison. Mais j'étais paralysée, j'essayais encore de ne pas briser la famille, à cause des enfants. De faire tous les efforts possibles. De plus, il y avait cette chose curieuse qu'on appelle la peur.

J'étais en train de me préparer une camomille sur le comptoir de la cuisine quand Peter entra, vers 9 heures du matin, après avoir accompagné Dylan à l'école.

— Bon, avait-il dit en se plantant devant moi. Fin de partie.

Il me prit les mains. Pas de massage pour m'allumer, cette fois.

— Tu pourrais me regarder, au moins ?

— Je ne sais pas.

Une vague de chagrin déferla sur mon corps.

— La partie est finie, d'une façon que je n'aurais jamais imaginée.

— Quoi ?

Je levai les yeux.

— Je ne peux pas rester.

Je fermai les paupières.

— Tu ne peux pas faire ça.

— Tu as raison, J.W., je ne peux pas faire ça. Alors je m'en vais.

— Qu'est-ce que tu ne peux pas faire ?

— Ce jeu de cache-cache dans un labyrinthe de miroirs. Soit notre histoire mène quelque part, soit elle ne mène à rien. Tu n'es pas capable de choisir. Tu ne veux pas bouger. C'est presque comme si ça te plaisait d'être malheureuse du matin au soir.

— Tu ne peux pas être patient ? Ça a été l'enfer, pour moi.

— J'ai été patient. Maintenant, je te le dis, enfin : je ne peux pas rester ici alors que j'éprouve des sentiments pour toi.

— Vraiment ?

— Tu ne veux pas grandir un peu ? Bien sûr, que j'ai des sentiments pour toi. Tu es aveugle, ou quoi ? J'ai fait de mon mieux pour te soutenir, pour ne pas te bousculer. Mais c'est trop dur.

— Je sais.

— Ne pas pouvoir te prendre dans mes bras, être avec toi, te montrer mes sentiments, alors que toi, tu es toute coincée, et froide, et bizarre, incapable de gérer la situation. Pourquoi ? À cause de lui ? De ce connard qui t'a trompée ? Tu attends qu'il te donne le feu vert ?

— Non. Mais c'est tellement difficile de rompre.

— Tu as peur de quoi ? Peur d'être heureuse, peut-être ?

— Ce n'est pas ça.

Du moins, je ne le pensais pas.

— Bon, alors, tu attends quoi ?

— Les enfants, Phillip – je ne peux pas bouger pour l'instant, j'en suis incapable.

Peter semblait blessé, frustré et résigné.

— Tu sais quoi ? C'est très bien. C'est absolument

parfait, mais je ne traînerai pas ici en attendant que tu te décides à bouger.

— Alors qu'est-ce que tu vas faire ?

— Je viens d'en parler à Dylan.

Ça ne me plaisait pas du tout, ça.

— Comment as-tu pu faire ça ?

— Il l'a très bien encaissé. De toute façon, je viens de moins en moins souvent depuis quelque temps. Je vais continuer à l'emmener au club de sport des Aventuriers. Je lui ai dit que j'avais beaucoup de travail, mais que je passerais encore du temps avec lui les lundis.

— Il a pris ça comment ?

— Il était fatigué. C'est un gamin. Il vit au présent. Je lui ai rappelé que lundi, c'était dans deux jours. Ça, ça lui a plu.

— Euh, et alors…

— Alors je passerai le prendre lundi, j'irai avec lui, et je le laisserai en bas avec le portier. Il peut monter tout seul.

— Tu veux dire que c'est comme dans un divorce, et que tu ne peux même pas monter ?

— Hé, c'est ton choix, bébé.

Puis il me prit tendrement par la nuque, m'embrassa doucement sur les lèvres, et sortit.

Je fus dévastée. Sa bouche était parfaite.

Ce soir-là, Phillip et moi, affichant bravement la façade d'un ménage heureux, sortîmes de notre voiture de location pour gravir les marches du Dupont Museum. Je n'avais ni étole en fourrure blanche ni long manteau blanc ; j'avais donc drapé un châle en cachemire blanc sur mes épaules, qui me protégeait à peu près aussi bien qu'un bout de mousseline du froid glacial de février. Philip m'enlaça les épaules pour me réchauffer. Je m'appuyai contre lui pour tenter d'aspirer la chaleur de son corps. En gravissant les dizaines de marches en marbre, je repensai à la nuit de la veille, à la raison pour laquelle j'avais fait ce que j'avais fait. Tout avait commencé lorsqu'il était entré dans la salle de bains après avoir mis les enfants au lit.

Il avait dit :

— Jamie, si tu m'acceptes toujours comme cavalier, comme nous l'avions prévu, j'aimerais beaucoup t'emmener au gala demain soir.

J'aspergeai mon visage et me tournai vers lui.

— Je ne sais pas, répondis-je d'un ton neutre.

Je n'étais pas particulièrement fâchée contre lui, pour changer, peut-être parce que je ne l'avais pas vu depuis deux jours.

— Je sais que c'est trop espérer, mais j'avais cru que peut-être, puisque nous ne nous sommes pas engueulés depuis un moment, je pourrais dormir dans notre lit pour la première fois depuis sept semaines. Comme une faveur spéciale, demain soir après le gala.

C'était devenu moins drôle de le faire souffrir. Il se contenta de me regarder : ni plaidoyers ni supplications, juste un regard direct à la Phillip. Il m'avait trahie, certes, mais il avait expliqué les raisons de ses actes et il m'en avait demandé pardon. Il n'avait pas gémi ou geint pour se faire pardonner, ce que j'appréciais : je l'en respectais d'autant plus. J'essayais de lui pardonner, d'accepter ses excuses, de passer le cap.

— Jamie, alors, tu en penses quoi ? Je peux toujours t'emmener au gala et puis dormir dans notre lit ?

Le Dr Rubinstein avait dit que le sexe nous permettrait peut-être de guérir, qu'il briserait le mur de la colère. Mais comment coucher avec Phillip alors que je n'arrêtais pas de fantasmer sur Peter ?

— Jamie, je ne te le demanderai pas tous les jours, seulement un jour sur deux comme je l'ai fait depuis le début de cette tragédie. Me refuser le sexe est une arme efficace de ton arsenal, je le comprends. Mais on pourrait essayer. Tu fais partie du comité, tu vas porter une robe du soir somptueuse, tu auras besoin d'un homme à tes côtés.

Je ne répondis rien.

— En plus, si tu ne le fais pas pour nous, fais-le pour Gracie. S'il est vrai que tout le comité de direction de Pembroke sera là, nous devrions les rencontrer ensemble, bras dessus, bras dessous. Avec le sourire.

Il posa les doigts de part et d'autre de ses lèvres pour se faire un sourire plus large. Et plus artificiel.

J'éclatai de rire. J'avais un peu pitié de lui. Il faisait de tels efforts.

— D'accord. Sois mon cavalier. Mais pour ce qui est de dormir ici, je n'en suis pas certaine.

Il me serra dans ses bras.

Cela me prit par surprise ; plus encore lorsqu'il s'agrippa à moi comme un énorme ours brun. Il me frotta l'épine dorsale de ses doigts et ne me relâcha pas. Nous restâmes plantés là, sans trop savoir au juste quelles étaient les règles dans ce genre de situation. Il ferma les yeux et m'embrassa. D'abord doucement, puis plus passionnément. Une larme roula sur ma joue. Il l'embrassa.

— On tente le coup ? Je sais ce qui te plaît.

Je me dis d'oublier mes inhibitions, comme on fait quand on couche avec un inconnu. Il me conduisit jusqu'au lit. Je m'assis au bord en frottant mon front de mes doigts.

— Tu as des allumettes, Jamie ?

— Dans le tiroir.

Il était en plein élan : impossible de faire demi-tour. Devais-je lui dire non, tout de suite ? Devais-je lui dire que je n'avais pas envie de lui ? Devais-je tenter le coup ?

Phillip alluma deux bougies. Puis il traversa la chambre pour baisser les lumières et verrouiller la porte.

— J'ai des projets pour toi.

Je me forçai à m'allonger.

— Je t'aime encore, Jamie. Tu es une femme ravissante.

Phillip grimpa dans le lit et se mit à embrasser mon front, puis ma bouche. Je creusai le dos pour tenter de me mettre à l'aise. Il retroussa ma chemise de nuit et posa la tête sur mon ventre. Peut-être que j'y arriverais.

— Il n'y a que toi.

Je tentai de me mettre dans l'ambiance mais, au lieu de cela, j'avais envie de lui demander s'il léchait mon ex-amie Susannah de la même façon qu'il me léchait, moi.

— Tu m'as privé de toi. Tu m'excites tellement, là.

Je refermai les yeux. Cela allait exiger une concentration énorme. Je m'obligeai à toucher les contours familiers de son dos, de ses bras, de ses jambes fines, à me concentrer sur le corps de Phillip plutôt que sur l'homme qu'était Phillip. À retrouver notre ancienne familiarité.

Lorsque nous eûmes terminé, il dit :

— N'oublie pas à quel point ça peut être bon, nous deux.

Mon visage était baigné de larmes. Phillip sourit tendrement ; il croyait que je retombais amoureuse de lui. Il me prit le menton :

— On va y arriver.

Je me dégageai.

— Allez, Jamie, ne me résiste pas juste pour le plaisir de me résister.

Lui résistais-je juste pour le plaisir ? Peut-être. Était-ce un reste de colère ? Peter existait-il vraiment ? Je regardai le visage de mon mari, les fines rides autour de sa bouche et les taches de rousseur près de ses yeux.

Il y avait quelque chose… là. Entre nous. Une raison de rester, par-delà les enfants et le confort matériel. Ou était-ce simplement de la peur ? La voix de Peter résonna dans ma tête. *Tu as peur de quoi ? Peur d'être heureuse ?*

Un claquement de doigts sous mon nez.

— Jamie, reviens. Laisse-toi aller, pardonne-moi et allons de l'avant tous les deux.

— Phillip, soupirai-je, je ne suis pas prête à prendre une décision. Et ce n'est pas simplement à cause de Susannah…

— Je ne me suis pas bien occupé de toi et des enfants ? Nous avons un passé ensemble, Jamie.

— Je n'y renonce pas, je suis en train de décider ce que je vais faire, ce que je veux. C'est différent. Très différent.

Nous restâmes allongés un moment en silence. Je commençais à me sentir nerveuse et claustrophobe, comme si je lui avais donné de faux espoirs, ce que je ne souhaitais pas.

Je m'assis brusquement.

— Phillip. Tout va trop vite. C'est complètement inattendu. S'il te plaît, j'ai besoin que tu retournes dans ton bureau ce soir pour y dormir. Ou chez ta mère.

À mon grand étonnement, il se leva sans faire d'histoires. Il savait qu'il était allé plus loin qu'il ne l'avait espéré. Il était assez intelligent pour ne pas pousser plus avant.

34

La plus belle pour aller danser

Les bisous déferlaient. Les bras se tendaient. Les femmes tournoyaient dans leurs robes de bal blanches comme des gamines de cinq ans qui jouent à la princesse, en se lançant des « Hello » et des « Tu es superbe » exagérés. Phillip et moi étions dans l'immense vestibule du musée, avec ses plafonds voûtés en marbre qui amplifiaient les voix et les faisaient rebondir. Une fausse neige hollywoodienne blanche et duveteuse avait été répandue aux coins des marches du majestueux escalier en marbre ; des branches de houx et de sapin s'entrelaçaient à travers les balustrades en bronze. D'énormes œufs incrustés de pierres précieuses, répliques des chefs-d'œuvre de Fabergé, étaient suspendus au plafond par des fils transparents. Des serveurs gantés de blanc, vêtus de smokings blancs, nous servirent du champagne, à Phillip et à moi, sur des plateaux en argent, et nous cherchâmes des amis du regard, tout en saluant de la tête nos connaissances du Périmètre.

— En voilà une, là.

Une jeune femme, flanquée du photographe Punch Parish, pointa du doigt vers moi.

Ils étaient à environ six mètres de nous, près d'un palmier repeint en blanc dégoulinant d'œufs dorés. Les lèche-cul tournaient autour de Punch comme des hyènes autour d'un feu de camp, riant dès qu'il lançait la moindre plaisanterie et lui tapant sur le bras lorsqu'il faisait un commentaire un peu osé. « Oh, Punch ! Taisez-vous ! Vous exagérez ! » D'autres filles jouaient les belles indifférentes, comme s'il ne leur importait guère d'être prises en photo, tout en s'assurant bien d'apparaître sur son écran radar. « Salut, Punch ! » hurlaient-elles en agitant leurs petits poignets embijoutés lorsqu'elles passaient devant lui, trop vite pour qu'il ait le temps de les photographier à ce moment-là. Ce serait à lui de les retrouver. Quant aux dames du tout-New York, mourant d'envie qu'il s'intéresse à elles, elles erraient à la lisière de son orbite avec une nonchalance étudiée qui aurait pu leur valoir un Oscar. Tout cela pour un homme qu'elles n'auraient pas même daigné saluer, s'il n'avait pas eu un appareil photo autour du cou.

La fille de chez Verdura tira Punch par la chemise.

— Celle-là, on est obligés de la faire. Elle porte de belles pièces. Vous vous rappelez tout de même que nous sommes vos clients ? Verdura ?

Exaspéré, Punch me regarda plus attentivement. Je fis semblant de ne rien remarquer.

— Qui ça ? demanda-t-il. Pourquoi elle ?

Elle se pinça les lobes d'oreilles, sans doute pour lui expliquer que je portais des boucles d'oreilles Verdura d'une valeur de quinze mille dollars.

— Ça peut attendre. On la retrouvera plus tard.

La fille accourut vers moi et se présenta : Jennifer machin, attachée de presse de Verdura.

— J'ai oublié votre nom, mais je sais que nous vous avons prêté des boucles d'oreilles et nous devons faire des photos, s'il vous plaît. Punch ! Par ici ! J'en veux une de cette dame ! On risque de ne pas la retrouver, tout à l'heure.

Il fit comme s'il ne l'avait pas entendue.

Elle dit :

— Au fait, nous devons récupérer ces boucles d'oreilles ce soir, juste après le dîner. Notre agent attendra dans une pièce à côté de la cuisine.

— Je sais. On m'a tout expliqué.

— On vous retrouvera. Comment vous appelez-vous, déjà ?

Elle sortit un calepin. Au départ, l'idée d'emprunter une robe de bal et des bijoux m'avait plu : c'était facile, et gratuit, en plus. Maintenant, je me sentais utilisée, avilie, vulgaire, à faire ainsi la promotion d'une griffe.

— Je m'appelle Jamie Whitfield ; voici mon mari, Phillip.

— C'est ça, évidemment. Rapprochez-vous et cachez les verres derrière votre dos, s'il vous plaît. Punch ! Ils sont en place ! Maintenant, s'il vous plaît !

Il braqua son objectif sur nous à cinq mètres de distance sans même regarder dans son viseur. Deux flashes. Il fit un clin d'œil et reprit sa conversation.

— Bien. (Elle consulta son calepin.) Plus que deux à faire.

Elle partit sans même nous remercier ou nous dire au revoir.

— Tom !

Phillip agrippa l'un de ses associés par le bras.

Tom Preston se retourna pour nous faire face et chuchota quelque chose à sa femme ; nous remarquâmes tous deux qu'elle lui répondait d'un air contrarié. Manifestement, Tom ne devait pas s'attarder auprès de ses collègues de bureau alors que sa femme avait l'occasion de se mêler aux mères poules de luxe. Pendant que les deux hommes discutaient, la femme de Tom n'arrêtait pas d'étirer le cou pour scruter la foule. Tom aussi. Je les secourus.

— Phillip, excuse-moi, mais nous devons retrouver nos hôtes.

La femme sourit gaiement pour la première fois.

— Mais oui, dit-elle à Tom, on ne doit pas les retenir.

Il régnait un tapage assourdissant dans la salle ; j'étais humiliée par la petite scène des boucles d'oreilles et je devinais la frustration de Phillip. Il ne maîtrisait pas la situation. J'aurais voulu que Peter me fasse une surprise et qu'il me prenne sauvagement derrière un œuf de deux mètres.

— Eh merde, Jamie. Qui sont ces gens ?

— Je ne sais pas. La bande à Christina, je crois.

— Tu me traînes ici et tu ne connais personne ?

— Si, mais ils sont…

Je commençais à me sentir déstabilisée : il fallait que je rattrape le coup.

— Je ne vais pas rester planté ici comme un imbécile, on bouge !

Il m'attrapa par la main et m'entraîna avec lui, tout en recherchant frénétiquement des visages familiers.

En me pinçant une fesse, Christina me fit sursauter.

— Salut ma chérie ! dit-elle. Tu es très sexy, vue de dos. Je ne sais pas comment fait ton mari pour ne pas te sauter dessus.

Phillip intervint :

— C'est presque impossible. Merci pour ton invitation, Christina.

Il m'enlaça d'un bras et m'attira contre lui. Personne ne savait, pour Susannah et lui. Personne ne savait que notre couple battait de l'aile.

— Jamie, je suis teeeeeeeellement désolée, pour le magazine. Je n'arrive pas à croire que John Henry ait coupé l'une de mes invitées de la photo de couverture.

— Ce n'est pas grave. Vraiment.

Christina avait l'air très Belle Époque dans sa robe dos nu en mousseline de Carolina Herrera, retenue par des perles de cristal fixées derrière son long cou, et ornée d'une courte traîne à volants qui ruisselait derrière elle. Je fis une bise en l'air à son richissime mari, George, l'un des êtres les plus asexués que j'aie jamais rencontré. Il se tenait tout droit comme un soldat de plomb derrière sa petite bedaine bien ronde. Une épaisse couche de gomina recouvrait ses cheveux noirs, accentuant sa calvitie naissante et ses rangées bien alignées d'implants capillaires.

— George, Christina, quelle assemblée élégante. Nous vous sommes reconnaissants de nous recevoir à votre table.

— Ah, mais, Jamie, tout le plaisir est pour nous. (George me fit un baisemain.) J'ai très hâte de discuter des élections avec vous.

Au secours.

Un vieux petit bonhomme, qui ressemblait à un pingouin dans son habit blanc à queue-de-pie, fit le tour de la salle en tapant dans un petit gong pour annoncer le dîner. Nous parcourûmes un couloir seigneurial avec les Patten et deux autres couples de notre tablée. Les épouses, Leelee et Fenoula, ne se rappelaient même pas m'avoir rencontrée lors de la prise de vue.

Le plafond du Dupont Museum avait été entièrement recouvert de branches de bouleau blanches, qui formaient une épaisse canopée. Une cinquantaine de tables pour dix, recouvertes d'étoffe rouge sang, occupaient l'atrium. Des roses blanches et rouges ruisselaient des centres de table en forme de fontaine. De la neige hollywoodienne avait été saupoudrée dans les coins de la salle, dans les crevasses des colonnes en marbre et sur la piste de danse en marbre noir. Notre table était tout près de l'estrade.

Christina nous présenta aussitôt à la présidente du comité organisateur du gala caritatif, Patsy Cabot, une dame potelée, la petite soixantaine, coiffée sans chichis. Elle dirigeait le comité de l'école Pembroke. Patsy tendit sa main dodue et nous sourit efficacement, à mon mari et à moi – c'était exactement ce genre de descendante du *Mayflower*, très terre à terre, qui adorait Phillip. Je remarquai qu'elle portait une montre Timex toute simple avec un bracelet en cuir camel – c'était sans doute la seule femme, dans cette salle, à ne pas arborer une montre de soirée.

— Je suis enchanté de faire votre connaissance, Patsy. (Il lui serra la main comme un scout, comme sa mère lui avait appris à le faire.) Vous avez accompli un travail remarquable en faveur d'une cause culturelle et historique importante.

— Je vous remercie, Phillip. Je fais ce que je peux.

— Après tout, reprit-il, l'Hermitage, après avoir été négligé pendant soixante-dix ans sous l'ère communiste, a enfin retrouvé son prestige impérial, bien mérité.

Patsy battit des cils en regardant mon mari, intriguée qu'il semble plus intéressé par l'objectif de cette soirée que par les tenues des invitées.

— Vous connaissez le Palais d'Hiver ?

— Bien sûr.

Je regardai Phillip comme s'il venait de perdre l'esprit.

— Vraiment ? Vous êtes allée à Saint-Pétersbourg ?

Phillip, sans répondre à la question, gloussa avec arrogance.

— Patsy. Le Palais d'Hiver abrite la plus grande collection d'œufs Fabergé au monde, commandés principalement par Alexandre III et Nicolas II pour leurs épouses. Mon préféré, bien entendu, étant l'Œuf au Muguet. Vous faites un travail crucial pour protéger ces chefs-d'œuvre du patrimoine mondial.

De toute sa vie, il ne s'était jamais préoccupé de la sauvegarde d'institutions culturelles, encore moins des œufs Fabergé.

— Je l'adore, celui-là. Il y en a une reproduction là-bas…

Elle désigna le coin de la pièce.

— Je sais. Avec les portraits en miniature de Nicolas et des grandes duchesses Olga et Tatiana, réalisés pour l'impératrice Alexandra.

Il lui toucha l'épaule.

— Vous connaissez bien les œufs ? roucoula Patsy.

— Comme mes propres enfants.

Phillip baissa les yeux, faussement modeste. C'était ce genre de petit numéro qui lui servait à séduire jurys, collègues et clients. Je l'observai avec un pincement au cœur en train d'hypnotiser Patsy. Il était tellement efficace dans ce genre de situation.

— Vraiment ?

— Oui, vraiment.

Patsy inspira profondément et bomba la poitrine.

— Vous avez vu l'Œuf du Couronnement de vos propres yeux ?

— En effet. Une expérience mystique. Avec son fond doré et l'Aigle impériale à chaque intersection du treillage, contenant…

Elle termina sa phrase :

— … la réplique miniature du carrosse de Nicolas et Alexandra ! Mais comment se fait-il que vous en sachiez autant sur…

— Il n'y a pas de vocation plus noble, à notre époque, que de préserver les chefs-d'œuvre du passé, dit-il.

Je lui pinçai la hanche et il me tapa l'épaule, pour me faire signe de rester calme et de me taire.

— Mon père, Phillip Whitfield II, dont je porte le nom, possédait une phénoménale collection de livres d'art que nous parcourions, lui et moi, durant nos étés à Plymouth. Nous nous asseyions dans notre hamac sous le saule et nous étudiions les grandes œuvres d'art et les lieux qui les abritaient. Je connais par cœur chaque salle de l'Hermitage : l'emplacement exact de la *Madonna Litta* de Léonard de Vinci, du *Bacchus* de Rubens, des *Trois femmes* de Picasso…

Il la regarda droit dans les yeux, comme s'il était en train de la baiser sauvagement, expérience qu'elle n'avait jamais vécue, j'en étais absolument certaine.

— Et toutes mes œuvres favorites sont bien à l'abri dans l'Hermitage, dans votre musée, Patsy. J'adorerais pouvoir les toucher de mes mains.

Il respirait lourdement par ses narines écartées.

— Moi, mon œuvre préférée, qui est accrochée dans la première salle du rez-de-chaussée depuis un siècle, c'est la *Danaé* du Titien, dit Patsy, qui vacillait maintenant.

— Un siècle, moins quatre ans durant le siège de Leningrad. Plus d'un million de chefs-d'œuvre de l'Hermitage ont alors été envoyés dans l'Oural, à l'abri des nazis.

— Exactement ! gémit Patsy, comme s'il venait de la pénétrer.

Ma fille était admise à Pembroke avant même que nous ayons posé notre candidature.

Le dîner fut moins réussi. Dès les remarques préliminaires prononcées par les présidents du comité de direction du Dupont Museum et de l'Hermitage, je n'eus qu'une hâte : partir. Le mari de Christina, George, était ennuyeux à mourir : il voulait parler de l'actualité, pour la première fois de sa vie, avec une vraie journaliste. Il posait des questions idiotes, aussi incultes que prétentieuses, comme « Combien de temps durera l'insurrection en Irak ? » ou « Pourquoi, à votre avis, Hillary est-elle une personnalité politique aussi polarisante ? ».

Phillip était assis à côté de l'épouse d'un homme qu'il détestait, Jack Avins, ce type qui avait gagné tant d'argent grâce à l'affaire de Hadlow Holdings. Alexandra Avins, les oreilles ornées de diamants de la taille de phares de voiture, radotait interminablement sur le conflit entre l'architecte et l'entrepreneur qui construisait leur nouvelle maison à Sun Valley. Phillip arborait une expression aigrie, et je savais que cela ne ferait qu'empirer. Je me levai et lui demandai de me faire danser : n'importe quoi pour fuir les convives ennuyeux, suffisants et prétentieux de notre table.

Il me tint fermement par le dos et me guida avec assurance entre les autres couples. Pendant un moment, je me laissai aller à jouir de ses mains fermes et de sa haute silhouette séduisante.

L'orchestre de vingt musiciens, tous des hommes en smoking blanc, jouait *In the Mood.* Phillip me faisait tournoyer audacieusement, fier de lui, sa mauvaise humeur dissipée. Comme par enchantement, l'orchestre passa à la chanson de notre mariage, *Fly Me to the Moon.* D'abord j'avais fait l'amour avec mon mari, et maintenant nous dansions au rythme d'une chanson émouvante sous des branches de bouleau blanches, à la lueur de milliers de bougies tremblotantes. Il m'attira contre lui.

— Merci de m'avoir aidé à fuir Alexandra Avins. Je ne suis même pas capable de regarder en face son connard de mari.

Je lui soufflai à l'oreille :

— Tu as été incroyable avec Patsy Cabot.

— Je sais.

Il me fit tournoyer.

— Comment as-tu… ?

— Je me suis préparé comme pour un plaidoyer, en m'aidant de la doc rassemblée par un collaborateur.

Peut-être, peut-être pourrais-je me remettre à son diapason…

— Tu es sublime, ce soir. Cette robe, ces boucles d'oreilles, et ne parlons même pas d'hier soir. Je suis dans tous mes états, rien qu'à y repenser.

Il se colla contre moi. Il ne plaisantait pas en disant qu'il était excité. Je tentai de me convaincre que Peter ne m'aimait pas vraiment comme pourrait m'aimer un mari ; qu'avec lui, tout n'était qu'un fantasme, une illusion. Je me sentais bien avec Phillip pour la première fois depuis six semaines et je me rappelais que le sexe n'avait pas été si mal, hier soir. Et bon sang, qu'est-ce qu'il dansait bien ! Les enfants avaient besoin que nous restions ensemble ; je pourrais peut-être fermer les yeux et me remettre dans le bain…

Il regarda autour de lui.

— Qu'est-ce qu'il y a comme fric dans cette salle ! Il faut qu'on invite George et Christina à dîner, bientôt. Je veux que tu organises plus souvent des dîners.

Il m'embrassa sur le front. Je n'avais aucune envie de dîner avec les Patten.

— Bougeons par là… Je vois un client.

Il me guida vers la lisière de la piste de danse et salua de la main un homme assis tout seul à une table.

— Hé, Phillip ! dit l'homme.

Phillip se pencha et lui serra la main, tout en m'agrippant fermement par le dos.

— Voilà, c'est exactement ce que je veux dire. Plus de clients potentiels. Moins de journalistes, plus de gens cultivés comme ceux-ci.

Il me refit tournoyer.

— Ces gens ne sont pas cultivés, Phillip. Ils sont vulgaires, m'as-tu-vu, incultes et ennuyeux.

— Je ne suis pas d'accord. Je crois que tu me refais une petite rébellion.

Je m'arrêtai de danser.

— Je ne me rebelle pas, Phillip. Tout cela, c'est pour que notre fille puisse s'inscrire à Pembroke.

— Vraiment ?

— Oui. Je n'aime pas ces gens.

— Tu portes une robe et des bijoux gratuits, tu te fais prendre en photo, tu sembles tout à fait à ta place.

— Je le regrette.

— C'est toujours la même chose. Tu n'es plus à Minneapolis, maintenant. Arrête de résister. (Il me serra contre lui.) Laisse-toi aller.

— Cela n'a rien à voir avec le fait que je sois née ou non à New York. Simplement, je n'aime pas fréquenter ces gens.

— Permets-moi de te rappeler que tu t'es fait prendre en photo pour un magazine, mademoiselle la mondaine.

Je raidis le dos. Il ne le remarqua pas.

— Je ne voulais même pas que cette photo soit publiée. Je n'ai aucune envie d'être le rouage d'une stratégie de marketing…

— Dis-moi, j'ai bien vu une série de photos de toi en robe blanche, en train de poser avec les femmes les plus somptueuses de New York ? Devant des œufs ?

— C'était une grave erreur.

— Tu avais l'air d'y tenir, sur le coup. Je sais que tu n'aimes pas te l'avouer.

Il me tapota les fesses. En me taquinant, il croyait que tout reviendrait à la normale. Sa familiarité ne fit que m'exaspérer. Je n'étais pas prête à ce qu'il abandonne son ton repentant.

— Eh bien, ça ne m'excite plus du tout. Crois-moi.

— Parfait. Je te crois. Je pense simplement que c'est formidable de te voir fréquenter ces gens. C'est bon pour nous, en tant que couple, une fois que nous aurons traversé cette mauvaise passe. Je m'amuse, ici. Jack Avins mis à part.

— Tu n'avais pas l'air de t'amuser au dîner, c'est d'ailleurs pour ça qu'on danse.

— Peu importe que je m'amuse. J'ai fait des affaires. J'ai peut-être persuadé ce type, à cette table, de nous engager pour une grosse transaction. Je pourrais me faire un tas de blé, grâce à cette soirée.

De retour à la maison, Phillip tripotait ses boutons de col. L'élégance spectaculaire des Nuits Blanches, qui avait temporairement assouvi l'ambition de mon mari, l'assombrissait maintenant.

— Jack Avins est un connard.

Il retira son pantalon de smoking et le suspendit soigneusement sur un cintre.

— Il faut que tu arrêtes d'être obnubilé par ce contrat.

— Et sa femme avait mauvaise haleine, elle puait les gâteaux de crabe. Donne-moi un coup de main avec ça.

Je dénouai son nœud papillon, comme l'aurait fait n'importe quelle épouse.

— J'apprécie tes efforts auprès de Patsy Cabot.

Merci.

Il semblait très grognon.

— Je suis navrée que tu ne te sois pas amusé à ce dîner, Phillip. Nous n'avions pas prévu que…

— Je ne supporte pas Jack Avins.

— C'est bon, on a compris.

— Je n'arrive pas à croire que j'ai travaillé sur le même contrat que lui, et que cette tête de nœud ait son propre avion alors que moi…

— Jack Avins est à la tête d'un fonds important. Son père…

— Et moi, qu'est-ce que j'en ai tiré ? Mes honoraires d'avocat. (Phillip secoua la tête.) Ce n'est pas juste. C'est grâce à moi qu'il a conclu l'affaire Hadlow Holdings.

— Phillip, nous avons déjà beaucoup…

— Non, Jamie.

— Mais oui.

— J'étais le type le plus pauvre de la salle. Je nage à contre-courant, fit-il, furieux que je le contredise. Tu ne comprends pas ça ?

Au contraire, je ne le comprenais que trop bien.

Il retira ses chaussettes et les roula en petite boule, qu'il m'agita sous le nez.

— Je travaille comme une bête de somme et j'ai encore des freins, dans quelque direction que je me tourne. Des freins partout. Je ne peux même pas…

— Ce n'est pas vrai.

— Si, c'est vrai. Je ne veux aucun frein, comme les types à notre table, dans toute la salle.

Il arracha sa chemise et la jeta rageusement dans le panier à linge de son dressing.

— Mais, Phillip, qu'est-ce que tu racontes ? Nous avons plein de…

— Je veux un avion. Je veux qu'il décolle.

Il allongea les bras et décrivit des petits cercles, en caleçon, comme s'il volait à travers les nuages.

— Je veux que le pilote me dise « Où allons-nous, monsieur ? » et je veux lui répondre « Je ne sais pas, je vous le dirai quand j'en aurai envie ».

Je me grattai la tête. Il me regarda d'un œil vide.

— Dors sur le canapé, Phillip, fut tout ce que j'arrivai à dire.

35

Temps mort pour les grandes personnes

— Pourquoi papa vient pas à Aspen avec nous, maman ? demanda Gracie.

Son siège d'enfant était coincé entre deux énormes sacs de paquetage. Des skis dépassaient du coffre et débordaient jusqu'aux sièges du milieu. À l'aube du vendredi précédant le pont de President's Day, les enfants, Yvette et moi roulions vers l'aéroport Kennedy à bord du 4 × 4.

— Parce que maman l'aime plus, répondit Dylan d'un ton neutre. C'est pour ça qu'il dort dans son bureau ou dans l'appartement de mamie, et c'est pour ça qu'ils alternent les week-ends.

— Dylan ! dis-je d'un ton brusque. Tu sais que ce n'est pas vrai. J'ai une admiration énorme pour votre père. Et il vous aime beaucoup, quels que soient nos désaccords. (Je lui lançai un regard menaçant.) Tu ne rends pas service aux petits.

— Tu es divorcée maintenant ? demanda Gracie.

— Ma chérie, c'est un bien grand mot pour une petite fille. Tout ce que tu dois savoir, c'est que papa et moi, on est très bons amis, qu'on sera toujours tes parents et qu'on t'aimera toujours. Pour être les meilleurs parents possibles, on a besoin de faire une petite pause.

Dylan s'obstina à me défier.

— Elle aime plus papa. Et elle aime plus la maman d'Anthony, Mme Briarcliff.

Il avait raison sur ce point. À la sortie de l'école, j'avais fait comme si je ne voyais pas Susannah, l'empêchant ainsi de s'expliquer.

— Dylan, tu es complètement à côté de la plaque et tes remarques sont déplacées. Toi et moi, on a souvent parlé de tout ça. On en a tous parlé en famille. Si tu as d'autres questions sur ce qui se passe, nous pouvons en discuter ce soir, avant le coucher. Pour l'instant, le moment est mal choisi.

— Alors comment ça se fait que tu lui parles plus à la sortie de l'école, si c'est ta meilleure amie ?

— Elle n'a jamais été ma meilleure amie. Ma meilleure amie, c'est Kathryn.

— Bon, d'accord, une bonne amie, excuse-moi !

Il soupira et se tourna vers la fenêtre.

Deux heures plus tard, le lourd 737 fit rugir ses moteurs et bondit sur les fissures de la piste de décollage. Tandis qu'il prenait de la vitesse, je serrai fort la main de Gracie et appuyai la tête contre le hublot de plastique. Deux mois s'étaient écoulés depuis « l'incident ».

Les supplications de Phillip pour nous accompagner à Aspen résonnèrent dans ma tête un bref instant durant le décollage, pour s'éloigner ensuite comme les nuages qui filaient derrière les hublots. Nous avions prévu ce voyage depuis six mois. Il n'était pas remboursable. Si ça n'avait tenu qu'à moi, j'aurais choisi un lieu moins tape-à-l'oeil, moins « Périmètre ». Quoi qu'il en soit, raisonnai-je, les montagnes auraient des propriétés curatives. Mon estomac dégringola dans mes talons durant l'ascension initiale. Gracie me regarda et me sourit, les paupières tombantes. Je plaçai son lapin au creux de son cou et l'aidai à poser la tête sur mes cuisses. Elle s'assoupit. Moi aussi.

Lorsque je me réveillai, nous survolions les Rocheuses. Ciel et montagnes remplissaient le hublot tout entier et le monde me semblait immense. Je ne sais pas si c'était la beauté des Rocheuses se dressant au-dessus des nuages ou la bouffée d'indépendance que je ressentais à emmener mes enfants en voyage pour la première fois sans Phillip : l'idée de m'en occuper toute seule de façon permanente ne m'effrayait absolument plus. En fait, j'étais soulagée de ne pas traîner un quatrième enfant, sous la forme d'un BCBG geignard d'un mètre quatre-vingt-deux. En contemplant la rivière Colorado entre les montagnes, je me sentais donc heureuse. Satisfaite. Résolue. Je voulais un divorce. J'avais même commencé à prononcer le mot. Ingrid était venue la veille pour prendre un verre de vin et elle avait remarqué que nous n'avions pas fait la valise de mon mari. Lorsque je lui expliquai qu'il allait rater pas mal de vacances familiales, elle avait compris. (« Ma chérie, j'ai des DVD qui vont t'aider à traverser cette période. ») J'allais en parler à Phillip dès que nous serions rentrés de week-end.

Ce qui signifiait que j'étais prête à parler à Peter. Prête à lui dire ce qu'il attendait que je lui dise. Il s'était éloigné de plus en plus depuis notre grande conversation dans la cuisine. Quand je le rejoignais dans le hall d'entrée, ces derniers lundis, il me disait qu'il était trop pressé pour discuter. Il avait annulé son dernier rendez-vous avec Dylan à cause d'un boulot à Silicon Valley. Puis, à deux reprises, il n'avait pas rappelé lorsque j'avais laissé un message. Je commençais à m'inquiéter au sujet de la jolie petite jeune femme aux cheveux ébouriffés du bar de Red Hook. Il y avait fort à parier qu'il ne disait pas non, ces jours-ci, quand elle se jetait toute nue dans son lit. L'avais-je perdu ? L'incertitude me rongeait. Au fin fond de moi-même, je savais qu'il m'écouterait lorsque je l'appellerais, qu'il serait heureux d'apprendre la nouvelle. Il fallait que je me le répète. Je fermai les yeux en me répétant : *Il sera là. Il sera là.*

Quelqu'un me secouait pour me réveiller.

— Jamie ? C'est toi ? En classe éco ? Pourquoi ?

J'ouvris les yeux. Puis, deux jambes en cure-dent apparurent. Des bottes de cow-boy en alligator. Une ceinture en argent incrusté de turquoises avec des boucles d'oreilles assorties. Des chaps frangées en daim brun clair au-dessus d'un jean. Un gilet en chinchilla. Et, pis encore, un chapeau de cow-boy noir. Christina Patten. J'étais foutue.

— Dis-moi, tu n'es pas en train de mourir, ici ?

— On s'en sort.

Je regardai son épaule pour voir si elle n'avait pas un lasso dessus.

— Il y a tellement de monde. Et tellement de combinaisons de ski en nylon. Mon Dieu !

J'avais envie de lui rétorquer que ça valait mieux que de se déguiser en cow-girl, mais je n'en eus pas le culot.

Les gens du Périmètre comme Christina redéfinissent le terme *fashion victim.* Par exemple, quand ils embarquent dans l'avion à New York à destination d'Aspen, on dirait des aristocrates de l'East Coast avec leurs pantalons kaki et leurs luxueux pulls en cachemire aux couleurs vives. Mais, quelque part au-dessus des plaines du Midwest, ils se faufilent dans les toilettes avec leurs bagages cabine et en émergent déguisés en cow-boys ou en cow-girls. Ils doivent absolument se convertir au look « cow-boy chic » dès qu'ils pénètrent dans l'espace aérien du Colorado. Juste au cas où Ralph Lauren se pointerait pour les inviter à monter à cru sur un palomino dès que l'avion aurait touché terre.

De l'autre côté du couloir, Yvette croisa mon regard.

— Je ne savais pas que tu venais, dit Christina en scrutant notre rangée. Phillip n'est pas avec toi ?

— Non.

— Alors on se voit ! Qu'est-ce qu'on va s'amuser ! On dîne samedi, les enfants vont adorer. Tu as un chef cuisinier chez toi ?

— Étonnamment, non. Et nous avons besoin de passer du temps en famille. Alors désolée, mais ce ne sera pas possible.

— Tu es sûre ?

— Merci, on ne peut pas.

Son regard balaya le paysage ravagé de pauvreté de la classe économique.

— Bon, alors, reprit-elle. Je peux au moins te rapporter un Mimosa ?

— Non merci. Je vais me rendormir, maintenant, Christina.

Nous atterrîmes à Aspen vers 15 heures après deux heures de transit à Denver. Cinq êtres maculés de jus et de pizza se traînaient dans le couloir en remorquant des valises roulantes remplies de tasses pour bébé, de cartes à jouer, de marqueurs, de lecteurs DVD portables, de pulls et de doudounes. Yvette, vêtue d'un jogging bordeaux qui alourdissait encore sa silhouette épaisse, portait dans ses bras un Michael hurlant, brutalement tiré de son sommeil quelques minutes auparavant. Quant à moi, je fermais le cortège en tentant vaillamment de convaincre Gracie et Dylan de tirer leurs propres petites valises à roulettes, tout en ramassant les marqueurs et les vêtements semés par ma petite troupe débraillée. Nous progressions sur la file la plus lente, aussi péniblement que si nous longions une corniche lors d'une expédition en Patagonie.

Une flotte de jets privés s'alignait sur la piste sur fond de montagnes blanches et de ciel indigo. Des dizaines et des dizaines de jets symbolisant le pouvoir et la fortune de l'élite d'Aspen. Comme lundi était un jour férié, je supposai qu'au moins un cinquième de ces monstruosités capitalistes en acier rutilant appartenaient à des membres du Périmètre. Ils se touchaient des ailes et pointaient leurs nez comme des F-14 sur un porte-avions.

Puis un énorme jet, plus grand que la plupart des autres, roula jusqu'au petit terminal. Je comptai environ neuf hublots et vis les lettres « G-V » peintes sur la queue. Un 4 × 4 aux vitres teintées et une espèce de voiturette de golf surdimensionnée remorquant un chariot à bagages métallique roulèrent jusqu'à l'avion. Des reportages du magazine *People* sur Aspen me revinrent à l'esprit. Jack Nicholson ? David Beckham et Posh ? La porte s'ouvrit et l'escalier se déroula dans un mouvement hydraulique sans heurts. Les porteurs alignés redressèrent les épaules et levèrent les yeux vers la royauté d'Hollywood qui s'apprêtait à faire son apparition.

L'escalier toucha le tarmac. Je protégeai mes yeux du soleil de montagne aveuglant de fin d'après-midi. Un passager parut à la porte de l'avion.

Susannah. Figée sur les marches. Pile en face de moi. Lorsque nous nous repérions à la sortie de l'école, je marchais dans la direction opposée. Elle m'avait fait parvenir une note laconique.

Jamie,

Ça n'avait rien à voir avec toi. Je suis tombée bien bas. Ça n'a pas duré. Et ça n'aurait jamais dû commencer. C'est fini. Personne ne saura jamais. Je suis vraiment désolée.

Susannah.

Je n'avais pas répondu. Maintenant, je n'avais pas le choix. Elle descendit rapidement l'escalier. Je ne pouvais pas la laisser courir après moi sur le tarmac alors qu'Yvette et les enfants étaient à l'intérieur. Le face-à-face devait avoir lieu. Ici et maintenant.

Je relevai mes lunettes de soleil sur mon front et la regardai droit dans les yeux.

— Bonjour Susannah.

Elle posa le pied sur l'asphalte noir et luisant, puis retira à son tour ses lunettes.

— Jamie.

Elle pinça les lèvres. Cette femme élégante ne trouvait rien d'élégant à dire.

Je brisai la glace pour elle.

— Tu es ici avec toute ta famille ?

— Ils sont arrivés hier. J'avais un conseil de direction. Et toi ?

— Avec les enfants.

— Ah. Bien.

Long silence inconfortable.

— Juste un truc, Susannah : quand tu me conseillais de faire une pipe à mon mari, je n'avais pas compris que tu te proposais de la faire toi-même.

— Je ne voulais pas dire…

— Tu aurais dû me le préciser, parce que cet aspect-là de l'affaire n'était pas clair du tout.

— Ça n'est arrivé qu'une fois.

— Tu es sûre ?

Phillip m'avait avoué chez le psy qu'ils étaient allés au Plaza Athénée deux fois, dans l'après-midi.

— Ne le dis pas à Tom. Je t'en supplie, ne le lui dis pas. Il ne se doute de rien.

— Tu es sûre qu'il ne se doute de rien ?

— Certaine. Ça le détruirait.

— Tu es sûre que ça n'est arrivé qu'une fois ?

— D'accord, peut-être deux fois. Mais ça n'avait rien à voir avec toi.

— Comment serait-ce possible ?

— Parce que. C'était juste un truc, un flirt entre nous. Tom travaille tellement dur depuis des mois… il n'est jamais à la maison…

— Susannah. Ça a tout à voir avec moi. J'étais ton amie.

— Je ne sais pas, Jamie, il est tellement… et tu étais tellement distante…

— Si tu veux dire qu'il est séduisant, je le sais. C'est l'une des raisons pour lesquelles je l'ai épousé.

— Enfin, je suis…

— Tu es quoi ? Désolée d'avoir couché avec mon mari ?

— Oui, bien entendu. Je me sens très coupable. Mais je me sens tellement seule, parfois… Tu dois être effondrée.

— J'étais effondrée. Plus maintenant.

Elle se rapprocha d'un pas.

— Jamie. Je suis vraiment navrée.

Je reculai.

— Je suis navrée pour toi, Susannah.

Elle eut l'air choqué.

— Ah bon ?

— Coucher avec le mari d'une amie, ce n'est pas le genre de truc qu'on fait quand on est heureuse.

Entracte II

La Mercedes S600 argentée remonta lentement la petite rue de Red Hook, puis se rangea à côté d'un vieux break Subaru poussiéreux. À l'extérieur d'un café à l'angle de la rue, deux vieux messieurs cubains en lourds pardessus d'hiver jouaient aux dominos, assis devant une petite table sur des chaises en plastique blanc. Ils observèrent la luxueuse automobile, complètement déplacée dans le quartier, et comprirent très vite qu'il ne s'agissait pas d'une voiture de dealer. Bien que l'embourgeoisement rapide du quartier ait chassé la plupart des criminels vers les quartiers voisins, les mauvais garçons revenaient de temps en temps. Cependant, ces vieux Cubains étaient certains qu'il ne s'agissait pas de l'un d'entre eux.

— *Quien es eso ?*

L'autre haussa les épaules.

Un chauffeur en chapeau melon se tenait tout droit sur le siège avant, tandis qu'une fenêtre teintée s'abaissait à l'arrière. Une main, alourdie de gros bracelets en or, pointa avec insistance vers le numéro 63.

— Oscar ! Arrêtez la voiture ! C'est ici, à côté de cet immeuble.

L'un des vieux sages cubains fit tomber la cendre de son cigare en gloussant.

La passagère arracha ses boucles d'oreilles Verdura.

— Mettez-les dans la boîte à gants.

Une botte en crocodile s'allongea hors de la portière, suivie d'une cuisse très fuselée, puis d'une femme très, très riche, qui examinait le pâté de maisons d'un oeil effaré.

— Oscar ! Surveillez-moi ! Surveillez la voiture ! Si une saloperie de rat me mord, vous appelez le service « Platinum » chez American Express et vous leur demandez un hélico pour m'évacuer de ce merdier ! Vous avez le numéro ?

— Il est sur le tableau de bord, comme toujours, madame.

— Et vous appuyez sur ce bouton bleu avec l'étoile à côté sur le tableau de bord. Je ne sais pas qui répond quand on appuie sur ce bouton, mais vous le poussez cent fois.

Oscar contourna la voiture au pas de course et soutint doucement son coude, retenu par un foulard Hermès noué en écharpe.

— Quoi que vous fassiez, même si quinze flics vous demandent de circuler et de faire le tour du pâté de maisons, vous attendez. Vous dites non. Vous résistez à l'arrestation. Vous irez peut-être en prison, mais vous ne m'abandonnez pas. Si je redescends et que vous n'êtes pas là, un membre d'un gang va me sauter dessus pour me voler mes bottes préférées.

— Ce quartier est parfaitement sûr, madame, dit Oscar en l'accompagnant jusqu'à la porte d'entrée d'une maison de ville à bardeaux bruns. Mais je serai là. Vous n'avez aucune raison de vous inquiéter.

— Aucune raison de m'inquiéter ? C'est vous qui le dites ! C'est *Mad Max*, ici !

La femme très riche sonna à l'appartement numéro 5, au nom de Bailey.

— Oui ?

— C'est toi, Peter ?
— Oui.
— C'est Ingrid Harris.
— Oh, merde.
— J'ai entendu.
— Euh, je, euh, je suis assez occupé, en ce moment.
— Je m'en fous. Je dois te parler.
— Ah bon ?
— Oui ! Non, en fait, je rendais visite à des amis dans le HLM d'à côté et j'ai pensé faire un saut. Écoute, ce n'est pas, enfin… comme l'autre fois, ce n'est pas ce que tu imagines. Je veux dire que je ne te toucherai pas.

Un Cubain poussa l'autre du coude.
— Euh, ouais, euh, merci. Ce serait bien.
— Oui. Je promets. Ouvre la porte.

Il la fit entrer.

La femme escalada en talons aiguilles cinq étages de marches escarpées et bancales. Elle remercia Dieu de lui avoir envoyé ce coach panaméen sexy qui l'avait forcée à s'entraîner sur la machine à step. Quelqu'un défit trois verrous alors qu'elle approchait du troisième étage, puis une porte s'ouvrit brusquement.

Un adolescent noir en bonnet de ski et en doudoune apparut sur le palier et dévala les marches quatre à quatre, puis s'arrêta pour la dévisager.

Elle se figea, les yeux écarquillés, agrippée à la rampe d'escalier, le corps pressé contre le mur, aussi loin de lui que possible.
— Ça va ? demanda-t-il poliment.

Elle tenta de répondre mais les mots ne sortaient pas. Il secoua la tête et descendit l'escalier en bondissant.

Elle gravit alors au sprint les deux derniers étages. Peter Bailey l'attendait devant sa porte ouverte ; elle faillit le renverser en se précipitant à l'intérieur. Un vélo était appuyé contre le mur près de l'entrée, à côté d'un portemanteau auquel étaient suspendus des vestes de ski et des sweats à capuche.

— Tu vas bien ? Tu veux que je t'apporte de l'eau, un gant de toilette froid ou peut-être de l'oxygène ? Enfin, pour que tu te déplaces jusqu'ici…

Elle regarda par-dessus son épaule pour voir si d'autres personnages effrayants l'attendaient dans l'escalier.

— Peter, je te jure, si quelqu'un me tue, je reviendrai te hanter pour toujours.

— C'est déjà le cas, dit-il.

Elle passa devant une petite cuisine avec une cuisinière minuscule, un réfrigérateur et des assiettes dépareillées rangées dans un vieil égouttoir en plastique. La pièce était meublée de trois chaises, également dépareillées, et d'une table en chêne. Livres, journaux et magazines étaient empilés n'importe comment sur les étagères qui couvraient tous les murs du salon. Elle enjamba un écheveau de câbles d'ordinateur et de télé pour atteindre un vieux canapé en toile verte défoncé au centre.

— Tu as une serviette, ou quelque chose dans le genre ?

— Pour quoi faire ?

— Pour m'asseoir.

— Le canapé est propre, Ingrid.

— Je le constate, l'appartement est assez bien rangé, en fait. Mais j'ai peur des microbes, des bestioles, je ne sais pas.

— Bien vu. J'ai encore trouvé un scorpion sous le coussin ce matin.

Il lui passa une couverture jetée sur un énorme fauteuil et elle la plaça précautionneusement sous ses fesses. Elle était en mission, une mission très sérieuse.

— Je ne suis pas venue ici pour, enfin… pour remettre le couvert.

— Je suis heureux de l'entendre.

Il s'assit dans l'énorme fauteuil, à côté d'elle.

— Alors ? C'est quoi, l'urgence ?

Elle croisa les doigts sous sa cuisse et lui dit d'un ton mélodramatique :

— Si je suis ici, c'est parce que je ne supporte pas de le voir dans un tel état.

— Qui ? Phillip ?

— Non ! Tu crois que je risquerais ma vie à venir jusqu'ici pour ce loser ?

— Alors qui ?

Encore du mélodrame.

— C'est Dylan.

— Quoi, Dylan ? Il est à Aspen. Il doit s'amuser comme un fou.

Peter arracha une feuille morte à une plante tristounette et finit par ajouter :

— Je n'ai pas pu l'emmener faire du sport depuis quelques semaines.

Ingrid, chez qui la manipulation était une seconde nature, éprouva soudain des remords pour ce qu'elle s'apprêtait à faire. Elle s'en voulait de mentir, surtout à propos de Dylan. Mais Jamie était dans un sale état et Ingrid considérait qu'elle lui devait bien cela.

— C'est le moins qu'on puisse dire. Il est complètement abattu.

— Mon Dieu. Il faut que je l'appelle tout de suite.

Il se leva d'un bond et s'empara du combiné.

— Attends ! Je peux te faire une meilleure proposition ?

— Tu as promis ! Et il n'y a pas d'armoire à linge, ici.

— Bon sang. Et Jamie qui me jurait que tu étais très intelligent. Pas toi et moi. Plus jamais. Non pas que ça ne m'ait pas plu. (Elle ricana.) Et toi, tu avais l'air d'y prendre plaisir.

— En effet, Ingrid. Merci. Beaucoup. Mais quel est le rapport avec Dylan ?

— Il faut qu'on t'emmène à Aspen. Dans notre avion, avec nous. On décolle dans trois heures.

— Tu es folle.

— On le dit souvent.

— Non.

— Il paraît que la neige est géniale. On m'a dit que tu aimais skier.

— J'ai du boulot. Je dois m'occuper de mon logiciel cette semaine. Et la semaine suivante.

— Mon chou, tu dois t'occuper de lui, d'abord. Il a le cœur brisé. Et elle, eh bien, elle quitte Phillip pour de bon, mais ça n'a rien à voir.

36

Match de retour

Quand on regarde autour de soi au Caribou Club, le lieu le plus couru d'Aspen, on voit exactement les mêmes têtes que dans le Périmètre. On connaît environ la moitié des gens. Ils sont exactement comme à la maison. Sauf qu'il fait plus froid et qu'ils mélangent fourrure et look cow-boy. Bottes en fourrure qui leur donnent des allures de yéti, écharpes en fourrure, cache-oreilles en fourrure, bordures en fourrure sur les manteaux en cuir, bref : fourrure à tous les étages. Et pas du vison. Pas assez cher. Zibeline ou Chinchilla, minimum.

J'ouvris l'énorme porte en acajou et en cuivre et descendis l'escalier pour accéder au foyer du club. Une femme qui ressemblait à une *cheerleader* des Dallas Cowboys prit mon manteau. J'étais venue en ville pour un dîner tardif avec Kathryn. On allait s'amuser. Partager une bonne bouteille de vin. Puis j'allais appeler Peter et lui annoncer ma décision.

Je scrutai la foule pour repérer sa longue crinière bouclée, tout en sachant que Kathryn ne serait pas encore arrivée. Elle est toujours en retard. Une serveuse prit ma commande et me trouva une place au bout d'un gros canapé recouvert de couvertures Pendleton de style western.

— Vous êtes seule ?

Un beau brun en chemise à carreaux se rapprocha de moi.

— En fait, j'attends une copine. Elle n'est pas encore là.

— Vous êtes seules, toutes les deux ?

— Nous dînons ensemble, toutes les deux. Et nous sommes mariées, toutes les deux.

— Je ne vous ai pas posé la question, il me semble.

— Si je vous dis ça, c'est parce qu'il y a sûrement une fille chanceuse quelque part dans cette pièce. Je ne voudrais pas que vous la ratiez.

— Puis-je vous offrir un verre, rien que parce que vous êtes jolie ?

— Merci. C'est très gentil. Mais non.

Il n'arrêtait pas de regarder mes jambes – je portais un Levi's 501 élimé que je n'avais pas pu enfiler depuis la naissance de mes enfants.

— Alors je vais rester assis ici, à respirer votre parfum.

J'étais en train de repérer les célébrités présentes quand on me tapa sur l'épaule. Je pris mon manteau posé sur le canapé, prête à me lever, pensant qu'il s'agissait de Kathryn.

Christina Patten. Encore. En plein milieu de mon champ visuel. Rien de tel pour gâcher l'ambiance. Bisou-bisou. Elle posa la main sur mon genou.

— Je suis tellement contente de te voir. Tu veux venir dîner à la maison ? Ou alors, si tu ne veux pas déplacer tes troupes, on pourrait venir chez toi. Comme tu veux.

Je souris poliment, ou plutôt je tentai de sourire, et regardai par-dessus son épaule pour voir si Kathryn viendrait à ma rescousse.

Elle insista.

— On a les enfants, et ils cherchent des amis pour jouer, le soir.

Christina me dévisagea avec ses grands yeux bruns de petit chien.

— S'il te plaît ? Demain, ça t'irait ? Chez moi ou chez toi, peu importe. Tu veux utiliser ton chef cuisinier ou le mien ?

Elle rit et hoqueta.

Aspen est sans doute l'un des rares endroits de la planète où une femme dont le mari gagne un million et demi de dollars par année ait l'impression d'être fauchée.

— Christina, pour être totalement honnête, j'ai besoin de rester un peu au calme avec mes enfants. Désolée. Je n'ai pas envie de dîner.

Elle se pencha vers moi et posa les deux mains sur mes genoux. Une expression très douce, que je ne lui avais jamais vue auparavant, réchauffa ses traits.

— Je t'ai vue dans le parc.

Je songeai à Peter derrière moi, saisissant ma main quand j'avais glissé sur des rochers, quand nous nous dirigions vers le château.

— Je…

— Tu avais l'air heureuse, Jamie.

— Je…

— Je sais que tu me prends pour une idiote, tu n'es pas la seule – tout le monde le pense –, mais je veux te dire un truc vraiment sérieux.

— Ah bon ?

— Fais exactement ce dont tu as besoin dans la vie pour être heureuse. Ne crois pas un seul instant que tout ça est facile, pour aucune d'entre nous. Apprends à t'écouter toi-même, à savoir ce que tu veux dans la vie.

Elle fit tinter son verre à vin contre le mien et s'en alla.

J'étais toujours sonnée par cette conversation quand Kathryn fit son entrée, cinq minutes plus tard, et me libéra de monsieur Capital-risque de Seattle.

Tandis que nous attendions notre table, elle dit :

— Vilaine, va !

— Quoi ?

— Tu t'es vue ? Tu es à tomber.

— Tu es en retard. C'est moi qui devrais t'engueuler. Il y avait un type qui me draguait, je n'arrivais pas à m'en débarrasser.

— Tu es en train de te séparer officiellement de ton mari. Tu dois émettre des signaux de disponibilité.

— Arrête de me taquiner. J'ai juste envie de me sentir bien, pour moi-même, pas pour les autres.

— Bien sûr.

Dans la salle de restaurant, l'énergie était palpable. Des hommes séduisants de tous âges en cols roulés sombres et vestes en daim riaient fort, une femme à chaque bras. Des gens du Périmètre, éparpillés çà et là, avaient l'air complètement idiot avec leurs chapeaux de cow-boy. De grandes blondes à crinière bouclée en jeans moulants et vestes en chinchilla à vingt mille dollars passaient de table en table. Les gens décompressaient ; leur énergie sexuelle était contagieuse.

Un serveur beau comme un astre se présenta à notre table. Son hâle intense s'arrêtait autour de ses yeux suivant la ligne de ses lunettes de ski, ce qui lui faisait un masque de panda. Il nous remit deux menus et nous dit qu'il s'assurerait personnellement que nous soyons satisfaites de notre soirée.

— Tu pourrais faire simple et te le faire. Il vient de te l'offrir, suggéra Kathryn.

— Non. Je ne me taperai pas le serveur.

— Alors attends Peter. Phillip soupçonne-t-il quelque chose ?

— Il connaît à peine son nom de famille. Il l'appelle encore « le coach ».

— Et où en sont au juste tes affaires avec Phillip, à l'heure qu'il est ? Tu as pris un avocat ?

— Je pensais plutôt à un médiateur. Je vais le lui annoncer officiellement à mon retour. Peut-être même lundi soir.

— J'ai déjà entendu ça. Tu en es sûre ?

— Je le sais. Ce ne sera même pas un choc, pour lui. Il sort avec une petite jeune fille, à ce qu'on m'a dit. On a simplement fait traîner avant d'avoir la conversation officielle.

Kathryn vida son verre de vin.

— Quand tu flipperas, et tu flipperas sûrement, n'oublie pas que Peter est amoureux de toi. Même s'il n'appelle pas.

— J'ai peur qu'il soit passé à autre chose.

— Impossible. Il suit sa propre tactique.

— Même s'il appelle, je ne sais pas comment les choses vont se passer entre Peter et moi, en tant que « couple ». Je ne voudrais pas le prendre comme père de substitution pour mon gamin ou…

Kathryn secoua la tête avec véhémence à ces propos.

— Pourquoi ça se passerait comme ça ? Arrête. Pourquoi ne craquerais-tu pas pour Peter simplement parce qu'il est l'homme qu'il est ? Pourquoi s'agit-il forcément d'un remplacement pathologique de Phillip ? Restons simples, tu veux ? Il est génial. Il adore tes enfants. Il t'adore. Un point c'est tout.

— Tu sais très bien que ça n'est pas aussi simple, mais j'aime te l'entendre dire.

— Alors passe à l'action dès ton retour. Professionnellement, aussi. Tu te sentiras mieux.

Elle parlait du projet de documentaire qu'Erik et moi avions commencé à développer depuis deux semaines. Il m'avait appelée pour m'inviter à déjeuner. Dès l'instant où nous nous étions assis, il m'avait tendu une chemise contenant une proposition – un projet de film documentaire qui raconterait notre version de l'affaire Theresa, et pas, selon ses propres termes « la version édulcorée concoctée par les avocats de NBS » ; une version qui ferait avancer l'enquête sur les bloggeurs qui nous avaient piégés.

Je savais que Kathryn avait raison : je devais me remettre immédiatement au boulot, dès notre retour à New York.

Notre copropriété était située près d'une petite vallée, à quelques kilomètres de la base d'Aspen Mountain. Elle était dotée de quatre chambres à coucher et d'un petit studio au-dessus du garage. Des canapés modulables à motif écossais brun clair meublaient le salon, et une cuisine en Formica bien propre équipée d'appareils fonctionnels donnait sur une petite salle à manger. Ma chambre-sanctuaire, avec cheminée, avait vue sur la vallée et la pinède. Kathryn me déposa à ma porte un peu avant 23 heures. J'étais joyeusement pompette. Une fois sa Jeep repartie, je m'appuyai contre la rampe du porche et contemplai les millions d'étoiles illuminant le ciel. À New York, la lumière des gratte-ciel nous empêchait de voir les constellations. Je m'assis sur le porche et tirai une couverture en laine grise sur mes genoux.

Je me renversai vers l'arrière et pressai mes mains entre mes cuisses. La couture centrale de mon jean frottait contre mon corps et m'envoyait des picotements jusqu'au fond du ventre. J'étais agitée. J'aurais voulu faire la fête, comme dans le temps : fumer de l'herbe (ce que je n'avais pas fait depuis des années) ou boire un verre de vin rouge qui me réchaufferait le cœur dans l'air frais de la nuit. Toujours impatiente, je me levai, m'appuyai à la balustrade et tentai de former des cercles de buée avec ma bouche.

Je me penchai au-dessus de la balustrade pour apercevoir la vallée et vis une lueur rouge à la fenêtre du salon. Y avait-il un incendie dans la maison ? Non. Ce devait être la cheminée. Mais ça ne ressemblait pas à Yvette, de faire du feu à cette heure-ci de la nuit, ou à n'importe quelle heure, d'ailleurs. Je me précipitai dans la maison.

Il était là, debout derrière le canapé ; la lueur orangée du feu de cheminée jetait des reflets ondulants sur les murs. On aurait dit une créature crachée par l'enfer. J'éclatai de rire.

— Qu'est-ce qui est si drôle ? souffla-t-il.

— Ta silhouette, avec les flammes derrière toi, on dirait le diable.

— Tu es belle.

Je restai figée.

— Quand es-tu arrivé ici ?

Bon sang, qu'est-ce que c'était bon de le voir.

— Ce soir. Ne me demande pas comment, je ne te le dirai jamais. Yvette m'a ouvert. J'ai pu voir Dylan avant qu'il ne s'endorme. J'étais vraiment inquiet pour lui.

— Pourquoi ?

— Parce qu'il a été très déprimé, ces derniers temps. Comme avant que je m'occupe de lui.

— Ah bon ?

— Euh, oui. C'est pour ça que je suis ici.

— Il t'a semblé déprimé ?

— À vrai dire, pas vraiment.

— Alors de quoi tu parles ?

— Je suis venu ici parce qu'on m'a dit que Dylan allait très mal.

— Qui t'a raconté ça ?

— Je ne peux pas te le dire non plus.

— C'est n'importe quoi. Il va très bien. Il regrette que tu doives aller à Silicon Valley, mais il comprend.

— Ah bon ? Intéressant.

On aurait dit qu'une ampoule venait de s'allumer au-dessus de sa tête.

— Bon. Et toi, comment vas-tu, Peter ? Merci d'avoir répondu à mes messages.

— Ce qui compte, c'est que je sois ici, maintenant. J'en suis heureux.

— Moi aussi.

Il se retourna et prit deux verres à vin vides sur la table basse, puis une bouteille de vin rouge, déjà débouchée mais pas entamée. Je restai tétanisée dans le couloir. Houla, houla, houla. Je n'arrivais pas à croire que ça allait vraiment arriver.

Il me prit par la main, la pressa un instant comme il l'avait fait dans le parc et me conduisit dans ma chambre.

— J'ai soif, fut tout ce que je pus articuler.

Ce n'était pas seulement l'altitude qui me desséchait la gorge à ce moment-là.

Il versa de l'eau dans l'un des verres et me le tendit, son doigt s'attardant une seconde de trop sur ma main. Je crus que j'allais mourir.

— Bois ça.

Il sourit comme s'il ne fallait pas en faire toute une histoire. Comme s'il suffisait que je me détende.

J'avalai une gorgée tandis qu'il allait jusqu'à la cheminée, dans la chambre obscure. La lumière provenant du couloir l'aidait à naviguer. Il empila les bûches, fourra des morceaux de papier journal chiffonné entre elles et jeta une briquette d'allume-feu sous les chenets. Il resta immobile, dans son tee-shirt blanc et son jean drapés comme du velours sur son corps magnifique, à regarder le feu prendre. C'était fou ce qu'il était désirable.

Il revint vers la porte. Pendant un bref instant, je crus,

déçue, qu'il allait partir, mais il voulait simplement la verrouiller. Puis il s'approcha de moi, souriant de son sourire assassin. Je baissai les yeux et attendis. C'était lui qui menait la danse.

Il fléchit légèrement les genoux et leva les yeux vers moi, puis il prit mon visage entre ses mains et dit :

— Tu es tellement belle que ça me fait mal.

Il m'embrassa doucement. Il passa les bras derrière mes épaules pour me maintenir et se rapprocha, un genou entre mes jambes dans un pas de danse à la Fred Astaire qui me plaqua contre le bord du lit. Puis il se mit à m'embrasser comme un fou tout en me poussant sur le lit. Je le désirais à un point incroyable. Il prit mes jambes et les tira pour les poser sur le lit, de façon que je sois allongée à côté de lui. L'un de ses genoux immobilisait les miens. Même ça, ça m'excitait. Il avait un goût délicieux, comme du miel. Il m'embrassa l'épaule et traça une ligne de son doigt de mon oreille à mon cou, jusqu'à mon estomac. Plaçant la main sur mon ventre sous ma chemise, il posa la tête juste au-dessus de mon épaule et dessina un cercle autour de mon nombril de l'index, frôlant le haut de mon pantalon. Ah ! mon Dieu, je priai pour que Gracie n'ait pas soif, ni mal à la tête à cause de l'altitude, surtout qu'elle ne demande pas à entrer.

Le feu crépita bruyamment et une braise explosa contre le pare-feu.

— Ça va ?

Je fermai les yeux.

— Je flippe un petit peu. Mais ça va.

Je m'avançai de trois centimètres vers la table de chevet, et m'éloignai de lui.

— Tu veux me résister ? demanda-t-il.

— J'essaie de ne pas le faire.

Il sourit, fit tinter son verre contre le mien et prit une gorgée de vin. *Tout va bien, Jamie.*

— Pourquoi maintenant ? demandai-je.

— Disons que les circonstances entourant ce voyage ont joué en ma faveur. Un petit oiseau m'a donné des nouvelles de l'état de tes rapports avec Phillip. En plus, j'étais à court de patience. (Il tapota mon nez du bout du doigt.) Et je voulais te rendre heureuse. Il est grand temps. J'attends ce moment depuis trop longtemps, déjà.

— Depuis quand ?

— Depuis le premier jour, dans ton bureau.

— Si longtemps que ça ?

— Oui. Tu étais tellement drôle. Et jolie. Et courageuse, à essayer de gérer ton travail, tes enfants, tout ça.

— C'est vraiment à ce moment-là ?

— Oui. À fond. Tout de suite. Et pendant tout ce temps-là, tu étais trop occupée pour le voir ou même pour le remarquer.

— Je ne voulais pas le remarquer.

— Je m'en rendais compte. Crois-moi. C'était une véritable torture.

— Je suis désolée.

J'embrassai sa douce bouche.

— Tu devrais l'être. J'en ai assez d'attendre.

Une gouttelette de vin tomba de mon menton à mon cou. Il la lécha. Puis il posa la tête sur son bras accoudé et se mit à déboutonner ma chemise.

— Ça va ? demanda-t-il à nouveau.

— Hmm-mmm.

Il leva mes bras en l'air et me retira ma chemise. L'air vif me rafraîchit la peau. Ça n'avait jamais été comme ça avec personne. Pas même en fac. Je n'arrivais pas à croire qu'à trente-six ans, je pouvais encore éprouver cela. Je voulais le consommer tout entier. Il était allongé sur moi maintenant, puis, me chevauchant, il arracha son tee-shirt. Ah mon Dieu, ce torse.

Il avait l'air tellement heureux…

— Ça va toujours ?
— Hmm-mmm.
— Alors…
— Oui ?
— Tu es sûre que tu veux te taper le nounou ?
J'éclatai de rire.
— Certaine.

37

Dur retour à la réalité

Il était 8 h 30 le lendemain matin quand le chahut de Peter et Dylan dans le salon me réveilla. Je me retournai et me rappelai que Peter avait quitté ma chambre à peine deux heures auparavant. Nous n'avions pas arrêté de la nuit, comme deux adolescents affamés de moments volés, jusqu'à ce que l'aube survienne et qu'il aille s'installer dans le petit studio au-dessus du garage. J'étais étonnée qu'il puisse encore tenir debout. J'avais le corps comme un spaghetti. On aurait dit que mon lit avait été attaqué par une meute de chiens sauvages. J'entrouvris la porte pour les écouter.

— Dans les montagnes de mon enfance, petite crevette, je vais te botter le cul avec mon nouveau snow-board Arbor Element.

— C'est pas juste ! La première fois que j'ai fait du snow-board, c'était au printemps dernier pendant une semaine ! brailla Dylan, mi-rieur, mi-geignard.

— Et avec un peu de chance, on va surfer sur la *nar-nar pow pow.*

— C'est quoi, la *nar-nar pow pow ?*

Peter se pencha vers lui.

— Relaxe, Dylan. Si tu fais du snow-board avec moi, tu dois apprendre le jargon. « Surfer sur la *nar-nar pow-pow* », ça veut dire faire du snow-board sur de la poudreuse. Comme quand il a neigé durant la nuit et qu'il y a des tonnes de poudreuse qui te donnent l'impression de glisser sur des plumes jusqu'en bas. Et quand tu fais des bons virages, je vais te dire « C'est une ligne de malade, docteur ».

— C'est quoi, une « ligne de malade » ?

— C'est une bonne piste dans la neige.

— Pourquoi « docteur » ?

— Je ne sais pas, c'est un truc débile : c'est comme ça que les boardeurs s'appellent les uns les autres.

— Wouaouh. Cool.

— Et quand j'en aurai fini avec toi, tu vas être aussi fort que moi.

— Tu crois ?

— Je ne crois pas, je sais.

Nous passâmes toute la journée du samedi sur les pistes : Peter et moi étions tellement crevés que c'est par miracle que nous ne nous sommes pas tués en fonçant contre un arbre. Dans l'après-midi, nous déposâmes les enfants à l'école de ski pour skier tous les deux. Nous nous embrassions avec abandon sur le remonte-pente : il passait les bras autour de ma taille tout en skiant derrière moi, me hurlant ses instructions, riant de ma maladresse lorsque je passais sur des bosses de la taille d'une Volkswagen. C'était sublime, suprêmement sublime, à cause du danger potentiel, du risque d'avoir le cœur brisé.

Samedi soir, une fois les enfants endormis, nous refîmes l'amour comme si nous étions seuls au monde. Nous avons ri. Nous avons regardé la télé. Nous avons mangé des biscuits et bu du vin. Puis nous avons remis ça, dans tous les sens, jusqu'à ce que nous n'en puissions plus.

Je fus réveillée par le choc assourdi d'une main gantée frappant à la porte d'entrée. Dimanche matin, 7 h 30. Ce devait être une erreur. Je me cachai la tête sous un oreiller, en espérant que ce connard comprendrait qu'il s'était trompé d'adresse. Mais non. Il continuait à frapper ; maintenant, c'était sur les carreaux de la fenêtre.

— Merde !

Je me levai, passai un peignoir et avisai les verres à moitié pleins, la bouteille de vin vide et mes vêtements éparpillés par terre. Je puais le sexe. J'étais crevée, furieuse que ce minable s'obstine ainsi. Je jetai un coup d'œil par l'une des fenêtres en vitrail qui encadraient la porte. Ah. Mon. Dieu.

Phillip. Ici. À Aspen.

Je courus vers ma chambre pour placer le deuxième verre à vin dans ma salle de bains et pour m'assurer que Peter avait bien emporté son caleçon. Je rabattis rapidement les couvertures, car je n'en étais pas certaine. Je passai de la crème sur mes mains pour masquer l'odeur de sexe qui m'imprégnait le corps, les mains, la bouche. Je n'avais pas le temps de me laver la figure : je tapotai un peu de lotion sur mes joues. Pour la première fois en quinze ans de mariage, j'avais passé deux nuits avec un autre homme.

Et quand j'y pensais, je n'en éprouvais ni remords ni culpabilité.

Je me raidis intérieurement et déverrouillai la porte.

— Bonjour Phillip.

— Bonjour Jamie.

— Entre.

Phillip me déposa un baiser sur la joue et entra en tirant une petite valise à roulettes. Il jeta son manteau sur le canapé. Il avait une sale tête. Ses cheveux étaient ébouriffés comme ceux d'Einstein. Il puait l'avion.

— Bien, Phillip, tu veux un café ?

— J'en ai déjà bu quatre. J'ai été debout toute la nuit. J'ai pris un vol à l'aube avec une escale à Houston. J'ai dormi cinq heures au Hilton de l'aéroport.

— Tu n'as pas pris tes affaires de ski ? C'est quoi, l'urgence ?

Mais je savais qu'il venait me supplier. Il réagit aussitôt :

— Je ne suis pas venu à cause de nous. Je veux dire que je ne suis pas venu pour essayer de me réconcilier avec toi. J'ai des problèmes, Jamie.

Alors voilà pourquoi il ressemblait au Fugitif.

— Emmène-moi dans ta chambre. Il faut qu'on se parle en privé.

Je réfléchis au tour que prenaient les événements. C'était beaucoup à digérer à une heure aussi matinale. Ce pauvre type avait besoin de boire un truc. J'ouvris le réfrigérateur pour prendre du jus d'orange « spécial pulpe » mais optai plutôt pour une bouteille d'Évian. Nous marchâmes rapidement jusqu'à ma chambre.

Je lui fis signe de s'asseoir dans le fauteuil près de la cheminée et jetai la couette sur le lit, en priant pour qu'un caleçon n'en tombe pas. Puis je verrouillai la porte et tirai la chaise du bureau pour faire face à mon mari.

— Très bien. Dis-moi tout.

— Je ne peux pas tout te dire, je ne veux pas que tu saches tout parce que je veux te protéger.

Je levai les mains en l'air.

— Phillip, tu as de gros problèmes qui pourraient te mener en prison ou de petits problèmes qui vont te mériter une tape sur les doigts ? Tu risques de perdre ton travail ou d'être rayé du barreau ?

— Potentiellement, mais pas nécessairement.

— Très bien. (Je me redressai.) Mais tu ne peux pas me dire de quoi il s'agit ?

— Pas entièrement.

— Alors que veux-tu que je fasse ? Pourquoi es-tu ici ?

Il inspira profondément et baissa les yeux, honteux.

— J'aimerais que tu oublies certaines choses.

— Quelles choses ?

— Certaines choses.

— La convocation de Laurie pour divulgation de secret industriel, dont tu m'avais dit qu'il s'agissait d'un petit problème de routine, est-elle devenue un problème un peu plus grave ?

Il hocha la tête.

— Et la fois où je t'ai surpris avec Alan dans le bureau ?

Il hocha la tête.

— Et la fois où tu m'as appelée du bureau pour me demander de cacher le contenu du dossier Ridgefield ?

Il hocha à nouveau la tête et ajouta :

— Si tu étais convoquée…

— Phillip, je suis ton épouse. Ils ne peuvent pas me convoquer tant que nous sommes mariés.

Soudain, je compris où il voulait en venir. Si je divorçais pour faute, à cause de son adultère, ils risquaient de m'interroger. Ou plus précisément, si je le détestais suffisamment, je pourrais tout déballer. Il avait peur que je le dénonce.

— Tu veux que j'oublie les papiers qui se trouvaient dans ce dossier.

Il se pencha vers moi, le regard mauvais.

— Tu les as lus avant de les ranger ?

Je me penchai à mon tour vers lui.

— Je ne répondrai pas à cette question.

On frappa à la porte. Un petit coup discret. Je crus que j'allais gerber. Je passai le nez par la porte entrouverte. Dieu merci, ce n'était pas Peter.

— Oui, Yvette ?

— Gracie veut se mettre au lit avec vous.

Yvette portait une Gracie tout ensommeillée dans ses bras.

— Pas maintenant, Yvette.

Je tendis la main et caressai la joue de Gracie.

— Maman est occupée. Fais un câlin à Yvette.

Je refermai la porte. Gracie hurla comme une hyène et Michael se mit à hurler trois minutes plus tard. Si les deux petits criaient, Peter et Dylan émergeraient de leur cocon au-dessus du garage. Maintenant, j'avais peur que Peter ne surgisse dans ma chambre. Ce n'était vraiment pas le moment.

Nous discutâmes de détails pendant quinze minutes : la convocation de Phillip, celle de son assistante Laurie, ses avocats, son boulot, les allégations, les répercussions. Il semblait exonéré de tout soupçon de vol de secrets industriels, mais ce dossier Ridgefield pouvait tout changer pour lui. Je devais prendre une décision, vite.

Phillip se leva et lança une claque en l'air du plat de la main quand je refusai une nouvelle fois de discuter du contenu du dossier que j'étais censée avoir caché. Il heurta par inadvertance une énorme lampe qui s'écrasa par terre. J'entendis un pas lourd se précipiter dans le couloir. Lourd comme celui d'un nounou.

On frappa bruyamment à la porte. Peter hurla :

— Tout va bien ?

— Très bien, répondis-je.

— Je peux…

— Non !

Il se mit à pousser la porte et les minces panneaux commencèrent à céder sous son poids. Il croyait que je le taquinais.

— C'est quoi, son problème, à ce type ?

Phillip alla ouvrir la porte.

— Oui ?

— J'ai cru qu'elle s'était blessée.

— Elle va très bien. Très bien.

Il fallait que je dise quelque chose. Je ne voulais pas que mon adorable Peter se pose des questions. Mais je ne pouvais pas non plus le rejoindre, bien que j'en meure d'envie. Je tentai donc d'expliquer la situation du mieux que je pus.

— Peter ! Comme tu peux le voir, Phillip doit discuter d'affaires urgentes, qui ne peuvent pas attendre. Tout va bien. Je le jure.

Il referma la porte.

Mon futur ex-mari et moi nous rassîmes, tous deux extrêmement tendus.

— Oui, Phillip, il faut que nous parlions affaires. Nous avons quelques points à discuter.

Ses yeux s'écarquillèrent.

— Au sujet de ta vie sexuelle.

Je tentai de prendre un air vraiment effrayant.

Pas de réponse.

— Tu te distrais avec une jeune femme blonde depuis quelques mois ?

— Je ne vois pas en quoi cela concerne notre discussion actuelle.

— Phillip. Il y a quelques minutes, je me suis dit que je te tenais.

— Je ne suis pas tout à fait d'accord, mais tu as droit à ton point de vue.

— Je veux donc profiter de ma position pour obtenir de toi quelques réponses.

Il se racla la gorge.

— Ne me mens pas, Phillip. Après tout, j'ai peut-être fait des copies du contenu de ce dossier, tu n'en sais rien…

Il se jeta sur moi et pour la première fois de ma vie je crus qu'un homme allait me donner un coup de poing.

Je fus terrifiée d'être allée trop loin. Ce mariage en pleine implosion était déjà assez difficile à gérer, mais maintenant, cette convocation, et Peter hier soir…

— Gare à toi, Phillip, si tu lèves jamais, jamais la main sur moi !

Il se rassit.

— Je n'en avais pas l'intention.

— J'ai cru que oui.

Mes yeux se remplirent de larmes.

— Je ne ferai jamais ça. Jamais. Tu le sais, Jamie. Je suis désolé. Je t'ai fait peur.

— D'accord. On se calme. Si tu veux que notre relation ait des chances de survivre, même sous forme de partenariat à l'amiable en tant que parents de nos trois précieux enfants, mieux vaut être honnête avec moi, maintenant.

Il leva les yeux vers moi. L'animosité avait disparu, du moins pour l'instant. Je voyais qu'il avait des remords. Il se radoucit.

— Je le serai.

— Très bien. Qui est cette jeune femme blonde dont tu mordillais l'oreille au *Caprizio*, il y a deux semaines ?

— Comment le sais-tu ?

— Je le sais. Les gens parlent.

Il haussa les épaules.

— Tu m'as viré de la chambre à coucher il y a deux mois, puis tu m'as envoyé vivre chez mes parents. Tu n'as jamais dit que je ne pouvais pas fréquenter d'autres femmes.

— Tu as raison, Phillip. J'ai simplement dit que je ne voulais plus partager ton lit, mais j'ai besoin de savoir ce qui se passe dans ta vie. Ça va m'aider à gérer la suite des événements, de savoir que tu es sincère.

J'espérais retrouver une certaine sérénité en lui parlant sur un ton rationnel et constructif. Il soupira.

— C'est une assistante juridique. Elle s'appelle Sarah Tobin. Elle n'est pas très futée, mais elle a l'air d'aimer s'occuper de moi. Tu n'étais pas précisément disposée à passer des moments de qualité en ma compagnie.

— Susannah est au courant, pour Sarah ?

— Susannah m'a plaqué en décembre, tu le sais. Elle voulait simplement flirter. Quand c'est allé un peu plus loin…

— Il me semble que c'est allé beaucoup plus loin, Phillip. Avec ses jambes en l'air, comme…

— Ça n'a duré qu'une semaine.

— Et le Plaza Athénée ?

— Durant la même semaine. Je me sentais seul.

— Mouais, répondis-je, sarcastique.

— Mouais ? Tu crois que tu comprends mes motivations mieux que moi ?

— Oui, en fait.

— Vraiment ? fit-il, sarcastique à son tour. Alors dis-moi. Ce devrait être intéressant.

— Très bien. Voici ce que je pense – soit dit en passant, c'est totalement évident. Je crois qu'en la baisant sur son terrain, tu avais l'impression que ses chefs-d'œuvre t'appartenaient, même pour dix minutes. En la baisant, toi aussi tu étais riche.

Silence.

Puis :

— Tu es complètement à côté de la plaque.

— Phillip. Si tu ne peux pas être honnête avec moi, sois au moins sincère envers toi-même. Je répète : en la baisant, toi aussi tu étais riche. Pas riche comme nous. Riche comme tu veux être riche. Riche à t'offrir un jet privé.

— Ça ne mérite même pas de réponse.

— Très bien.

— Une erreur. C'est tout ce que c'était. Je ne suis pas un sale type. Tu n'as pas fait une connerie en m'épousant, tu sais.

J'entendais les enfants jouer dans l'autre pièce.

— Je le sais. Vraiment.

— Tu en es sûre ?

— Oui, j'en suis sûre.

Il fit une nouvelle tentative.

— Tu as lu le dossier, oui ou non ?

— Phillip, je n'ai aucune intention de te le dire.

Il se mit à faire les cent pas, en soufflant comme un taureau avant de charger.

— Merde, Jamie ! Tu peux me détester pour tout ce que j'ai fait. Crois-moi, je sais que je ne suis pas facile à vivre. Mais tu me dois, tu dois aux enfants, de me protéger.

— Le contenu du dossier Ridgefield est dans un coffre-fort.

— Tu plaisantes. (Il se tapa sur la cuisse et émit un rire forcé.) Putain, dis-moi que tu plaisantes, Jamie !

— Je ne plaisante pas.

— Mais pourquoi ferais-tu une chose pareille ? C'est tellement imprudent !

— J'ai cru que c'était prudent, au contraire.

— Tu l'as lu, oui ou non ?

— Peu importe.

Il m'avait prise pour une idiote, s'il s'était imaginé que je ne le lirais pas.

Il arpenta la chambre en petits cercles.

— D'accord. Qu'est-ce que tu veux ?

— Je veux que tu te trouves une jeune fille dont la seule mission dans la vie sera de s'occuper de toi. Quelqu'un qui soit impressionné par tes origines, ta passion pour la vie, tes succès financiers et professionnels.

Il parut perplexe, mais plein d'espoir.

— C'est tout ?

— Non.

— C'est bien ce que je pensais.

Il se rassit.

— Je veux changer de vie. Je veux m'installer *downtown.*

— Tu as perdu la tête ? Quand on a du fric, pourquoi voudrait-on s'installer là-bas, avec ces usines immondes, et pas de portiers…

— Phillip, je ne veux plus vivre dans l'environnement cloîtré de Park Avenue, avec toutes ces familles riches et provinciales. Et je ne veux pas que nos enfants y vivent, non plus.

— Si tu veux dénigrer la façon dont j'ai…

— Je ne cherche pas à te dénigrer. D'ailleurs, ça n'a rien à voir avec toi. C'est de moi qu'il s'agit. De mon bonheur, et du bien-être de nos enfants. Je veux vivre au sein d'une communauté différente. Une communauté qui porte moins de jugements.

— Tu ne la trouveras pas à Manhattan. Ni à Brooklyn. Il n'y a rien de plus snob que les artistes de *downtown* qui se trouvent cool.

— J'aimerais tenter le coup. Dylan continuera à fréquenter son collège pendant deux ans, puis je l'inscrirai dans une autre école de *downtown* quand il sera en cinquième. Et puis, de toute façon, nous avons inscrit Gracie à l'école de St. Anthony's Church. Ça semblait absurde à l'époque, mais maintenant, ça tombe sous le sens.

— Formidable. Tu prévoyais déjà de déménager depuis l'automne dernier, au moment où tu as envoyé les demandes d'inscription, et tu ne m'en as rien dit ?

— St. Anthony était un recours, au cas où Gracie ne soit pas acceptée à Pembroke. J'aimerais que tu vendes notre grand appartement et que tu en achètes deux plus petits : un pour toi et un pour moi. Je veux que tu paies toutes mes dépenses raisonnables jusqu'à ce que je puisse me remettre en piste professionnellement. Ensuite, nous déterminerons un pourcentage raisonnable pour ma contribution, basé sur mon salaire. Comme on le faisait auparavant. Je te ferai parvenir un budget quand nous serons rentrés.

— Tu te doutes de ce que ça va coûter ? D'entretenir deux appartements ?

— Je sais, Phillip. C'est moi qui gère les finances et les factures de la famille, tu n'as pas oublié ? C'est pourquoi je sais exactement ce qui est dans tes moyens. Et je ne veux pas d'avocats pour tout foutre en l'air. Je veux un médiateur, pas un avocat d'affaires avec des grands crocs, pour s'occuper de ce divorce.

Le mot me fit frémir, mais, une fois prononcé, je m'enhardis. Quand il l'entendit, il ne cilla pas. Je ne sais pas si c'était parce qu'il était avocat, ou parce qu'il avait tourné la page, lui aussi.

Je poursuivis :

— C'est mon offre finale. Je veux un nouvel appartement. Je veux assez d'argent pour payer toutes les factures des enfants. Et je veux que tu prennes en charge mes propres dépenses aussi longtemps que j'en aurai besoin. Je veux une garde partagée, amicale, pour que tu puisses aller et venir à ta convenance. Et je veux que tu me donnes tout ce que je te demande. En échange…

— En échange de quoi ?

— En échange, je cacherai la clé de ce coffre-fort.

— Jamie. Je dois savoir où elle se trouve.

— Non. Je jure sur la vie de mes beaux enfants que je ne la tirerai de sa cachette que si tu ne respectes pas les termes de mon offre.

— Je t'en supplie, Jamie. Dis-moi ce que tu sais.

— Je sais que j'ai de l'affection pour toi. Que je te souhaite de trouver quelqu'un qui te convienne mieux, qui te rende heureux. Je veux que tu voies souvent tes enfants et que tu aies des rapports sains avec leur mère. Et si tu envisages de me baiser sur les questions d'argent, rappelle-toi que je détiens des informations extrêmement dangereuses.

— Mais tu ne me détruirais pas. Tu ne ferais pas ça.

— Tu ne sais pas ce que je ferais et ce que je ne ferais pas. Ce que tu sais, c'est que je détiens ces informations. Tu sais aussi que l'argent ne m'importe pas autant qu'à toi. Absolument pas. Alors si tu me pousses à bout…

— D'accord, d'accord. Laisse-moi quelques jours pour réfléchir. Laisse-moi assimiler tout ça.

— Prends ton temps, Phillip. Mais rappelle-toi : pas d'avocat.

— Je peux passer un moment avec mes enfants, maintenant ?

— Bien sûr. Tu préfères que je parte ou que je reste ?

— Tu peux rester. Au cas où j'aie besoin d'un coup de main, répondit-il.

— Je comprends.

— J'ai un vol ce soir.

— Très bien.

J'avais mis dix ans à en arriver à cette conversation et elle était enfin derrière moi. Avant de pouvoir assimiler cela, il fallait que j'affronte directement Peter pour le rassurer.

— Papa ! hurla Gracie dans le salon. Je peux skier ! Tu vas me regarder ?

Dylan renchérit :

— Tu viens skier avec nous, papa ? Tu viens ?

— Les enfants, je ne peux pas. Je n'avais pas prévu de skier quand je suis venu ici.

Peter s'était replié dans sa petite chambre au-dessus du garage. Que pouvait-il bien penser ? Je lui avais promis hier soir que tout serait bientôt fini, pour de vrai, avec Phillip, et quatre heures plus tard, comme par magie, Phillip se ramenait pour compléter le portrait de famille.

Comme Dylan fonçait à toute vitesse dans une spirale dépressive parce que son père ne voulait pas skier avec lui, Phillip se sentait coupable. Il me regarda comme il le faisait toujours quand nous étions officiellement mariés – *Jamie, viens à ma rescousse. Fais quelque chose.* Ce partage des tâches parentales en plein divorce allait être un véritable cauchemar. Mais impossible d'y couper. Puis le visage de Phillip s'illumina.

— Peter ! Peter ! hurla-t-il en direction de l'escalier. Venez ici, s'il vous plaît !

Ah mon Dieu. Et maintenant, que penserait Peter ? Il descendit l'escalier en traînant des pieds, vêtu de son adorable treillis qui descendait jusqu'à la naissance de son cul parfait, plus que parfait.

— Oui ?

— Vous pouvez me rendre service ?

— Chéri, ce n'est vraiment pas le moment de demander quoi que ce soit à Peter. Il est très pris par d'autres projets. Très, très, très, très, très pris. Yvette et moi, on peut faire ce que tu veux.

— Eh merde, il est dans cette maison, oui ou non ? beugla Phillip, parfaitement assuré d'être le patron de tout et de tous.

J'aurais juré que je voyais une bosse gonfler son pantalon. *Faisons travailler ce jeune homme, c'est bon pour lui !* Comment pouvais-je lui expliquer que Peter était un invité ?

— Peter. Rendez-moi service. Appelez l'un de ces endroits qui louent de l'équipement de ski : skis, bottes, bâtons et vêtements. Gants. Tout. Je veux voir ces gamins skier. Ça vous embêterait de m'accompagner ? Ça fera du bien à Mme Whitfield de rester un peu seule. Autant me rendre utile pendant que j'y suis. Vous et moi, on peut emmener Dylan et, quand je devrai partir, il restera avec vous.

— Chéri…

Je regrettai aussitôt d'avoir prononcé ce mot. Peter me décocha instantanément un regard. *Tu appelles ce type « chéri » ?*

— Phillip. Arrête de jouer les généraux. S'il te plaît. Peter ne vient pas skier avec nous.

— Maman ! hurla Dylan. Allez ! Peter a pris l'avion pour venir jusqu'ici. Peter *doit* skier avec nous.

— Je suis d'accord avec Dylan ! Tu as raison, fils ! Si Dylan veut que Peter nous accompagne, alors je dis : qu'il vienne !

Phillip ébouriffa les cheveux de Dylan et flanqua une grande claque dans le dos de Peter, comme s'ils étaient de vieux potes.

— Bonne idée ! acquiesça Peter, qui me donna une petite tape sur les fesses dans le couloir.

Avant d'avoir compris ce qui se passait, j'étais sur le remonte-pente avec Peter, mon mari et mon fils, en train de me dire *je vais faire une crise cardiaque.* Phillip affichait un air guilleret. C'est ainsi que se comportent les WASP dans l'adversité : ils retroussent leurs manches et vont de l'avant. Dylan, assis à côté de lui, était fou de joie. Peter, quant à lui, semblait ravi à la perspective de tout ce que j'allais lui devoir. Tandis que Dylan et Phillip planifiaient leurs parcours sur une carte et que les rouages du remonte-pente grinçaient, je soufflai à l'oreille de Peter :

— Je sais très bien que tu me détestes. Je sais que tu es venu skier pour Dylan. Pas pour moi. Et je sais très bien ce que tu penses – tu vas me prendre la tête en me disant que, maintenant, je te suis redevable. Eh bien, écoute ça : je viens de lui annoncer qu'on allait divorcer.

Il frotta discrètement son épaule contre la mienne.

Au sommet de la montagne, Peter s'agenouilla devant Dylan.

— Montre à ton papa. Montre-lui tout ce que tu as appris. J'ai promis que je te regarderais faire cette descente, Dylan. Mais je ne reste qu'une minute pour te regarder, puis je vais m'en aller. J'ai des amis à voir.

Dylan partit démontrer sa nouvelle technique. Ce qui nous laissait côte à côte, Phillip, Peter et moi, avec nos skis pendant au-dessus d'une falaise, en train de regarder Dylan devenir de plus en plus petit. Phillip me demanda :

— Chérie, tu vas skier avec nous ou tu préfères que Peter reste ?

Je n'arrivais pas à croire qu'il prenne toujours Peter pour un domestique.

— Peter s'en va. Il vient de le dire, expliquai-je. Pourquoi ne passes-tu pas un petit moment en tête à tête avec Dylan ? Je partirai de mon côté et je skierai toute seule.

— J'ai besoin de toi, répondit Phillip, au cas où j'aie besoin de m'arrêter. Impossible de tenir le rythme de Dylan toute la journée, alors que je suis dans un tel état d'épuisement.

— Il a raison.

Peter était d'accord avec Phillip, c'était tout de même insensé. C'était sans doute pour me faire rager. Ou alors était-il blessé que Phillip et moi nous conduisions comme si nous étions un couple « normal » ?

— Va avec ton fils et ton mari. Dylan est comme le lapin Duracell, il va vouloir skier jusqu'à ce que le dernier remonte-pente s'arrête. Je te reverrai peut-être lundi avant que tu partes.

Il me regarda par-dessus ses lunettes avec une expression indéchiffrable et fila.

— Tu sais quoi, Jamie ? dit Phillip. Ça m'énerve d'avoir à le dire, mais je l'aime bien, ce type. On le paie combien, déjà ?

38

Résolution

Peter avait appelé dimanche soir vers 23 heures pour me dire qu'il sortait de dîner avec ses amis et qu'il voulait passer, maintenant que Phillip était parti. C'était notre dernière nuit à Aspen. J'avais tenté de m'excuser pour le raid surprise de Phillip mais il m'avait simplement répondu : « On peut passer à autre chose, s'il te plaît ? »

Nous restions allongés, sans bouger. Il fit glisser le bout de ses doigts sur ma poitrine, exactement comme dans mon fantasme, plusieurs mois auparavant. Sauf que nous avions déjà fait l'amour et que cette caresse m'était désormais familière : elle ne représentait plus un saut dans l'inconnu.

Il fut le premier à parler :

— J'étais en train de penser que, lorsque j'ai dit « Il est temps », je me trompais.

— En fait, tu n'as pas dit « Il est temps », tu as dit « Il est grand temps ».

— Tu n'es pas prête, Jamie.

— Pourquoi serait-ce à toi de décider que je suis prête ?

Voilà précisément ce que j'avais redouté. Que l'arrivée de Phillip nous fasse dérailler. Tout était de la faute de Phillip : Peter avait maintenant le sentiment que je n'étais pas prête. Puis je me mis à trépigner intérieurement car une partie de moi-même savait qu'il avait raison. Mais je repoussai cette idée. J'étais folle dingue de ce type incroyable et il était tellement plus facile d'être romantique et audacieuse. Sa bouche avait un goût si doux, son cou une odeur si délicieuse. Tout ce que je voulais, là, maintenant, c'était plonger dans une étreinte frénétique qui nous enchevêtrerait dans les draps et nous ferait tomber du lit. J'étais incapable d'encaisser le moindre soupçon de réalité à un moment comme celui-ci.

— Ne parle pas comme ça. On a passé des moments extraordinaires ensemble. Je suis vraiment, vraiment désolée que Phillip ait débarqué. C'est vraiment très mal tombé. Mais il a des problèmes professionnels. Ça n'a aucun rapport avec moi.

— Mon problème, ce n'est pas qu'il ait débarqué. Tout n'est pas fini, entre vous. Tu retrouves tout de suite tes marques avec lui. Je l'ai constaté aujourd'hui.

— Aujourd'hui, sur les pistes, c'était pour Dylan. Tu le sais. Qu'est-ce que je peux faire de plus ? Je lui ai dit que je voulais divorcer, est-ce que ce n'est pas assez ?

— Tu as besoin de souffler.

— Qui dit que je veux souffler ? Je stagne depuis des années dans ce mariage sans amour, à tenter de le justifier. J'en ai fini, et je me sens très bien. Je ne veux pas attendre. J'ai déjà attendu trop longtemps.

— Fais-moi confiance. Je sais de quoi je parle.

— Tu redeviens arrogant. Pourquoi votes-tu pour moi ?

— Parce que je tiens à toi, que je tiens à nous. C'est tellement évident : si tu ne prends pas de temps pour te retrouver, toi et moi, ça ne marchera pas.

J'aimais l'idée qu'il parle de nous comme d'une entité à part entière, mais l'idée d'une période d'attente obligatoire ne me plaisait pas. Cependant, au fond de moi, je savais que même un enfant de sept ans comprendrait qu'il avait raison. Mais je n'étais pas encore prête à l'admettre.

— Il y a autre chose : j'ai des obligations. J'ai obtenu mon financement.

— Je sais. Tes amis me l'ont dit à la fête.

— Ah bon ? (Il était stupéfait.) Pourquoi ne m'as-tu pas dit que tu savais ?

— Ce financement te donnait une trop bonne raison de partir. Et je voulais que tu restes, avec moi et les enfants.

— Moi non plus je n'arrivais pas à en parler, répondit-il d'un ton neutre. Parce qu'à ce moment-là, la question se serait posée. Et que j'aurais menti. (Il m'embrassa.) J'étais encore dans une incertitude pénible. (Il m'embrassa à nouveau. Puis s'arrêta brusquement.) Enfin, ce logiciel, ça pourrait être un truc énorme.

— Génial.

— Donc, au cours des prochains mois, je vais être très pris : perfectionner le logiciel, faire le plan marketing…

— Je vois.

Voulait-il me faire comprendre qu'il hésitait ? Toute cette histoire de temps pour souffler n'était-elle qu'une ruse destinée à me faire accepter l'idée que ça n'allait pas marcher entre nous ? Impossible. Je me penchai hors du lit et enfilai mon débardeur blanc. Je voulais être vêtue, à moitié vêtue en tout cas, pour cette conversation. Nous rentrions à New York le lendemain matin ; je savais que nos nuits volées d'Aspen seraient peut-être abîmées pendant le transport. Mon cerveau se vida un moment, comme s'il y avait de la neige dans l'écran télé. Puis mes idées s'éclaircirent, suffisamment du moins pour reconnaître que Peter ne jouait pas avec moi. S'il ne voulait pas de moi, il me le dirait sans détour. D'accord. Avais-je besoin de temps ? Étais-je vraiment prête à transplanter Peter dans ma vie new-yorkaise demain à partir de 16 heures, quand l'avion atterrirait à Kennedy ? Suffirait-il d'annoncer à Yvette et Carolina qu'il dormirait désormais dans mon lit mais qu'il était inutile de repasser son pyjama ?

— D'accord, dis-je, rationnelle. Tu dois te concentrer sur ton travail.

— Ce n'est pas seulement pour ça. Ça me fait un bien fou d'être ici. Je vais rester quelques jours chez de vieux amis. De toute façon, je serai surtout en Californie jusqu'à ce que le financement rentre, dans quelques mois. Puis je reviendrai à la maison.

Mon coeur se serra. Pas question que ça se passe comme ça.

— Pourquoi ? Rentre au moins avec nous. Tu as un billet sur le même vol.

— Vous avez encore beaucoup de chemin à faire, tous les deux. Tu dois fignoler les détails du divorce, soutenir les enfants, trouver un nouvel appartement. Et, ce qui est presque aussi important, recommencer à travailler. Tu as besoin d'espace, pour tout ça.

— As-tu le moindre doute, au sujet de Phillip et moi ?

— À part le fait que tu l'appelles toujours « chéri », non. Mais ce n'est pas lui le problème, c'est toi. Tant que tu n'es pas fixée, que tu es en transition, tu te renfermes. Tu sais à quel point tu étais glaciale, à New York ?

— Je n'étais pas glaciale ! J'étais traumatisée.

— Tu es prête à me dire que tu veux plonger maintenant ? Pour de vrai ?

— Je, euh, je crois.

— Tu vois ? Tu viens de le dire, là. Tu ne peux pas l'affirmer avec certitude, parce que tu n'en es pas certaine. Je sais que tu tiens à moi. Je sais qu'on a quelque chose de fort. Mais j'ai une affaire que je dois réussir, maintenant. Je dois m'y consacrer à fond. Et, bien que ça ne te fasse pas plaisir de te l'entendre dire, tu ne sais même pas ce que tu veux, au fond.

— Arrête de parler comme ça. Pense à ces derniers jours : toi et moi, on était bien. On est vraiment, vraiment bien.

— J'essaie de faire ce qui est bien, là. (Il avait l'air trop sérieux.) Tu n'es pas prête à partir avec moi. Et je n'ai aucune intention de me casser la gueule.

Nous n'arrêtions pas de parler en rond. J'en avais assez. « Faire ce qui est bien » était surévalué. L'indépendance était surévaluée. J'avais traversé des mois d'enfer et tout ce que je voulais, c'était dévorer cet homme, tout le temps. Finalement, je m'allongeai sur le lit et fixai le plafond, en pensant à ce que seraient ces mois sans Peter. Apparemment, je ne remporterais pas cette dispute.

— Depuis quand es-tu devenu M. Rationnel ?

— Je ne le suis que quand ça compte.

— Mais Dylan…

— Je resterai en contact avec Dylan. Toi, tu t'occupes de ton mari. Tu décides ce que tu veux vraiment. On a passé des moments merveilleux, ici. Et peut-être que dans quelques mois, une fois que tu auras tout réglé, ce sera à nouveau merveilleux. Mais je vais garder mes distances.

Les enfants, calmes et sages contrairement à leurs habitudes, attendaient que Peter leur fasse ses célèbres pancakes aux myrtilles, leur petit déjeuner préféré. Il régnait une ambiance irréelle dans la pièce. Tous les jeux étalés sur la table basse du salon avaient été rangés. Dans le couloir, les marqueurs des enfants et leur papier à dessin avaient été soigneusement glissés dans des sacs Ziploc à côté de leurs sacs à dos. Je vérifiai le contenu du sac de couches de Michael pour le vol ; il était plein de couches-culottes, de lingettes, de livres illustrés, de tasses pour bébé et de vêtements de rechange. Sur le porche, devant la porte d'entrée, gisaient trois énormes sacs marins L.L. Bean bien zippés. Alors que je me dirigeais vers la cuisine, Peter me rejoignit dans le couloir et me tendit un verre de jus d'orange.

— Tes skis sont sur le porte-skis de la voiture, annonça-t-il sans trahir la moindre émotion.

Les enfants se déchaînèrent lorsque Peter ne réussit pas à rattraper quelques crêpes en les retournant, et qu'elles s'écrasèrent par terre ; je savais qu'il avait déplacé la poêle exprès. Je le contournai pour me verser un bol de muesli. Il ne me sourit pas, ne me frôla pas, ne me caressa pas la paume de ses doigts en me tendant mon café. Il se contenta de faire rire les enfants, comme si rien ne s'était passé entre nous.

Nous nous assîmes autour de la table : moi, les enfants, Peter, et Yvette. Au milieu du repas, Peter tapa bruyamment dans ses mains :

— Bien, les amis, j'ai quelque chose à vous annoncer.

Les trois enfants le dévisagèrent, les yeux écarquillés. Yvette, qui malgré elle s'était attachée à lui, écouta attentivement.

— J'ai un boulot très important à faire. Vous vous rappelez du logiciel que je vous ai montré ? (Les enfants hochèrent la tête.) Eh bien, les gens qui m'ont *payé* pour le faire veulent que je travaille encore dessus pour que je puisse aider plein d'enfants dans les écoles.

Les larmes montèrent aux yeux de Dylan. Il avait compris avant les petits.

Peter le remarqua, sans s'arrêter pour s'occuper de Dylan. Ça ne lui ressemblait pas, me dis-je.

— Donc, il faut que je passe beaucoup de temps en Californie.

Gracie commençait à comprendre.

— Longtemps comment ? Toute une journée ?

— Ça risque d'être un peu plus longtemps, mais je vous promets, à 100 %, que je vais vous appeler dès que je le saurai.

Yvette inspira bruyamment et posa la main sur la bouche. Une averse de larmes tomba sur les joues de Dylan.

— Pourquoi Dylan pleure ? demanda Gracie.

À son tour, Peter eut les yeux pleins de larmes, ce qui me bouleversa. Je repoussai ma chaise et m'en allai dans la cuisine. Je m'appuyai au bord de l'évier, les bras raides, et fermai les yeux. J'allais craquer.

En retournant vers la salle à manger, je me rappelai une scène en particulier de la nuit de la veille, dans ma chambre, par terre devant la cheminée. J'étais allongée, arc-boutée, un oreiller sur les yeux, un peu gênée de l'intensité de mon plaisir. À un moment donné, j'avais entr'aperçu son torse monter et descendre au-dessus de mes yeux, et perçu le mouvement sans heurts de son corps. Si je continuais à me rejouer ce souvenir, j'allais droit dans le mur.

La scène lugubre n'avait pas changé à la table du petit déjeuner : Michael qui ne se rendait compte de rien, Yvette qui essuyait des miettes sur la table, Gracie qui plongeait ses petits doigts dodus dans les cheveux de sa Barbie pour essayer de défaire les nœuds. Je remarquai que sa lèvre supérieure était retroussée, comme toujours lorsqu'elle va pleurer. Tout d'un coup, Peter souleva Dylan dans ses bras, ce qu'il n'avait jamais fait à cause de la taille et du poids de Dylan, et le prit sur ses genoux, dans le canapé. Il le serra très fort contre lui. Dylan, en position fœtale, sanglotait comme un bébé. Peter le berça.

— Allez, allez, mon pote. Ça ne sera pas pour toujours, juste pendant un petit moment. Tu te rappelles cette tour de contrôle d'aéroport qu'on a construite ? On a mis quatre jours, je crois, et je ne pensais pas que tu pouvais être aussi patient. J'en avais marre, je voulais que ce soit fini. Mais tu m'as dit que « la patience est reine ». Tu t'en souviens ? La patience est reine ? Et cette tour était tellement…

Mais les sanglots de Dylan redoublaient. Il se fichait bien des tours en Lego. Le cœur de mon fils était brisé.

— Tu peux pas partir comme ça ! C'est pas bien. C'est pas juste !

— Dylan, mon pote, je ne te laisse pas tomber.

— Si.

Puis, entre des sanglots étranglés et de grandes goulées d'air :

— D'abord papa, maintenant toi, c'est toujours la même chose !

— Dylan, arrête.

Il posa la main sur la joue de Dylan pour l'obliger à lui faire face, tout en soutenant sa tête dans ses bras comme un nourrisson.

— Arrête, Dylan. Ce n'est pas comme ton père. Ton père ne te quitte pas. Ton père t'aime à mort. Moi aussi, je t'aime à mort.

— Tu vas même pas être dans le même État que moi.

Maintenant, c'était Gracie qui rampait vers Peter pour se blottir contre lui.

— Tu vas revenir nous voir ?

— Oui. Bien sûr. Mais pas tout de suite, ma jolie.

Elle renifla, le regard fixe et vide, le pouce dans la bouche, en se demandant pourquoi Dylan pleurait aussi fort, incapable de comprendre comment Peter pouvait se retirer de sa petite vie, telle qu'elle la connaissait.

Une heure plus tard, Peter avait placé le dernier sac de voyage dans l'Expedition. Je laissai la clé de la maison sur la table de l'entrée, refermai la porte derrière moi et marchai vers la voiture. Peter se glissa derrière le volant et je m'installai dans le siège passager. Les enfants, derrière avec Yvette, étaient parfaitement silencieux. J'étais nerveuse. Je me mis à me projeter l'épisode suivant. Mes oreilles se bloquèrent en descendant la route de montagne vers le petit aéroport régional.

Je m'avouai à contrecœur qu'il avait raison : pour l'instant, je ne pouvais pas le copier-coller dans ma vie. Ce ne serait peut-être pas si mal, d'être seule. Il avait également raison au sujet de mon travail : le fait de me plonger dans ce documentaire avec Erik serait à la fois thérapeutique et galvanisant. J'avais besoin de travail pour canaliser mon énergie. Dès que j'eus compris que ce serait bientôt le cas, je me sentis moins nerveuse.

Nous traversâmes le portique de sécurité en silence. Peter nous accompagna jusqu'à la porte, avec Dylan sur son dos, la tête sur son épaule. Il dit au revoir aux enfants lorsque nous parvînmes à la porte et ils s'avancèrent en traînant des pieds avec Yvette, qui faillit étouffer Peter avec ses seins énormes quand elle le serra dans ses bras pour la première fois de sa vie. Puis elle guida les enfants vers l'avion.

Peter m'attira vers le mur, loin des passagers et de l'agitation.

— Tu es tellement belle. Tu es forte et résistante. Tu es l'être le plus incroyablement sensuel et sexuel que j'aie connu. Tout va aller merveilleusement bien pour toi. Toutes les pierres d'achoppement qui sont tombées en travers de ton chemin au cours de la dernière année vont s'effriter sous tes pieds ; tu les as presque franchies, déjà. Tu es tellement mieux que quand je t'ai rencontrée : tellement plus intelligente, tellement plus consciente.

Il m'accompagna jusqu'aux portes vitrées. Je regardai dehors et vis les derniers passagers monter à bord de l'avion. Il m'embrassa furieusement. J'aurais voulu que mon corps se fonde dans le sien. Il avait su gérer la situation entre nous tout en douceur.

La dame de la ligne aérienne lança son dernier appel dans le microphone.

Il rejeta la tête vers l'arrière.

— Tu sais que tout ira très bien.

— Je le sais ?

— Oui. Tu le sais.

Je collai mon corps contre le sien.

— J'ai besoin d'être avec toi. Tu as besoin d'être avec moi.

— Oui. Et je le serai. (Il tint mon visage entre ses mains.) Mais pas maintenant. Je sais que c'est curieux, de dire ça, parce que j'aurais dû te le dire hier soir, mais je t'aime vraiment. Maintenant, va-t'en.

J'avais encore besoin d'une minute pour rassembler mon courage.

— Il faut juste que je sache quand on va se retrouver.

Il consulta la date affichée à sa montre et réfléchit un moment.

— Le 18 août. 9 heures du matin. Belvedere Castle.

— D'où sors-tu cette date ?

— Six mois, à compter d'aujourd'hui. Ça me semble bien.

Puis je trouvai le courage.

— Regarde-moi. Je t'aime, moi aussi. J'aurais dû te le dire dans le parc.

Je hurlai tandis que la porte se refermait :

— Tu seras là ?

— Évidemment, que je serai là.

Et ce fut le cas.

Imprimé en France par

MAURY-IMPRIMEUR
à Malesherbes (Loiret)
en mai 2011

POCKET – 12, avenue d'Italie - 75627 Paris cedex 13

N° d'impression : 164777
Dépôt légal : juin 2011
S18102/01